本书得到国家社科基金〝二十世纪美国文学的城市化主题研究〞（14BWW068）和2014年〝江苏省青蓝工程中青年学术带头人〞项目的资助。

20世纪
美国文学的
城市化主题研究

荆兴梅 ◎ 著

中国社会科学出版社

图书在版编目（CIP）数据

20 世纪美国文学的城市化主题研究/荆兴梅著 . —北京：
中国社会科学出版社，2019.3
　ISBN 978 - 7 - 5203 - 4098 - 4

　Ⅰ.①2…　　Ⅱ.①荆…　　Ⅲ.①文学研究—美国—20 世纪
Ⅳ.①I712.065

　中国版本图书馆 CIP 数据核字（2019）第 036467 号

出 版 人	赵剑英
责任编辑	郭晓鸿
特约编辑	吴书利
责任校对	刘　娟
责任印制	戴　宽

出　　　版	中国社会科学出版社
社　　　址	北京鼓楼西大街甲 158 号
邮　　　编	100720
网　　　址	http://www.csspw.cn
发 行 部	010 - 84083685
门 市 部	010 - 84029450
经　　　销	新华书店及其他书店

印　　　刷	北京明恒达印务有限公司
装　　　订	廊坊市广阳区广增装订厂
版　　　次	2019 年 3 月第 1 版
印　　　次	2019 年 3 月第 1 次印刷

开　　　本	710 × 1000　1/16
印　　　张	19
插　　　页	2
字　　　数	229 千字
定　　　价	78.00 元

凡购买中国社会科学出版社图书，如有质量问题请与本社营销中心联系调换
电话：010 - 84083683

目　录

第一章　引言

如果对"城市化"这个概念进行界定，那么它首先指的是农村人口大量向城市地区移居和再分布，所以每个社会的城市化都离不开"移民运动"这一标志。美国的城市化进程自建国之初就被提上了议事日程，在19世纪和20世纪得到长足进步，终于走向了成熟阶段。美国从乡村农业社会变成高度现代化和城市化的大国，得益于开国元勋们的英明决策，更取决于美国的两次工业革命。美国的城市人口一直以来呈现递增趋势，在1790年只有5%的人口居于城市中，而1870年时城市人口就跃居至总人口的1/4；城市人口在1910—1920年取得绝对优势，上升到了总人口的一半以上，直至目前美国的总人口有4/5都居住在城市中。纵览全美国各个区域，城市化进展最快的当属东北部地区，它们在1880年时城市人口就超过了农村，其中马萨诸塞和纽约等州的城市发展势头最快。美国中西部和西部地区的城市茁壮成长，在20世纪早期城市人口超过了乡村人口。美国城市化相对滞后的地域是南方，直到第二次世界大战之后的20世纪50年代，南方才成为以城市居民为主的地区。①

---

① https://en.wikipedia.org/wiki/Urbanization_in_the_United_States.

19 世纪末 20 世纪初的美国，进入了城市化运动高速发展的历史时期。伴随着现代化和工业化进程，美国经济迅速崛起，传统社会生产方式和生活方式也随之改变。人们摆脱了家族、社区、地方风俗、宗教等的束缚和控制，纷纷从欧洲和美国南方农村涌向城市，加速了社会的城市化步伐。纽约、芝加哥、费城等地区人口已超过百万，其他城市人口增长的势头也一直居高不下。但是，无论是对迁徙到城市还是留守乡村的人群，很多人都没有得到理想中的幸福和安宁，反而深陷心理危机和身份焦虑之中，演绎了一曲曲精神异化和沉沦的悲歌。具有历史使命感的作家们，不仅敏锐地捕捉到了这一时代脉搏，而且将之付诸笔端，创作出一部部融历史真实和艺术虚构为一体的文学经典，以期引起整个人类社会的警醒和反思。

就学术意义而言，本书触及"20 世纪美国文学的城市化主题研究"这一框架，在国内尚属首次。纵观已有的 20 世纪美国文学相关研究成果，不难发现：学者们要么聚焦于某位作家单部作品中的城市化因素，要么只是在整篇论文的某个部分或某个段落涉及城市化议题。而本书将文化批评纳入阐释空间，对城市化进程在 20 世纪美国文学中的表征，力图展开多维度、系统性的探索和论证，使历史现实和文学文本互为镜像，体现出新颖丰富的学术内涵。就社会意义而言，城市化是现代化和工业化的产物，是科学技术突飞猛进的必然结果，然而在物质文明高度发达的背景下，精神文明却极有可能遭遇沦陷。谈及城市化问题，20 世纪美国小说大多从这一层面进行描摹和挖掘，这无疑给世界发展提供了借鉴的史料。中国也正在经历工业化和城市化，怎样使城市和农村人群都获得幸福生活从而建立和谐社会，是一直以来中国发展的大方向。由此可见，异域文化历史研究的本土化视角是非常必要并大有裨益的，其社会意义显而易见。

第一节　美国城市化运动溯源

　　"城市化"这一社会现象，首先发生在欧洲大陆。美国现代化理论大师西里尔·布莱克这样论述欧洲的城市化和现代化进程："现代化或许可以被界定为一个过程，在这一过程中，历史上形成的制度发生着急速的功能变迁——它伴随着科学革命而到来，反映了人类知识的空前增长，从而使人类控制环境成为可能。这一适应过程的发源地和受其最初影响的是西欧社会，到 19 世纪和 20 世纪，扩展到了所有其他社会，引起了影响全部人类关系的世界性变革。"[①] 早在中世纪[②]时期，法国、意大利和西班牙等国，就经历过城市发展的起起落落：在 1300 年左右，巴黎、威尼斯、佛罗伦萨、米兰等城市，人口都达到十万之多；而进入 14 世纪之后，黑死病等瘟疫的暴发使欧洲城市人口迅速下降，其经济也遭受前所未有的沉重打击；从 15 世纪开始，欧洲城市的人口和经济又呈现上升趋势，一直延续到城市格局愈加庞大的近现代时期。相较于中世纪时代，近代早期欧洲城市所起的作用更加巨大，它们不仅使城内的政治、经济、文化相互贯通，还将城市之间甚至国家之间变成复杂而庞大的网络体系。这样一来，欧洲市场就自然而然被串联成为一个整体，进出口等贸易的便捷性，令欧洲商业的发展愈加迅猛，从而为工业革命爆发埋下了有力

---

　　① ［美］西里尔·布莱克：《现代化的动力》，景跃进、张静译，浙江人民出版社 1989 年版，第 6 页。

　　② 中世纪（Middle Ages）约从 476 年到 1640 年，又称"中古时代"，一般以西罗马帝国灭亡至英国资产阶级革命为其时限，这一称谓是从 15 世纪后期的人文主义者开始使用的。按照西方的传统和习惯，欧洲的历史总体上可以分为三个阶段：古代、中世纪和近现代。

的伏笔。比利时历史学家亨利·皮雷纳，在其著作《中世纪的城市》一书中宣扬"商业贸易理论"，认为城市之所以能够形成并发挥重要功能，关键在于持续而兴旺的商业活动，而这一点是宗教和军事等因素所无法企及的。①

欧洲现代工业化的快速发展，对于城市的进一步壮大起了推动作用。比如有国内学者指出："城市化的基础是工业化，推进城市化的道路选择只有工业化，没有工业化也就没有城市化。"② 而哈佛大学著名经济学家钱纳里（Hollis B. Chenery，1918—1994）等人在其著作《发展类型：1950—1970》（*Patterns of Development*，*1950 – 1970*）中则用城市发展的 S 形曲线来表明它和工业化程度的关系：在第一阶段，工业化明显走在城市化前头，后者在前者的带动下前进；在第二阶段，城市化逐渐追上工业化，两者基本呈现并驾齐驱的局面；在第三阶段（工业化后期），城市化的发展势不可当，不知不觉之间已经赶超工业化水平，工业化对于城市化的贡献越来越小。③

以上说法各有千秋，实际上城市化和工业化进程是相辅相成的。比如在中世纪的欧洲，城市成为商业贸易的重要节点，四通八达的城市网络随之形成，进一步促成了繁荣昌盛的商贸交易。又比如在 19 世纪后期，正值英国农业社会向工业社会转型时期，大批农民失去赖以生存的土地等物质基础，被迫转向都市或者市镇寻求发展，这些在哈代名作《德伯家的苔丝》（*Tess of D'Urbervilles*，1892）和《无名的裘德》（*Jude the Obscure*，1895）中均有栩栩如生的体现。而到了晚期资本主义时代，

---

① ［比利时］亨利·皮雷纳：《中世纪的城市》，陈国樑译，商务印书馆 2006 年版，第 84 页。
② 赵学增：《圈地、房地产与城市化——马克思的视角》，《华南师范大学学报》2012 年第 6 期。
③ Hollis Chenery & R. Syrquin，*Patterns of Development*，*1950 – 1970*，Oxford：Oxford University Press，1975.

西方发达国家的工业化渐趋完成，城市的经济、文化和人口都处于平稳态势。这时候的制造业反而不会放到城市中进行，因为工业发展到一定阶段，势必与生态环境产生抵牾，作为政治、经济、文化中心的城市，是最先意识到工业污染之毒害的，也是最有能力强制制造业迁出城市的。如今，发展中国家的工业主要集中于农村地区，而发达国家的制造业迁往发展中国家，工业和城市的关系已经渐行渐远。美国城市化运动的兴起和发展，相对于欧洲来说可谓大器晚成。欧洲的城市动辄拥有千年历史，城市背后的文明灿若星辰，无论是广度还是深度都令人叹为观止。美国则是个年轻的国度，新兴城市的根基相对来说比较薄弱，其城市化的肇始要追溯到建国初期。在英属北美殖民地时期①（British Colonies in North America，1607—1775），沿着大西洋只出现了五座主要城市，它们分别是波士顿、纽约、费城、巴尔的摩、查尔斯顿，而且这些城市中的人口相当有限，城市生产力和生命力明显不足。1776 年，随着《独立宣言》的问世，开国元勋们一直在思考美国的未来走向和发展道路。他们敏锐地意识到，新兴的美国虽然自然资源丰富，但人力资源非常缺乏，亟须引进大量移民和生产技术，才能确保美国的经济快速发展，以此进一步保证美国的政治和军事都强盛起来。乔治·华盛顿②（George Wash-

① 英属北美殖民地，指的是英国在北美东起大西洋沿岸西至阿巴拉契亚山脉的狭长地带建立的 13 个殖民地：弗吉尼亚、马萨诸塞、康涅狄格、罗得岛、纽约、新泽西、特拉华、新罕布什尔、宾夕法尼亚、马里兰、北卡罗来纳、南卡罗来纳、佐治亚。美国建立之初也只有这 13 个州，它们从属于英国，但相对来说拥有独立自治权。殖民地人口贫富不均、阶层各异，呈金字塔形状分布：最上面是商人和种植园主，中间是小土地所有者、小工场主、技师、自耕农等，再下面是佃农、雇农、渔民、手工业者、工匠、学徒等，最底层是契约奴隶、黑人、印第安人。

② 乔治·华盛顿出生于英属殖民地时期的弗吉尼亚，他家境殷实，拥有富庶的烟草种植园和成群的黑奴，但他对于奴隶制的态度还是进步的。他在美国革命战争中任总指挥，主持起草了美国宪法，是美利坚合众国的开国元勋之一，被尊称为"美国之父"。

ington，1731—1799）是美国首届总统，其财政部长是亚历山大·汉密尔顿①（Alexander Hamilton，1757—1804），而托马斯·杰弗逊②（Thomas Jefferson，1743—1826）时任美国国务卿。汉密尔顿主张以工商业作为立国之本，强调工业化和城市化对于美国未来发展的重要性。他曾向国会连续提出三大报告《关于公共信贷的报告》（1790 年 1 月）、《关于设立国家银行的报告》（1790 年 12 月）、《关于推动工业生产的报告》（1791 年 12 月）。在美国历史上，这三个法案报告基本上可以和国家宪法媲美，它们清晰地表达了美国现代化、城市化和工业化的构想蓝图。而杰弗逊却持相反意见，主张农民才是美国的脊梁，所以他坚决反对城市生活、工商业者。在这种状态下，华盛顿的立场非常关键，他倾向于汉密尔顿的政见，遂定下了发展工商业的未来目标。③

美国是个移民国家，欧洲移民对于其城市化格局的形成，起到了至关重要的作用。作为第一任总统的华盛顿很有战略远见，他希望中产阶级移民带着他们的契约奴隶④（indentured servants），前来和美国人民一起开发和建设美国。汉密尔顿在他的《关于制造业的报告》里，呼吁那些具备技术特长的外国人移民美国，以此和美国人一起共谋发展。林

---

① 亚历山大·汉密尔顿被称为"美国现代化之父"，是美国开国元勋之一，也是美国财政制度和联邦党的创立者。他坚持与英国保持友好的经济往来，支持法国革命，受到民主共和党政治家托马斯·杰弗逊反对。

② 托马斯·杰弗逊被称为"美国民主之父"，是美国的建国元老之一，是 1776 年《独立宣言》的主要作者。他曾担任美国第二届和第三届总统，是民主、共和与人权的坚定倡导者，这些理念激励美国挣脱英国的殖民统治，最终成为一个独立的国家。

③ 张国骥：《解读美国城市化的基本思路和经验》，《求索》2003 年第 6 期。

④ 契约奴役是一种劳工制度，起源于英国和德国的穷白人中间，人们通过为雇主服务一定年限来获取前往新世界美国的费用，后来一直盛行于英国殖民统治下的北美洲和其他地区。因为亟须劳力，雇主们从海上奴隶贸易船只上购买契约奴隶。契约劳工们大多数成为种植园里的农民或女主人的帮手，还有一些则成为手工业者的学徒。劳资双方按照法律规定履行服务要求和期限，逃跑者会遭到四处搜捕并被押送回种植园。在 17 世纪和 18 世纪的英属殖民地，有一半左右的白人移民都是契约劳工，他们必须按照指定要求劳作若干年，之后才可以获得自由。在 19 世纪末 20 世纪初，一些英国和法国的儿童受到绑架，被贩卖到加勒比海地区，成为至少有五年期限的契约童工，但多数情况下他们的卖身契会一再买卖，致使这些童工一直很难获得自由。

肯就任总统期间也曾出台《鼓励外来移民法》（1864 年 7 月），在内战如火如荼进行之际鼓励欧洲人移民美国。这样，"外来移民成为美国工业文明崛起不可替代的重要力量，其中最引人注目的是纽约……19 世纪五六十年代的德国移民中大批的工程师和科学家在芝加哥、密尔沃基和圣路易斯等中西部城市建立了钢铁、啤酒、纺织、家具、印刷、玻璃和钢琴制造等工业，素以经商著称的东欧犹太人到来后，东北部的纺织业再度崛起"①。

美国的工业革命和技术革命就发生在 19 世纪。第一次工业革命带来雨后春笋般的创造发明，纺织业、农业、铁器业、蒸汽发动机技术蒸蒸日上，农民开始使用农作物收割机、轧棉机、棉花纺织机，这使得棉纺厂在全国各地普及开来，也使美国的农业生产方式发生天翻地覆的变革。蒸汽机进而引发铁路和谷物输送机的出现，后者在当时被誉为"草原摩天楼"（Prairie Skyscrapers），能快速将小麦和其他谷物运送到市场上。这些都大大提升了农业生产的效率，减少了农业地区的劳动力需求，于是农村人口将眼光转向城市，期待离开乡村去寻求美国梦。第二次工业革命在美国历史上也称为技术革命，令美国从铁器时代（The Age of Iron）步入钢铁时代（The Age of Steel），电力（electric power）代替了蒸汽动力（steam power）。大型工厂蓬勃兴起，机械化和运输系统方面的技术创新不断涌现，诸如此类的科技进步在城市里得到快速发展，使得美国城市化进程以前所未有的速度向前迈进。

城市工业革命欣欣向荣的景象，对美国国内农村人口也产生了很强的吸引力。1812—1815 年，美国对英国发动第二次独立战争，而当时的

---

① 刘建芳：《美国城市化进程中人口流动的特点及影响》，《新疆师范大学学报》2004 年第 3 期。

法国和反法联盟也一直交战不止①，海上封锁就是这一情形下的产物，它直接导致了进入美国移民人数的骤减。而此时，由于工业革命使农田劳作人员的需求锐减，也由于农村地区贫穷落后、种族矛盾尖锐等因素，再加上城市的巨大活力，很多农民再也按捺不住激动和好奇的心情，毅然动身前往城市一探究竟，然后便定居下来成为城市移民。农村向城市的移民，也大大加速了美国的城市化进程，并使城市成为国家政治、经济和文化的中心。归纳起来，美国城市化的发生得益于以下一些原因：工业革命和技术革命催生新的科技发明和新型企业家；农业生产越来越高效，一些现代机器代替了人力劳动，促使剩余劳力转移到城市，比如第一次世界大战之后的"黑人大移民运动"就是其中典型一例；工业革命引发机械化改革，城市的新型工厂和产业化体制层出不穷；欧洲移民和美国国内移民大规模涌入都市；美国经济集中于工业化领域，激发起大型企业和公司的兴趣，他们纷纷投资新的产业；在美国的城市化过程中，城市建设需要新技术，特别是在钢铁等新材质的使用方面，更加促进了科学技术的发展；交通运输和信息技术的大力推广，使人们获取城市消息的渠道更加畅通，他们从农村来到城市也更加便利，比如南方农民移居北方和中西部城市的举动，就与美国国内南北铁路和东西铁路的开通密切相关。

---

① 欧洲各国组建反法联盟的目的，主要是遏制法国的强势地位、保持欧洲大陆的均衡力量，法国和反法联盟之间一共进行过 7 场战争。法国国王路易十六被处决后，反法联盟于 1793 年第一次成立，于 1797 年被拿破仑击溃。第二次反法战争爆发于 1799 年，当时拿破仑军队正被困于埃及，但他毅然选择只身回国并发动雾月政变，对盟军反戈一击并取得胜利。第三次发生于法、俄、神圣罗马帝国之间，这三个国家的统帅都御驾亲征，成为历史上戏称的"三皇会战"，拿破仑最后获胜。在第四次反法战争于 1807 年结束后，拿破仑实行著名的欧洲大陆封锁政策，致使广大老百姓沦为无辜牺牲品，至此拿破仑越来越背离法国大革命的初衷。第五次反法战争于 1809 年发生于法国、普鲁士、奥地利之间，最终以奥地利签订《维也纳合约》向法国割地求和而结束。在莱比锡战役中拿破仑被第六次反法联盟击败，他于 1814 年被迫退位，波旁王朝成功复辟。第七次反法战争就是著名的滑铁卢之战，英国的威灵顿公爵完胜拿破仑，此后拿破仑被流放到圣赫勒拿岛并于 1821 年在那里病逝。

在 20 世纪上半叶，美国东北部和中西部地区基本实现了城市化，而南部地区直到第二次世界大战之后，才逐渐完成城市化的宏伟蓝图。城市生活给人们带来便利设施，这是毋庸置疑的事实：交通运输系统日新月异；钢材价格大幅下调和电梯的发明，使摩天大楼等现代建筑在城市中司空见惯；路和桥的修建覆盖全国，使得国家运输成为纵横交错的网状结构，进一步推动了城市化和工业化；城市中就业机会大大增加；博物馆和图书馆等公共设施，推进了城市文化建设；城市公园等娱乐资源日益丰富；城市物质富裕、服务周到，生活充满便捷性和多样化。但同时，当时美国城市环境的弊端也一览无余。

第一，市民的居住环境异常拥挤和糟糕，人们租住的公寓狭窄、光线不足、卫生条件差。前来城市工厂就业的工人们需要住宿，但房价昂贵，远远超出一般居民的购买力。于是他们租房过日子，租住一套房子中的一个小格子间，因为原来一家一户的城市住房，被户主分割成了许多小间用来出租。城市空间可谓寸土寸金，户主们在房子原先的基础上加高楼层，使其向高空发展以便扩充更多的房间。户主们还对原先的前门后院挖空心思，不断向外拓展自家的建筑面积。城市移民们初来乍到，往往租住在只有 7.5 米宽、30 米长的空间内，与其他租户有时相隔不到 0.3 米。这种狭长的出租屋有 4—6 层高，一间小房住上十余人的整个家庭，在那时是十分常见的现象。他们的居所环境恶劣，没有消防安全设施，缺乏应有的光线，处处藏着健康和安全隐患，随时可能暴发流行性疾病。

第二，城市人群既鱼龙混杂又阶级等级泾渭分明。城市中居住着穷人、中产阶级和富人，根据所住区域和房子优劣，居民们被分为不同层级。人数最少的富人住在市中心的最优质地带，与他们的工厂和银行相距很近。他们的豪宅富丽堂皇，其奢侈程度简直令一般人瞠目结舌，完全是庄园和别墅的规模。中产阶级的薪资是穷人的两倍左右，居住的房子比较舒适，通常拥有 6—8 个房间。城市穷人生存环境的拥挤程度非同一般，囊中羞涩的移民们常常依照各自的种族身份群居在一起，形成所谓的族裔"隔离区"（ghetto）。由于不同的阶级获得的城市生活待遇有着天壤之别，所以怨声载道者不计其数，这是美国城市化运动的又一道独特景观。

第三，城市规划跟不上人口剧增的局面，导致基础设施和服务配套滞后。美国工业化、技术化和移民浪潮，加速了社会的城市化发展，但城市的突然崛起令政府根本来不及进行理性的城市规划，基础建设落后引发了众多社会问题，诸如：消防部署和警察部门配备不足，不能满足人口拥挤情况下的城市需求；垃圾处理系统没有到位；城市卫生成为一大难题，排污系统设置不合理，导致管道堵塞、垃圾成灾；厕所设施短缺，众多人抢占一个公共洗手间的场面不胜枚举；医院和医疗设备都奇缺；城市卫生状况恶劣引起水质污染，进而引发霍乱和伤寒等流行性疾病暴发；环境污染是另一大社会问题，比如在美国城市化早期阶段，马粪在公共街道上随处可见，工厂烟囱浓烟滚滚，极大地污染了城市空气。

第四，城市犯罪率上升。人口激增却缺乏足够的警力，这是当时美国城市犯罪现象猖獗的原因所在。相对于农村的简单和一目了然，城市仿佛深不可测，人们又喜欢依照种族习惯等因素聚居在一起，所以就让小偷和盗贼等不法分子有机可乘。一些人通过酗酒来逃避生存压力和枯燥无聊的日常生活，因为他们无路可走，唯有用酒精麻痹自己的神经从而获得心灵的片刻安宁。为了维持生计，有些孩子很早就离开学校投身工厂，成为家庭运转不可或缺的帮手。童工现象在某些城市十分普遍，表明穷人无力获得进一步的教育机会，因而也无法使自身得到更好的技术类工种。城市暴力逐渐升级，工人的愤懑情绪空前高涨，谋杀案和抢劫案等时有发生，这成为城市化进程中的血腥部分。

第五，城市社会治安动荡、人心不稳。蜂拥而至的外来移民，在住房和就业等方面给城市原住民带来生存威胁，他们之间的矛盾一触即发，反移民（anti - immigration）的冲突和暴动屡见不鲜。城市化和机械化令美国进入大规模生产的历史阶段，特大型工厂及其工厂制度随之出现。工业家们唯利是图、贪得无厌，在大发横财的过程中变成普通老百姓口诛笔伐的"强盗型资本家"①（Robber Barons）。大型工厂和公司的崛起，令一大批企业家独领风骚、挥斥方遒，他们宣扬"社会达尔文主义"②（Social Darwinism）理念，奉行"物竞天择，适者生存"的达尔文主义思想。毫无怜悯之心的工业暴发户们榨取工人的血汗，而为了改善微薄的工资待遇和恶劣的工作环境，工人们迫不得已奋起反抗，导致城市暴动和罢工频频发生，为"进步运动"③（Progressive Movement）改革家们提供了施展才华的舞台。

第六，"政治机器"招摇过市，作为经济和政治中心的城市一片乌烟瘴气。随着城市建设的规模越来越庞大，贿赂和腐败很快成为城市政

---

① "强盗型资本家"明显是个贬义词，用来讽刺那些大权在握、富可敌国的工业资本家和企业巨头。他们最早出现于美国工业革命时期，后来愈演愈烈，垄断了国家的铁路、钢铁、烟草、石油等产业，掌控国家银行来进行各种非法交易。"强盗型资本家"们改变了美国人的意识形态，造成错综复杂的社会和经济结构，进而导致社会暴动、工人罢工和工会组织的建立。

② "社会达尔文主义"包含由达尔文主义所激发的理论和意识形态，与政治学、经济学、社会学领域的其他革命性理论息息相关。社会达尔文主义的主要观点如下：当强者掌权之后，弱者就会更加微不足道；社会进步源于强者和弱者之间的矛盾冲突，那些最适应环境、最顺应天时的个人或社会终将胜利。社会达尔文主义的主要倡导者有英国的斯宾塞等人，他们一直坚持"适者生存"（survival of the fittest）的口号。

③ 美国工业化和城市化进程中的"进步运动"，包含改革派所提倡的一系列不同思想和行动。美国历史上所谓的"进步年代"（Progressive Era），从1890年一直绵延至1920年，充满了各式各样的改革主张。它们致力于解决社会问题，比如妇女的选举权和教育权、工人的劳动处境和工会事宜、城市化和工业化带来的弊端、童工制度，等等。"进步运动"呼吁政治改良，抨击贿赂行径和腐败现象，规范政治机器（political machine）和大型企业运作，从而适当抑制强盗型资本家的特权，确保相对公正合理的工厂运行制度。

治的显著特征，致使政府工作机制漏洞百出。政治机器指的是政治体制和政党，它们受到政党领袖们的操纵。党魁们是具有专业知识和经验的政治家，他们把控着城市重要政府职能部门，在政坛上呼风唤雨、无所不能。行贿风气在建筑承包商那里公然盛行，各类公共事业许可证可以通过贿赂获得，这一情形在交通运输、供水、供电系统几乎司空见惯。通过对城市就业和各种合约的掌控和再分配，"政治机器"们让普通市民尝到了甜头，以此获取政治选票和当选资本。政治巨头和党魁们通过帮助初到城市的移民寻求工作、住房、警察保护和其他服务，换取移民们的选票，而当时新移民的投票至关重要，对党魁们的政治前途起着决定性的作用。美国工业化和城市化时期最有名的"政治机器"，莫过于纽约的"坦慕尼协会"（Tammany Hall），它在美国建国后不久即成立，其利用选民操纵政坛的事例很多，比如它曾鼓动大批美籍爱尔兰人为民主党助选，把帮助爱尔兰人谋取公务员职位作为交换条件。这个政治组织的最大特点是贿赂和腐败，它甚至在内部建立了一整套贿赂制度，使得贿赂行为渗透到政治利益的每个角落，让协会成员"共享成果"而对犯罪行为乐此不疲。坦慕尼协会的势头一直长盛不衰，直到它创立150 年之后的1932 年，它的操控力和影响力才衰弱下来。随着1961 年它的重要成员落选纽约市市长，这个垄断美国政坛多年的社团才寿终正寝。值得一提的是，坦慕尼协会的领导人威廉·特维德（William M. Tweed，1823—1878）、乔治·普朗科特（George W. Plunkitt，1842—1924）等人，都是美国家喻户晓的政治推手。①

如此错综复杂、瞬息万变的城市社会，给人们造成的心理冲击不容小觑。一方面，城市日新月异的科技创新和便利设施对农村人口产生巨

---

① Urbanization in America, http：//www. american - historama. org/1881 - 1913 - maturation - era/urbanization - in - america. htm.

大吸引力，使他们身不由己地从乡村迁往都市；另一方面，在城市日食万钱、富丽堂皇的表象之下，各种政治、经济、文化危机此起彼伏，令生活于其间的居民无所适从，深感个中滋味难尝。城市人生活在光怪陆离的氛围中，物质财富和政治前程具有极大诱惑力，激发他们为之奋斗，让他们的欲望像沸腾的岩浆那样无法阻挡。然而城市的游戏规则何等深奥难测，并非所有普通大众都能在其中游刃有余，很多人纵使有不撞南墙不回头的决心，也只落得个出师未捷身先死的结局。当然，这并不是指真正的肉体死亡，而是隐喻城市人历经悲欢离合、无常世事。他们中有些人过去在农村饱尝赤贫和流离失所之苦，于是进城后拼尽全力创造财富，奉行"金钱是一切"的处世哲学，但蓦然回首之际却发现已然众叛亲离，再也回不到以前其乐融融的氛围中。也有些人在青春勃发时乘火车来到城市，和年轻的爱人携手拼搏以获取更好的生活待遇，然而人到中年时却受困于情感纠纷，致使家庭破裂、黯然神伤。更有些移民在城市里拖家带口、捉襟见肘：男人们找不到体面的工作而颜面尽失，于是沉浸于酒精中一蹶不振；女人们为城市消费主义文化所洗脑，追逐物质主义意识形态，却对家人疏于关心和理睬，致使悲剧命运纷至沓来。

随着农村大量人口移民城市，因为各种原因固守乡村的美国人越发感到处境艰难。以20世纪初的美国南方为例，东北部和中西部快速前行的城市化格局，使得土生土长的农民成群结队地离开故乡，农村地区变得更加萧条和落后。在政治上，即使奴隶制已经废除多年，种族主义的气焰依然十分嚣张：南方黑人在种族隔离制度下就业艰辛、生活贫困，他们的孩子在接受教育的过程中饱受歧视；不仅如此，这种无孔不入的隔离制度还渗透到医院、军队和其他领域，造成白人和黑人的关系异常紧张。在大批移民北上或西进的背景下，南方留守居民的心理焦虑和身份不确定性愈演愈烈，更容易在种族矛盾中一触即发。20 世纪初美国南方"私刑制度"仍然盛行不衰，就是一个很有说服力的例证。南方社会的种族关系俨然不容乐观，其性别问题也令人诟病不断。众所周知，美国内战之前的"南方淑女"形象在该地区一直被人们推崇备至，这种思潮在 20 世纪初的现代化进程中并没有多少改观。一些特立独行的新女性和"假小子"人物，被主流价值系统认定是越界分子，从而招致被贬损、被边缘化。换言之，有些南方女性受到工业化和城市化运动的影响，在穿着打扮和言行举止上偏离传统习俗，开始向新潮和时尚看齐，也会由于南方根深蒂固的父权制思想而备受打击，进而沦落为与当地环境格格不入的局外人。而城乡差别又造成不可调和的阶级问题，因为政治、经济和文化中心都设立在城区，在热气腾腾的城市氛围映衬下，南方乡村的凋敝和萧瑟越加无以遮挡。大型工厂和公司、工业巨头基本聚集在城市的繁华地带，众多农村贫困人口面对窘境无计可施，这使他们的精神危机和身份焦虑都无处遁形。

无论是城市人还是农村人，他们的人生轨迹无不与历史发展紧密联系在一起，而且这一切都像种子一样播撒到艺术家的心田，激发他们创作出颇具时代特色的精品佳作。就美国作家而言，将工业化和城市化语境中的人物遭际融入笔端者不胜枚举，其中涌现出很多出类拔萃的经典作家，比如舍伍德·安德森（Sherwood Anderson，1876—1941）、威廉·福克纳（William Faulkner，1897—1962）、薇拉·凯瑟（Willa Catha，1873—1943）、司格特·菲茨杰拉德（Scott Fitzgerald，1896—1940）、西奥多·德莱塞（Theodore Dreiser，1871—1945）、卡森·麦卡勒斯（Carson McCullers，1917—1967）、托妮·莫里森（Toni Morrison，1937—），等等。安德森的传世名作《小镇畸人》（*Winesberg, Ohio*，1919）是一部短篇小说集，描绘了城市化运动中美国中西部农村年轻人躁动不安的心理。书中的《思想者》（*The Thinker*）和《怪人》（*Queer*），都讲述了小镇上乡村青年对愚昧落后的当地环境忍无可忍的情景：前者呈现了里奇蒙德（Seth Richmond）在温斯堡小镇（Winesberg）上无所归属，因而急于奔赴城市开始新生活；后者的家庭成为镇上的局外人和边缘者，促使他与镇上人打了一架之后登上火车向城市进发。与安德森类似，福克纳和麦卡勒斯也都善于表现城市化潮流中农村社会的众生相，揭示乡村仿佛遭遇抛弃的孤独感和隔绝感，以及他们向往大都市从而摆脱当下困境的迫切心情。与之相反，菲茨杰拉德、德莱塞、莫里森等作家，则侧重于书写城市化进程中的都市人生百态，剖析当时物质丰裕的世俗社会是何等势利和脆弱，展现人们在其中如何跌宕沉浮、险象环生。被誉为"爵士时代代言人"的菲茨杰拉德，通过他的代表作《了不起的盖茨比》（*The Great Gatsby*，1925）和《夜色温柔》（*Tender Is the Night*，1934）等，引导读者一步步走进那段金碧辉煌之下的动荡岁月，彰显当时铺天盖地的消费主义浪潮怎样泯灭了许多人的美国梦。而以"西部作家"著称的凯瑟，在她的鸿篇巨制"草原三部曲"（The Prairie Trilogy）《哦，开拓者》（*O，Pioneers!*，1913）、《云雀之歌》（*The Song of the Lark*，1915）、《我的安东尼娅》（*My Antonia*，1918）中，描写了美国西部人民开疆拓土的壮丽景象。凯瑟成长于西部边疆的内布拉斯加州红云镇，见证了美国城市化运动带给这个地区的巨变，为世界文学界留下一笔具有鲜明地域特色的文学遗产，更为文化界描绘了一段浓墨重彩的美国西部大开发历史图景。

国外学术界在审视经典文学的城市化问题时，多数探讨全球特定区域或特定时期的作家群，少数集中于 19 世纪美国作家个体视角。非洲、拉丁美洲、中世纪爱尔兰、美国南方和土著居民的城市化历史进程，都是学者们关注的焦点，成为其连接文学文本与文化政治的纽带。詹姆斯·梅科尔在《田园牧歌和美国城市理想：霍桑、惠特曼和文学范式》

中，认为惠特曼最初希望人类建立自然和城市统一的和谐王国，但是事实证明这种理想根本无法实现，只有将之寄托在诗歌想象中聊以慰藉，而《草叶集》无疑就是这一心路历程的产物。和惠特曼不同，霍桑对城市田园乌托邦持怀疑和讽刺的态度，这种对待理想和现实的成熟姿态，与他的历史观一脉相承。① 锡德尼·布莱姆对比分析了霍桑的《我的亲戚，莫林诺少校》（*My Kinsman, Major Molineus*）和麦尔维尔的《单身汉的天堂和少女的地狱》（*The Paradise of Bachelors and the Tartarus of Maids*）这两个短篇小说，表明两部作品都比较了乡村和城市、美国和欧洲，但同时都解构了"乡村—美国、都市—欧洲"的神话。霍桑从道德对比入手，赞扬乡村德行，批判城市恶习，认为"城市只属于欧洲"是错误观念；麦尔维尔则放眼于地理对比，始终把小说架构在"乡村—美国、都市—欧洲"的基础之上，但否认城乡环境天差地别，强调两者都具有"经济不公正"等共性，理想化任何一方都是谬误。② 总体而言，国外文学批评界的城市化现象研究文献相对较少，20 世纪美国文学城市化主题的系统分析更是匮乏。中国国内目前正处于城市化运动的蓬勃时期，在国内的外国文学研究领域，直接将矛头指向美国城市化语境的篇章并不多。很多学者剖析了奥斯卡·王尔德③（Oscar Wilde，1854—1900）、伊

---

① James L. Machor, "Pastoralism and American Urban Ideal: Hawthorne, Whitman, and the Literary Pattern", *American Literature*, Vol. 54, No. 3, 1982, pp. 329 – 354.

② Sidney H. Bremer, "Exploding the Myth of Rural America and Urban Europe: 'My Kinsman, Major Molineux' and 'The Paradise of Bachelors and the Tartarus of Maids'," *Studies in Short Fiction*, Vol. 18, No. 1, 1981, pp. 49 – 58.

③ 奥斯卡·王尔德是爱尔兰剧作家和小说家，以其唯一一部小说《道连·格雷的画像》（*The Picture of Dorian Gray*, 1890）和戏剧《莎乐美》（*Salome*, 1891）、《不可儿戏》（*The Importance of Being Earnest*, 1895）等享誉世界文坛。王尔德倡导美学至上原则，通过身体力行的文学创作跻身美学代言人，成为维多利亚晚期伦敦这座城市最负盛名的剧作家。王尔德后因同性恋指控被捕入狱，出狱后他就奔赴法国巴黎，此后再也没有回过爱尔兰和英国。

丽莎白·盖斯凯尔①（Elizabeth Gaskell，1810—1865）、索尔·贝娄②（Saul Bellow，1915—2005）、苏珊·桑塔格③（Susan Sontag，1933—2004）、约翰·厄普代克④（John Updike，1932—2009）等作家笔下的消费主义、物质主义和工业主义意识形态，虽然这些现象基本起源于城市环境，但他们并没有追溯英美国家城市化进程的前因后果，也没有深入探究都市化和消费主义之间的历史渊源。另外一些学者则将20世纪美国文学个案研究与城市化议题勾连起来，在主题上大致比较相似，即城市代表异化和沉沦，乡村意味着纯净和再生，而在方法论上大体可以分为三类。第一类致力于探索城乡对立和矛盾，如郭棣庆、潘志明在《再析〈我弥留之际〉中的本德仑一家》中，认为福克纳的这部名篇佳作反映了

---

① 伊丽莎白·盖斯凯尔也被称为"盖斯凯尔夫人"，是英国维多利亚时代著名作家。《玛丽·巴顿》（*Mary Barton*，1848）和《克兰福德》（*Cranford*，1853）等都是盖斯凯尔夫人的代表作品。《玛丽·巴顿》将故事背景设置在1836—1848年的英国宪章运动期间，再现了1839—1842年曼彻斯特市风起云涌的工人运动。《克兰福德》最初发表于查尔斯·狄更斯主编的杂志《家常话》（*Household Words*）上，以作家故乡农村为故事背景，展示了她青少年时代所见证的英国乡村风土人情。《夏洛特·勃朗特的生活》（*The Life of Charlotte Bronte*，1857）是盖斯凯尔夫人所著的传记作品，也是关于《简·爱》作者夏洛特·勃朗特的第一部传记。

② 索尔·贝娄是美国犹太作家，他在美国文坛声名显赫、获奖众多，曾是诺贝尔文学奖、美国普利策文学奖等奖项的获得者。贝娄在有生之年笔耕不辍，为世界留下许多脍炙人口的长篇小说，比如《雨王亨德森》（*Henderson The Rain King*，1959）、《赫索格》（*Herzog*，1964）、《赛姆勒先生的行星》（*Mr. Sammler's Planet*，1970）、《洪堡的礼物》（*Humboldt's Gift*，1975）等。贝娄成长于贫民窟，是由加拿大魁北克前来美国的移民，他的小说及其主要人物都在奋力挣扎，希望犹太社区和其他少数族裔隔离区能够被拆除，期待美国能成为真正意义上的大熔炉。

③ 苏珊·桑塔格是美国作家和社会活动家，她的主要作品包括《论摄影》（*On Photography*，1977）、《反对阐释》（*Against Interpretation*，1966）、《疾病的隐喻》（*Illness as Metaphor*，1978）、《火山情人》（*The Volcano Lover*，1992）、《在美国》（*In America*，1999）等。桑塔格热衷于造访和书写争端频发的地区，包括越南战争和萨拉热窝包围战等。她的写作涉及面很广泛，涵盖摄影、文化、媒体、艾滋病及其他疾病、人权、共产主义和左派意识形态，等等。《纽约书评》称赞她是当代最杰出的批评家之一。

④ 约翰·厄普代克的代表作是"兔子系列"（Rabbit Series）小说，有长篇小说《兔子，快跑》（*Rabbit, Run*，1960）、《兔子回来了》（*Rabbit Redux*，1971）、《兔子富了》（*Rabbit Is Rich*，1981）、《兔子休息》（*Rabbit at Rest*，1990），以及中篇小说《记忆中的兔子》（*Rabbit Remembered*，2000），他曾因此而荣膺两次普利策奖。其小说特别关注美国平民百姓的喜怒哀乐，他将自己对写作风格的追求称作"给平凡的世俗世界以美丽的预期"（to give the mundane its beautiful due）。

当时城乡之间的尖锐矛盾：现代工业的飞速发展带来了美国城市的繁荣，大量人口从乡村涌进城市，造成乡村的萧条和农耕社会传统价值观的式微；在这种背景下，人们要么适应新的资本主义道德体系，要么留在乡村抱残守缺，成为社会的畸零人。[1] 第二类执着于中西跨文化和比较文学视野，如彭阳辉、隋一诺运用城市化社会视角，对沈从文和薇拉·凯瑟进行比较解读：这两位 20 世纪初的中美乡土作家，都具有城市孤独情结，其作品都表现了城市化带来的不安，但沈从文作品反映了城市陌生化带给人们的惶恐，薇拉·凯瑟创作的人物之所以深感不安，是由于对城市化的了解；尽管如此，二者都表达了对过去纯朴生活的怀念，强调了城市化造成的隔绝感。[2] 第三类从城市生活的某一侧面发掘其消费和腐蚀本质，如胥维维在解读菲茨杰拉德的小说时指出，代表美国道德堕落的汽车工业，发展成有闲阶级炫耀财富的手段，而车祸同时对人类产生了毁灭性的影响。[3]

本书主要聚焦莫里森、麦卡勒斯和凯瑟的小说作品，探讨其中折射出来的美国城市化社会图景，并对这些历史和文化进行再语境化，以期对包括中国在内的第三世界城市化进程起到启迪作用。

第一，莫里森笔下的美国北方城市。美国城市化发轫于东北部沿海地区，工业革命带来了该地区的繁荣，促进其城市化的起步。19 世纪末 20 世纪初，大批黑人从种族问题依然严重、贫穷落后的南方农村涌向北方都市，形成美国历史上著名的"黑人移民潮"，进一步推动了北方城市化格局。诺贝尔文学奖得主莫里森，通过系列长篇小说忠实地记录了这

---

① 郭棲庆、潘志明：《再析〈我弥留之际〉中的本德伦一家》，《外国文学研究》2007 年第 5 期。

② 彭阳辉、隋一诺：《城市化带来的不安——从一个侧面看薇拉·凯瑟和沈从文的作品》，《佳木斯大学社会科学学报》2007 年第 5 期。

③ 胥维维：《论司各特·菲茨杰拉德小说对美国现代化的反思》，《内江师范学院学报》2009 年第 11 期。

一历史背景,在《最蓝的眼睛》(*The Bluest Eye*,1970)、《所罗门之歌》(*The Song of Solomon*,1977)、《爵士乐》(*Jazz*,1982)中刻画得尤为出色。莫里森笔下的人物群像,从农业经济走入资本主义经济,从善良淳朴变得冷酷自私,常常以暴力、谋杀、疯癫等行为,来对抗唯利是图的美国城市生活方式。莫里森的问题意识相当清晰:在物质文明高度发达的城市社会,缘何人们的心理危机如影随形?她的解决之道是:爱和宽容是人与人、民族与民族之间关系之根本,唯其如此才能建立和谐社会和大同世界。

第二,麦卡勒斯的文字里则弥漫着乡村留守人员的主体缺失。声势浩大的城市化运动,无疑为很多人创造了实现"美国梦"的机遇,于是人们或拖儿带女或孤身前往城市谋求发展。由于美国南方较之于北方都市和西部地区,其城市化进程比较滞后,也由于南方封闭主义、排外主义习俗由来已久,所以困守于此的年轻人尤其苦闷。在种族主义和性别主义思想严重的南方,青少年的才华和抱负得不到施展,他们便千方百计寻找远离南方、奔赴城市的途径。有些人在奋力抗争中获得一线生机,最终挣脱了这片狭小天地的束缚;有些人却没有那么幸运,他们左奔右突、无路可走,继续在此苟延残喘。在《心是孤独的猎手》中,少女米克以"假小子"形象示人,而少年哈里则以"娘娘腔"状态出现在公众的视线里。米克拥有出众的音乐天赋,她渴望走出美国南方小镇闭塞沉闷的不利环境,走进纽约等大都市去追寻梦想。但家庭和习俗的束缚让她举步维艰,最后只能成为留守农村的畸零人。哈里因为犹太人的身份而饱受歧视,在学校里他难以得到老师和同学的认可,在家中他只看到郁郁寡欢的母亲。如此一来,他期望奔赴城市生活的决心就变得异常坚定,最后终于如愿以偿,到都市开启了崭新一页。《婚礼的成员》(*The Member of the Wedding*)中的弗兰淇,对身居其中一成不变的南方乡村生活极度不满，竟然萌发了借助参加哥哥婚礼的契机私自逃走的想法。然而其不切实际的幻想毕竟是脆弱的，弗兰淇最终的命运是留守乡村，成为理想受挫、精神困顿的失意人。《伤心咖啡馆之歌》（*The Ballad of the sad cafe*）中的爱密利亚小姐，虽然外形极具男性气质，但其实是外强中干，是一个受制于南方二元性别主流意识形态的牺牲品。书中的两个男主人公恶棍青年马西和罗锅李蒙，都在打碎爱密利亚的强势外壳之后远赴城市，留下她在家乡形影相吊、离群索居。这三部小说中的男性人物也颇具代表性：罗锅李蒙以形体怪诞的外来者小丑形象，隐喻南方主流价值观的迂腐陈旧；《金色眼睛的映像》（*Reflections in a Golden Eye*）中的威廉姆斯和潘德腾，形成自然之子与保守势力的对峙，象征了城市新兴力量与农村守旧因素的角力；《婚礼的成员》中的马龙和老法官，是种族主义语境中的疾病隐喻，表明南方意识形态的不合时宜。在城市化和现代化的语境中，这些男性都成为因循守旧道德观的见证者。

第三，凯瑟的"草原三部曲"谱写了一首首美国城市化中的西部女性之歌。《啊，拓荒者！》中的亚历山德拉经受了父亲英年早逝、自然灾害侵袭、亲人怒目相向等重重困境，尤其是其至爱的小弟弟被枪杀。她却没有就此沉沦，而是成长为草原上的拓荒女英雄。《云雀之歌》中的西娅是一位音乐神童，纵然身边不乏贵人相助，但作为 20 世纪初的美国西部女性依然面临种种阻碍。但她一路欢歌、勇往直前，通过乐观向上的信念和坚持不懈的毅力，最后抵达了歌唱事业的巅峰。《我的安东尼娅》中的同名主人公经不住城镇消费主义价值观诱惑，堕落为未婚先孕、被人抛弃的弱势女性。她在土地的感召下重返草原，建立起幸福的家庭和兴旺的农场，成为美国西部大开发运动中的民族脊梁。这三部小说代表了凯瑟创作生涯的最高成就，也是她颇具自传性色彩的文学书写。凯瑟不仅写出了自童年时期自己最熟悉的家乡风貌，对当中的人情世故、各色性格着墨甚多，而且还在《云雀之歌》中以音乐作为媒介，来探讨艺术的本质问题。作为从小爱好阅读与写作的小说家，凯瑟对音乐领域也知之甚多，所以才会借助音乐家的形象，来诉说自我在商业社会中追求艺术真谛的热情和艰辛。不管是农家姑娘亚历山德拉和安东尼娅，还是最终成为著名音乐家的西娅，凯瑟都灌注以细腻的女性体验，表达她们人生之路上的困惑和思索，以及精神危机之后凤凰涅槃般的重生和奋起。"草原三部曲"的基调乐观向上，叙事风格清新自然，其中的女主人公堪称美国西部拓荒群体中的佼佼者。

第四，毋庸置疑，美国城市化和工业化给中国带来了一定的经验和教训。在对外关系上，美国一向打着维护和平的旗帜来对其他国家实行干预，比如早期对加拿大和墨西哥的侵犯，后期对朝鲜和越南的侵略。所有这些历史和战争议题，都在莫里森的作品中体现出来，也受到莫里森的犀利批判。在对待本国少数族裔的态度上，美国也是乏善可陈，比如臭名昭著的印第安人屠杀和驱逐事件，就成为美国当局犯下的不可饶恕的罪行，也是受到凯瑟强烈谴责的。对待人口众多的非裔美国人，主流人群也持不公正立场，比如骇人听闻的私刑和种族暴动等，都在莫里森和麦卡勒斯小说中得到展现。对于美国国内的犹太人和华裔等，美国政府的态度也是很不友好的，敌对和排外一直是它在实际操作中的主旋律，麦卡勒斯就此在她的文学作品中有所呈现。此外，工业化和城市化带来环境的恶化，是美国人必须要正确面对的一个现实。生态的发展也显得很不平衡，有的地区比较注重经济发展和大自然保护并驾齐驱，有的地区则任由各种污染肆意蔓延。而中国在进行城市化建设中，就对以上弊端引以为戒，避免了许多社会副作用的产生。在与邻国交往中，中国政府采取和平协商的外交策略，绝不轻易发动武力，在国力并不十分强大的前提下专注于发展经济，这是相当明智的举措。在对待本国少数民族上，中国政府采取兄弟般友好的姿态，尽管在新疆和西藏等地区发生打砸抢的暴力事件，但政府当局用真诚态度平息了风波。国内的 56 个名族，如今就像一个紧密团结的大家庭，这是中央政府采取的一贯宗旨。21 世纪是生态保护的重要年代，这已经成为全世界的共识，我国人民的生态理念与此一脉相承，在治理雾霾和各种污染的过程中，都采取了积极主动的策略，努力建设一个与工业发展相协调的良好生态环境。

第二节　相关作家和作品简介

本书选取 20 世纪美国文学史中的三位代表作家，来阐述美国城市化进程给人们带来的文化冲击。应该说，该选题是经过深思熟虑之后的慎重决定，它具有以下现实视角和阐释框架：（1）文化研究。在事实与虚构交织的文学文本中，文化研究致力于"去神秘化"和"再语境化"，着力还原历史真实，以此探寻当时的社会结构和文化政治。（2）时空组合。本书分别对 20 世纪初、中、后期美国文学进行分析，探究美国中西部、南方和东北部城市化进程的文化特征。（3）点面结合。本研究涵盖三类对象，即被腐蚀的城市新移民、积极向上的西部开拓者、绝望的农村留守者，以点面结合的方式，使典型性顺利过渡到普遍性和整体性。（4）全球化意识。美国城市化运动的得与失，为中国和其他发展中国家提供了学习资源；本书涉及的美国文学，呼吁种族和性别平等，倡导生态主义理念，与全球化背景下当今世界的热点问题一脉相承。

一　托尼·莫里森其人其作与城市化

　　莫里森在文学上成就卓著，是一位获奖无数的美国黑人女作家。还在霍华德大学读本科时，莫里森参加了学校的一个写作小组，团队成员们常常定期聚会，来探讨和评判彼此稍嫌稚嫩的习作。莫里森曾在这样的文学研讨会上出示过她日后第一部小说的雏形，也就是她的成名作《最蓝的眼睛》。该小说展示了这样一个深刻的主题：在 20 世纪 40 年代，美国正在经历城市化和现代化，而社会却依然笼罩在种族主义阴云中。一个黑人小女孩渴望拥有一双蓝色的眼睛，但现实却不断凌辱她并在最后毁灭了她，使她走进精神崩溃的悲惨境地。写作这部小说时，莫里森刚刚离婚不久，一边抚养两个嗷嗷待哺的孩子，一边在霍华德大学以教书为业。她的第二部小说《秀拉》（Sula）发表于 1973 年，1975 年获得国家图书奖提名。相对于《最蓝的眼睛》来说，《秀拉》完全是莫里森创作上的突破和超越，是一份彻底的女性主义宣言。如果说前者揭示了黑人小女孩逆来顺受却依然遭受命运捉弄的被动局面，那么后者就是对美国种族主义和性别主义的无情嘲弄。同名女主人公生长于黑人社区，在青春期时由于某种机缘巧合，到北方城市去游历了整整十年。等她回归家乡农村后，开始用一种特立独行、放浪形骸的姿态游戏人间。她对族人奉行的传统习俗不屑一顾，对抚养她长大的外祖母十分不敬，更在所有的男性面前招蜂引蝶、人尽可夫。秀拉终于在年纪轻轻的时候生病死去，生前身后都饱受诟病。《秀拉》还书写了奈尔的传统女性形象、越南战争退伍士兵夏德拉克的精神创伤、黑人青年李子英雄主义理想的幻灭、女性主义先驱爱娃的一系列壮举。笔者曾在论文《创伤、疯癫和反主流叙事——〈秀拉〉的历史文化重构》中，指出秀拉的为所欲为呈现了美国"存在主义者"的典型特征，与美国 20 世纪五六十年代盛行的反文化运动不无关系。① 那么秀拉何以会获得如此先锋和激进的思想呢？本书认为，这与她在北方城市的十年阅历是分不开的。正是这段不为她家乡人所知的生活体验，让秀拉接受了工业化中城市的超前意识，更让她体会到城乡差别之巨大。当她回到故乡黑人社区时，发现这里的陈规陋习依然如故，而她本人已经脱胎换骨，根本不可能再回归原来的生活方式。她用叛逆行为来抗拒农村传统的意识形态，使她在族人的眼中变得面目全非，甚至完全不可理喻。秀拉与周遭环境格格不入，说到底是城市和乡村两种价值观的角力，前者用它的消费主义价值体系来抗衡后者的黑人传统世界观。

《所罗门之歌》是莫里森的第三部长篇小说，发表于 1977 年，令她在美国文坛崭露头角。这本书是美国"当月图书俱乐部"（Book of the Month Club）的重点推荐书目，是入选该项目的第二位黑人作家作品，第一位黑人作家作品则是理查德·赖特（Richard Wright，1908—1960）写于 1940 年的《土生子》。《所罗门之歌》是荣获美国"国家图书评论奖"（National Book Critics Circle Award）的优秀作品，展示了美国工业化和城市化运动中黑人如何从南方农村移居东北部都市，又如何在城市异化带来的痛楚中回归南方寻求民族之根。奶娃是城市黑人的第二代移民，他的父亲虽是富有商人，但对人冷酷无情。他的母亲和姐姐们对生活怨声载道，他最好的朋友整天热衷于黑人种族主义复仇和杀戮。此外，奶娃还有个"古怪"的姑妈居住在城市贫民窟，姑妈的孙女哈格尔一直以来都在到处追杀他，因为他对她始乱终弃、十分绝情。奶娃就是在这种情况下前往南方农村，刚开始他是冲着一袋传说中的金子而去搜寻山洞，

---

① 荆兴梅：《创伤、疯癫和反主流叙事——〈秀拉〉的历史文化重构》，《南京师范大学文学院学报》2013 年第 3 期。

后来在不知不觉中受到祖先灵魂的召唤,感受到民族根基的深厚与博大。他终于意识到自己的扭曲心灵和痛苦生活,认为唯有在黑人传统文化的浸润中才能获得救赎,于是成为莫里森作品中美国黑人寻根之旅的代言人。这部小说和《最蓝的眼睛》《爵士乐》一起,最能代表莫里森写作中的黑人移民运动和城市化精神,它们都尽情展示了黑人到达城市后的尴尬身份,同时呼应了莫里森的救赎之道,即黑人只能在传统民族文化中获得心灵升华。

时隔四年之后,莫里森于 1981 年推出长篇小说《柏油娃娃》(*Tar Baby*)。谈及书名由来的时候,莫里森是这样回忆和解释的:白人们常称黑人男孩和女孩们"柏油娃娃"。柏油井在美国历史上有段时间是重要和神圣的地方,因为柏油可以用来建造东西,也能够将事物粘起来,就像《圣经》中摩西的小船和金字塔那样具有神奇力量。对莫里森本人来讲,"柏油娃娃"指的是拥有这种奇特本领的黑人妇女,她们能将四分五裂的人物关系吸附到一起。① 故事讲述了背景迥异的两个黑人青年之间的爱情纠葛,女主人公雅丹是美丽性感的时装模特,男主人公森意志坚强、一贫如洗。雅丹是巴黎大学毕业生,其叔叔、婶婶受雇于富有白人斯特里茨,而雅丹也受到斯特里茨的资助得以在名校完成高等学业,并在纽约和巴黎时装界崭露头角。当雅丹和森在斯特里茨位于加勒比海岛屿的别墅中相遇时,两人很快坠入了爱河,然而他们的爱情终究抵不过犀利的现实世界。他们返回美国寻找共筑爱巢的可能性,却发觉彼此之间的世界观和价值观南辕北辙:雅丹习惯了城市金碧辉煌的消费主义生活方式,而森则对美国南方农村黑人社区的传统习俗情有独钟。两个年轻人最终分道扬镳,但莫里森本人的立场是明确的:资本主义社会容易使人的心

---

① Karin Luisa Badt, "Roots of the Body in Toni Morrison: A Mater of ‘Ancient Properties’", *African American Review*, Vol. 29, No. 4, 1995, pp. 567 – 577.

灵遭受异化和扭曲，黑人唯有在民族传统中才能恢复主体性。《柏油娃娃》将故事场景设置在加勒比海地区，是莫里森 11 部长篇小说中主要情节发生在美国之外的唯一一部作品。但其故事构思可谓别具匠心：美国晚期资本主义工业资本家斯特里茨在海外第三世界国家实行文化殖民，他所资助的黑人帮佣后代雅丹在巴黎和纽约尽享消费主义生活，而雅丹的心上人森却执意带她回到美国南方的黑人社区。城市风貌和乡村人情交相辉映，两者的冲突和矛盾也跃然纸上，这正是莫里森在城市化书写中惯常采取的策略。

1987 年出版的《宠儿》（Beloved），代表了莫里森整个创作历程的最高成就，也成为黑人民族文学的一座宏伟丰碑。该小说问世之后，没能斩获国家图书奖和国家图书评论奖，这一现象受到 48 位黑人作家和评论家的联名抵制。他们将声明发表在 1988 年 1 月 24 日的《纽约时报》上，强调以上两个文学大奖对于莫里森来说有失公正，没有颁给莫里森已经引起公众的强烈愤怒。此后不久，《宠儿》一举拿下普利策奖和美国图书奖，还荣膺了阿尼斯菲尔德—沃尔夫图书奖（Anisfield - Wolf Book A-ward）。就在同一年，莫里森来到纽约州的巴德学院（Bard College）任访问教授。莫里森于 1993 年获得诺贝尔文学奖，成为读者和评论家的宠儿。这样一部炙手可热的小说，在 1998 年被改编成电影，由奥普拉·温弗蕾（Oprah Winfrey, 1954—）和丹尼·格洛弗（Danny Glover, 1946—）担纲主演。在不止一个场合，莫里森说明《宠儿》中的"杀婴情节"源于美国历史上的玛格丽特·加纳（Margaret Garner）的真实故事。而后来莫里森又运用加纳的原型故事，创作了一出新歌剧，所用音乐则来自美国作曲家理查德·丹尼尔普尔（Richard Danielpour, 1956—）。2006 年《纽约时报书评》（The New York Times Book Review）认定《宠儿》是最近 25 年来最好的美国小说，表明它在全世界读者心中的热度一直方兴未艾。

延续以往写作的一贯主题，莫里森在《宠儿》中依然关注黑人问题：女黑奴塞丝唯恐两岁的女儿宠儿落到奴隶主手中，情急之下将她杀死；然而世人却不理解她"浓烈的爱"，她死去女儿的灵魂也不能谅解她。《宠儿》不仅采用了魔幻现实主义效应和意识流手法，还将大量后现代写作技巧囊括其中，使其创作超越了现实主义和现代主义传统，进入一个崭新的高度。莫里森的《宠儿》和后来的《慈悲》（*A Mercy*，2008），直接把故事主线放置到奴隶制中，前者聚焦于奴隶制后期，而后者沉浸于奴隶制早期，都呈现了黑奴生活之悲惨和蓄奴制之罪恶。《宠儿》中的杀婴事件发生时，时间已经是美国内战前夕，美国北方城市早已在蓬勃发展，此时距离内战后的黑人移民潮运动也近在咫尺，所以这部小说被视作黑人城市化运动的前奏，是一点也不为过的。

莫里森 1992 年发表的小说《爵士乐》，故事主体发生在 20 世纪 20 年代的纽约市哈莱姆黑人社区，正值美国城市化运动如火如荼之际。这本书以美国历史上的"爵士时代"为背景，当故事中人物的前尘往事一一得到挖掘时，叙事视角又延伸到 19 世纪中叶的美国南方。北方城市的物质浪潮和精神异化，与南方农村的黑人民族传统交织在一起，经过抗衡后者最终占据上风，成为心灵得以救赎的灵丹妙药。故事的主线是个老套的三角恋：中年男人乔与妻子维奥莱特的感情日益淡薄，从而与 18 岁少女多卡丝共同谱写了一段婚外恋；后来多卡丝移情别恋英俊少男，乔愤怒之下开枪打死了她以图报复。就像爵士乐反复回旋和重奏的旋律一样，该小说将维奥莱特对婚姻和过往的探寻演绎得出神入化，使过去、现在和未来交相辉映，也让文本外和文本内的历史事件融会贯通。这本小说的写作策略尤其值得称道，它用爵士乐的作曲方式来构架文本，让一个个人物单独即兴演奏他们的人生际遇，合起来又成为一首天衣无缝的完整作品。小说的基调在每个人物身上都不同，从布鲁斯式的哀悼曲

（bluesy laments）到性感的美国黑人旋律拉格泰姆（ragtime），都有不同程度的表现。《爵士乐》还借用爵士乐的召唤—应答模式（call and response），促使各色人等从不同视角来看待同样的事件和人物。与此同时，故事还采用不可靠叙事手法，让叙述者根据当时的情感和视点，来改变对同一现实的看法。叙述角度切换得如此频繁，以至于读者必须认真倾听、仔细阅读，才能辨别出究竟是哪位叙述者的心声在奏响。尽管如此，作家莫里森的声音还是在小说尾声处显露无遗，表达了她对后现代文学主题和写作手法的观点，也表现出她对和谐社会一以贯之的追求和信念。总而言之，《宠儿》《爵士乐》《天堂》（*Paradise*，1998）一起构成了莫里森系列长篇小说中的"但丁式三部曲"（Dantesque Trilogy），形成莫里森创作历程中的华丽篇章。

莫里森小说"三部曲"中的最后一部《天堂》，也是名篇佳作。在这之前的 1996 年，美国"国家人文基金"（National Endowment for the Humanities）授予莫里森"杰弗逊奖"（Jefferson Lecture），这是美国联邦政府在人文领域颁发的最高荣誉。莫里森领奖时的演讲题目是"时间之未来：文学和日益稀少的期待"（"*The Future of Time：Literature and Diminished Expectations*"），她以警句作为开场白，在讲座过程中言辞谨慎，尽量避免误用历史和误导听众。也是在这一年，莫里森还喜获国家图书基金美国文学杰出成就奖（National Book Foundation's Medal of Distinguished Contribution to American Letters），其文学贡献再一次得到肯定和褒奖。这本书曾受到美国著名脱口秀主持人奥普拉的青睐，被选作"奥普拉读书俱乐部"（Oprah's Book Club）的推荐书目，可见它在美国读者心目中的地位之高。值得一提的是，莫里森原先将《天堂》起名为《战争》（*War*），到了编辑手中才被改成了现在的题目。《天堂》以杀戮场景开篇，也以杀戮情景收尾，除了第一章以"鲁比"这个地名为题之外，其他各章都以女性的名字为标题，而每一章都对小镇历史中的重要事件展开回溯，还对章节标题中的女性经历进行挖掘。《天堂》的故事也发生在19世纪末20世纪初的美国城市化运动中，讲述了俄克拉荷马州鲁比镇上的男人们和17英里以外修道院女人们的斗争。同时，小说在叙述进程中安排了许多"闪回"（flashbacks）策略，使得作品人物的历史、黑人社区的历史、美国和世界的历史交织在一起，呈现出一幅跨越漫长时空的宏伟图景。

美国南北战争结束之后，原先的南方黑奴在法律上获得了自由，但现实中他们仍然饱尝种族主义的束缚和压制。来自路易斯安纳州的一些黑人，没有像很多黑人那样移民北方城市，而是在萨加利亚的带领下一路西进，寻找一处可以让他们安身立命的住所，这就是"黑文镇"（Haven）的由来。他们在镇中心铸造起大铁炉，铭刻上居民们必须牢记的金科玉律；他们共同建立了一个完全封闭的"乌托邦王国"，不仅将白人拒之门外，还对浅肤色黑人实行排斥。在族人们的辛勤劳动和通力合作下，黑文镇不仅能够在经济上自给自足，在社会治安上也呈现出夜不闭户路不拾遗的喜人局面。这种局面一直维持到第二次世界大战期间，外界的侵扰终于令黑文镇原本固若金汤的局面趋于涣散，于是在镇上双胞胎兄弟第肯·摩根和斯图尔特·摩根的引领下，黑人群体带上大铁炉一起继续西迁。在途中，双胞胎兄弟的妹妹鲁比病得奄奄一息，却被沿途的白人医院和浅肤色黑人家庭拒在门外，以至于鲁比得不到及时救治而很快离开人间。他们再次定居下来后，将所居之地命名为"鲁比镇"，很快将它打造成比黑文镇还要繁荣和排外的"世外桃源"。随着时间的推移，镇上年青一代逐渐成长和成熟起来，一批外来妇女也前来附近修道院避难，这给鲁比镇首领们造成极大困扰和威胁。摩根兄弟掌握着这个黑人小镇的政治和经济命脉，他们鼓动乌合之众对修道院妇女展开杀戮、对具有反叛之心的镇上青年实行制裁。这样，鲁比镇统治集团的黑人种族主义思想浮出水面，这也正是莫里森着力要批判的意识形态。这部小说与美国城市化中北上移民的黑人生活不尽相同，却与当时的美国西进运动以及拓荒时代十分吻合：人们在积极争取经济发展和美好生活的同时，也不断遭遇种种意识形态的困扰，这令他们在现代性和传统性之间不断挣扎。

2004 年面世的小说《爱》（Love），是莫里森的第 8 部长篇作品。它讲述了一个家庭在 20 世纪六七十年代民权运动前后的沉浮历程，故事的中心人物是比尔·柯西（Bill Cozey），他在一处旅游度假胜地拥有产业，是个传说中的"大老板"形象。书中的所有女性命运都围绕柯西展开，即使在他死后多年，他的画像悬挂在正厅，仍然左右着书中各色人等的生命走向。多年前，梅（May）因仰慕柯西及其庞大产业，嫁给了柯西的儿子，尽管后者身体羸弱、一无所长。柯西待孙女克里斯汀（Christine）长到十来岁的时候，竟然看中了她的同龄好朋友希德（Heed），并正式娶为妻子。克里斯汀和希德从此变为势不两立的仇敌，她们为了争夺柯西的宠爱和财产，从豆蔻年华一直斗到年逾古稀。《爱》沿袭《宠儿》等小说中的魔幻现实主义风格，在生者和死者之间架起沟通的桥梁，比如小说中有个人物叫作茱尼尔（Junior），就是连接柯西鬼魂与现实世界的重要媒介。作品的叙事方式是后现代的，断裂和碎片化的非线性叙事贯穿其中，让故事情节穿插在不同的时空和历史阶段，从而邀请读者积极参与文本的建构和阐释，消解作家的一言堂格式和绝对权威。直到故事最后，女性们才幡然醒悟：原来自己从未曾拥有身份主体，而是被父权制人物柯西牢牢左右。金钱关系在这部小说中是一条很明朗的线索，柯西用它制造出绚丽迷人的泡沫，吸引着家族中的女性倾力追逐。故事发生的时候，美国工业化和城市化运动已逐渐完成，但人们依然被城市消费主义意识形态所操纵，无法保持平和的心态，不能在工具理性的世界里诗意地栖居。这样一种技术异化状态，不仅引起莫里森的思索和批评，还是海德格尔、伊格尔顿、哈贝马斯等后现代马克思主义文论家们所热衷的课题。

在 2006 年 11 月，莫里森应邀造访了巴黎卢浮宫（Louvre Museum），担任了为期一个月左右的客座馆长之职，参与了主题为"外宾之家"（The Foreingner's Home）的系列艺术活动。莫里森回到美国后仍然意犹未尽，于 2008 年秋季在普林斯顿大学发起了一场小型研讨会，也冠以"外宾之家"的名称。同年，《纽约时报图书评论》将《宠儿》列为最近 25 年来的最佳小说，对莫里森来说又是一个令人难忘的荣誉。她还在继续挖掘和拓展新的艺术形式，孜孜不倦地撰写以玛格丽特·加纳为原型的舞台剧剧本，通过一个女黑奴的真实经历来探索奴隶制的罪恶本质。2008 年对于莫里森来说注定是不平凡的、硕果累累的一年，因为她发表了大作《慈悲》。甫一问世，《慈悲》就获得《纽约时报图书评论》所甄选的"2008 年 10 部最佳小说"，2010 年入选著名的"一本书，一个芝加哥"① 大型读书活动（One Book，One Chicago program）。如果说那部带给

① "一本书，一个芝加哥"活动不仅倡导一种集体精神和读书能力，而且还旨在创建城市的"阅读文化"（culture of reading）。它得到市长理查德·达利（Richard M. Daley）的资助，因为他致力于重塑芝加哥、倾力打造它的文化艺术氛围，虽然芝加哥当时已经成为媲美巴黎的大型工业城市。达利市长于 2001 年秋季开始了"一本书，一个芝加哥"读书活动，精选的第一本书是哈珀·李的《杀死一只知更鸟》，6500 多位图书馆资助人借阅了这本书，其中包括 350 册外文版。首战告捷使得《杀死一只知更鸟》一直以来都很畅销，成为全美国 50 多个城市"一本书，一个城市"活动的书目。到了 2007 年，国会图书馆（Library of Congress）列出了 404 项类似读书活动，国家艺术基金会（The National Endowment for the Arts）也启动了同类项目，起名为"大型读书活动"（The Big Read）。为了纪念"一本书，一个芝加哥"创立 5 周年，也为了庆祝第十本书当选，芝加哥公共图书馆曾举办了一次展览，名为"一本书，众多解读"（One Book，Many Interpretations），时间定在 2006 年 9 月 30 日到 2007 年 4 月 15 日。来自全世界的将近 50 名图书装订商和艺术家，为本次展览会付出了辛勤劳动：入选该项目的十本书寄到手中之后，他们便开始创意性地装订这些图书，然后将它们寄回到芝加哥，接受艺术标准的评选；在三人小组的评审员审核下，最具艺术性的装订本被选出，成为那本书的装帧代表。

莫里森至高荣誉的《宠儿》描写了美国蓄奴制强加给黑奴的悲惨境遇，那么《慈悲》则带领读者再一次面对奴隶制，让人们沉浸到 17 世纪英国殖民北美洲的历史时期。某个老牌奴隶主愿意用黑奴来抵新晋奴隶主雅各布·瓦尔克（Jacob Vaark）的债，因为瓦尔克刚刚继承了一笔遗产成为种植园主，一个黑奴母亲前来乞求瓦尔克带走她的女儿弗洛伦丝（Florens），瓦尔克答应了她的请求。这样，瓦尔克的农场上就有了四个女黑奴、两个白人契约劳工作为帮手。原本心地善良的瓦尔克也逐渐变得利欲熏心、贪得无厌，开始建造豪宅、盘剥奴隶。弗洛伦丝爱上了农场附近的一个自由黑人铁匠，但她的感情之旅一波三折，令她忧思不绝。困扰她的还有她和母亲的关系，多年来她一直不能原谅母亲当年请求瓦尔克买她为奴的情景，认为那是母亲抛弃她的表现。直到多年以后，当弗洛伦丝经历了蓄奴制下身为女黑奴的种种艰难曲折之后，才终于领悟了母亲的一番苦心：原来母亲当年看到瓦尔克是个心思纯良的奴隶主，所以迫切希望弗洛伦丝到他那里生活和劳作，以免遭受黑心庄园主的欺凌和侮辱。通过回溯美国奴隶制的早期历史，莫里森再次审视了种族主义体制的根源，探究了那个时代各种各样的宗教仪式，表明北美早年的性别关系中总是以女性为牺牲品。在莫里森的作品中唯一远离美国工业化和城市化议题的，应该说就是《慈悲》，但其中的女性人物已萌发了现代意识，这无疑是可贵的。

莫里森于 2012 年发表长篇小说《家》（*Home*）。主人公弗兰克（Frank Money）是一位从朝鲜战场上退伍回国的黑人士兵，战争的创伤让他思绪难平，但更让他饱受痛苦的是对美国南方种族主义余孽的回忆。就在他被一波又一波噩梦缠绕之际，他接到了南方家乡的来信，说他妹妹茜（Cee）正生命垂危。他立即从北方往家的方向赶去，就是在回家的旅途中，当年祖辈和父辈生活的不堪情景一股脑儿涌上了他的心头。茜正身处亚特兰大市一个白人医生的家中，该医生将她当作活体实验工具，完全不顾她的死活和安危。弗兰克冲进医生家带走了茜，并让茜接受了很好的治疗和照顾，使她渐渐恢复了健康。而弗兰克体察到这么多年家乡发生了巨大变化，他郁积心头的仇恨和忧伤逐渐融化，其生理和心理都从真正意义上回归了家园。这本书的叙事风格自然流畅，读起来朗朗上口，主题思想也很明确。在莫里森的后期作品《爱》《慈悲》和《家》中，很多人倾向于认为《家》是表现力最好的，当然其中也不乏批评的声音。《出版人周刊》（*Publishers Weekly*）将《家》描述为"美丽、残忍，堪称莫里森的完美散文诗"（2012）。科恩在《纽约时报》批评《家》这部小说缺乏象征的微妙意蕴，但又总结说"该作品取得了极大成功，我们读者仿佛不是一个居民，而是它的集体作者，大家共同来建构和阐述这被称为'家'的土地"[1]。罗恩·查尔斯在《华盛顿邮报》（*Washington Post*）上写道："这是一则安静得可怕的传说，它囊括了莫里森以前挖掘过的所有惊心动魄的主题。她的描写从来没有如此简明和精练，这种节制表现了莫里森在写作中的绝世才华。"[2] 在《匹兹堡邮政公报》（*Pittsburgh Post – Gazette*）上，希沃茨尔注意到美丽灵动的抒写闪耀在小说中，但它的叙事风格显得很随意，没有资格和莫里森的其他优秀小说相提并论。[3] 20 世纪 50 年代的美国南方，城乡间的沟壑依然存在，城市人的冷漠无情和农村人的淳朴善良，又一次以对比的方式出现在莫里森笔端。白人医生身为科学工作者，却没有起码的人道主义精神，而是在工具理性冷冰冰的锋芒下丧尽天良，企图让活生生的人体

---

① Leah Hager Cohen, "Point of Return：'Home,' a Novel by Toni Morrison", *The New York Times*, May 17, 2012.

② Ron Charles, "Book Review：Toni Morrison's 'Home', A Restrained but Powerful Novel", *Washington Post*, May 1, 2012.

③ Erich Schwartzel, "Toni Morrison's 'Home' finds her fumbling", *Pittsburgh Post – Gazette*, June 17, 2012.

沦为牺牲品。与之相反，乡村妇女们义薄云天，她们本着救死扶伤的世界观精心治疗和照顾茜，终于让茜起死回生。从这个意义上讲，莫里森在诊治种族主义和性别主义等美国社会病症的时候，一直对城市化运动中所产生的诸种问题了然于胸。在小说《家》的结局部分，茜治愈了身体伤痛并渐渐获得主体意识，弗兰克也是在回到家乡之后，才从战争创伤中重获健康和自信。在民族之根中获得自我救赎，是《家》的主题之一，它又一次体现了莫里森的哲学理念。

已经到了含饴弄孙年纪的莫里森，在 2015 年又出版了她的第 11 部长篇小说《上帝帮助孩子》（*God Help the Child*）。其实在这之前，莫里森曾写过儿童文学作品，以此献给她那身为画家和音乐家的小儿子斯莱德·莫里森（Slade Morrison）。但非常不幸的是，才华横溢的斯莱德在 2010 年死于胰腺癌，年仅 45 岁。当斯莱德去世之时，小说《家》已经完成过半，莫里森声明此书是为心爱的儿子而作。而一出版就很畅销的《上帝帮助孩子》，原名是《儿童的愤怒》（*The Wrath of Children*），很容易让人联想到莫里森的《最蓝的眼睛》，前者中的布莱德（Bride）和后者中的佩科拉（Pecola）形成互文关系。两部小说都讲述了黑人儿童由于肤色问题在美国社会被侮辱与被损害的故事，但两位女主人公的奋斗历程和命运走向又是截然不同的。佩科拉和布莱德都有一个不幸的童年，都因为肤色太黑受到父母和街坊四邻的唾弃。但布莱德在成长过程中选择超越自我，从自卑情结迈向优越情节，最终成为社会中令人羡慕的优秀人才。而佩科拉却没有那么幸运，她最终被淹没在种族主义的滔天巨浪中，再也没能够彰显主体身份和女性意识。《上帝帮助孩子》中的布莱德，一出生就被认为又丑又黑到令人无法接受的程度，在浅肤色黑人父母的眼中，她的深黑皮肤就像苏丹人那样，也跟柏油具有同质关系。即使在 20 世纪 90 年代的美国，非裔美国人自身依然对肤色有着敏感而严格的区分：浅肤色黑人被认为是优越的，而深肤色黑人则是劣等和底层的。因为布莱德的外貌问题，其父亲不顾一切抛妻弃子、离家而去，其母亲吝啬于对她关爱，甚至禁止她运用"母亲"这一亲昵的称谓。长大后的布莱德在事业上风生水起，并刻意身着白色服装穿梭于职场，她成功的社会地位加上精心修饰的容貌，令她逐渐走出童年生活的阴影和创伤。如果说《最蓝的眼睛》中的佩科拉是一个了无生机的悲剧故事，那么《上帝帮助孩子》中的布莱德无疑找到了出路，也给黑人儿童的生存前景增添了一抹亮色。布莱德的自我建构之路，顺应了萨特那句著名的论断"存在先于本质"，体现了存在主义思想的精髓，即人类可以在后天的选择和努力中获得自我创造、自我更新。值得一提的是，就在《上帝帮助孩子》出版之前，恰逢美国黑人青年迈克尔·布朗遭遇白人警察枪杀。[①] 莫里森对此极为愤慨，公开发表激进言论来谴责美国司法制度的弊端。她看到的社会现象常常是这样的：手无寸铁的黑人遭受白人警察拘捕或射杀，黑人男性被指控性骚扰白人女性而被定罪。她认为这样的处置有违司法公正，因为白人如果处于同样的境地，往往不会得到如此惨绝人寰的规训和惩罚。由此可见，对黑人的社会地位问题，尤其对作为国家未来希望的青少年成长困境，莫里森倾注了大量心血。"90 后"黑人女孩布莱德的成长叙事固然令人欣慰，但文化媒体和社会意识形态的反复无常、莫衷一是同样发人深省。在布莱德童年

---

① 迈克尔·布朗枪杀案发生于 2014 年 8 月 9 日，地点在美国密苏里州圣路易斯市北郊的弗格森（Ferguson）。时年 18 岁的迈克尔·布朗和他的同伴约翰逊，在一家便利店偷了几包小雪茄香烟，受到阻止时非但没有停手和认错，反而将店员猛力推开。接到报警后，达伦·威尔逊警官在街道上拦住了这两名黑人青年，随后他们之间发生激烈冲突，导致布朗当场命丧威尔逊的枪口之下。这起事件立刻引发大规模种族暴动和反抗，引起美国国内外的强烈反响，连总统奥巴马都相当关注此事，而中国新华社也针对该案件发表评论文章。民众对于这件事情众说纷纭：黑人示威者们坚持布朗是在举手投降之际死于非命的，所以竭力要为他讨回公道；但也有目击证人据理力争，表明威尔逊开枪纯粹是正当防卫。大陪审团在历时好几个月的调查和审查后，决定免于起诉威尔逊，美国司法部也认定威尔逊的行为出于自卫。

和少年时期，黑人的浅肤色比深肤色更易被社会接受，因而她才会得到家人、四邻、学校的漠视。而等她成年之后，社会意识形态发生了翻天覆地的变化："在21世纪，'文化转向'，'世事变迁'，'深肤色黑人到处可见，电视上，时尚杂志里，广告中，甚至主演电影'。布莱德的肤色让其'因祸得福'，她的丑变成了有商业价值的美。造型师告诉她，'黑色是新的黑色'，'黑色好卖，是文明的世界中最畅销的商品'。布莱德身穿白色来突出自己的'黑'之美，小心地'只穿白色'，使得自己像'雪中猎豹'以引人注目，而且合乎新时尚的深黑肤色不仅使她外貌动人，也助她在美容界打拼出一片事业，成为某个护肤品牌的区域经理。"① 城市大众媒体和公共意识形态互相印证、互相促进，把虚假意识和扭曲的价值观加之于人们，从而忽视了人性这一根本因素。美国城市价值观的美学标准是令人匪夷所思的，也是莫里森着力讽刺和消解的目标。

莫里森的写作总是与社会政治密切相关。作为一名举世瞩目的大作家，莫里森的小说充满诗情画意，显示出她非同一般的语言天才。同时，她又立足于社会现实和历史政治，对种族、性别和阶级关系进行剖析和探讨，通过文学书写力图建立一个平等和谐的大同世界，与当今"和平与发展"的全球格局息息相通。尽管她在作品中刻画了黑人女性人物的群像，但她既厌恶父权中心制，也不倡导母权中心制，而是提倡两性间的和平共处。莫里森自始至终理解并支持非裔美国人，竭力阻止种族主义思想蔓延，这从她对两位美国总统所持的态度上就能一见分晓。1998年克林顿总统遭受众议院弹劾，理由之一是他作伪证，理由之二是他妨碍司法。莫里森对这一现象发表评论，声称自从"白水门

---

① 王守仁、吴新云：《走出童年创伤的阴影，获得心灵的自由和安宁——读莫里森新作〈上帝救助孩子〉》，《当代外国文学》2016年第1期。

丑闻"①（Whitewater Scandal）之后克林顿就受到不公正对待，究其原因是他的"黑人身份"在作祟："在多年前的'白水门'调查过程中，人们听到了第一波私下抱怨：他尽管是白皮肤，却是我们的第一个黑人总统，甚至比现实中的任何一个黑人都要黑。不管怎么说，克林顿表现出了黑人性的每一个特征：单亲家庭、家境贫寒、出身工人阶级、爱吹萨克斯管、麦当劳等垃圾食品的爱好者、来自堪萨斯的男孩。"② 到了2008年，莫里森又面对《时代》杂志，重新解释了当年她所说的那句"他是我们的第一个黑人总统"：她认为人们误解了那句话，它只是表明克林顿当时受到了不合理待遇，以至于差点被性丑闻所淹没。他遭遇的舆论压力如此沉重，就仿佛一个黑人站在街上，已经被宣判有罪。谈及种族问题，莫里森说她并不知道他的本能感受是什么。③ 2008年，莫里森公开支持奥巴马竞选总统，也显示出她对于黑人权利的关注。

自从莫里森获得诺贝尔文学奖以来，国内外对于其作品的研究成果不胜枚举。学者们从女性主义、生态主义、后殖民、后现代等视角，对莫里森作品进行多层次解读，涌现出的研究资料非常丰富。笔者多年来致力于莫里森阐释工作，已经完成一部相关专著，在国内 CSSCI 期刊发表学术论文十多篇，其间做过大量莫里森小说国内外研究现状的文献综述，此处就不再赘述。但综观国内学界，莫里森其人其作的阐述空间还留有空白之处，比如对于其系列小说中的城市化和工业化社会语境，至今还缺乏全面而完整的梳理。又比如，莫里森创作中为数不多的儿童文学、新时期互联网大环境下莫里森本人与读者的互动状况，以及从读者

---

① "白水门"也称为"Whitewater Controversy"，是针对克林顿夫妇及其同僚在房地产投资上的一宗调查案，牵涉20世纪七八十年代经营失败的"白水发展公司"，故而美国历史事件中才有了这样的名称。

② Toni Morrison, "Talk of the Town: Comment", *The New Yorker*, October 5, 1998.

③ Andrea Sachs, "10 Questions for Toni Morrison", *Time*, May 7, 2008.

反应层面所折射出的当今美国社会的种族问题和性别关系。里维尔斯 –
伯纳文特在论文《托妮·莫里森的脸书怎样重建种族和性别》中，挖掘
了莫里森脸书的网页及其点评内容。莫里森在 2010 年开通了脸书账号
（Facebook）并广受欢迎，涌现出大量点评信息，引发了各抒己见的辩论。
里维尔斯 – 伯纳文特分析了这些评论性文字如何引起人们对于种族和性
别的思考，他将网络文化中的种族和性别问题上升到理论高度，并将它
们应用到那些粘贴在莫里森脸书网页上的叙事性文字中，以此表明：种
族和性别是相互关联的，需要被置于研究对象的中心地位，它们体现了
诸多社会力量的平衡关系。[①]

罗佩洛的论文《"相信他们会想明白"：托妮·莫里森的儿童文学》，
聚焦莫里森较少为人关注的儿童文学作品。尽管莫里森在儿童文学创作
中起步很晚，但她在以往那些颇负盛名的长篇小说中，对童年生活给予
持续关注。尽管《最蓝的眼睛》《上帝帮助孩子》等文本中的孩童大多是
社会不公正制度的受害者，但莫里森儿童文学中人物形象都具备独立思
维，他们都能够勇敢挑战成人世界。她的小说有一个共同点，都强调儿
童的自主教育，使他们能够成长为具有批判性思维的人。她倡导这样一
种生活方式：远离都市消费主义意识形态、习得批判性思维、具有敏锐
的语言和艺术鉴赏力、消除暴力行为、对他人的疾苦感同身受。一般而
言，儿童文学被认为是一种较为保守的文学样式，因为它需要反映成人
观念中儿童的适当行为。但莫里森无疑对这种文学程式进行了颠覆，她
的儿童作品都是开放型的，有时还是元小说形式和互文性写作，有时对
传统儿童故事展开重构和批判。她的好几篇儿童小说呈现出非裔美国文

① Beatriz Revelles – Benavente, "How Toni Morrison's Facebook Page Re（con）figures Race and Gender", *CLCWeb*：*Comparative Literature and Culture*, Vol. 16, No. 5, 2014, http：// dx. doi. org/10. 7771/1481 – 4374. 2490.

学的特征，尽管其主题和经历无关乎种族问题，也没有针对特定读者，而只是揭示儿童中普遍存在的现象。20世纪20年代以来的美国传统型黑人儿童作家，都会集中描绘种族主义问题和黑人历史，莫里森的兴趣包括以上议题却又不局限于其中。①

二 卡森·麦卡勒斯其人其作与城市化

在璀璨的美国南方作家群中，麦卡勒斯以独特的文学主题和叙事格调矗立其间。在第一次世界大战尚未结束之际，她出生于佐治亚州的哥伦布，整个童年和少年时期都在家乡度过。那里有个著名的本宁堡军事基地（Fort Benning），在第一次和第二次世界大战中均发挥过重要作用，而美国的一代名将马歇尔（George Marshall，1880—1959）将军等人，都曾在里面担任过重要职位。麦卡勒斯在树立日后当作家的决心之前，其实一直对音乐情有独钟，也在这方面表现出卓越天赋，不仅是母亲玛格丽特的宠儿和骄傲，在亲朋好友间也享有"音乐神童"的美誉。她曾跟随一位本宁堡军事基地的军官太太学习钢琴，与她的女儿年纪相仿、过从甚密，跟他们一家相处得很融洽。由此，麦卡勒斯对军营生活有了一定的了解，而青春期的记忆尤其刻骨铭心，多年后她终于将这段经历进行戏仿、剪裁和变形，写成那部闻名遐迩的《金色眼睛的映像》（*Reflections in a Golden Eye*，1941）。

麦卡勒斯的出生和成长时期，正是美国工业化和城市化的鼎盛阶段。北方城市出现了辉煌的"爵士时代"，开创了日食万钱的消费主义风潮。

---

① Maria Lourdes López Ropero，"'Trust Them to Figure it Out'：Toni Morrison's Books for Children"，*Journal of the Spanish Association of Angio – American Studies*，Vol. 30，No. 2，2008，pp. 43 – 57.

但都市狂欢化生活似乎并没有影响到南方农村，麦卡勒斯印象中的乡村小镇一如既往地沉闷、单调、愚昧、落后。南方依然存在根深蒂固的种族主义思潮，在奴隶制废除多年之后黑人的社会地位还是令人堪忧。南方社会一向推崇"淑女形象"，但在内战之后南方妇女失去了世袭的经济支撑，不得不走上自力更生之路，这与南方传统父权制思想不免发生抵牾。尽管南方当时也出现了棉纺厂、酒吧、咖啡馆，代表了有限的工业化生产和现代性消费，但这里的城市化要到第二次世界大战后才真正到来，相对北方城市和西部开发区来说是滞后的。随着黑人移民潮的兴起，大批南方有色人群奔赴北方城市，很多土生土长的白人也被城市生活吸引，所以南方遭遇大量人口流失，经济和文化发展越发萧条起来。麦卡勒斯关注到了美国城市化中的南方"留守人员"，体会到他们的孤独、无助和绝望，所以用小说形式来展现他们的生活经历和内心世界，剖析造成这种状况的深层社会动因和历史渊源。

1940 年，年仅 22 岁的麦卡勒斯横空出世，以长篇小说《心是孤独的猎手》（*The Heart Is a Lonely Hunter*）正式登上美国文坛。这部作品涉及种族、性别、阶级和人类普遍生存境遇等重大议题，穿梭其间的人物五花八门却又主次有别、个性鲜明，堪称一部鸿篇巨制。评论界很难置信如此年轻的女作家能够驾驭这样的宏大主题，对她的好奇和兴趣越发强烈，更加引发了阅读和评价热潮。《心是孤独的猎手》获得巨大成功，首战告捷让麦卡勒斯志得意满，对自己的写作才能有了更大信心。小说以两个聋哑人辛格（John Singer）和安托纳波罗斯（Spiros Antonapoulous）的亲密友谊为主线，再加上其他四个人物的故事：米克（Mick Kelly），一个热爱音乐并梦想买钢琴的"假小子"；杰克（Jake Blunt），一个嗜酒如命的工人运动激进分子；比夫（Biff Brannon），一个冷眼看世界的咖啡馆老板；考普兰德（Benedict Copeland），一个怀揣民族主义激情的黑人医生。安托纳波罗斯后来精神状况出了问题，尽管辛格多方奔走、四处努力，还是没能挽回好朋友被送进精神病疗养院的命运。辛格不得不搬到新的住处，并定期到疗养院探望安托纳波罗斯，直到有一天后者离开人世，辛格万念俱灰中自杀。米克等四个经常向辛格倾诉的小镇人物，随着辛格的离世又重新回到孤独绝望的生存状态。《心是孤独的猎手》名列 1940 年美国畅销书榜首，《现代图书馆》（*Modern Library*）杂志社将它评选为 20 世纪 100 部最佳英语小说中的第 17 名，《时代杂志》（*Time Magazine*）将它收录到《1923—2005 年 100 部最佳英语小说》（*TIME 100 Best English – language Novels from 1923 to 2005*）中，2004 年它入选"奥普拉图书俱乐部"书目。同时，早在 1968 年这部小说就已经被搬上银幕，扮演男主角的阿肯（Alan Wolf Arkin，1934—）由此获得奥斯卡金像奖提名。

紧接着，《金色眼睛的映像》和《伤心咖啡馆之歌》（*The Ballad of the Sad Café*，1943）等作品相继问世，进一步奠定了她在美国乃至世界文坛的地位。《金色眼睛的映像》出版后可谓毁誉参半，有些人质疑了其中混乱、怪诞的军营生活，连本宁堡军事基地中的高级军官及其家眷们都对麦卡勒斯表达了不满。比如布朗斯基（Michael Bronski，1949—）就在 2003 年职责《金色眼睛的映像》谈及多重议题，同性恋、色情狂、偷窥狂、恋物癖、性倒错者和社会畸零人。[①] 当然赞赏的声音也是此起彼伏、不绝于耳，其学术价值和现实意义一直以来呈上升趋势，至今学界对这部小说都持肯定态度。斯莱德（Anthony Slide，1944—）评价《金色眼睛的映像》"它是 20 世纪前半叶英语作品中四大最知名的同性恋小说之一"，其他三部分别是巴恩斯（Djuna Barnes，1892—1982）的《夜林》

---

① Michael Bronski, *Uncovering the Golden Age of Gay Male Pulps*, New York：St. Martin's Griffin, 2003, p.349.

（*Nightwood*，1936）、卡波特（Capote，1924—1984）的《其他声音，其他房间》（*Other Voices*，*Other Rooms*，1948）、维尔达（Gore Vidal，1825—1912）的《城市和枕头》（*The City and the Pillar*，1948）。该书起初以"营房"（*Army Post*）为标题，讲述了和平时期两对军官夫妇和一个士兵错综复杂的故事，牵涉婚外恋、同性恋、少数族裔、暴力行径等多重主题。下等兵威廉姆斯（Private Ellgee Williams）的主要职责是照料马匹，他的心中充满欲望和秘密，他在军营中服务两年之后，偶然看到潘德腾上尉（Capt. Weldon Penderton）的妻子利奥诺拉（Leonora）的裸体，从此极端痴迷她的身体，开始夜夜潜伏到营房加以偷窥。而利奥诺拉是个有点弱智的狂野女人，她在军营中招蜂引蝶、行为放荡，很多军官都拜倒在她的石榴裙下。她当时的情人是兰顿少校（Major Morris Langdon），他们已经私下偷情许久，而兰顿的妻子艾莉森（Alison）是个饱读诗书、心思敏感的女人，在撞见丈夫和利奥诺拉幽会之后，她的精神迅速崩溃、身体每况愈下，最后因心脏病发作死于疗养院中。故事的高潮部分是士兵威廉姆斯死于非命：自命不凡的潘德腾上尉，竟然迷恋上年轻健壮的威廉姆斯，就在后者又在深夜潜入利奥诺拉房中偷窥其熟睡的裸体时，潘德腾扣动扳机枪杀了威廉姆斯。《金色眼睛的映像》于 1967 年搬上银幕，由荣获两次奥斯卡金像奖的约翰·休斯敦（John Huston，1906—1987）导演，演员阵容中有大名鼎鼎的伊丽莎白·泰勒（Elizabeth Taylor，1932—2011）。

《伤心咖啡馆之歌》堪称麦卡勒斯所有作品中一颗夺目的明珠。在笔者看来，它颇有几分福克纳《献给艾米丽的玫瑰》（*A Rose for Emily*，1930）的韵味，其中的哥特风格、怪诞意象、文字表现力，都极具美国南方文学的真味，体现出麦卡勒斯才华横溢的语言天赋。经过李文俊先生的妙手翻译，中文版本于 2007 年在国内出版，同样是妙语如珠、朗朗上口，是一部不可多得的名篇佳作。《伤心咖啡馆之歌》实际上是个三角恋故事：爱密利亚小姐（Miss Amelia Evans）是佐治亚一个小镇上的女老板，她身材高大、精明能干，在父亲去世后依然将木材厂和杂货铺生意经营得十分红火。一个自称是其远房表兄的不速之客李蒙（Cousin Lymon）前来投靠于她，令她的生活发生天翻地覆的变化。爱密利亚首先将家中最好的居住环境和食物等，悉数奉献给李蒙尽情享用。接着，爱密利亚将杂货铺改成咖啡馆，为的是让罗锅李蒙再也感觉不到孤单。再后来，当爱密利亚那仅仅一起度过十天新婚岁月的丈夫马文·马西（Marvin Macy）出狱归来时，她决定应承他的决斗战书，目的是赢回李蒙那早已心猿意马的感情，因为此时李蒙对马文·马西顶礼膜拜、欲罢不能。最后，爱密利亚在罗锅李蒙和马文·马西的联合夹击下成为败军之将，她收起毕露的锋芒、低下高昂的头颅，将住所的门窗全部钉死，从此以后过起了闭门不见任何人的隐居生涯。《伤心咖啡馆之歌》最初在《哈泼时尚》（*Hznper's Bazaar*）杂志上刊登，出版后招致过非难和轩然大波，这在麦卡勒斯传记作家卡尔和国内学者林斌的笔下，都曾得到过细致而深入的探讨。

　　尽管《伤心咖啡馆之歌》的故事情节已经广为我国文学爱好者熟知，然而作品问世后的一段插曲却多半鲜为人知：作者曾因"反犹倾向"的指控而一度遭受精神折磨。小说于1943年8月发表后不久，麦卡勒斯就收到一封署名"一个美国人"的手写匿名信，信纸上方印有飘扬的美国国旗衬托下的一组轰炸机，红、白、蓝三色图案下写有"让它们永远飞扬"字样。信上说："尊敬的年轻作家，我刚刚开始读你写的小说，但是你却在第二页末尾拿犹太人开玩笑。等我看到是哪家出版商以后就不奇怪这样一篇小说得以发表。你何不停止在种族问题上做文章，四下里看看那些心术不正的大政客和金融公司大老板。或许还有你的朋友刘易斯先生和希特勒。"①

麦卡勒斯其实对弱势群体深表同情，并且在作品中表达得很清晰。无论是《心是孤独的猎手》中的黑人医生考普兰德，还是《金色眼睛的映像》中的菲律宾男佣安纳克莱托（the flamboyant Filipino houseboy Anacleto），抑或是《伤心咖啡馆之歌》中酷似犹太人范因斯坦的罗锅李蒙，在麦卡勒斯笔下都从客体走向主体，都让自己的声音和诉求响彻在文本之中。但在叙事策略的运用上，麦卡勒斯可谓苦心经营，她表面上极尽揶揄和调侃之能事，尤其在呈现范因斯坦这个犹太人形象时更是如此，以至于让那些对小说浅尝辄止的人产生误读，以为麦卡勒斯是在贬低和批判这些与社会格格不入的社会底层人物。麦卡勒斯提倡种族平等与性别和谐的理念，这些在其第四部长篇小说《婚礼的成员》（*The Member of the Wedding*，1946）中同样表现得酣畅淋漓。如果说麦卡勒斯在创作前三部小说时都写得非常顺手，那么《婚礼的成员》则带给她诸多心理磨难，让她痛苦地沉吟、长久地斟酌，历时整整五年才得以付梓。一方面，她希望用最适宜的写作方式呈现刻骨铭心的往事，即青春期时钢琴老师骤然离开时给她造成的心灵冲击和精神创伤；另一方面，当尘封的过往像伤疤那样被一一揭开，即使事隔多年之后依然令她痛楚不已，再加上寻找最相宜写作策略的不易、第二次世界大战和她本身婚姻等造成的动荡等，致使她这本书的写作过程一波三折。麦卡勒斯原本打算直截了当，在《婚礼的成员》中描述一个小女孩对她钢琴老师的挚爱和崇拜，但后来"一道乍现的灵光"（a divine spark）改变了作家的初衷，使她将弗兰淇（Frankie Addams）的全部注意力投向哥哥及其新娘的婚礼，使之成为贯穿全书的主线。显而易见，这样的变更正凸

---

① 转引自林斌《文本"过度阐释"及其历史语境分析——从〈伤心咖啡馆之歌〉的"反犹倾向"谈起》，《四川外语学院学报》2004 年第 4 期。

显了麦卡勒斯的聪明之处和文学直觉，因为将人生体验赤裸裸地搬进小说，会带来各种意料之外的不便和尴尬，甚至种种不堪设想的后果都可能发生。身为作家的麦卡勒斯对这一点无疑是敏感而警觉的，她和其他写作者一样，尽量避免潜在的写作危险，恐怕也是她不得不时常提醒自己的。将写作意图用一种象征和隐喻的形式表现出来，这是一个成熟作家惯常的做法，也是麦卡勒斯系列小说一以贯之的策略。

故事发生在南方小镇酷热难挡的 8 月下旬。12 岁的"假小子"少女弗兰淇时时刻刻感到被世界所疏离，成了这个浩瀚宇宙的不系之舟（un-joined person）。母亲在生弗兰淇时死于难产，父亲是个整天忙忙碌碌、难以接近的人，所以弗兰淇的好朋友只有家中的黑人女佣贝利尼丝（Berenice Sadie Brown），以及她那天真无邪的 6 岁表弟约翰·亨利（John Henry West）。弗兰淇游荡在沉闷无聊的小镇上，感觉异常孤独无依，因此梦想参加哥哥在阿拉斯加举办的婚礼，并加入他们的蜜月之旅，从而以此种方式从小镇上永远地一走了之。小说展现了弗兰淇、贝利尼丝、约翰·亨利这三个主要人物的心理状态，重在表现一场场谈话场景，并没有跌宕起伏的故事冲突，高潮部分也就是弗兰淇离家出走的计划宣告破产。该小说曾被改编成舞台剧、电影和电视剧，麦卡勒斯自己将小说改写成舞台剧，1950 年在纽约的帝国剧场（Empire Theater）上演获得巨大成功，连续不断地表演了 501 场。

《没有指针的钟》（*Clock without Hands*，1961）是麦卡勒斯的最后一部长篇小说，相对于她的前期创作来讲，这本书无疑具有超越性和突破性。学界常将"孤独"和"精神隔绝"作为麦卡勒斯小说的标签，有些学者认为她并不善于挖掘重大社会主题，从而断定她是有局限性的一位作家，因而不足以被列入世界文学经典的、主要的作家之列。这种说法当然有失偏颇，而《没有指针的钟》也对这样的评价作了最好的回应，它的人物设置、故事情节、叙事语言和全篇主题，无不涉及宏大历史和政治文化。在《婚礼的成员》问世整整 15 年之后，麦卡勒斯才隆重推出《没有指针的钟》，作家对这部书的打磨和重视程度不可谓不令人动容。此书结构庞大、议题众多，主要人物有四个：老法官、马龙、杰斯特、舍曼。马龙是个在现实生活中循规蹈矩的药剂师，正值中年时发现自己患了白血病，于是他痛定思痛，开始着力改善自我的生活质量和与妻子的关系。马龙一直以来最崇拜的人是老法官，这是一位已经退休的美国南方议员，他对其时 20 世纪 50 年代的南方现实怨气冲天，强烈呼吁恢复奴隶制社会秩序。然而他年事已高、疾病缠身，某天在发病掉进河里之后，被一位叫作舍曼的黑人青年所救。舍曼从此受雇成为老法官的贴身秘书，他其实是一个愤世嫉俗的黑人孤儿。在听到老法官那一套回到蓄奴制和南部联邦的无稽之谈后，他变得更加固执和激进，愤愤然且堂而皇之地搬进了白人社区。舍曼实际上极富音乐才华，他的钢琴声深深吸引了老法官的孙子杰斯特，两个肤色不同的年轻人产生了既吸引又排斥的奇特关系。舍曼在白人社区里招摇过市，老法官决定派马龙去暗杀舍曼，但历经世事的马龙此时已经看清了老法官的本来面目，便断然拒绝了刺杀任务，不久在与妻子琴瑟和谐的关系中安然离世。杰斯特一心想挽救舍曼于危难之时，无奈舍曼固执己见、不肯躲避，最终死于种族主义爆炸中。很显然，麦卡勒斯对老法官的倒行逆施持批评态度，对黑人舍曼表示哀其不幸怒其不争，对杰斯特的进步思想和清醒意识大为赞赏，对马龙最后的幡然醒悟深表欣慰。

麦卡勒斯的笔墨都集中在美国城市化和工业化中的南方农村。《心是孤独的猎手》中的杰克是初来乍到的工运分子，他满怀激情地控诉了资本家对工人阶级的剥削，显示出当时美国工厂复杂的劳资纠纷，更表明美国工业化运动正在蓬勃进行之中。《金色眼睛的映像》的故事背景是一座封闭的南方军营，这里的人们性情扭曲、行为怪诞，如同被世界遗忘的一群局外人，是美国城市化运动中南方滞后、落寞形象的生动表现。《伤心咖啡馆之歌》中从杂货铺到咖啡馆的演变，背后折射出纷繁的爱恨情仇——爱者和被爱者不能彼此呼应，说明工业化和城市化中的物质主义思潮不可避免地渗透到南方小镇，人们的情感世界由此日益荒芜和衰竭。《婚礼的成员》以敏感而热情的青少年为主人公，当大批农村人移民北方和中西部城市，作为留守人士的他们备感压抑和孤独，而在拼尽一切努力之后，他们只能回到南方继续乏味的生活。《没有指针的钟》的故事发生在民权运动前夕，此时的南方地区城市化也已经有了不小的规模，但现代性和传统性、进步思想和反动意识在这里发生激烈冲突，比如老法官发动谋杀黑人的事件、竭力想回到蓄奴制社会中，就是根深蒂固的种族主义思维在作祟。

麦卡勒斯的个人生活和文学创作都比较多姿多彩。她于 1937 年嫁给利夫斯（Reeves McCullers）为妻，两人后来于 1941 年离婚。在第二次世界大战中利夫斯作为军官屡建战功，令麦卡勒斯对他刮目相看，于是在战后二人又正式复婚，但利夫斯最终还是在抑郁中死于自杀。在小说中不断哀叹爱者和被爱者不能互相应答的麦卡勒斯，其感情生活异常丰富，与美国著名剧作家田纳西·威廉姆斯（Tennessee Williams，1911—1983）、大音乐家大卫·戴蒙德（David Diamond，1915—2005）等，都曾私交不断、过从甚密。麦卡勒斯早年在佐治亚哥伦布的家，已经为哥伦布州立大学（Columbus State University）所拥有，成为该大学的"作家和音乐家麦卡勒斯中心"（The University's Carson McCullers Center for Writers and Musicians）。她在 1945—1967 年时常居住在纽约市的尼亚克南部（South Nyack，New York），这处住所于 2006 年被列为美国"国家史迹名录"（National Register of Historic Places）。麦卡勒斯从年轻时代起就一直疾病不断，她一生几乎都在寻医问药中度过，终于在 1967 年 50 岁的年纪溘然长逝。她留给世人的最后一部文字作品，是未完成的自传《启示和夜光》（*Illumination and Night Glare*，1999）。

三 薇拉·凯瑟其人其作与城市化

凯瑟在有生之年著述颇丰，人们习惯于称她为西部作家或边疆作家。她出生于美国南部的弗吉尼亚州，9 岁时随同家人移居西部的内布拉斯加州，大学毕业于内布拉斯加大学林肯分校。后来，她在匹兹堡生活和工作了 10 年，33 岁时移居到纽约市度过人生余下的岁月。住在纽约期间，她在国内国外到处游历，足迹遍布世界各地，在加拿大夏日别墅逗留的时间也相当长。凯瑟以描写西部大草原的边疆生活而著称于世，她的"草原三部曲"至今享誉文坛，是学者们争相研究的对象。她于 1923 年荣膺美国文学领域最高奖普利策奖，获奖作品是以第一次世界大战为背景的《我们中的一个》（*One of Ours*，1922）。凯瑟成长于19 世纪末 20 世纪初，一生经历了美国城市化的兴起和蓬勃阶段。西部地区从荒原到城市的崛起对她来说尤其激动人心，所以她在 1912 年到1940 年创作的 12 部长篇小说，绝大多数都反映了这一时期的广阔时代背景。

《亚历山大的桥》（*Alexander's Bridge*，1912）是凯瑟的第一部长篇小说。男主人公巴特雷·亚历山大（Bartley Alexander）是个建筑工程师，还是个享誉世界的桥梁专家，处于中年危机阶段，在妻子温妮芙蕾（Winifred Alexander）和情人希尔达（Hilda Burgoyne）之间疲于奔命。在故事开篇，威尔逊教授（Professor Wilson）受亚历山大之邀来波士顿参加一个心理学会议，同时来到亚历山大家中拜访。温妮芙蕾热情接待了威尔逊，并为这两个男人弹奏钢琴，还在第二天向威尔逊讲述她和亚历山大的爱情和婚姻经历。他们一起度过了圣诞节和新年，亚历山大在送了妻子珍珠耳环礼物之后，就迫不及待登上开往伦敦的轮船，去见他的情人希尔达。亚历山大告诉希尔达他必须终止两人之间的婚外恋，希尔达听后深受打击，不顾一切跑到美国去找亚历山大，两人重归于好、共进晚餐，其感情继续在痛苦中纠缠。希尔达终于决定和另外一个男人结婚，她和亚历山大度过了最后一夜，令亚历山大痛苦不堪。正在此时，亚历山大被指派去检查一座存在隐患的桥。他发现这座桥其实已经危在旦夕，就在他试图阻止建筑工人施工时，大桥轰然倒塌，很多工人当场死于非命。人们第二天找到了亚历山大的尸体，温妮芙蕾赶来料理后事。故事进行到这里开始与开篇首尾呼应：威尔逊又出现了，他见证了希尔达和温妮芙蕾由于亚历山大的死而深陷痛苦。据考证，《亚历山大的桥》中大桥坍塌、工人遇难的场景，在实际生活中确有其事："与当时许多都市题材小说一样，《桥》的题材源于新闻真实事件。亚历山大·巴特力的原型是纽约当时著名的桥梁工程师——西奥多·库珀（Theodore Cooper），他当时负责魁北克桥的总设计。1907 年 8 月，桥梁垮塌，他与 50 多名在桥梁上工作的工人一起葬身海底。随着交通建设大张旗鼓地进行，各种工程师成为城市乃至整个美国的文化英雄，而各种建设事件也相应地频频被媒体报道。"[①]《亚历山大的桥》出版后获得成功，其艺术魅力和深邃主题有目共睹。大桥的断裂既象征亚历山大的分裂人格，表明他在代表精神的妻子和代表肉体的情人之间无所适从，又影射了作家本人在艺术和市场之间日夜徘徊：凯瑟曾在作家和编辑这两个身份之间举棋难定。作为出版社编辑，她倾尽全力确保所编图书占

---

① 许燕：《〈亚历山大的桥〉：在市场和艺术中分裂》，《湖南师范大学学报》2011 年第 4 期。

有市场，但这无疑消耗掉她大量宝贵的写作时间，致使她有个阶段作品的质量和数量都呈下降趋势。同时，这部小说能够在美国图书市场一炮打响，还与凯瑟的选题密切相关，因为她精挑细选了 20 世纪初美国北方城市生活为题材，与当时的城市化社会发展主流一脉相承。凯瑟大学毕业后做过多年记者和编辑，对文学市场的把握比较精准，她在第一部长篇小说中就竭力迎合读者，可见她除了具有不俗的才华之外，还拥有卓越的智商和情商，尤其对于城市化脉搏中人们变幻莫测的情感之精准把握，非常值得称道。

《啊，拓荒者！》（*O Pioneers*！）发表于 1913 年。凯瑟写作这部书时正居住在纽约市，也许她从惠特曼的诗歌中获得灵感而取了这样一个书名，因为后者的《草叶集》（*Leaves of Grass*，1865）中就有一首诗歌《拓荒者！啊，拓荒者！》（*Pioneers*！*O Pionners*！）。《啊，拓荒者！》这部长篇小说令凯瑟生前身后都风光无限，它是其"草原三部曲"的第一部，第二部和第三部分别是《云雀之歌》和《我的安东尼娅》（*My Antonia*，1918）。"三部曲"代表了凯瑟创作的最高成就，她们采用炉火纯青的写作技巧，刻画了美国城市化运动中西部大开发的壮丽景象。《啊，拓荒者！》主要讲述了瑞典移民伯格森一家（the Bergsons）的经历，他们来到美国西部草原上成为开拓者，并在其中遍尝一般人难以想象的艰难困苦。在 19 世纪和 20 世纪之交，伯格森一家在内布拉斯加州的哈诺佛（Hanover，该小说中一个虚构小镇的名称）经营一处农场，不久作为一家之主的父亲撒手人寰，临终前把农场交付给女儿亚历山德拉（Alexandra Bergson）接管。负责打理农场的亚历山德拉，从此全身心投入振兴家族事业的宏伟蓝图中。当地连年庄稼歉收，让很多街坊四邻都准备远离此地到他处谋生，他们低价出售土地和财产，哪怕亏本变卖也在所不惜。但亚历山德拉却坚持留在大草原，成为一个奋发向上、宽容大度的西部开拓者。小说中的爱情故事也感人至深：亚历山德拉与小时候的玩伴卡尔（Carl Linstrum），在历经多年曲折和分离之后，终于在小说最后决定结婚生活在一起；而亚历山德拉的弟弟埃米尔（Emil Bergson）爱上了有夫之妇玛丽（Marie Shabata），两人之间的复杂关系延续了多年，终于双双死在玛丽丈夫弗兰克（Frank）的枪口之下。亚历山德拉失去了最亲爱的弟弟，她痛不欲生却以德报怨，不仅去监狱探望弗兰克，还真诚地期待他早日出狱。

《云雀之歌》是关于一个女艺术家自我奋斗最终成才的故事。小说虚构了科罗拉多大草原上的一个地名"月石镇"（Moonstone），女主人公西娅（Thea Kronberg）就出生于此。20世纪初的美国，正值西部大开发，月石镇和其他地区一样也开通了铁路，通往芝加哥等蓬勃发展的大都市。西娅青春年少时就雄心勃勃，离开家乡到芝加哥接受音乐训练，以便日后去圆自己的钢琴家之梦。然而当她的指导老师听了她的声音之后，却发现唱歌才是她真正的艺术天赋。他鼓励她进行正规的嗓音训练，认为这样做才是深思熟虑的结果。西娅听从了老师的教诲和建议，遂前往德累斯顿和纽约等地练习唱歌剧。在故事的结尾处，西娅正在纽约市的大都会歌剧院（Metropolitan Opera House）演出，恰逢扮演主角的女演员生病，西娅便在开演前的最后一分钟顶替她走上舞台。整个表演获得了巨大成功，西娅从此成了公众认可的名演员，她经过多年拼搏终于实现了艺术家之梦。这部小说突出表现了西娅的独立精神和奋斗观念，展现了她如何一步一步走向事业成功的顶峰。在她自我打拼的每一段历程中，很多同龄人安于现状、自甘平庸，这些深深刺激和警醒了她，促使她昂首迈向人生的更高一级阶梯。尽管在她通向自我成就的道路上荆棘密布，但最后她在事业、爱情和友谊上都获得了丰收。西娅和当时正在欣欣向荣发展的美国大西部一样，以开拓进取、排除万难的决心，终于迎来了成功的累累硕果。

《我的安东尼娅》一书一经出版就受到评论界和读者的热烈欢迎。时至今日，这部小说依然被大众认定是凯瑟作品中最杰出的，是凯瑟跻身最优秀女作家之列的凭证。凯瑟在其中将西部地域风光描绘得如同一个栩栩如生的人物形象，使读者沉浸在人类情感之中。地域、人物和情感三者水乳交融，使之成为美国主流文学不可或缺的组成部分。为此，凯瑟受到了如潮的赞誉，读者们认为她把美国西部写活了。该小说分为五大部分，全部通过吉姆（Jim Burden）的第一人称叙述加以完成。19世纪末，两家移民来到内布拉斯加的黑鹰镇（Black Hawk），一个是来自佐治亚（Georgia）的伯登（Burden）家庭，另一个是来自波西米亚（Bohemia）的希默尔达（Shimerda）家庭。在广袤而人烟稀少的西部地区，这两家老老少少相邻而居，在互帮互助中产生了深厚友谊。希默尔达夫人会请吉姆教她两个女儿英语，而希默尔达家的大女儿安东尼娅，也会帮助伯登太太烧饭，她由此而学会了厨艺和管家两项本领。圣诞之夜，希默尔达先生前来伯登家致谢，谈起往事黯然神伤。原来他根本就不愿意迁居此地，因为在波西米亚他拥有稳定的生意、温馨的家园，还有一群听他拉小提琴的玩伴。冬天尚未结束之际，希默尔达先生就在生活重压下彻底崩溃，他选择自杀而丢下一家老小。吉姆长大后外出求学，毕业后成为一名律师，也有了称心如意的女友。当他在外游历多年后回到家乡，发现生活的挫折和磨难并没有打垮安东尼娅，她如今过上了"绿叶成荫子满枝"的幸福生活。作为从小一起成长的朋友，吉姆见证了安东尼娅在严酷大自然和无情命运中的抗争，对她的顽强毅力大为赞赏。安东尼娅和凯瑟"草原三部曲"前两部作品中的亚历山德拉、西娅一样，都在美国的西部大开发运动中呈现了乐观主义精神，以永不服输的精神成为真正意义上的荒原开拓者。

凯瑟的第四部长篇小说《我们中的一个》（*Oen of Ours*），也是以美国西部大开发为背景。故事主要场景分为两部分，第一部分在内布拉斯加，第二部分在法国前线。主人公维勒（Claude Wheeler）喜欢音乐并渴望自由，但他那经营农场的家庭却奉行家长制作风，就在他准备报考州立大学以便获取更好的教育机会时，却被父母要求进入基督教学院。后来，他父亲扩大农场经营规模，维勒被迫中断学业回到家中助父母一臂之力，再加上婚姻不幸福，他在美国加入欧洲战争之际应征入伍，以此逃避令他失望的现实生活。在法国，美国与德国军队兵戎相见，维勒终于实现了革命英雄主义理想，从而超越了原生家庭和婚姻带给他的苦闷和束缚。《我们中的一个》展现了美国城市化背景中农村和都市、现代思想和传统习俗之间的对峙，在这一过程中血气方刚的年轻人勇于挑战小农意识，而凯瑟对这样的行为是倍加赞赏的。维勒是以凯瑟的堂弟格罗斯卫诺（Grosvenor）为原型的，凯瑟在写给友人的一封信中这样描述他："我们既非常相像也截然不同，他永难逃脱自身的悲剧气质，他所接触到的一切都变得那样丑陋和可笑……战争爆发时我正待在他父亲的农场上，在第一周我们一起将小麦运送到城里，也就是在运粮的长长旅途中，我们这么多年有了第一次交谈，我才发现他的心中隐藏了那么多事情……我写他的故事就仿佛写自己的鼻子，那么熟悉又那么痛楚。"格罗斯卫诺1918年死于法国，得知他的死讯时凯瑟正在美发厅读报纸，为此她深受打击："从那时起，他就深深地印在我的脑海里，亲戚关系带来的过于私密、过于尴尬之感觉，一下子烟消云散。但他在我心里的位置如此根深蒂固，以至于我根本无法忘记他而专注于别的事情。我身上的某些东西已随他长眠于法国，他身上的某些东西依然在我这里灵动鲜活。"格罗斯卫诺为国捐躯后，被授予"杰出服役十字勋章"（Distinguished Service Cross）和一颗银星（Silver Star），以表彰他在战火中英勇无畏的精神。对此，凯瑟写道："（因为家庭原因）被剥夺了希望和快乐的他，竟然得到了如此高的荣耀，真是令人难以置信。那时候在运粮路上，他曾经腼腆而又带着怒气地问我法国的地理位置，他那时就下定决心去战场了，你们懂的。"① 凯瑟于 1921 年在多伦多写完了《我们中的一个》，在其中她运用了堂弟的信件内容，她采访了那些来自内布拉斯加农村的退伍军人和受伤士兵，还亲自造访了法国战场。凯瑟为了写作这本书费尽心力，同时她拒绝它被贴上"战争小说"的标签，因为这并非她的本意，也许她更在意这个文本中人性的光辉。

凯瑟的西部小说还包括《一个迷途的女人》（*A Lost Lady*，1923）。"草原三部曲"和《我们中的一个》，都表现了个体在严酷的环境中自我奋斗的历程，而《一个迷途的女人》则是关于美国西部大开发时期一个女人如何堕落的故事。主要情节发生于太平洋铁路② （Transcontinental Railroad）修建过程中，讲述弗瑞斯特夫妇（the Forresters）的人生变迁和当时的社会思潮。小说以尼尔（Niel Herbert）的第三人称叙事视角展开，作为美国西部地区甜水镇（Sweet Water）一名成长中的小男孩，他见证了弗瑞斯特家由盛而衰的整个过程。弗瑞斯特上尉（Captain Daniel Forrester）在拓荒时代通过修建铁路获得财富，他的妻子年轻美丽，形成一幅令人艳羡的家庭图景。不仅很多中年男性为弗瑞斯特太太（Mrs. Marian Forrester）的美貌所倾倒，连情窦初开的尼尔也忍不住对她朝思暮想。当弗瑞斯特上尉离开小镇出差在外时，尼尔出于守护之情前去探望弗瑞斯特太太，却巧遇她正在与情人弗兰克（Frank Ellinger）幽会。老上尉不慎从马上摔下来，后来又中风了两次，其身体状态和经济能力都每况愈下，

---

① Willa Cather, "Wonderful Words' in Willa Cather's No – Longer – Secret Letters", Npr. April 30, 2013.

② 横贯北美大陆的铁路，美国在 19 世纪后期通过铁轨构筑全国性交通网络。

弗瑞斯特太太成了一个捉襟见肘的家庭主妇。等到弗瑞斯特上尉去世后，他的遗孀很快成为远近闻名的风流寡妇。她和唯利是图的商人艾维（Ivy Peters）狼狈为奸、暗通款曲，而与认认真真生活的昔日朋友反目成仇。尼尔从一个不谙世事的少年成长为明辨是非的青年大学生，而弗瑞斯特太太却滑向堕落的境地，这样的情节和叙事表达了凯瑟的价值理念。她崇尚美国西部拓荒时代的奋发精神，而鄙视消费主义风潮中的人性沉沦，《一个失落的女人》就是凯瑟为逝去的美好时光谱写的一曲挽歌。通过考证，弗瑞斯特太太在现实中确有其人："1921 年凯瑟听到内布拉斯加州前州长赛拉斯·嘉伯妻子去世的消息。凯瑟小时候曾经常在嘉伯家周围草地上野餐，年轻漂亮的女主人给她留下深刻印象。嘉伯州长破产、中风、死亡，嘉伯夫人搬迁、再婚等真实事件为《一个失落的女人》提供了素材。在书中，凯瑟把故事发生地点放在科罗拉多州一个名叫斯威特沃特的小镇上。嘉伯夫人成了福雷斯特夫人。"王守仁教授还将弗瑞斯特太太与《嘉莉妹妹》（*Sister Carrie*，1900）的同名主人公、《欢乐之家》（*The House of Mirth*，1905）的莉莉作比，认为她们都是城市化和商业化的牺牲品，都在精神和物质中不断沉浮、抉择。而且，凯瑟在这部小说中展示了西部大开发时期的三大变迁：第一阶段是拓荒时代，人们壮志凌云地开垦土地、征服自然，就像弗瑞斯特上尉的早年形象；第二阶段是崇尚美的时代，弗瑞斯特上尉对房屋的设计、对鲜花的喜爱、对美貌妻子的欣赏，都表明拓荒者们对美的追求；第三阶段是金钱主义当道，艾维等人一跃成为资本主义世界的弄潮儿，就是一个明证。[①]

《教授的房子》（*The Professor's House*，1925）对于物质主义的批判与《一个迷途的女人》一脉相承。戈弗雷（Godfrey St. Peter）是汉密尔顿大

---

① 王守仁：《论〈一个失落的女人〉中的双重视角》，《当代外国文学》1994 年第 2 期。

学的历史学教授，写了本书叫作《西班牙人在北美洲的冒险之旅》
（*Spanish Adventures in North America*）。他的得意门生和准女婿汤姆（Tom
Outland）不仅在历史考古中成就非凡，而且还是一个爱国主义青年。汤
姆在美国西南部山区中搜集到土著人石器，他视为珍贵的国家文化遗产，
从而禁止一起工作的同伴将它们贩卖给德国人。可惜的是，汤姆壮志未
酬就死在了第一次世界大战中，他千辛万苦获得的历史文物也落到了路
易（Louie Marsellus）手中，并让路易因此而大发横财。汤姆的未婚妻罗
莎蒙德（Rosamond）后来嫁给路易为妻，两人过着锦衣玉食、恣意挥霍
的日子。戈弗雷的小女儿凯瑟琳（Kathleen）及其丈夫司各特（Scott
McGregor）的结合也不是很完美，但总体而言他们的人品和对彼此的感
情，都比罗莎蒙德夫妇略胜一筹。这个家庭中的教授夫人莉莉安（Lillian
St. Peter），是个视社会地位和名望胜于一切的女人，她家境良好、崇尚消
费，这是她对丈夫颇不以为然的原因所在。当代著名英国作家拜厄特
（A. S. Byatt，1936—）高度称赞《教授的房子》，认为它是凯瑟小说中不
可多得的杰作，"架构几近完美，异常令人感动，属于百分之百的原
创"①。尽管学界为《教授的房子》奉献了众多赞扬之声，但质疑之声也
不绝于耳，引起的争议主要来自两方面：一是文中关于汤姆的书写，二
是关于戈弗雷教授。凯瑟历时好几年才完成了《教授的房子》，她首先选
择写中间部分"汤姆·奥特兰德的故事"（Tom Outland's Story），然后才
写第一部分"家庭"（The Family）和第三部分"教授"（The Professor）。
可见凯瑟最看重的其实就是第二部分，汤姆也在她的心里占据很重的分
量，甚至可以说汤姆是凯瑟在文本中的代言人和传声筒。汤姆热爱国家
形象和传统文化，摒弃美国城市化中的资本主义和消费主义价值观，着

---

① Byatt, 2006, http://www.theguardian.com/books/2006/dec/09/fiction.asbyatt.

力追求个体和民族的精神提升。而这，正是凯瑟本人及其写作所一直以来孜孜以求的目标，她想要的就是"精神打败物质"的文学效果。然而就是这一寄托了凯瑟最多期望的部分，却招致了评论界的非议，被认为写得支离破碎，与整个文本处于一种疏离、不相容的状态。① 也有一些学者对关于汤姆的这部分内容和形式都大为赞赏，不仅将它比拟为音乐中的奏鸣曲（Sonata）②，而且还与荷兰名画相提并论，认为该小说的第一部分和第三部分是内层结构（Dutch interior），第二部分汤姆的故事则是必不可少的"窗口"，起到吸引外界并向外界开放的作用。③ 至于戈弗雷教授这个人物形象，评论界口诛笔伐的焦点在于他的道德观过于模糊，因为他似乎在家庭成员的金钱主义和汤姆的国家主义之间摇摆不定、模棱两可。那么这样不明确的价值取向，是否就代表了凯瑟本人的伦理选择呢？当然不是！凯瑟本人肯定会这样回答，熟悉凯瑟其人其作的读者们也一定会得出同样的答案，因为凯瑟在她所有的创作中，都在抵制金钱对于人类精神的侵蚀，都在宣扬超凡脱俗的人类信仰。

凯瑟是个勤奋的创作者，很快在 1926 年出版了《我的死对头》（*My Mortal Enemy*）。小说题目中的"死对头"，是指一对历经阻碍走到一起的夫妻，他们彼此相爱又彼此痛恨，既成就了对方又毁灭了对方。麦拉（Myra Henshawe）是个孤儿，由富裕的叔公抚养长大，她那活泼的性格和美丽的容貌深受叔公喜爱。到了恋爱的年纪，麦拉爱上了奥斯瓦尔德（Oswald Henshawe），他不仅家境贫困，而且其父亲还是麦拉叔公所厌恶的厄尔斯特新教徒。叔公强烈反对这门婚事，并以切断麦拉的财产继承

---

① J. Schroeter, "Willa Cather and The Professor's House", *Yale Review*, Vol. 54, 1965, pp. 494 – 512.

② Glannone, Richard. Music in Willa Cather's Fiction. Lincoln: Nebraska University Press, 2001.

③ Sarah Wilson, "Fragmentary and Inconclusive Violence: National History and Literary Form in The Professor's House", *American Literature*, Vol. 75, No. 3, 2003, pp. 571 – 599.

权相威胁，但麦拉完全不为所动，义无反顾地随奥斯瓦尔德私奔了。整个故事的叙述者是奈莉（Nellie Birdseye），她从小通过利迪亚姨妈（Aunt Lydia）和周遭亲戚的讲述知道了麦拉的"英雄壮举"，很早就把麦拉当作了"女神"来顶礼膜拜。奈莉终于第一次见到了传说中的麦拉，而此时的麦拉已经是一个 45 岁的中年妇女，她对丈夫充满猜忌、对他人尖酸刻薄，整个形象颠覆了奈莉原来对她的美好想象。10 年后奈莉在美国西海岸巧遇麦拉夫妇，这时的麦拉已经缠绵病榻、渐入膏肓，她抱怨贫困的生活、不够忠心的丈夫，后悔当年违背叔公意愿嫁给了奥斯瓦尔德。麦拉死后不久，奥斯瓦尔德也撒手人寰，他以前一直对她言听计从，尽管有过风流韵事，但他最爱的还是妻子麦拉。这部小说提出了一个严峻的现实问题：在锦衣玉食和真挚爱情之间，人们究竟该何去何从？如果选择前者，情感的沙漠令人难以忍受；而选择后者，"贫贱夫妻百事哀"的局面情何以堪？更何况，爱情在岁月的洗礼中也会褪色，直到消磨尽原有的专注和温情。在城市化消费主义浪潮中，麦拉最初是个爱情至上的理想主义者，但贫病交加的生活迫使她违背初衷，开始陶醉在对以往"好日子"的记忆中无法自拔。在凯瑟的长篇小说中，中国学界对《我的死对头》的相关研究成果并不多，而国外的研究工作总体上比国内成熟。人们从叙事策略、女性主义、怪诞艺术和比较视角来探讨它，尽管角度各异，但有一点是学者们公认的，那就是麦拉和凯瑟笔下的其他女主人公一样，都是熠熠生辉、令人难以忘怀的。

凯瑟的另一部杰作《大主教之死》（*Death Comes for the Archbishop*，1927），为她赢得了很多口碑和荣誉。它入选《生活杂志》（*Life Magazine*）评选出的"1924—1944 年百部杰出图书"，《现代图书馆》将它列入"1923—2005 年 100 部最佳英语小说"，它还被美国西部作家们推选为"20 世纪最佳西部小说"中的第 7 名。这部小说的故事背景是新墨西哥地区，讲述了一位主教如何跋山涉水前来建设新大陆，有人甚至把它看成是凯瑟最乐观的作品。17世纪中叶，在新大陆工作的法国主教芒斐朗德（Bishop Montferrand），请求罗马的三位红衣主教派遣一位主教到新墨西哥地区任职，于是同是法国人的拉度（Jean-Marie Latour）受到了一致举荐。拉度和他的朋友、牧师助手维兰（Joseph Vaillant）一起出发，而那时的美国西部铁路只修到辛辛那提，所以拉度他们只能乘船到达墨西哥湾（Gulf of Mexico），再从那里横穿大陆去往新墨西哥。他们一路上历经千辛万苦，有一次轮船还遭遇了海难，令拉度等人损失了大部分物资，就这样经过整整一年的时间他们终于到达了目的地。在小说后半部分，拉度一如既往发挥他的开拓进取精神，力图带领人们在西部荒原地带建造伊甸园。他成功募集到资金，在当地建立了一座罗马式天主教堂，在这一过程中他亲自挑选石头，并从法国请来建筑师莫尔尼（Molny）完成此项工程。拉度还耐心地等待时机，一举将怀有异心的牧师铲除掉，以此清理了他西部建设计划中的障碍。此外，拉度还帮助印第安女奴萨达（Sada），一直到她获得政治地位。小说以大主教拉度（Archbishop Latour）之死结尾，而早在此前，维兰拥立拉度成为科罗拉多地区的首任主教。凯瑟收集了大量历史资料来写作这部小说，拉度和维兰这两个中心人物就是根据真实原型改写而成的，他们分别是历史上的拉密（Jean-Baptiste Lamy）和马歇伯夫（Joseph Projectus Machebeuf）。这部小说的背景设定在遥远年代的美国，主人公拉度等人的清教主义思想相当醒目，它是人们当时事业获得成功的基石。同时，它与凯瑟生活中的美国城市化风潮形成鲜明对比，以此强调作家的政治立场：她崇尚精神上的纯洁性，反对物欲横流的现代世界。

《岩石上的阴影》（*Shadows on the Rock*）出版于1931年。小说中的时间跨度只有一年时间，呈现了法国殖民者奥克莱（Auclair）父女在加拿大魁北克的生活经历。如凯瑟的其他作品一样，这本书注重人物刻画中的细枝末节，而非故事情节的猎奇。1698 年的魁北克，还处在法国殖民统治之下，尤克莱德（Euclide Auclair）作为内科医生和药剂师，八年前就被派遣到了这里服务于德·弗朗特纳克伯爵（Count de Frontenac）。他的妻子生病去世，于是他和女儿赛西莉（Cecile Auclair）相依为命，他们与其他背井离乡的殖民者一样，在与当地被殖民者的相处中交了一些心心相印的朋友。当地的老主教名叫拉弗尔（Bishop Laval），是一位乐善好施的传统型人物；而年轻的主教圣·瓦利尔（Bishop Saint-Vallier）却大刀阔斧地进行革新，完全不把拉弗尔放在眼里。小说结尾处，德·弗朗特纳克伯爵因未被召回法国而郁郁寡欢，他告诉尤克莱德：他已卸任，想回法国。没过多久，伯爵就死在了魁北克这个异国他乡。赛西莉也再没有返回祖国，而是在魁北克结婚生子。两个主教的分歧最终烟消云散，以相互合作的和谐姿态共同服务于魁北克。德·弗朗特纳克在历史上确有其人，他在现实生活中也是于 1698 年死于魁北克。迄今为止，《岩石上的阴影》在中国学界尚无多少研究成果，只有一篇硕士学位论文探讨了《岩石上的阴影》。从这个意义上讲，这部小说为学者们留下了广阔的阐释空间，值得大家细读文本和收集资料并进而一探究竟。

凯瑟的下一部小说《露西·戈哈特》（Lucy Gayheart, 1935）也主要以美国西部为背景。在芝加哥学习钢琴的露西回到内布拉斯加州家乡过圣诞节，当地最抢手的单身男子哈里（Harry Gordon）和她一起去溜冰。不久，露西乘火车返回芝加哥，哈里依依不舍地一直把她送到奥马哈（Omaha）站。其实在这之前，露西一直在芝加哥担任歌手塞巴斯蒂安（Clement Sebastian）的钢琴伴奏，而且日久生情，竟然爱上了这位比他年长不少的有妇之夫。在塞巴斯蒂安去美国东部旅游之际，哈里前来看望露西并向她求婚，但遭到了露西的拒绝，她告诉他自己心中已经另有所爱。后来她接到了姐姐波琳（Pauline Gayheart）的来信，得知哈里已娶其他姑娘为妻，而更为雪上加霜的是，塞巴斯蒂安和他的助手一起淹死在欧洲的某个湖里。露西返回家乡，哈里见到她总是冷眼相待，父老乡亲们对她骤然回乡也很不理解。只有在姐姐波琳的果园里，露西才感觉到心灵有了一丝安慰。她想返回芝加哥继续音乐生涯，但波琳却告知她家里的真实财政状况：为了让露西到大城市接受音乐教育，父亲已经负债累累。露西决定去滑冰以此聊解心头之忧，却被困在了冰天雪地中，她求救于开车路过此地的哈里，但哈里却置之不理、扬长而去。露西于是穿过结冰的河流自己回家去，行进到河中央时冰面裂开了，她一头栽进冰冷的水中，再也没能活着上来。25 年后，露西父亲成为这个家庭中唯一在世的人，哈里将露西家的农场买过来以保证老人的晚年生活。哈里终于向人们吐露了心声：他一直都爱着露西，当年他把露西一个人丢在冰雪中，就是想报复她的绝情。如今他为当初的所作所为懊悔万分，面对露西 13 岁时留在人行道混凝土中的脚印，他整日思绪万千、流连忘返。他成了露西家农场的新主人，他向贴身助手柴斯（Milton Chase）郑重宣告：柴斯可以一直住在农场上，日后也可以继承所有财产，只要他能够确保露西的那些脚印永远安然无恙！这样一个感人肺腑的故事，既能表达出凯瑟细腻而敏锐的情感，又能体现出当时美国西部和东部的差距，以及乡村和城市之间的隔阂。

1940 年，凯瑟出版了她的最后一部长篇小说《萨菲拉和女奴》（*Sapphira and the Slave Girl*）。凯瑟将眼光从她一直所钟情的美国西部内布拉斯加收回，转而投向了遥远的奴隶制时代。故事发生在 1856 年的美国南部弗吉尼亚州，萨菲拉是一位白人中年妇女，她虽然是富有的种植园奴隶主，却生活得很不快乐。她的忧愁主要来自两方面：一方面是在身体上，她因为水肿病已经陷于瘫痪；另一方面来自精神上，她怀疑丈夫亨利

（Henry Colbert）与农庄上的混血女奴南茜（Nancy）有染。萨菲拉在 24 岁时就嫁给了亨利为妻，但她始终认为自己是屈尊下嫁，丈夫在社会和经济地位上完全无法与她匹配。他们婚姻的矛盾除了阶级差异之外，还在于两人对奴隶制的不同态度：萨菲拉从父亲手中继承了种植园和奴隶，她是奴隶制的拥趸；亨利对奴隶制十分反感，他和妻子的宗教信仰也完全不一样。这对嫌隙已生的夫妻处于分居状态，关系已是名存实亡，亨利住在他自己的磨坊中，只是偶然到萨菲拉这里吃顿饭而已。由于偷听到两个奴隶搬弄是非的私下交谈，萨菲拉开始怀疑亨利和南茜之间有私情。她变本加厉地虐待南茜，还偷偷找了个恶棍亲戚前来恐吓南茜。南茜是个漂亮姑娘，正值豆蔻年华，她安静而温顺的行事方式很得亨利看重，但两人确实没有情感纠葛。南茜的身世很可怜，其母亲是个四五十岁的女黑奴，年轻时遭遇一个白人的强暴生下了南茜，母女两代女奴的生活都充满艰辛。身处险境中的南茜，后来在萨菲拉女儿瑞秋（Rachel Colbert Blake）等人的帮助下，从美国内战之前的黑奴逃生之路"地下铁路"（Underground Railroad）成功脱险，一直逃到加拿大开始了新的生活。值得一提的是，瑞秋是个 30 岁出头的寡妇，和她父亲亨利一样，也是坚定的白人废奴主义者，为此她饱受亲生母亲萨菲拉的冷落和敌视。而在小说的尾声部分，时间已经过去了 25 年，已过不惑之年的南茜回到弗吉尼亚看望老母。叙述者透露：她从孩童时代就听大人们讲述南茜出逃的故事，并翻来覆去听了整整一生。这个叙述者无疑就是作家凯瑟的代言人，至于这个故事是否真有其事，也许只有凯瑟本人才能说得清楚了。

凯瑟作品的质量和数量无疑是惊人的。让凯瑟声名显赫的 12 部长篇小说，从 1912 年一直贯穿到第二次世界大战期间的 1940 年，可以说她是名副其实笔耕不辍的勤奋型作家。然而凯瑟的才华还不仅仅限于此，她在短篇小说方面的成就也不同凡响。凯瑟在有生之年大红大紫的同时，也曾被质疑和抨击，当时褒贬不一的评价既是针对她的写作风格，也是由于她的作品主题。即使凯瑟作为美国文学领域最高荣誉普利策奖得主，20世纪30年代仍有评论家对她言辞尖刻，认为她过于浪漫和怀旧，其作品缺乏社会和现实关怀，批评她对当时的"大萧条"（Great Depression）等社会事实漠不关心。① 连美国著名评论家埃德蒙·威尔逊（Edmond Wilson），都批判凯瑟政治上过于保守。面对这样的负面评判，凯瑟深受打击，曾焚毁了部分重要信件，并在遗嘱中申明留存信件在她死后也严禁出版。当时还有些人认为凯瑟的写作风格也落后于时代，因为她没有采用20世纪初流行的意识流手法。时至今日，经过漫长岁月洗礼的凯瑟作品依然闪耀着迷人光辉，她关注美国城市化时期西部大开发的壮丽社会图景，关注美国奴隶制时期的种族平等问题，还关注法国对加拿大殖民时期双方民众的身份焦虑。谁说凯瑟缺乏政治意识呢？相信细读过她作品的人都会做出客观而公正的结论。凯瑟是记者出身，后来写小说时将新闻报道的客观性和文学的主观性调和起来，形成了自己的独特魅力。因此，其写作策略也受到学界人士的大力赞赏，比如现代英国小说大师拜厄特就对她很是欣赏。

凯瑟从小到大都喜欢着男装，言行举止也以模仿男性为乐事。在家庭成员中，她与兄弟们相处融洽，而与姐妹们关系较为疏远。就凯瑟最青睐的作家而言，她喜欢经典名家更甚于当代名流，而且她喜爱男性作家更甚于女性小说家。比如，她对狄更斯、萨克雷、爱默生、霍桑、巴尔扎克、福楼拜、托尔斯泰等顶礼膜拜，但她对大多数女性作家却是嗤之以鼻，认为她们在写作上过于感情用事。然而大量的事实表明，凯瑟

---

① James M. Decker, "Willa Cather and the Politics of Criticism", *Modern Language Review*, A-pril, 2003.

一生中最好的朋友都是女性，她与女编辑伊迪丝（Edith Lewis）甚至在一起生活了 39 年。有关凯瑟性取向的飞短流长因此不绝于耳，近年来大量公之于世的凯瑟信件表明：她虽然拥有众多女性知心朋友，但没有任何蛛丝马迹证明她有同性恋倾向。纵观她洋洋洒洒的 12 部长篇小说，最光辉夺目的莫过于女性群像，她们的喜怒哀乐、爱恨情仇一一展现出来，牵动着读者的每一根神经的，令他们感动到或哭或笑。而凯瑟作品中的城市化意蕴，至今未能得到系统深入的挖掘，只有这个层面上的研究，恐怕才能更好体现其创作的广阔社会性。

基于对以上三位作家与美国城市化思潮的关联，本书意欲阐明如下基本观点：第一，莫里森书中由南方农村移居北方都市的"新黑人"，面对就业、住房、文化冲突等生存问题，认同危机油然而生。莫里森致力于探索城市异化因素的历史根源，寻求弱势群体的身份建构之道。第二，凯瑟作品强调环境保护利在当代功在千秋，在城市化建设中确保这一前提，才能达成可持续发展长远目标。第三，麦卡勒斯小说多以身体残缺隐喻精神困顿，她提出：农村拥有一定程度的物质和精神保障，才能使城乡缩小差别、共谋幸福。第四，探讨城市化议题在 20 世纪美国文学中的具体表征，全面而深入地展示美国城市化的历史渊源和本质特征，为中国当前的城市化进程起到借鉴和反思作用。文学是艺术虚构和历史事实的结合体，本书首先要厘清文学和现实的关系，揭开其神秘而诗意的层层面纱，还原文学书写中的文化政治语境，从文学想象走向历史真实。其次，本课题采集案例时本着精挑细选、点面结合的原则，比较全面而系统地梳理 20 世纪美国文学的城市化主题，挖掘这一过程中的身份焦虑现象，探寻种种精神危机症状背后的深层原因。再次，美国城市化进程有功绩也有失误，对中国以及其他第三世界国家具有启示作用，这样的本土化视角，运用到中国当下的经济和文化建设中来，会进一步推动我国"小康生活＋和谐社会"的发展格局。

本书的特色与创新之处在于：（1）挑选三位 20 世纪美国作家，来审视美国城市化历史进程，她们分别获得了诺贝尔文学奖、普利策文学奖，而且特色鲜明，以一斑窥全豹，以典型性探索普遍性；（2）聚焦美国北方都市移民、大西部拓荒者和南方农村畸零人，在浓郁的地域性特征中整合社会变迁带来的问题，进而提出解决之道；（3）将城市化过程中都市和农村的生存境遇，以及西部大开发等历史运动，与中国当前形势作跨文化比较研究，让文学和文化走进现实并指导现实。

第二章　黑人移民叙事：托妮·莫里森笔下的美国北方城市

　　《圣经》中的《出埃及记》，堪称以色列犹太人的宏大移民叙事。这个集体移民故事可以分为三大部分：第一，以色列人在埃及备受压迫的痛苦遭遇；第二，以色列人在摩西带领下寻找栖居乐园的过程；第三，他们在到达目的地西奈山后如何建设家园。以色列 12 列祖之一的约瑟，曾经在埃及高居宰相之位，为以色列人的生存赢得一席之地，但在他死后情况却发生了翻天覆地的变化。随着埃及王朝更替，以色列人逐渐沦为了奴隶，其生存境遇十分恶劣。为了控制不断增长的以色列人口，从而更好地实行统治，埃及法老甚至下令将刚出生的以色列男婴统统扔进河里淹死。在这样的背景下，摩西应运而生，受到神的指派前来拯救水深火热中的以色列民众。他带领浩浩荡荡的以色列难民走出埃及，穿越凶险万分的红海，历经千辛万苦抵达神的应许之地西奈山，开始了民族的重建之路。①

　　移民叙事是犹太文学的重要母题之一，也是世界历史不可或缺的组

---

① 梁工：《犹太古典戏剧〈领出去〉初识》，《河南大学学报》2000 年第 3 期。

成部分。犹太移民来美国定居，可以追溯到 1654 年，只不过那时候移民人数较少，并没有形成大规模和大气候。直到 19 世纪末 20 世纪初，犹太人移民潮才浩浩荡荡，在美国和英国等地形成蔚为壮观的文化事件。这段历史在很多犹太作家的笔下，都得到栩栩如生的描述，也引起国内外学者的广泛关注。张军在分析马拉默德（Bernard Malamud，1914—1986）的《店员》（*The Assistant*，1957）时，如此来挖掘那段移民史："20 世纪 80 年代，居住在东欧以及俄罗斯的犹太人为了逃避当地的种族迫害、摆脱贫穷和追求自由来到美洲大陆。这次移民声势浩大，持续时间较长。到 1924 年，美国政府采取了限制政策，这股移民潮受到控制。这一批犹太移民在美国大陆通常被称为第一代犹太移民。对于这一代犹太移民来说，他们遇到的最大问题是生存，为了生存他们不得不挤在美国大都市里的贫民窟中孤军奋战，努力为自己和家人博一片天地。"[1] 而根据世界历史记载，这批移出东欧和俄罗斯的犹太人，有一部分迁移到英国定居下来，形成另一波气势宏伟的移民大潮。"东欧犹太人移居英国的行动在 19 世纪六七十年代已经颇具规模。不过，相比之下，更大规模的移民运动发生于 1881—1914 年。具体地说，这场大规模的移民运动开始于俄国对犹太人的集体迫害，结束于英国《外侨限制法》的出台和第一次世界大战的爆发。根据各种估计，从 1880 年到 1914 年，移居英国的东欧犹太人在 10 万到 15 万，远远超过了原来大约 6 万的英国犹太人口总数。因此，对于英国犹太社团来说，东欧犹太人的加入无疑是一场人口革命。"[2] 无论是移民美国还是定居英国的犹太人，都遭遇过这两个国家的反犹主义运动，造成一定程度的个体和民族创伤。

---

① 张军：《从〈店员〉看美国第一代犹太移民的生存困境》，《齐鲁学刊》2007 年第 6 期。
② 王本立：《1881 至 1914 年的东欧犹太移民潮与英国社会》，《世界历史》2006 年第 6 期。

除了犹太族裔之外，美国印第安人也经历过大迁移，并且遭受过由此而带来的动荡和创伤。自从 17 世纪初欧洲白人成为北美"新大陆"的"主人"，印第安人的生存境遇便遭受到极大冲击。如果说美国政府在独立战争之后对印第安人采取了较为温和的"开化政策"，那么 1828 年杰克逊总统①（Andrew Jackson，1767—1845）执政，就预示了他们的生活从此将每况愈下。当时美国南方最大的佐治亚州，与印第安最大的部落切罗基族产生分歧和冲突，变成美国印第安人被迫大迁移的导火索。1830 年，美国国会在激烈辩论后通过《印第安人迁移法》，经杰克逊总统签署后正式成为法律条款，强迫印第安人迁往保留地并将其边缘化。绝大多数欧裔美国人对此大加支持，但也不乏异见，比如基督教传教士组织者杰里迈亚·埃瓦茨②（Jeremiah Evarts，1781—1831）就是重要的反对者之一，他因而以维护美国印第安人权益的活动家身份而著称于世。而在决策层面的国会中，新泽西州参议员弗雷德里克·西奥多·弗里林海森③（Frederick Theodore Frelinghuysen，1817—1885）和田纳西州众议

---

① 杰克逊总统是美国第 7 任总统，是民主党的创建者之一，也是美国历史上第一位平民出身的总统。在 1812—1815 年的第二次美英战争中，杰克逊以其卓越的军事才能克敌制胜，并组建了美国第一支黑人部队，一举成为声名显赫的战争英雄。1828—1936 年就任总统期间，杰克逊推行抵制中央银行、迁移印第安人等政策，从而招致非议。1835 年杰克逊曾遇刺，但他以手杖制伏刺客，以此安然脱险。

② 杰里迈亚·埃瓦茨，是美国基督教传教士、社会改革家，美国政府印第安迁移政策最重要的反对者。埃瓦茨毕业于耶鲁大学，妻子是《独立宣言》签署者之一罗杰·谢尔曼的女儿，他们的儿子威廉·M. 埃瓦茨，后来成为约翰逊总统的司法部长、海耶斯总统的国务卿，制定过排华法案。瓦尔茨在反对印第安人迁移法案时使用的道德和宗教论证，在日后的废奴运动中得到众多美国人的共鸣和回应。

③ 弗雷德里克·西奥多·弗里林海森毕业于罗格斯大学（Rutgers University），以律师身份步入政界，在 1871—1877 年任参议员，在 1881—1885 年任美国国务卿。弗里林海森任国务卿时，有效调整其前任的对外政策，奉行稳健的外交策略，主张对拉美国家实施互惠互利的方针。他赞成通过"彭德尔顿"法案，以结束政党分肥制；在"排华法案"中，他持犹豫观望的态度；在印第安人强制移民的历史事件中，他的反对立场较为明晰。

员戴维·克罗克特①（Davy Crockett，1786—1836）等，都公开表示不赞同该法案。在反对诉求无果的情况下，该法案得以通过，随后一系列具体迁移条约相继出台。第一个迁移条约《舞兔克里克条约》（*Treaty of Dancing Rabbit Creek*）于 1830 年 9 月 27 日签订，巧克陶族割让密西西比河以东的土地，用来换取美国西部的土地——他们即将集体移民的目的地。阿肯色州公报引用巧克陶族酋长的话说，1831 年巧克陶族的迁徙是"泪水与死亡的足迹"。1835 年签订的《新埃可塔条约》（*Treaty of New Echota*），致使切罗基族走上迁移的血泪之路。1835 年到 1842 年爆发第二次塞米诺尔战争（Second Seminole War），在历史上也被称为佛罗里达战争，是美国同美洲原住民塞米诺尔人发生的三次塞米诺尔战争之一。这次战争的起因是塞米诺尔人不同意远离故土，但战后他们绝大多数被强制移民，只有少数人留居下来。这样一来，大批印第安人遭受驱逐，被迫向美国西部迁移，他们被彻底剥夺了在原居住区的合法地位，彰显出美国政府对待少数族裔的残忍一面。毫不夸张地说，印第安民族的移民历史饱含心酸，是一部不折不扣的屈辱史。②

　　非裔美国人的集体移民经历，也是一部浓墨重彩的史诗，其格局同样错综复杂、卷帙浩繁。众所周知，成千上万的非洲黑人以奴隶身份被贩卖到美国南方，是始于 1619 年的重大历史事件。他们历经大西洋上的"中间通道"、美国种植园蓄奴制，其悲惨遭遇不仅成为美国黑人的共同记忆，更成为众多黑人文学的历史背景和书写内容。而 19 世纪末 20 世纪

---

　　① 戴维·克罗克特出生于美国田纳西州，几乎没有受过什么教育。他身形异常魁梧高大，在志愿军短暂服役期间，参加了对克里克印第安人的战争，并一战成名。1826—1828 年，克罗克特进入美国国会，和杰克逊总统因为驱逐印第安人的法案产生激烈争吵：前者提倡和土著居民和平共处，后者却极度厌恶印第安人。在 1836 年的得克萨斯独立战争中，克罗克特和其他起义领导人被捕，并很快被处以枪决。

　　② http：//baike. baidu. com/linkurl＝8JTB5muJxefYb_ Z60TlCGn30WBv0gZ3gvsUdY-lxlamrxIJTUjsWrfPCfaifiD0XnZdFj－s57CZJncFPicyJg_ q.

初的美国黑人移民浪潮，是社会发展的必然趋势，既呈现了美国南方依然严酷的种族环境，又体现了南方黑人顺应美国城市化潮流、进入北方城市的决心和勇气。它的规模如此壮大、影响力如此深远，以至于人们很难忽视它的存在，时至今日仍然铭记这场政治事件和文化景观。"移民叙事堪称 20 世纪非裔美国文化最重要的内容之一，它以文学、音乐或绘画等艺术形式记录并重现了数百万非裔美国人从美国南部或中西部的乡村迁移到大城市、特别是北方大都市的移民经历。这一场国内移民运动因其规模之大，历时之久，社会影响之深远，被称为非裔美国人的'第二次解放'。正是凭借移民叙事这一载体，人们得以从艺术角度阐释这场重大历史事件参与者们的运动轨迹和心路历程。"① 由此可见，美国少数族裔的移民经历大多与种族纷争休戚相关。他们有的曾经遭受驱逐，有的从一个大陆被贩卖到另一个大陆，有的从土著人流散为少数民族。本章主要聚焦黑人女作家托妮·莫里森系列作品中的移民叙事，以此为突破口，来探索 20 世纪美国文学中城市化进程的一个重要侧面。

第一节 "黑人移民潮"之缘起

"大西洋奴隶贸易"和"中间通道"等历史事件，在论及"黑人移民潮"时是始终无法绕开的话题，因为前者跨越了漫长的时空隧道，仿佛如影随形的幽灵一样，对后者施加影响。在早期黑奴贩卖运动和美国黑人移民潮之间，还有一次颇具影响和规模的黑奴移民浪潮——历史学

---

① 王玮：《不一样的移民叙事：论奥古斯特·威尔逊的历史系列剧》，《外国文学评论》2015 年第 2 期。

家们称为"新中间通道"。本节不仅会对人所共知的两次黑人大移民进行铺陈，还会对较少为人所知的"新中间通道"移民历史加以剖析，更会对莫里森作品及其相关城市化细节展开探索。不难发现，以描摹"黑人性"著称的莫里森，所写作品多以"黑人移民潮"为历史背景，却也不乏对"中间通道"的描绘。前者在《最蓝的眼睛》《所罗门之歌》《爵士乐》《天堂》等小说中被体现得淋漓尽致，后者在《宠儿》这部斩获诺贝尔文学奖的杰作中被刻画得入木三分。莫里森将黑人历史上两次著名的移民大潮并置于创作中，其实蕴藏良苦用心：她把黑人离开非洲大陆后的几百年历史串联起来，不仅呈现了一部波澜壮阔的黑人斗争史和生存史，还将美国社会种族纷争的前因后果刻画得一清二楚。为了有机衔接莫里森小说中的两次移民大潮，更为了直面非裔美国人所有移民经历的罪魁祸首——奴隶制，笔者也将把"新中间通道"移民叙事纳入阐释范围，而所有这一切都与美国城市化进程有着千丝万缕的联系。

一　第一次黑人移民潮：大西洋上的"中间通道"

对于非洲黑人穿越大西洋"中间通道"的移民史，学界一直颇为关注，也涌现了丰富多彩的相关研究成果。玛利佩第在《"愁肠百结"：移民、记忆、中间通道》中，追溯了黑奴们当年经由海上"中间通道"到达美国的历程，着重分析了怀旧思乡情绪导致的抑郁症状。在运奴船上，内科医生和白人贩奴商人们，将黑人们远离故土的乡愁当作疾病来看待和医治；而实际上，人们若将这一情形理解为黑奴对自身被奴役身份的反抗，或许更具有伦理价值和社会意义。同时，黑人民族长久以来的流散经历，以及《有趣的叙述》（*Interesting Narrative*）这本书中强调的"思乡病"之文化内涵，都是玛利佩第这篇论文围绕"中间通道"

探讨的内容。① 在《成像分离：汤姆·菲林斯的〈中间通道：白人船只/黑奴商品〉和托妮·莫里森的〈宠儿〉》中，威曼指出：图像艺术家菲林斯和小说家莫里森，在呈现大西洋奴隶贸易这一历史事件时面临同样的挑战。汤姆·菲林斯的《中间通道：白人船只/黑奴商品》用图画展开无言的叙述；而莫里森的《宠儿》则采用当代叙事方式，讲述黑奴被迫移民的惨痛经历。有关奴隶制方方面面的议题，曾经是禁忌并使人们集体失语，而两位艺术家都通过刻画这次集体移民，来直面和改变这样的现状。他们的文本都对 20 世纪后期的黑人文学做了界定，都将人类生存状态进行了美学表达和实验，都揭示出集体创伤是如何镂刻进美国文化的肌理。威曼比较了"中间通道"在文字和图像中的表达方式，剖析了艺术类型自我界定的标准和策略，指出图像、语言、音乐表现力完全可以融会贯通。菲林斯采用直白的象征手法和巧妙的表意模式，来处理身陷危机中的黑人个体，促使他们虽遭囹圄却坚守主体性。而莫里森妙笔生花，用独到的语言批判社会和人性枷锁，从而产生深邃意蕴。在这里，文字和图像并行不悖，是对传统的抗拒和更新，表明美国黑人文学正走向更广阔的天地。②

翰德勒在《中间通道和非洲黑奴的物质文化》中认为，研究大西洋奴隶贸易的学者们并没有关注以下问题：非洲黑奴随身携带什么物件和私人用品上了贩奴船？在"中间通道"上他们又获得什么物品？人们研究非洲人后裔在美国的新生活和非洲物质文化的传播时，可以从以上议题中得到诸多启示和帮助。该论文考察"中间通道"中黑奴所带物品，

---

① Ramesh Mallipeddi, "'A Fixed Melancholy': Migration, Memory, and the Middle Passage", *Eighteenth Century: Theory & Interpretation*, Vol. 55, No. 2, 2014, pp. 235 – 254.

② Sarah Wyman, "Imaging Separation in Tom Feelings'the Middle Passage: White Ships/Black Cargo and Toni Morrison's Beloved", *Comparative American Studies*, Vol. 7, No. 4, 2009, pp. 298 – 318.

比如衣服、金属、珠子项链、珠宝、护身符、竹烟斗、乐器、游戏材料等，以这样的生活用品和经验基础，来力证遭受奴役的非洲人带到美国的物质文化是多么匮乏。[①] 廷斯雷的论文《黑色大西洋，怪诞大西洋》，聚焦独特的黑人历史和理论，并将之与“中间通道”的黑人移民史及其流散经历等量齐观。该文提供了历史资料和真实信息，使读者对驶向美国的贩奴船的内部状况一目了然。阿娜·拉拉（Ana – Maurine Lara）的小说《厄祖利的裙子》（*Erzulie's Skirt*，2006）作为文本资料呈现其中，审视“中间通道”这段历史，剖析其中的人物拉玛尔（La Mar），以此来反思大西洋“中间通道”上的黑人及其怪诞性。[②]

　　纵观我国学界，无论在学术著作还是期刊论文中，专门论述黑奴“中间通道”的史料记载和学术成果并不多，可见这一议题的相关中文资料不够丰富。庞好农撰写的论文《唯我论的表征与内核：评约翰逊的〈中间通道〉》，从唯我论的悲歌、黑奴物化和资本奴化三个层面，来阐述20世纪下半叶美国著名黑人作家查尔斯·R. 约翰逊的《中间通道》（*Middle Passage*，1990）。论文指出：《中间通道》揭示了唯我论与人本思想、黑奴物化和资本奴化之间的张力。约翰逊按叔本华唯我论的基本原则塑造出极端的唯我主义者，抨击“权力意志论”对人性的扭曲和对人类社会基本伦理的践踏。唯我论语境下的资本运作将大西洋奴隶贸易中的奴隶贩子和非洲黑奴推入物化境地，致使人性在资本的增殖过程中无情退化。无节制的贪婪迫使资本追逐者纷纷沦为资本的奴隶，成为浮士德精神在大西洋奴隶贸易中哀吟而出的又一曲悲歌。[③] 在《〈中途〉的心

---

① Jerome S. Handler, "The Middle Passage and the Material Culture of Captive Africans", *Slavery and Abolition*, Vol. 30, No. 1, 2009, pp. 1 – 26.

② Omise'eke Natasha Tinsley, "Black Atlantic, Queer Atlantic", *GLQ: Journal of Lesbian and Gay Studies*, Vol. 14, No. 2, 2008, pp. 191 – 215.

③ 庞好农：《唯我论的表征与内核：评约翰逊的〈中间通道〉》，《外语教学》2015 年第 1 期。

理创伤和救赎之道》这篇文章里，史永红洞察到：约翰逊荣膺美国国家图书奖的长篇小说《中途》（《中间通道》），通过对主人公的创伤书写来打破黑人被噤声、被表述的命运，是美国黑人创伤记忆的表征。作品质疑、反思了以二元论思想为核心的西方文化，强调东方宗教和哲学思想在人类社会中的重要价值，并将其作为拯救个人和西方文明的一剂良药。该文从心理创伤这一视角出发，运用精神分析和文化分析相结合的方法探讨《中途》，重点分析黑人主人公卢瑟福德所遭受的家庭和种族创伤，揭示产生这些创伤的社会历史根源及约翰逊提供的救赎之道。①

国内外学者对于黑奴移民"中间通道"的解读，都倾向于批判残忍的白人奴隶贩子和商人，揭露黑人在贩奴船上遭受的恶劣生存环境，以及他们由此引发的忧伤、愤怒和反抗。这种解读无疑是深入人心的，当黑奴贸易运动的细节被一一公之于世之后，人们对于黑人移民的同情、对于白人奴隶制的愤恨，都通过各种渠道得到宣泄和诠释，其中文学书写占据了大多数。《宠儿》被认为是莫里森最登峰造极的作品，它采用意识流写作手法，生动呈现了奴隶们在"中间通道"的非人遭遇：

> 一切一切都是现在　永远是现在　无时无刻我不在蜷缩着和观看着其他同样蜷缩着的人　我总在蜷缩　我脸上的那个男人死了他的脸不是我的　他的嘴气味芳香可他的眼睛紧锁　有些人吃肮脏的自己　我不吃　没有皮的男人给我们拿来他们的晨尿喝　我们什么都没有　晚上我看不见我脸上那个死去的男人　阳光从裂缝中照进来我看得见他紧锁的眼睛　我不大　小耗子都等不及我们入睡有人辗转反侧可是没地方翻身　假如有更多的水喝我们就有眼泪了
>
> 我们造不出汗水也造不出晨尿于是没有皮的男人们就把他们的拿

---

① 史永红：《〈中途〉的心理创伤和救赎之道》，《贵州社会科学》2015 年第 1 期。

给我们喝　有一回他们给我们带来甜石头吮　我们都想把身体抛在后面　我脸上的男人这么做了　让你自己永远死去很困难　你稍稍睡了一会儿然后就回来了　开始时我们还能呕吐　现在不吐了　现在我们不能了　他的牙齿是漂亮的白尖尖　有人在颤抖　我在这里就能感觉到　他在奋力抛开他颤抖的小鸟一样的身体　没有地方颤抖所以他欲死不能　我自己的死去的男人被人从我脸上拽走了　我怀念他漂亮的白尖尖　现在我们不再蜷缩了　我们站着可我的双腿好像我那死去的男人的眼睛　我不能倒下因为没有地方　没有皮的男人们高声聒噪　我没有死　面包是海蓝色的　我饿得都没有力气吃了　太阳合上我的眼睛　那些能够死去的堆成一堆　我找不着我的男人了　我爱过他的牙齿的那个人　好烫　死人的小山包　好烫
　　没有皮的男人们用竿子把他们捅穿　那儿有个女人长着一张我要的脸　那张脸是我的　他们掉进了成为面包的颜色的海里　她耳朵上什么都没戴　如果我有那个在我脸上死去的男人的牙齿我会把她脖子上的项圈咬掉　我知道她不喜欢它　现在有地方蜷缩也有地方观看其他蜷缩的人了　现在的蜷缩永远是现在　在里面　长着我的脸的女人在海里　好烫。①

这段意识流描写虽然如梦似幻，却尽显"中间通道"的恶劣环境。运奴船上既无比拥挤又肮脏不堪，所以人们只能"蜷缩着"，还要忍受耗子的肆虐。奴隶们严重缺吃少穿，以至于只能喝"晨尿"来解渴，尽管如此还是没有眼泪和汗水，甚至连呕吐都不能了。在身体和精神的双重煎熬中，黑奴们试图以自杀来逃避和反抗无尽的痛苦，所以"我们都想把身体抛在后面"；然而他们却欲死不能，白人奴隶主们早就做了严密监

① ［美］托妮·莫里森：《宠儿》，潘岳、雷格译，南海出版公司 2006 年版，第 267—268 页。

控，很多时候"让你自己永远死去很困难"。人们不难发现：如果还原当年的现实状况，比比皆是的自杀事件着实令人惊悚不已。被迫航行在大西洋上的黑人们，最常见的反抗方式是绝食和自杀，而这两种方法都遭到奴隶主明令禁止。奴隶主以折磨黑人的形式强迫他们吃饭，还在甲板四周围上铁丝网，以此防止黑奴自杀而损失"商品价值"。即使如此，很多黑人仍然破除道道防线而一跃入海，尤其当一个反叛者失利后，反叛队伍集体跳海就变得司空见惯。奴隶们普遍相信：他们如果跳海自杀，来生就会与家乡的亲朋好友、列祖列宗相聚，从此再也不会成为离乡背井的孤魂野鬼。① 黑奴跳海自杀的现象非常严重，船长们为此寝食不安，往往采取更为残忍的手段进行遏制。比如奴隶主会用尾随船只的鲨鱼，来作为惩治黑奴的利器。曾经有条贩奴船上多人投海自尽，船长抓住其中一个女黑奴，用绳子拴住将她放到海里。船在全速前进时拖住她滑行，等别人看到她时，其下半身已经被鲨鱼吞噬。②

黑奴们在"中间通道"的具体生存状况，都能在史料中找到详细而真实的文字记载。那些在非洲海岸把控奴隶贸易站的欧洲人，从非洲国王、军阀、私人绑匪手里购买黑奴，在每艘贩奴船上安置几百号奴隶和大约 30 名船员。男性奴隶们被锁链前后串联起来，以防止他们反抗、逃跑或自杀，因为相较于女性和儿童而言，他们更显强大，具备潜在的反叛性和杀伤力。奴隶们每天只有一餐能获得食品和水，当食物不够时，奴隶主们自顾自吃饱喝足，任凭黑奴们忍饥挨饿。船舱里黑奴的生活境遇之肮脏和可怕，简直到了无以言表的地步：甲板下疾病成为最大的杀手，天花、麻疹、梅毒、坏血病、痢疾等猖獗，导致黑人的死亡率相当

---

① Antonio T. Bly, "Crossing the Lake of Fire: Slave Resistance during the Middle Passage, 1720 –1842", *Journal of Negro History*, Vol. 83, No. 3, 1998, pp. 178 – 186.

② Marcus Rediker, *The Slave Ship: A Human History*, New York: Viking, 2007, p. 40.

高；他们死去尚且无人关注，那些病入膏肓者就更加无人问津，完全处于自生自灭的境地；尸体总是从船上直接扔到海里，即便如此船员们也不愿劳驾去做这件事，而是任由脚镣将尸体和活生生的人锁固数日。非洲黑奴在"中间通道"中被视为货物（cargo）和商品（goods），从而被剥夺了人的属性和权利。面对这些非人的"货品"，白人奴隶主们既能够任意买卖他们，也可以随意惩罚和消灭他们。发生于1781年的"宗大屠杀"（The Zong Massacre），就是这样一起骇人听闻的大规模杀戮。一艘名为"宗"的贩奴船在横穿大西洋时，营养不良和各种疾病使得某些船员和60名奴隶丧命。同时，恶劣天气导致行进速度太慢，船上开始出现严重缺水的情形。全体船员决定将一些黑奴抛进大海，公开的理由是如此做法可以省下饮用水让其他人活下去，真正的原因却是由此可以获得保险公司巨额赔偿。据统计，这次大屠杀造成大约130名奴隶当场毙命，还有一些黑人忍无可忍中自杀身亡。因为保险公司拒绝理赔，"宗大屠杀"成为一场著名的法庭官司，日后更激起了废奴运动。致于杀一儆百的情况，在贩奴船上更是司空见惯。船员们常常挥动鞭子让黑人臣服，"九尾鞭"（cat o'nine tails）还算其中较为轻缓的惩戒，用来鞭笞那些"愁眉不展"（melancholy）的黑人。在船上生孩子的黑人孕妇，其婴儿很有可能被杀死，因为没有孩子拖累的妇女才能卖得出手。反抗者会招致严惩不贷：某船长曾经当场杀掉一个反叛者，而命令其他两个反叛者吃掉死者的心和肝。[1]

以下是《宠儿》这部小说中关于"中间通道"的另一段意识流描写，从黑奴的第一人称视角详细描述悲鸣、哀嚎和绝望；

> 他们现在不蜷缩了　我们还蜷缩着　他们在水上漂浮　他们打碎小山

---

[1]　Marcus Rediker, *The Slave Ship : A Human History*, New York : Viking, 2007, p. 16.

包把它戳穿 我找不到我那漂亮的牙齿 我看见了将要对我微笑的黑脸 那是我的黑脸将要对我微笑 铁圈套在我们的脖子上 她没有耳朵上的闪亮的耳环也没有圆篮子了 她进入水中 带着我的脸 我站在飘泼大雨中 别人被带走了 我没有被带走 我在像雨一样飘落 我看着他吃 在里面我蜷缩着拒绝同雨一起飘落 我要变成碎片了 他毁了我睡觉的地方 他将手指放在那里 我丢掉了食物我裂成了碎片 她带走了我的脸 没人想要我 对我呼唤我的名字 我在桥上等着因为她在桥下 黑夜过去了又是白天 一遍又一遍 黑夜白天 黑夜白天我等着没有铁圈套着我的脖子 没有船驶过这条河 没有没有皮的男人 我死去的男人不在这里漂浮 他的牙齿在蓝色的大海和青草那边 我要的那张脸也在那里 那张脸将对我微笑 它会的 白天钻石就在她和乌龟待的水里 夜里我听见大嚼大咽和大笑的声音 它属于我 她是那大笑 我是那笑声 我看见她的脸也就是我的脸 就是这张脸在我们蜷缩的地方将要对我微笑了 现在她会的 她的脸从水中浮出 好烫 她的脸是我的 她没微笑 她在咀嚼和吞咽……①

通过这些如泣如诉的内心独白，莫里森再现了飘荡在大西洋"中间通道"上的无数黑奴冤魂。"铁圈套在我们的脖子上"，表明除了男性黑奴被锁链圈住之外，女性黑奴和儿童也牢牢束缚在"铁圈"之中。大西洋浩瀚无际、深不可测，这些对付野性难驯的动物才采用的措施，在海上贩奴运动中被悉数用到黑人身上，足见黑奴的待遇是多么地非人性化。贩奴商人们采取这样的手段，并不是防止黑奴们从海上逃走，而是防止他们跳海自杀，因为一旦黑人们在"中间通道"中死去，那么奴隶主们就会损失巨额利润，这是身为"主人"和"商人"的他们断然不愿接受

---

① ［美］托妮·莫里森：《宠儿》，潘岳、雷格译，南海出版公司 2006 年版，第 270 页。

的。"我裂成了碎片"，指出女性黑奴在贩奴船上生不如死的境遇，要么是性侵和殴打，要么是杀戮或自杀，才导致她们变成漂浮的碎片，上不着天下不着地，成为没有归属和根基的孤魂野鬼。"我在桥上等着因为她在桥下"，仿佛在读者面前勾画出一座中国文化中的"奈何桥"，同时西方文化中的"地狱"和"炼狱"意象也在此忽隐忽现。天人永隔、生死两茫茫的历史现实，是死者的巨大不幸，同时也是生者的永久伤痛。它留给同样是黑人女性的莫里森无尽的思索，促使她用精妙绝伦的内心独白和自由联想等叙述方法，重现先辈们口耳相传的"中间通道"悲惨往事，从而激励人们铭记历史、创造属于自己的未来。

二　第二次黑人移民潮：美国南方内部的"新中间通道"

1619 年，荷兰商人从西班牙贩奴船上掳掠了约 19 名非洲黑人，作为第一批横穿大西洋的黑奴运送至美国南方的弗吉尼亚詹姆斯顿，进入英属殖民地时期的美国奴隶制开端。据估计，仅仅在 18 世纪就有六七百万黑奴被贩卖到美国，生生剥夺了非洲大陆最强壮、最能干的劳动力。身处美国南方种植园中的黑人，丧失了受教育的权利，因为奴隶主们害怕这样一种情形：一旦黑人们接受教育，就会萌发反抗和逃跑的念头。尽管奴隶制法令做了这些明文规定，一些黑奴还是利用与种植园主子女相处的机会，或者利用跟自由劳工一起农耕的契机，如饥似渴地学习文化知识。奴隶制还禁止黑人发起社团活动，有些南方州县甚至禁绝黑人的宗教聚会。① 这些极端法律条文的颁布，某种程度上受到"那特·特纳尔叛乱"（Nat Turner Rebellion）事件的影响。在 1831 年的弗吉尼亚州南安

---

① Thomas D. Morris, *Southern Slavery and the Law*, *1619 – 1860*, Carolina：University of North Carolina Press, 1999, p. 347.

普顿县，特纳尔带领一群追随他的黑奴，对一座座种植园中的白人展开疯狂报复和杀戮，致使 50 多个白人死于非命。在这一过程中，特纳尔及其随从沿途收缴马匹、枪支和自由黑奴，还乘势招募那些愿意加入反抗团体的黑人。白人组织了民兵和正规军队去镇压这次叛乱，更有乌合之众冲击黑奴集中区，殴打并杀死 200 名黑人，其中包括根本没有参与这场反叛的无辜者。"那特·特纳尔叛乱"被平息之后，弗吉尼亚州立刻下令逮捕并处决了 57 名黑人当事者，特纳尔躲藏了两个月之久，被抓捕后很快被处以死刑。为了避免类似的黑人反叛再次发生，立法委员会随即颁布新的法律条款，以便更严厉地控制黑奴和自由黑人。严禁黑奴接受教育、聚众抱团等，都是特纳尔事件之后白人社会采取的举措，目的当然是使黑人更加俯首帖耳。①

黑奴们一旦违规和不服从，就会遭受诸如鞭笞、殴打、断肢、监禁、焚烧、绞刑等严酷责罚，以彰显奴隶主及其爪牙们至高无上的统治权。一般而言，种植园越大越是戒律森严，黑奴们受到的奴役和刑罚就越加冷酷无情。有个叫作布朗（Williams Wells Brown，1814—1884）的肯塔基黑奴，1834 年 20 岁时逃离奴隶主，后来定居波士顿，最终成为废奴主义演说家、小说家和历史学家。他曾这样描绘大型种植园主对黑人的剥削和酷刑：男黑奴必须每天摘 80 磅棉花，女黑奴则是 70 磅，达不到要求者少采一磅棉花挨一鞭子。② 19 世纪中期有个纽约人见证了一场奴隶拍卖会，他曾描述道：他观察着拍卖场，看到至少 1/3 男性黑奴的背上充满鞭打的伤疤。③ 无独有偶，在《宠儿》这部小说中，莫里森借用一个逃离

---

① Deborah Gray White, *Freedom on my mind：A history of African Americans*, New York：Bedford/St. Martin's, 2013, p. 225.

② Catherine Clinton, *Scholastic Encyclopedia of the Civil War*, New York：Scholastic Inc., 1999, p. 8.

③ Maurie D. McInnis, *Slaves Waiting for Sale：Abolitionist Art and the American Slave Trade*, Chicago：University of Chicago Press, 2011, p. 129.

"契约劳工"（indentured servant）身份的白人女孩爱弥的视角，来描述奴隶主鞭子下塞丝皮开肉绽、触目惊心的后背。爱弥这样来表达她的震惊："是棵树。一棵苦樱桃树。看哪，这是树干——通红通红的，朝外翻开，尽是汁儿。从这儿分杈。你有好多好多的树枝。好像还有树叶，还有这些，要不是花才怪呢。小小的樱桃花，真白。你背上有一整棵树。正开花呢。我纳闷上帝是怎么想的。我也挨过鞭子，可从来没有过这种样子。巴迪先生的手也特别黑。你瞪他一眼就会挨鞭子。肯定会。我有一回瞪了他，他就大叫大嚷，还朝我扔火钳子。我猜大概他知道我在想什么。"①像"樱桃花"一样盛开在塞丝后背的一道道伤痕，演变成一个个鲜活生动的历史记忆，永远镌刻在黑人民族的集体无意识中。

女性黑奴遭遇性侵害的事例更是数不胜数，这令她们往往处于永久的身体和心理创伤之中，有些人甚至以死抗争。在当时父权制根深蒂固的南方文化中，女黑奴被约定俗成认为只是农场主的财产而已，白人主流社会对她们"人"的特征和需求基本可以视而不见。白人妇女和黑人男子之间的两性关系，被视为冒天下之大不韪而必须严令禁止，美其名曰是为了"种族的纯洁性"。而在18世纪晚期的奴隶制岁月里，美国南方涌现出了许多混血儿，表明白人男子在身体上侵害女黑奴的情况不胜枚举。像约翰·威尔斯（John Wayles，1715—1773）及其女婿托马斯·杰克逊（后来成为美国总统）那样丧偶的奴隶主，则将女黑奴变成自己的情妇，并各自生下六个混血儿。种植园主有时会用混血奴隶担任管家或者工匠，貌似他们具有慈悲怜悯的道德情怀，实则是这些混血儿很多是他们的私生子。② 莫里森的《慈悲》以奴隶制为历史背景，

---

① ［美］托妮·莫里森：《宠儿》，潘岳、雷格译，南海出版公司2006年版，第101页。
② Floyd James Davis, *Who Is Black?*: *One Nation's Definition*, Pennsylvania: Penn State Press, 2001, p. 38.

对小说中妇女所遭受的屈辱作了细致刻画，比如弗洛伦丝的母亲如此告诉女儿："我不知道谁是你们的父亲。天太黑了看不见他们中的任何一个。他们晚上过来，占有了我们三个，包括贝丝。没有任何保护我们的设施。在这个地方身为女性就意味着一道皮开肉绽的伤口，永难愈合。即使伤口结了痂，下面也一直在化脓。"① 通过这种感人至深的奴隶叙事，弗洛伦丝的母亲不仅将女性创伤体验和盘推出，以引起集体性共鸣和呼应，而且强调黑人女性并非像动物那样只是生孩子的工具，从而义正词严地否定了白人的刻板想象。

美国黑人的第二次集体移民发生在州与州之间，主要原因在于南方棉花产业的蓬勃发展。随着 1793 年轧棉机（cotton gin）的发明，南方棉花加工呈现出突飞猛进的态势，短纤维棉花（short-staple cotton）获得更多青睐和利益，使得棉花的日加工量较之过去增加了 50 倍。下南部开始铺天盖地地种植棉花，1812 年美国的棉花产量是 30 万包，1820 年增加到 60 万包，1850 年更是达到了 400 万包。传统上以农业为主的美国南方，面对棉花产量激增的局面，亟须补充黑奴劳动大军，黑人的第二次移民大潮由此拉开序幕。截至 1815 年，美国国内的奴隶贸易已经成为主要经济运行方式，而且这种情况一直持续到 19 世纪 60 年代。从 1830 年到 1840 年的整整 10 年，将近 25 万名黑奴离开了各自的家乡，穿越洲际到他乡谋生。就在美国内战爆发之前的 19 世纪 50 年代，美国洲际贩卖奴隶的数量达到 19.3 万人。根据历史学家们的考察资料，总体上大约 100 万黑人参与了这场"新中间通道"（New Middle Passage）的移民浪潮。1860 年的美国奴隶人口是 400 万，当时黑奴成群的 15 个州有 151.5605 万个家庭，大概 1/4 的家庭使用奴隶。而就美国整体而言，1/8 的家庭拥

---

① Toni Morrison, *A Mercy*, New York: Vintage International, 2008, p. 191.

有黑奴。①

在这次由奴隶贸易引发的黑人移民潮中，大多数移居黑奴来自马里兰、弗吉尼亚、卡罗来纳等地，因为这些州区的农业生产规模和结构发生了很大变化，因而对奴隶劳动力的需求大为减少。1810 年之前，肯塔基和田纳西是出售奴隶的好去处；1810 年之后，佐治亚、路易斯安纳、得克萨斯等州"进口"了大部分奴隶，而其时的肯塔基和田纳西则成为奴隶"出口"地区。② 在这一研究领域颇有建树的美国历史学家柏林（Ira Berlin，1941—），将这次黑人移民大潮定义为"第二个中间通道"（Second Middle Passage），原因在于它重现了当年大西洋"中间通道"的种种惨绝人寰的历史。他认为，这是美国独立革命和南北战争之间发生在黑奴身上的大事件，不管奴隶们是不由分说被连根拔起，还是为可能到来的被迫移民而忧心忡忡，都是噩梦般的创伤体验，因为人们早已对非洲原生部族记忆模糊，如今又不得不中断在美国建立起来的亲朋联系。历史学家科尔钦（Peter Kolchin，1943—）也持相同观点，感叹本次大迁徙令许多家庭分崩离析、举步维艰，认为通过瓦解黑人既存家庭结构，这次大移民在某种程度上复制了大西洋奴隶贸易。③ 只有少数黑人能带着家人或随着原来的种植园主一起迁移，奴隶主对购买和贩运整个家庭毫无兴趣，他们早期只需要身强力壮干重活的劳动力，后来才购买相同数量的男女黑奴，以此建构"劳动力自我繁殖"模式。有些商人从海上贩运"奴隶商品"，港口城市诺福克和新奥尔良往往是海上必经之路，河上通道则主要有路易斯维尔（俄亥俄河南岸主要港口城市）和纳齐滋（密

---

① Marcyliena H. Morgan, *Language*, *Discourse and Power in African American Culture*, Cambridge：Cambridge University Press，2002，p. 20.

② Ira Berlin，*Generations of Captivity*：*A History of African – American Slaves*，Cambridge，Massachusetts：Belknap Press of Harvard University Press，2003，pp. 168 – 169.

③ Peter Kolchin，*American Slavery*，*1619 – 1877*，New York：Penguin，1994，p. 96.

西西比河边的城市），而大多数黑人只能徒步跋涉前往移居目的地。奴隶
商贩们建构栅栏、院子、仓库等设施，来暂时存放"商品奴隶"，卖家们
还给黑奴提供衣服、食物、装备等，从而达到促销和保护"商品"质量
的功效。一旦长途跋涉启动起来，奴隶买卖便络绎不绝、周而复始，正
如柏林所总结的那样：几乎所有南方白人和黑人，都曾不同程度涉及这
场奴隶贸易。① 黑奴在美国国内大迁移途中的死亡率，虽然不能与大西洋
奴隶贸易中的伤亡人数相提并论，但也高得足以超过正常死亡率。黑奴
们一旦为新种植园主接手，就会面临迥然有别于过去的生活，他们在荒
地上砍伐树木、种植庄稼、采摘棉花等，在超负荷体力劳动中整天累得
筋疲力竭。他们并不熟悉棉花地，对日出而作日落而息的集体出工模式
很不习惯，在新生活中遭遇众多心理冲击。他们既不能饲养自家的牲畜，
也没有自家的菜园，当下的生活质量跟以往相比，真可谓每况愈下。再
加上水土不服、营养欠缺、长途跋涉之后疲累等因素，刚刚到达目的地
的黑人常常处于虚弱状态，甚至出现很多伤亡的情形。而且，为了交通
和出游便利，新种植园通常坐落于河边，蚊虫和环境污染使得疾病传播
迅猛，致使黑奴死亡率高居不下。艰苦的生存环境增加了黑奴反叛的可
能性，于是奴隶主和监工们更加倚重暴力统治，奴隶们的生活越加苦不
堪言。②

　　当时还有很多美国政客为奴隶制高唱赞歌。作为美国的"建国之父"
（Founding Fathers of the United States）之一，杰弗逊总统曾在 1820 年给一
封友人的信中这样看待奴隶制："我们真是骑虎难下、左右为难，既不能
紧抓不放，又不能放任自流；（对黑人）公正是一回事，（我们白人）自

---

① Ira Berlin, *Generations of Captivity: A History of African – American Slaves*, Cambridge, Massachusetts: Belknap Press of Harvard University Press, 2003, pp. 168 – 171.
② Ibid., pp. 174 – 177.

我保护又是另外一回事（根本无法两全其美）。"① 杰弗逊对奴隶制的维护一目了然：黑人是野蛮的，极易损毁白人世界和现代文明；白人任由黑人为所欲为是罪恶的，因此对黑人的奴役是正当的。代表南部联邦在美国内战中冲锋陷阵的罗伯特·李将军，也在 1856 年致友人的信中发表对奴隶制的看法："美国南方黑人的生活与他们在非洲时相比，无论从道德、身体、社会层面讲都好了无数倍！我希望他们能够明白，他们所受到的严苛纪律和管制，是黑人族裔必须接受的再教育，是让他们成为更好物种的必备课程。仁慈的上帝对这一切明察秋毫，也早就规定了他们的奴役期限。"② 罗伯特·李将军认为美国奴隶制是天然正确的，是上帝号令白人来驯服和开化黑人，以便使后者变得比较优良。法国政治家和历史学家托克威尔，在其著作《美国的民主》中阐述道：他本人虽然反对奴隶制，但感觉缺了奴隶制的多民族国家不合理，因而奴隶们不应该获得解放。③ 以上几位美国政治家积极维护奴隶制，代表了白人群体的普遍思想，他们唯恐解放奴隶会对社会经济造成比奴隶制更坏的结果，因此将奴隶制界定为"必须的罪恶"（a necessary evil）。

还有一些社会名流公然宣称奴隶制是"积极正面的"（a positive good）。美国政治家和政治理论家卡尔豪恩，1837 年在参议院做过一次很有名的演讲，宣扬奴隶制不仅不是罪恶，反而是积极正面的体制。卡尔豪恩的理由如下：（1）对于每个文明社会而言，一个阶级的生存必须建立在另一个阶级的劳动之上；（2）认知、科学、艺术等建立在闲暇之上；（3）美国黑奴受到主人们的善待，而且老有所依，其生活比欧洲自由劳

①　Thomas Jefferson，"Like a Fire Bell in the Night"，*Letter to John Holmes*，New York：Library of Congress，1820.

②　Robert. E. Lee，"Robert E. Lee's Opinion Regarding Slavery"，*Letter to President Franklin Pierce*，December 27，1856.

③　Alexise Tocqueville & Joseph Epstein，"Chapter XVIII：Future Condition of Three Races in the United States"，*Democracy in America*，Volume 1. Publisher：Bantam Classics，2000.

工幸福得多；（4）奴隶制能避免劳资纠纷。所以综上所述，卡尔豪恩强调奴隶制的好处会越来越明显。① 持"奴隶制是积极正面"观点的，还有英国教会人士哈蒙德和美国社会理论家菲茨哈格，他们曾多次发表言论来拥护南方奴隶制。哈蒙德像卡尔豪恩一样，坚信奴隶制对于其他社会阶层的成立是必要的。在 1858 年的参议院演讲中，哈蒙德提出了"地基理论"（Mudsill Theory），认为奴隶阶层的存在很有必要，否则那个引导进步、文明、优雅的奴隶主阶层就存活不了。奴隶们充当社会和政治的地基，因为总有一个阶层需要担负奴仆的职责，没有他们社会领军人物将无法勇往直前。哈蒙德还对比了南方和北方奴隶的不同处境，在他看来，南方奴隶无须乞讨和挨饿，也不存在就业危机，而北方奴隶还要四处寻找工作，如此南方奴隶制根本不需要废除。② 菲茨哈格的见解类似于他同时代的白人主流群体，他笃信种族主义政策并以此力证奴隶制的合法性。在他那本著作《奴隶制的普遍法则》里，他坚持黑奴只不过是孩童，因此理应像孩子一样受到管制和束缚。他指出：黑奴在自由世界肯定寸步难行，因为他们过于懒散，根本无法匹敌智慧的欧洲白人；奴隶制提供了生活所需的一切，所以南方黑奴是世界上最幸福、最自由的族群；黑奴离开南方将会成为社会无法容忍的累赘，人们有权制止这一现象，唯一的手段就是使他们臣服于奴隶制。③

如果说黑人穿越大西洋"中间通道"的第一次集体移民发生在美国奴隶制之前，而从美国南方农村走向北方都市的 20 世纪初黑人移民浪潮是在奴隶制废除之后，那么美国"新中间通道"的黑人移民历史，

---

① Charles A. Beard & Mary R. Beard, *History of the United States*, London Macmillan, 1921, p. 316.

② James Henry Hammond, "The 'Mudsill' Theory", *Senate floor speech*, March 4, 1858.

③ George Fitzhugh, "Universal Law of Slavery", *The Black America: A Documentary History*. Ed. Leslie H. Fishel, Jr. and Benjamin Quarles, Scott. Illinois: Foresman and Company, 1970.

则刚好见证了奴隶制最猖獗、最鼎盛的时代。作为中间层的"夹心饼干"，黑人的第二次大迁徙因为与奴隶制紧密关联而意义非凡。它对黑人民族后来的所有历史足迹，都起到了不可估量的影响。换言之，不管是闻名遐迩的"哈莱姆文艺复兴运动"，还是里程碑式的"黑人民权运动"，甚至今日的黑人命运走向，都是从奴隶制阴影里酝酿和重生的。莫里森的小说鲜少直接描述黑人第二次移民经历，但其力作《宠儿》《慈悲》等，都勇敢地直面奴隶制议题，逼真地重构了这一体制下黑奴们的心路历程和历史记忆。前者刻画了女黑奴塞丝的人生经历："甜蜜之家"是令黑奴们饱受凌辱和压迫的南方种植园，于是他们相约逃走，但只有塞丝历经艰险后成功到达北方；奴隶主闻风而来要抓捕塞丝及其孩子，千钧一发之际塞丝以杀婴的方式吓退奴隶主，从此生活在创伤之中。后者同样讲述了奴隶制、母女关系和伤痛的故事：黑奴小女孩弗洛伦丝和母亲、弟弟生活在奴隶制时期，姐弟俩面临着被新奴隶主挑选和买走的局面，母亲最终留下儿子而让女儿被带走，令弗洛伦丝的心灵伤痕累累；多年之后弗洛伦丝终于理解了母亲，因为奴隶主可以像处理私人财产那样处置黑奴，母亲期盼和善的新主人让女儿免遭性侵等厄运。两部小说都将奴隶制下黑奴的集体记忆，浓缩成家庭和个体的创伤叙事，以小叙事代替宏大叙事，从而让黑奴的生活现实和内心诉求得以张扬，警醒世人再不可重蹈错误历史的覆辙。

三　第三次黑人移民潮：从美国南方农村到北方都市

如果说大西洋"中间通道"和后来"新中间通道"的黑人移民具有强迫性特质，那么开始于19世纪后半叶由南向北的黑人移民运动，多少带有选择性和自发性的意味。而提起 Great Migration 这个英语表达，在世界历史上也约定俗成指黑人的第三次移民浪潮,它不仅对于黑人民族来说意义空前,对于美国城市化和"美国梦"的塑形也影响巨大,以至于很多人将它与《圣经》中"以色列人出埃及记"相提并论,将当时的美国北方称为黑人心目中的"应许之地"(The Promised Land)。1879 年,大约 6000 名非裔美国人离开南方乡村,移居到堪萨斯、爱奥瓦、密苏里等中西部地区,开启了 19 世纪末 20 世纪初黑人移民潮的序幕。在 1915—1920 年,至少有 50 万名黑人加入移民大军,从美国南方农村移居到北方城市。对这次黑人移民潮颇有研究的尼古拉斯·勒曼,在著作《应许之地:黑人大移民以及它如何改变了美国》中认为,这场移民堪称历史上最大规模、最快速的美国国内集体移民,在人数上远超来到美国的欧洲人,比如意大利人、爱尔兰人、犹太人和波兰人。对于美国南方黑人而言,离开在经济上和社会关系上都很熟悉的故土,意味着出去寻找一片崭新的天地。①

造成这次大规模移民的原因有很多,可以分为内因和外因两个方面加以阐释。就内因而言,南方当时自身存在的痼疾久治不愈,以至于将大批黑人"推出"(push)了他们原来的聚居地。首先,19 世纪末 20 世纪初的棉花价格暴跌和棉花产量歉收,使得整个南方陷入经济恐慌。那时候的大部分黑人以农耕为主,佃农(sharecropper)、分成制租户(tenant farmer)和家庭帮佣(domestic services)是南方黑人赖以为生的职业。南方经济一直以来非常依赖于棉花产业,奴隶制时期自不必说,到了南北战争和奴隶解放之后依然如此。比如莫里森《爵士乐》的场景在城市和乡村之间不停地来回交错,在城市光怪陆离的景象和棉花地纯真爱情之间沉吟、抉择。主人公维奥莱特和乔就是在棉花地里相识相爱的,那

---

① Nicholas Lemann, *The Promised Land:The Great Black Migration and How It Changed America*, New York:Alfred A. Knot, 1991, p. 6.

时候的棉花种植的繁荣场景与人们的期盼相得益彰："巴勒斯坦（美国南方地区）有顶好的棉花作物，方圆二十英里的人们都来摘棉桃。有传闻说年轻女人的工钱是十美分，男人的工钱是二十五美分。一连串坏天气毁掉了所有的期望，然后才来了这么一天，棉朵绽放得又肥又白。所有人都屏住呼吸，地主眯起眼睛，吐了口唾沫。他的两个黑人长工在田埂间走着，摸着柔软的棉朵，用手指捻着泥土，试图解开天空之谜。然后是一天清新的小雨，四个又干又热的晴天。整个巴勒斯坦布满了他们所见过的最干净的棉花。比丝还要柔软，冒出来得这么快，多年以前放弃了田地的象鼻虫都来不及赶回去。"① 棉花价格大幅度下调导致南方经济陷入低谷，而到了 1914 年情况变得愈加糟糕，因为起始于得克萨斯东部的棉铃象鼻虫（boll weevil）又大肆泛滥，使得整个南方成为重灾区。棉铃象鼻虫长着凸起的象鼻和短小的翅膀，形状既像甲壳虫又像非洲食蚁兽，在美国南方没有天敌。在莫里森笔下"来不及赶回去"的它们，如今攻城略地般行进在南方土地上，以势不可当的姿态将棉花地变为荒野。在经济迅速衰退的同时，南方不得不从农作物的单一性转向多样化，也大大加快了农民工北上移民的步伐。

其次，20 世纪初密西西比河沿岸出现特大洪涝灾害，冲毁了很多房屋和庄稼，而最受其害的是奴隶制废除后刚刚获得一点住所和土地的黑人农民。密西西比河在历史上曾发生重大洪涝灾害 30 多次，平均每 3 年就会爆发一次，1915 年的洪水导致密西西比州农业受到致命一击，与 1993 年特大洪水曾使美国中西部农田损毁十之八九的情形十分相似。密西西比河及其支流的洪水吞没了密西西比峡谷，冲毁无数农田，令很多黑人无家可归。黑人一贫如洗的生存状况，成为他们北上移民的又一个

---

① ［美］托妮·莫里森：《爵士乐》，潘岳、雷格译，南海出版公司 2006 年版，第 107 页。

重要原因。

再次，种族隔离制度（Jim Crow laws）让南方黑人深受其苦。它的前身和基础是 1800—1866 年的"黑人法典"①（Black Codes），该法典严格限制黑人的民权和自由；它正式发布于 1890 年，宣传"隔离但平等"（separate but equal）的种族原则，却没有真正在黑人和白人之间架起平等的桥梁。种族隔离政策体现在美国社会的方方面面，公立学校、公共交通、公共厕所、饭店、公共饮水设施概莫能外，甚至连美国军队也无以幸免，这些区域都严格隔离黑人和白人。作为第一位从南方走出来的美国总统，威尔逊曾号令在联邦工作机构实施种族隔离制度：就业申请者必须提交照片，在行政当局确认其种族身份后，才能具备其他的可能性。在这种大背景下，白人不但就业机会比黑人高得多，而且更容易获得高薪的技术型职位，而黑人最多只能从事低薪的体力型劳动。那些年南方在分配制造业工人的薪资时，也出现众多不平等情况，黑人从事同等工种所得工资明显低于白人。而在公共教育制度上，种族歧视现象体现得尤为明显：20 世纪初的 10 年中，美国教育资金和资源统统汇聚到白人公立学校，用以提高教师工资、增加学生资助、减少班级人数形成小班上课，等等。类似的举措在黑人学校几乎看不到，黑人学生的生活和教学质量反而呈下滑趋势。针对选举事宜的"祖父条款"更是荒谬至极：只有当某人的祖父在当年奴隶制下具有选举权时，他才可以参加选举。黑人的祖父们当时想都不敢想选举权的事情，因此"祖父条款"明显是限制黑人的选举自由，可见种族之间壁垒分明的现象愈演愈烈。

莫里森的小说《秀拉》就充满了形形色色的种族隔离现象。故事发

---

① "黑人法典"指的是美国内战后南方各州出台的一系列律法，这些在 1865 年和 1866 年颁布的法令目标明确，旨在严格限制黑人族群的自由，迫使他们一直处于低薪和欠债的经境遇之中。为了压制那些法律上获得解放和自由的非裔美国人，南方白人统治阶级曾制定一整套律令，"黑人法典"只是其中的一个部分。

生在两个黑人小女孩秀拉和奈尔之间，时间跨度为 1919 年到 1965 年，地点则是美国南方农村。1920 年前后奈尔随母亲海伦娜外出奔丧，匆匆穿越白人车厢前往黑人车厢的过程中，受到列车员的大声训斥和警告，海伦娜则谄媚地笑着尽力讨好后者。这一幕充分显示了当时森严的种族隔离制度，也给少年奈尔留下终生难以磨灭的羞耻感：

> "我们这列车上可容不得什么错。好啦，收拾起你这些破烂进去吧。"
>
> 他站在那里，两眼死盯着她。直到她意识到他要她靠边，让出路来。她一手拉起奈尔，母女俩挤到一个木质座椅前的空隙里。接着，毫无必要地，至少是出于莫名其妙、奈尔无论当时还是事后都不明白的原因，海伦娜微笑了。就像刚刚被一脚踢出来的流浪狗在肉铺门口摇着尾巴一样，海伦娜脸上堆满了笑。她冲着那鲑粉色面孔的列车员露出了挑逗的微笑。①

《秀拉》中的种族隔离荒诞透顶，《所罗门之歌》中的私刑（lynching）更是触目惊心。随着南北战争结束以及南方重建时期（Reconstruction）的到来，私刑成为"白人至上"意识形态的暴力体现。奴隶制废除后黑人获得自由，也取得一系列宪法规定的权益，这让南方原先的种植园主备感焦虑，他们怎能甘心让黑人如此轻而易举得到平等权利呢？于是他们对黑人深表怨恨，认为是黑人导致他们历经战乱、经济受损、政治特权旁落，遂采取了诸多谋杀黑人的行动。例如南卡罗来纳州参议员本杰明·梯尔曼（Benjamin Tillman，1847—1918），就曾在 1900 年的议会中直言不讳："我们南方人从来不会承认黑人具有管理白人的权利，永

---

① ［美］托妮·莫里森：《秀拉》，胡允桓译，南海出版公司 2014 年版，第 21—23 页。

远不会；我们也永不会相信黑人和白人是平等的。我们决不会放任黑人侮辱我们的妻子和女儿，一旦他们这么做了一定会遭受私刑。"① 《所罗门之歌》中的黑人杰克（Jake Dead），在美国南方重建时期获得一块土地，经过辛勤耕耘将它打造成人人羡慕的"林肯天堂"（Lincoln's Heaven）。而在那时的种族隔离政策下，拥有土地的黑人很少，能把土地经营到肥沃丰产程度的黑人更是少之又少。面对如锦缎般华丽非凡的"林肯天堂"，白人的觊觎之心油然而生，便枪杀了杰克从而攫取了土地，令杰克的一双儿女流离失所、亡命天涯。杰克的女儿派拉特和儿子梅肯，常常为这段创伤记忆所缠绕，比如派拉特就曾回忆道："我看到爸爸被人打死了。从篱笆上飞上天五英尺高，我看到他在地上扭动，我还不仅看到他死，我从他让人射中一直瞅着他。"② 南方的很多其他私刑执行现场，会招来众人围观，最多的一次居然有 1.5 万人，足见当局残忍成性、民众麻木不仁。一些报纸的摄影记者还将私刑惨景拍下来制作成照片或明信片，有时一幅能卖到 50 美分的价格。更有甚者，有些私刑照片还配以文字说明，直接标明时间、处以私刑的缘由，或者附以种族主义诗歌和警句、威胁性评论。典型的例子来自一张写着《山茱萸树》（Dogwood Tree）诗歌的明信片："当今的黑奴/为了永久的体面/应该学会如何回到黑奴应该待的地方/在阳光照耀的南方，那片自由的土地/让白人至上的原则永存。"像《山茱萸树》这样充满直白修辞的明信片，会秘密或公开地传送到千家万户。③ 可见，南方棉花歉收和洪涝灾害造成当地经济萧条，而种族隔离制度则是更严重的社会问题，这些因素共同作用，变成了黑人北上移民的内在原因。

① https：//en. wikipedia. org/wiki/Lynching.
② ［美］托妮·莫里森：《秀拉》，胡允桓译，南海出版公司 2014 年版，第 158 页。
③ Dora Apel, *Imagery of Lynching*：*Black Men*，*White Women*，*and the Mob*，New York：Rutgers University Press，2004.

本次黑人大移民的外因，指的是北方城市对黑人产生的吸引和召唤作用。正当黑人在南方社会民不聊生的时候，北方地区有关黑人优厚待遇的消息不停传来，黑人们由此受到各种心理刺激而不由分说被"拉"（pull）了过去。来自北方都市的"拉力"因素既强大又种类繁多：（1）北方工业正处于蓬勃发展之际，尤其当第一次世界大战在欧洲爆发之后，军备物资的生产为北方经济腾飞锦上添花；（2）第一次世界大战的发生阻断了欧洲移民来源，战争结束后新的法规又限制欧洲移民进入美国，美国工业一时再也无法倚重欧洲来的产业工人，所以黑人的到来适逢其时，很好地填补了劳动力空缺；（3）美国成为参战方之后，许多白人青年被招募进军队开赴欧洲战场（也有一些黑人青年参战），他们的工作空缺亟须有人填补，黑人移民群体刚好充当了这一角色；（4）北方的工资待遇要诱人得多，南方平均每天支付的薪水是每人50美分到2美元，而北方却能高达2—5美元——经济利益驱动也是黑人北上的重要原因之一；（5）那些年北方工人罢工运动此起彼伏，工会要求资方提高工人待遇的呼声不绝于耳，这令公司老板们大为头疼，以至于更加青睐初来乍到而显得言听计从的黑人工人。在此环境下，许多北方工厂老板会派人到南方招募黑人员工，并以支付路费作为诱饵。事实上，在20世纪初大迁移发生时，关于北方城市的各种移民信息庞杂而零乱，它们通过不同的渠道散布开来，其中既有在北方发行的报纸杂志，如黑人周刊《芝加哥卫报》和《匹兹堡通讯报》，也有良莠不齐的移民代理公司和移民俱乐部；而对身处南部乡村的黑人来说，最直接的消息来源则是已经北上的亲友和熟人。通过书信或是口耳相传，南方黑人形成了对于北方都市的最初印象：它似乎是收入和自由度都更高的"福地"。尽管北方的报刊也经常刊发文章，描述大批南方移民涌入都市后的真实处境以及由此引发的种种社会问题，可在移民代理公司的有意吹捧和南方本地人的以讹传讹之下，少数移民的成功经历被夸大甚至普遍化，让南方黑人"常常误解了北方城市里的种族关系、可以获得的机遇和非裔美国人的社会地位"①。

莫里森《爵士乐》中的乔和维奥莱特，就是在城市的一声声召唤之下前往北方的。都市的"好消息"传到南方，乔和维奥莱特听了整整 13 年，终于按捺不住蠢蠢欲动的心，于 1906 年毅然动身离开了故土。他们是切切实实被传说中的"城市幸福梦"所诱骗：

> 据她说那里所有的房子都有独立的房间和自来水——不用你去打水。在那里，黑人男子在港口干活，从比教堂还大的轮船上卸货，一天挣两美元五十美分；别人开车到你家门口接你，把你送到你要去的地方。她描述的是一个二十五年前的巴尔的摩，一个不论她还是乔都租不起房子的住宅区，可是她不知道那个，而且一直不知道，因为他们最终去了大都会。他们的巴尔的摩之梦被更强大的梦取代了。乔认识一些住在大都会的人，还有一些去过那儿，然后带着让巴尔的摩相形见绌的传说回家来的人。干清闲工作就能赚钱——在大门前面站一站，用托盘送送食物，哪怕给陌生人擦擦鞋子——你一天里挣的钱比他们在整整一个收获季挣的还多。白人们简直是在把钱扔给你——就因为你热心帮忙：给出租车开开门，拎拎行李。还有，随便一件你拥有、做出或是捡到的东西都能拿到大街上去卖钱。事实上，有的街道所有店铺都归黑人所有；整街整街的黑人俊男美女整宿开怀大笑，整天赚钱。钢铁的小汽车满街飞跑，他们说，你要是攒够了钱，你也可以自己搞一辆，哪儿有路就开到哪儿去。②

---

① 王玮：《不一样的移民叙事：论奥古斯特·威尔逊的历史系列剧》，《外国文学评论》2015 年第 2 期。

② ［美］托妮·莫里森：《爵士乐》，潘岳、雷格译，南海出版公司 2006 年版，第 111 页。

在上述美国黑人三次移民潮流中，尽管本书的焦点是 20 世纪初黑人的城市化集体记忆，但它的成因和后续发展都离不开"中间通道"和"新中间通道"中黑人的移民经历。前两次移民史，不仅记载了黑人身为奴隶的起因和过程，也呈现了美国正统教科书所曲意掩盖的真相和事实。无论是 20 世纪初黑人由南向北移民的经济原因还是社会原因，都可以到前两次集体大移民中寻根问由。而它们不但直接导致了第三次移民浪潮，还对移民们的城市生活施加潜移默化的影响，致使他们在强烈的现代文化冲击下，常常无法如愿以偿过上幸福的都市生活。相反，黑人们挣扎在新旧两种截然不同的价值观之间，可谓无所适从举步维艰，从而演绎了一曲曲充满悲欢离合的"新黑人"之歌。

第二节 城市化：演绎"新黑人"的美国梦

移民到北方城市的非裔美国人聚居于黑人社区，逐渐形成较为庞大的规模和影响力。黑人聚居区的形成有两大原因：一是北方的种族隔离现象也相当普遍；二是黑人们在南方时早已经养成聚在一起生活的习俗。北方都市的黑人集中区域，虽然不能与更广阔的白人社区相提并论，但也"麻雀虽小五脏俱全"，拥有了比较完整的设施，比如新闻报纸、企业贸易、爵士乐酒吧、黑人教堂、政治机构等一应俱全，形成黑人文化的新型基础。底特律在 1910 年的黑人人口是 6000 人，到了大萧条时期的 1929 年，其人口已经猛增到 1.2 万人，跃升全美第四大城市。芝加哥在 1901—1902 年的总人口是 175.4473 万人，该城市的人口在 30 年代跃至 100 万人，新增人口绝大多数都是黑人移民。俄亥俄州的克里夫兰市起初

黑人人口占总人口的 1.1%—1.6%，1920 年黑人增加到占总人口的
4.3%，而且以后的 20 年该市黑人人数持续增长。这一时期黑人居民激增
的其他北方工业城市，还有巴尔的摩、费城、纽约、匹兹堡、圣路易斯
和奥马哈等，比如纽约的哈莱姆黑人社区和匹兹堡的"小山区"黑人聚
居地，都曾经是著名的黑人文化中心。

一　就业和住房危机引发种族纷争

莫里森的《爵士乐》，将故事场景设置在 1926 年的纽约哈莱姆黑人
社区，是对"新黑人"都市生活的描摹。这篇小说不仅呈现了物质主义
和消费主义盛行的"爵士时代"（Jazz Age）历史风貌，还将作品的整个
谋篇布局设计成一首不折不扣的黑人爵士乐。文章开篇就铺陈了一场骇
人听闻的谋杀案：从南方农村移民到纽约大都会的乔和维奥莱特，已经
在城市生活了 20 年，人到中年的乔与 18 岁的女中学生多卡丝陷入婚外
恋，最后由于多卡丝移情别恋而将她枪杀。乔和维奥莱特这对黑人夫妇，
在城市打拼多年，终于踏入了梦寐以求的中产阶级行列，恰恰在这时他
们的精神世界双双轰然倒塌。莫里森的高明之处就在于，她将一个发人
深省的社会问题，精心打造成侦探小说和爱情小说的模样。她又利用后
现代小说精彩纷呈的叙事技巧，让作者几乎销声匿迹，让叙述者变得相
当不可靠，从而把读者的作用提高到无以复加的地步。嘹亮的爵士乐背
景贯穿全局，复杂的三角恋情节引人遐想，案件的动机和真相等待告
破……然而这一切都不能掩盖读者参与文本建构和阐释的痕迹，不能阻
挡他们探寻历史真实和社会矛盾的决心。那么抵达繁华富足的北方都市
之后，黑人移民到底经历了哪些文化冲击呢？

初来乍到的北方城市"新黑人"，面临的最大挑战是就业和住房问

题。一般来讲，有教育背景的黑人比较容易找到工作，也能更快地从无产阶级奋斗到中产阶级。北方城市在那么短的时间里涌入大批黑人移民，让早先从欧洲来到此地的工薪阶层怨声载道，他们唯恐大波袭来的新劳力会产生恶性竞争，以至于威胁到自己的就业和生存。城市黑人移民人口增长极快，令大城市的住房短缺问题愈加显著，这成为黑人和白人之间冲突的另一大诱因。种族歧视的现象无处不在，黑人聚居区当时拥挤不堪，他们在抵押贷款方面也备受冷落，1934 年出台的"国家住房条款"（National Housing Act）对城市地区尤其是黑人聚居区房屋贷款实行法律限制，更加剧了黑人购房或租房的困难处境。白人房东或零售商们禁止黑人在白人居住区购买或租住房屋，一旦黑人搬进白人社区，白人们会迅速搬走远离黑人，以防止传说中的黑人抢劫、强奸、吸毒和暴力等事件发生在他们身上。这样的种族刻板想象，使得北方城市的种族分界线愈加分明，到了 20 世纪五六十年代，黑人比其他族群更密集地聚居在市中心区域，而根基深厚的白人则选择在市郊居住。

在黑人城市化的漫长岁月里，种族纷争时有发生，伊利诺伊州东圣路易斯市的 1917 年种族暴动，就是其中颇为血腥的一次。当年 2 月的时候，该市的铝矿公司（Aluminum Ore Company）遭到白人工人罢工，资方用 470 名非裔美国工人取而代之，随后种族矛盾一触即发。刚巧此时又有一则大新闻在街头巷尾疯传，据说一名持枪黑人试图当街抢劫一名白人，于是白人雇工将一腔怒火喷发到黑人移民头上。在 5 月，白人以暴徒的姿态出现在市区，看到黑人即拳脚相向，还到处拦截电车，将黑人乘客拉下来拖到街中心或人行道上施以暴力。由于很多白人的就业机会长期得不到保障，他们对黑人的敌意愈演愈烈，整个城市弥漫着令人不安的种族紧张气氛，终于在 7 月又一次爆发。白人暴徒点燃了黑人居民的房屋，熊熊大火中黑人要么在屋内被活活烧死，要么逃到室外被子弹打死。

甚至还有些黑人遭到白人的私刑处置，尸体被吊挂在火焰滚滚的建筑大楼上，致使现场尸横遍地、惨不忍睹。①

这一历史事件引起莫里森的关注和思索，成为小说《爵士乐》不可或缺的重要脉络。多卡丝的父母就是在城市化进程中移居东圣路易斯市的黑人，他们在那场种族暴乱中双双被烧死，让年幼的女儿变成孤儿。多卡丝的姨妈和监护人爱丽丝，多年后回忆起这段历史仍感到痛不欲生：

> 有人说暴徒是曾在部队打过仗的心怀不满的退伍兵，YMCA 拒绝为他们服务；他们这儿那儿到处都是，回到家乡又赶上了白人暴力活动，比他们入伍时还要激烈，不像他们在欧洲打的战役，在国内打仗既残酷又完全没有荣誉。还有人说暴徒是些白人，被南方黑人涌进城市、找工作、找住房的浪潮给吓坏了。有几个人想了想说，对工人的控制是多么完美，他们（像桶里的螃蟹，不需要盖子，也不需要棍子，甚至不需要监督）谁也不能从桶里出来。然而，爱丽丝相信自己比谁都更知道真相。她的姐夫不是退伍兵，而且在大战以前就住在圣路易斯东区。他也不需要一份白人提供的工作——他拥有一个台球厅。实际上，他甚至没有参与暴乱；他没有武器，没有在大街上跟人狭路相逢。他被人从一辆有轨电车上拖下来活活踩死了。爱丽丝的姐姐听到了这个消息，就回到家里尽量忘掉他内脏的颜色，这时，她的房子被点燃，她在火焰中被烧焦了。她唯一的孩子，一个叫多卡丝的小女孩，在马路对面的好朋友家睡觉，没有听见消防车从街上呼啸而过，因为人们呼救的时候她没有来。可是她肯定看到了火焰，肯定看到了，因为整条街都在叫喊。她从来没

---

① Rudwick, Elliot M. *Race Riot at East St. Louis: July 2*, 1917. Carbondale: Southern Illinois University Press, 1964.

说过，没说过任何关于这件事的话。她在五天之内参加了两次葬礼，从没说过一句话。①

发生在多卡丝父母身上的惨案，与历史上的圣路易斯东部种族暴动完全吻合。多卡丝从小沦为孤儿，虽然在姨妈爱丽丝的细心监护下成长，但她遭受的创伤就像睡眠的火山那样亟待爆发。"当初在圣路易斯东区的时候，小小的门廊坍塌，燃烧的木屑冒着烟在空中爆炸。肯定有一小片飞进了她大张着发不出声的嘴，然后进入了她的喉咙，因为它还在那里冒着烟，燃烧着。多卡丝一直没有把它吐出来，也没有把它扑灭。"② 那木屑上的火星至少包含两层隐喻意义：一方面，它象征多卡丝对父母之爱的热望；另一方面，它是多卡丝对自我身份建构的欲望。所以，进入豆蔻年华的多卡丝乐此不疲地追逐男人和爱欲，并将这样的行为误读为身份建构之道。如果说乔对多卡丝一见倾心，那么多卡丝对乔充其量只能说具有好感，她实际上在寻求父兄般的温暖和呵护。这就诠释了为什么她后来轻而易举就被其他男孩所吸引，从而义无反顾地离开了乔，因为乔希冀多卡丝回报的依然是男女之爱，而这是多卡丝无论如何做不到的。多卡丝的人生之路注定是悲剧性的：她孜孜以求飞蛾扑火的情人之爱，却往往得不到对等的回应，比如她和阿克顿之间的情感游戏；她接受温馨和煦的父兄之爱，却发现自己根本无法满足于此，比如乔对她的百般宠爱。于是一场谋杀案悄然而起，多卡丝临终之时还刻意隐瞒乔是凶手的事实，并非源于她对他的爱恋，而是源于她内心深处的感激和愧疚，因为她背弃了自己魂牵梦萦的父母之爱。这样一起凶杀案和三角恋故事，其深层原因直接指向 20 世纪初美国城市化进程中的

---

① ［美］托妮·莫里森：《爵士乐》，潘岳、雷格译，南海出版公司 2006 年版，第 58—59 页。
② 同上书，第 62—63 页。

种族纷争，而当时的黑人移民潮无疑是推动这一切的关键因素。追根溯源，大批黑人当初选择迁徙到美国北部或中西部城市，部分原因是受都市现代化和工业化吸引，而南方社会经济低迷、奴隶制余孽未消等现状也难辞其咎。异常紧张的南方种族关系，源头首推大西洋奴隶贸易，无数黑人的冤魂不仅飘荡在"中间通道"的上空，还游荡在南方农村的田野里。不仅如此，它们还穿越时空的隧道，弥漫在城市生活的大街小巷，致使前来寻觅"美国梦"的黑人群体遭受前所未有的政治和文化冲击。

二　政治和媒体操控下的种族矛盾

《所罗门之歌》中的梅肯和派拉特，几经波折先后来到了美国北方的密歇根，开始了都市生活的沉浮历练。其漂泊经历正好顺应了黑人北上移民大潮，不管是有意也好无意也罢，他们自然而然成为了移民大军中的一员。黑人青年吉他参加了密歇根城里的"七日"组织，专门以暴制暴地对付白人滥杀黑人的行为，当地的种族矛盾之激烈由此可见一斑。书中有一段描写呈现了媒体是如何报道种族纷争的：

> 他们正听着广播，一边小声议论，一边摇头。过了好一阵，奶娃才弄明白一个个如此紧张的原因。在密西西比州桑芙乐尔县，有一个小伙子被肢解身死。凶手是谁，已经昭然若揭——那些下手的人已经毫无顾忌地大吹大擂过了——动机何在，也已不言自明。那个小伙子曾经对一个白种女人吹口哨，而且还毫不否认确曾同几个白种女人睡过觉；他是北方人，去南方旅游的，名字叫梯尔。
>
> ……
>
> "铁道"托米竭力让议论声低些，好听清播音员的最后一个音

节。没多会儿，消息就播完了，因为播音员没有多作推测，而事实本来就挺少。当播音员播送其他新闻时，理发馆里爆发出高声谈论。

……

奶娃努力捕捉着交错进行的谈话。

"日报上会登出来的。"

"也许会登，也许不会。"波特说。①

引起"铁道"托米和波特等人热议的广播新闻，就是非裔美国人历史上著名的艾米特·梯尔（Emmett Till，1941—1955）事件。据说，因为向一个杂货铺白人女店主吹口哨和献殷勤，从芝加哥来密西西比州走亲访友的黑人男孩梯尔被处以私刑。白人绑架并狠揍了梯尔，随后枪杀了他并肢解了他的尸体，然后再将其沉入河底，直到三天后他的尸首才被打捞上来。在梯尔母亲的强烈要求下，一个公开的葬礼仪式拉开序幕，梯尔面目全非的尸体也展示在公众的视野之下。数万人闻讯前来参加葬礼，梯尔被肢解的尸体形象刊登在黑人杂志和报纸上，引起不小的轰动。尽管对梯尔施以私刑的行凶者面临舆论谴责和压力，尽管他们后来与《看》（Look）杂志访谈时公开承认杀害梯尔的行径，但就因为此案属于白人杀黑人的类型，凶手就可以一直逍遥法外。在此案的审理过程中，有些无良媒体为了达到干扰公众视线的目的，还把梯尔父亲在"二战"前线的不良表现挖掘出来，试图证明从家族血缘和遗传来看梯尔纯属咎由自取。梯尔案件造成极其深远的影响，文学界和音乐界等都涌现出很多作品，来铭记和评判这起事件。美国摇滚乐艺术家鲍勃·迪伦②（Bob

---

① ［美］托妮·莫里森：《所罗门之歌》，胡允桓译，南海出版公司2013年版，第95—96页。

② 鲍勃·迪伦在美国流行音乐和流行文化中引领风骚50余载，其作品一直以来畅销不衰，记录了20世纪60年代的动荡时局，高唱黑人民权运动和美国反战运动。他曾获重要奖项无数，包括格莱美奖、金球奖、奥斯卡金像奖等，2012年美国总统奥巴马授予他"总统自由奖章"，2016年他获得诺贝尔文学奖殊荣。

Dylan，1941—），在 1962 年录过一首名为"艾米特·梯尔之死"的歌曲；爱美萝·哈里斯①（Emmylou Harris，1947—）是美国著名歌手和音乐家，在她 2011 年的专辑中有首歌是"我的名字叫艾米特·梯尔"。黑人诗歌和哈莱姆文艺复兴运动的领军人物兰斯顿·休斯（Langston Hughes，1902—1967），为梯尔写了一首无名诗发表在 1955 年《芝加哥卫报》（*Chicago Defender*）专栏中。成长于密西西比州的福克纳对种族问题一向非常关注，他写过两篇关于艾米特·梯尔的文章：一篇写于梯尔案件审判之前，呼吁美国种族团结；另一篇名为"论恐惧"（*On Fear*）的文章，质询种族隔离制度缘何如此非理性，于 1956 年发表在《哈泼斯时尚》。以《杀死一只知更鸟》（*To Kill a Mockingbird*，1960）而名扬天下的哈珀·李（Harper Lee，1926—），在这部代表作中刻画了一个叫作汤姆·鲁滨逊（Tom Robinson）的黑人，他因为强奸白人妇女而被起诉，有学者指出鲁滨逊其实就是以梯尔为原型的。② 黑人作家詹姆斯·鲍德温（James Baldwin，1924—1987）的作品《向苍天呼吁》（*Go Tell It on the Mountain*，1953）闻名遐迩，其 1964 年的戏剧《献给查理先生的布鲁斯音乐》，就是以梯尔谋杀案为基础的。鲍德温后来还透露说，梯尔被杀事件困扰了他很多年。③

发生在 1955 年的这起白人绑架并谋杀黑人案，也给善于描摹"黑人性"的莫里森留下了很多思考和想象。莫里森的唯一一部剧作《梦见艾米特》（*Dreaming Emmett*，1986），就是受到梯尔案件的触动而写成。它通过女性主义视角来看待黑人社区的两性关系，考察积年的冤

① 爱美萝·哈里斯作为杰出的美国歌手和歌曲作者，迄今为止已经获得 13 座格莱美奖杯，她的作品提倡女权主义运动，反对战争暴力和种族歧视。

② Patrick Chura，"Prolepsis and Anachronism：Emmet Till and the Historicity of To Kill a Mockingbird"，*Southern Literary Journal*，Vol. 32，No. 2，2000，pp. 1 - 26.

③ Christopher Metress，"No Justice，No Peace：The Figure of Emmett Till in African American Literature"，*MELUS*，Vol. 28，No. 1，2003，pp. 87 - 103.

魂如何重回人间并复仇。而在 1977 年出版的小说《所罗门之歌》中，莫里森将梯尔事件交付给书中人物进行评判，不仅呼应了北方城市的私刑和吉他参与的"七日"暴力组织，而且还邀请读者加入讨论和争执，从而让种族问题跨越时空障碍，成为一个普遍存在的议题。梯尔从北方城市来到南方密西西比州，随后猝不及防遭遇私刑而丧命，的确说明美国南方的种族问题依然根深蒂固。然而，从美国司法部门对此事的处置来看，种族歧视的阴影其实弥漫在全国各地，城市地区同样无一能够幸免。奶娃的父亲梅肯是黑人移民大潮中典型的一员，他虽然经过打拼成为北方城市的成功商人，但其人格心理、精神境界、家庭关系等，均处于失败和崩溃的边缘。作为黑人，他即使有钱却不被白人社会认同；作为富人，他因为唯利是图而与黑人阶层疏离。他娶妻是贪图岳父家的财产和名望，他教育儿子只认利益不认感情，致使他苦心孤诣建构的家庭成为一场噩梦。对于他现今被扭曲的人格，当年其父亲杰克被杀事件一直起着推动作用，这与吉他等人所密切关注的城市私刑又形成一对互文关系。

城市的种族紧张关系及其极端表现方式——私刑，在某种程度上与政治媒体的操控息息相关。政治家和金融巨头们，为了达到共同的利益一拍即合，通过媒体舆论的巨大影响，把不明内情的公众煽动到群情激奋的状态，从而一手策划种族纠纷来达到推翻当地政府或某个政要人物的目的。比如，20 世纪初的内布拉斯加州奥马哈市，就上演了"政治阴谋促成私刑"的闹剧和悲剧。从 1910 年到 1920 年，由于美国黑人由南方向北部或中西部移民，奥马哈市的黑人人口增加了整整一倍，从 5000 人猛增到 10315 人，增长率为 130%。1919 年 8 月的第一周，奥马哈市一家白人报纸——《蜜蜂报》（*Omaha Bee* newspaper）报道一则新闻：500 人之多的黑人抵达本市并在食品加工业谋求职位。当该市白人铁路工人、火车司机、屠宰场员工掀起罢工热潮时，黑人顺势取而代之，不免招致白人报纸和失业工人的强烈不满。《蜜蜂报》乘势煽风点火，夸大种族间的紧张关系，引起民众的普遍焦虑感。汤姆·丹尼生①（Tom Dennison，1859—1934）是当时奥马哈市人尽皆知的"政治大亨"（political boss），他的铁杆同盟之一便是《蜜蜂报》的主编爱德华·罗斯瓦特②（Edward Rosewater，1841—1906）。罗斯瓦特需要依靠丹尼生在政治竞选中的影响力，而丹尼生则需要仰仗罗斯瓦特的社会威望和报纸媒介。即使在罗斯瓦特1906年死后，其儿子依然与丹尼生达成共识：凡是丹尼生的主张，都可以登载于《蜜蜂报》上。丹尼生曾辅佐"牛仔吉姆"（Cowboy Jim）8次登上市长宝座，但1918年民主党的爱德华·史密斯（Edward P. Smith，1860—1930）却一举夺魁。成为市长后的史密斯任命迪恩·林格（J. Dean Ringer）为警察局长（police commissioner），开始对这座腐败成风的城市展开清理。史密斯清查丹尼生的博彩业和私酒贩卖生意，丹尼生在利益受损的情况下和小罗斯瓦特重新联手，下定决心要将林格和史密斯赶出奥马哈市政界。

丹尼生和《蜜蜂报》共同策划了一场政治阴谋，导致无辜黑人被处以私刑，也导致市长史密斯的政治前途蒙尘。1919年，《蜜蜂报》刊登了一系列骇人听闻的种族争斗消息，说当年6月初到9月底有21个妇女遭受人身侵犯，其中白人受害者是20名，而16名行凶者都是黑人。这则报道无疑点燃了奥马哈市白人公众的怒火，他们并不能对这些"黄色新闻"（yellow journalism）明察秋毫，不能辨别其中刻意扭曲事实的险恶意图。《蜜蜂报》还描述黑人行凶者已经被绳之以法，

---

① 汤姆·丹尼生是20世纪初内布拉斯加州奥马哈市的政客，他在卖淫、赌博、走私等行业掌管诸多犯罪团伙，曾全力帮助"牛仔"詹姆斯·达尔曼8次竞选为奥马哈市长。

② 爱德华·罗斯瓦特是美国共和党政治家，也是内布拉斯加州奥马哈市的报纸主编，其行事风格强势而颇有争议，在该州政坛拥有一定影响力。

但警察和公诉人却无法给这群"暴徒"定罪，从而将市民的愤怒直接引向警察局和市政府。《蜜蜂报》对林格的抨击变本加厉：它在头版头条谴责警察局专横跋扈和滥用职权，声称本市充斥着形形色色的犯罪现象（a carnival of crime），批判警察局对此毫不作为。众多不实报道被添油加醋地付诸报端，比如就业市场的骚动不安、种族间的相互仇恨、本届政府的无能，等等。这些综合因素终于发酵成 9 月 28 日奥哈马市的血腥场面：一个名叫威尔·布朗（Will Brown）的无辜黑人在众目睽睽之下被处以私刑，另有两人死亡，当地法院遭到摧毁。时年 41 岁且患有风湿病的布朗，被指控强暴了一名正由男朋友陪同的白人妇女。在警察取证调查期间，白人暴徒强行冲击法院并将布朗吊死和焚烧，连在场的史密斯市长都被打得不省人事。《蜜蜂报》配以栩栩如生的卡通画和醒目标题"真正的保护"（Real Protection），以此大肆宣扬：能保卫奥马哈市的只有军队，绝非林格麾下的警察。表面上看，丹尼生的"政治机器"（political machine）并没有参与这起事件，但当时奥马哈市稍微具有政治敏感性的人都知道，是丹尼生和《蜜蜂报》合力酝酿了成熟时机，最终使得这场种族暴动一触即发，黑人布朗只不过是政治阴谋的牺牲品而已。自此以后，史密斯市长及其领导下的奥马哈市政府，再也没能走出舆论和丑闻的旋涡。在下一届竞选中，史密斯政府被一锅端掉，政权又重新回到丹尼生操控下的达尔曼手中。

在笔者看来，奥马哈市这场血腥动乱，与东圣路易斯种族暴动有多处相似之点。第一，两次种族争斗事件都是黑人移民蜂拥而至的结果，至少在就业和住房等方面对北方城市白人造成威胁，再加上政治媒体的煽动作用，双方的矛盾很快演变成一场熊熊燃烧的大火；第二，在暴乱发生之际和之前，军队并没有做好相应的预防和制止措施，致使事态一发不可收拾而血溅当场；第三，这两次暴动都由白人中的激进暴徒挑起，虽然均有白人死去，但无辜黑人遭遇的焚烧和私刑处置，着实惨不忍睹、触目惊心。在美国黑人城市化的过程中，仅 1919 年就爆发了不下 25 次种族动乱，从得克萨斯到伊利诺伊再到内布拉斯加，黑人的悲惨境遇可想而知。面对纷繁复杂的种族关系，普通黑人在举步维艰的状态下仍然奋力抗争，他们不仅要谋求生活保障，还要寻求心理归属和文化根基。人们在动荡的社会环境中不断追寻和选择，很多人不经意间误入歧途，并没有获得梦想中的生活方式。《所罗门之歌》中的吉他等人，希望用"以暴制暴"的复仇方式来获取个人和民族尊严：

> 四个黑人小女孩在一座教堂外被炸身死，他的使命就是在某个星期天找四个白人小女孩，用尽可能类似的方法处死她们，因为他是负责星期天的值班人。他不能使用一根铅丝或是一把弹簧折刀，因为这次要他用炸药、枪支或手榴弹。而这些东西都要用钱去买。他知道，由于越来越多的黑人是集体遇害的，"七日"下达的任务也会越来越多地成伙杀死白人。单独一人的死亡很快就过时了，而"七日"也必须对此有所准备。①

以上吉他的行为，纯属"冤冤相报何时了"的恶性循环。这非但不能解决社会问题，反而促使种族关系愈加紧张，白人和黑人无辜者遭到错杀，如此行为当然是不可取的。实际上，莫里森作品中城市黑人的价值体系是形形色色的，它们就像光怪陆离的万花筒，以碎片化的形式拼凑出一幅全景图，来展示都市中黑人们各不相同的生存状态。

---

① ［美］托妮·莫里森：《所罗门之歌》，胡允桓译，南海出版公司 2013 年版，第 193 页。

三 "新黑人"中的沉沦女性形象

黑人移民以及他们的子孙在北方的境遇形态各异。《爵士乐》中的乔和多卡丝在不伦之恋中挣扎，最终酿成无以挽回的谋杀案；《所罗门之歌》中的梅肯不择手段追求金钱，坐拥财富后却发现生活中早已危机四伏。除此之外，城市化黑人移民走过的道路千姿百态，也曾被众多作家所描摹和一探究竟。

其实早在大迁移发生之前的 19 世纪末期，随着南方黑人北上数量的增长，南方移民们在北方城市里引发的一系列社会问题就已经引起了广泛关注。W. E. B. 杜波依斯在 1899 年出版的《费城黑人》一书中就通过研究移民聚居的黑人社区，从社会学的角度率先指出了移民社群里犯罪行为频发的现象，并分析了各种成因。时隔一个世纪，剧作家威尔逊同样不讳言大规模移民北上所带来的负面社会效应，他的系列剧通过揭露移民社区里常见的暴力犯罪、卖淫、动荡生活所导致的责任心缺乏和淡漠的家庭观念等社会问题，有意将读者和观众的注意力引向南方移民及其后裔所面临的普遍性困局。①

莫里森在第一部小说《最蓝的眼睛》里，就将黑人移民城市的经历作为叙述焦点。对于作家来说，初始之作一般喜欢选择最熟悉、最刻骨铭心的事件、场景和人物，莫里森也不例外。她在小说的序言中直言不讳地表明："这部小说源于我在童年时代与某位朋友的一次谈话。那时我们刚上小学。她说她想拥有一双蓝色的眼睛。"② 莫里森很自然地将故事

---

① 王玮：《不一样的移民叙事：论奥古斯特·威尔逊的历史系列剧》，《外国文学评论》2015 年第 2 期。

② ［美］托妮·莫里森：《最蓝的眼睛》，杨向荣译，南海出版公司 2013 年版，第 2 页。

背景放在了自己的出生地——俄亥俄州的洛兰市（Lorain，Ohio），将耳熟能详的黑人生活纳入她的写作框架，来展开少女佩科拉的曲折人生。莫里森的父母就是 20 世纪初的那批移民，他们从南方来到北方闯天下，从此成为艰辛创业的都市"新黑人"。莫里森这样来描述其父母的移民心态：父亲对南方的种族主义氛围深恶痛绝，却故土难离从而每年都要回乡探亲；母亲念念不忘家乡的风土人情，却固守城市从不回去。莫里森的父亲出生于佐治亚州，他认为：该州是南方联邦中种族主义最肆虐的地方，而且这种局面永远不会改变。莫里森的母亲出生于阿拉巴马州，6岁时追随家人移民北方，和兄弟姐妹一起接受城市的学校教育，但她对南方留下美好记忆从而十分怀旧。莫里森父母双方家族也都是这次城市化移民的参与者，父系亲属定居于芝加哥，而母系亲戚定居在俄亥俄、密歇根、加利福尼亚等地区。由于与阿姨们、舅舅们以及其他黑人亲属离得很近，也由于青少年时期居住和就学的场所基本是黑人社区，所以莫里森周遭自然而然形成了黑人文化圈。这样的生活环境熏陶了莫里森的"黑人性"意识，使她领悟到黑人在饮食、衣着、音乐等诸多层面都与白人大相径庭，黑人文化的独特性和价值意义由此在她的思维中生根发芽。① 获得良好的教育背景之后，莫里森将她初始之作《最蓝的眼睛》的地理空间设置在俄亥俄州，将第三部长篇小说《所罗门之歌》的故事放置于密歇根，因为这些地方是她相当熟悉的黑人区域。

佩科拉的父母和莫里森的父母年纪相仿，同样是北上黑人移民，虽然两个家庭气氛截然不同，但相似的家族经历却成为莫里森写作中得心应手的原因之一。《最蓝的眼睛》笔调凄婉哀伤，与佩科拉灰暗的生活和自卑的心理步调一致。她不仅受尽学校和街坊的歧视和欺凌，还被亲生

---

① Carolyn Denard, "Blacks, Modernism, and the American South: An Interview with Toni Morrison", *Studies in the Literary Imagination*, Vol. 31, No. 2, 1998, pp. 1 – 16.

母亲所厌弃，更受到父亲的性侵害从而怀孕。而她日思夜想的幻梦——变成一个白皮肤和蓝眼睛的金发姑娘，是永远无法企及的目标，并最终将她推进疯狂的绝境。如果说这部小说并不缺乏明亮的色彩，那么那些亮色和亮点之中，必然包含了克劳迪娅一家和三个妓女等黑人形象。莫里森在序言中坦承道："于是我虚构了几个熟悉、甚至同情她困境的朋友和同学，只不过这些人具有两点优势：父母的支持和自身的活跃性。"①克劳迪娅是本书的叙述者，也是作家莫里森的代言人，作为佩科拉的朋友见证了后者的一切，并与佩科拉形成鲜明的对照关系：克劳迪娅成长于一个充满爱的家庭，所以能够抵御外界的异化力量；而佩科拉则刚好相反，其家庭是将她推进万劫不复深渊的噩梦之一。佩科拉与莫里森的成长环境也有迥然相异之处，比如莫里森的父母擅长讲述源远流长的黑人传说和神话故事，直接滋养了莫里森的文学想象和民族意识，这些都是佩科拉所永远望尘莫及的。

莫里森在处理三个黑人妓女形象时，其手法尤其令人回味无穷。上文提到过的奥马哈市"政治老大"丹尼生，就以开设赌场和妓院等企业而敛取财富，可见在美国城市化进程中，妓院在很多地方占有一席之地。无论是小仲马笔下《茶花女》中的巴黎高级妓女玛格丽特，还是中国古典文学家冯梦龙笔下的青楼女子杜十娘，都是在不得已的情况下被迫干此营生。表面的车水马龙和歌舞升平，掩盖不了她们遭受侮辱和损害的人格，阻挡不了社会的鄙视和唾骂。所以，即使成为这一行业中趋之若鹜的头牌人物，她们仍然备感痛苦和屈辱，一心希望跳出火坑过上正常女人的生活。但造化弄人，她们的美好愿望大多无法实现，而是最终沦为社会道德的牺牲品。玛格丽特和杜十娘都所托非人而遭受遗弃，不得

---

① ［美］托妮·莫里森：《最蓝的眼睛》，杨向荣译，南海出版公司2013年版，第2页。

不在孤独中含恨离世。然而莫里森似乎反其道而行之，将《最蓝的眼睛》中的三个黑人妓女塑造成积极乐观、欢天喜地的形象，她们不但在各自的世界里乐不思蜀，还与佩科拉等边缘化弱势群体精诚团结、相处融洽。莫里森这样来呈现她们开怀大笑的场景：

> 三个女人全都大笑起来。马丽笑得脖子都朝后仰了过去。笑声从喉咙深处像无数条河流一样涌出，随性、低沉、裹着泥沙，奔向这个像是广阔大海的房间。查娜歇斯底里地咯咯笑着，每倒抽一口气，都好像有一只看不见的手操纵着一根无形的绳索把笑声从她体内拽出来。波兰的笑无声无息，她除非喝醉了才会说话。清醒的时候，她总是轻轻地哼着或吟唱伤感的歌曲，她会唱很多这样的歌。①

与她们相处和交谈，佩科拉仿佛置身欢乐的海洋，受到前所未有的尊重和平等对待。在她们的房子里，佩科拉会忘记社会偏见带给她的一切伤痛和自卑，而变成另外一个灵动的、让想象力自由驰骋的女孩。

> 无论何时何地回忆起这样一顿美餐，马丽的目光都会变得柔和。她的一切故事都会在即将描述食物的那一刻停住。佩科拉仿佛看到马丽的牙齿陷进松脆的海鲈鱼的脊背，看到她用肥厚的手指把从嘴唇上滚下的雪白滚烫的肉片重新塞进嘴里，她好像能听见啤酒瓶盖打开时"嘭"的一响，闻到第一股啤酒泡沫的苦涩，感觉到啤酒碰到舌头时的冰爽。她的白日梦很快结束了，而马丽却还深陷其中。②

那么，莫里森果真认为城市里堕入风尘的黑人女性移民是幸福的吗？笔者以为并非如此，这其实是作家苦心经营的反讽策略。克林思·布鲁

---

① ［美］托妮·莫里森：《最蓝的眼睛》，杨向荣译，南海出版公司 2013 年版，第 58 页。
② 同上书，第 60 页。

克斯①（Cleanth Brooks，1906—1994）是西方新批评的重要理论家之一，他曾提出：字面表达和语言传递事实之间存在差异，这就是悖论造成的反讽特征。②《最蓝的眼睛》中的三位妓女，实际上并不像表面显示的那样自我陶醉，而是一种实实在在的自我麻醉，反讽的意味在她们谈话的不可靠叙述中显露无遗。当佩科拉好奇马丽何以那样衣食无忧时，马丽插科打诨、顾左右而言他，还信口胡诌道：因为她帮助联邦调查局破了杀人案，所以胡佛（J. Edgar Hoover，1895—1972）局长给了她很多钱。③这里是第一层反讽：马丽她们所说的字面意义与实情完全不符，她们是靠出卖自己获得物质保障。第二层反讽在于埃德加·胡佛这个现实中确实存在的人物，他本身就是一个反讽对象，因为他所呈现的表象和本质截然相反。胡佛是美国联邦调查局的第一任局长，在位长达48年，其贡献在于：他将FBI建成打击罪犯的大型机构，引进一系列现代破案技术，倚重指纹档案和法庭辩护实验室。胡佛死后争议不断，他滥用职权的秘密行径逐渐浮出水面：他曾越权办案，侵害政治异见者，收集政治领导者的绝密档案，用非法手段汇集证据。胡佛大权在握，其至高无上的地位甚至威胁到在任总统们，据说尼克松总统（Richard Nixon，1913—1994）就曾在1971年断言：他之所以不查办胡佛，是因为害怕胡佛的报复。④而杜鲁门总统则表示：所有议员都怕胡佛，他将FBI变成了盖世太保和秘密警察一样的机构。⑤在《最蓝的眼睛》中，马丽口

---

① 克林思·布鲁克斯是美国颇具影响的文论家，他对20世纪中期的新批评理论贡献卓著，同时对美国高校的诗歌教学提出革新。在《现代诗歌和传统》（*Modern Poetry and the Tradition*，1939）等著作中，布鲁克斯强调歧义（ambiguity）和悖论（paradox）在诗歌解读中的重要作用，对形式主义理论建构起到推动作用，倡导诗歌内在生命力和文本细读原则。

② Cleanth Brooks & Robert Penn Warren, *Understanding Poetry*, Beijing: Foreign Language Teaching and Research Press, 2004, p. 115.

③ ［美］托妮·莫里森：《最蓝的眼睛》，杨向荣译，南海出版公司2013年版，第59页。

④ Michael Wines, "Tape Shows Nixon Feared Hoover", *The New York Times*, June 5, 1991.

⑤ Anthony Summers, "The Secret Life of J. Edgar Hoover", *The Guardian*, January 1, 2012.

中的"胡佛"是一个反讽概念，这个人物表里不一致的特质，是用来隐喻马丽等人身为娼妓的生存境遇，即她们快乐表象之下是痛苦和无奈。胡佛、联邦调查局、罪犯乔尼等意象，揭示了当时社会动荡不安的局面，作为弱势群体的黑人妓女就更不太可能欢天喜地、高枕无忧了。

莫里森在写作中酷爱反讽手法。她孩提时代就爱好阅读，最喜欢简·奥斯丁（Jane Austen，1775—1817）和托尔斯泰（Leo Tolstoy，1828—1910）。[①] 作为英国维多利亚时代的女性作家，奥斯丁惯于在象牙般的方寸之间精雕细琢婚恋故事，"反讽"是她创作的标志性特征。尽管莫里森在康奈尔大学攻读硕士学位期间，曾聚焦于威廉·福克纳和弗吉尼亚·伍尔夫作品的研究，但奥斯丁的"反讽"手法对她的影响无疑是深刻的，在她的小说中处处留下痕迹。例如，她的第二部小说《秀拉》也是个反讽的典型：秀拉以人尽可夫、斗志昂扬的姿态行走在黑人社区，实则揭示了她作为黑人女性的弱势地位，与强势的社会意识形态抗衡，她好比以卵击石、不堪一击。而在黑人城市化和移民叙事方面，很多作家都已经关注到了黑人女性在都市中被生活所迫、沦为妓女的历史事实。比如，当代非裔美国戏剧家威尔逊就将该议题纳入小说创作，在他为数不多的城市黑人女性移民中，"《七把吉他》里的鲁比和威拉、《篱》里的阿尔贝塔、《乔·特纳来了又走了》里的莫莉等人则选择了出卖身体"[②]。黑人女性移民在布满敌意的都市空间中，由于本人受教育程度低、社会歧视普遍、就业无门等因素，往往很容易走上堕落的道路。

---

① Susan Larson, "Awaiting Toni Morrison", *The Times – Picayune*, April 11, 2007.
② 王玮：《不一样的移民叙事：论奥古斯特·威尔逊的历史系列剧》，《外国文学评论》2015 年第 2 期。

四　"新黑人"中的单亲家庭

在美国，黑人中的单亲家庭一直以来占有很高比例。在 1965 年的《莫尼汉报告》(*Moynihan Report*) 中，美国民主党政治家丹尼尔·帕特里克·莫尼汉审视了黑人贫困与其家庭结构之间的关联，并提出构想：随着黑人核心家庭 (Black nuclear family) 的消失和单亲家庭的增多，其经济和政治平等之梦会变得越来越遥远。[①] 据统计，1965 年黑人的非婚生子女出生率占所有黑人人口的 25%，到了 1991 年是 68%，2011 年美国黑人的单亲家庭则是 72%。[②] 人们从上述数据可以轻易推断出：随着社会的发展和推进，黑人家庭的单亲化越来越明显。众所周知的事实是：除了家务之外，单亲母亲必须承担一份全职工作，才能够养活自己和孩子。这与婚姻内的母亲职责类似，但由于单亲家庭和正常家庭相比，缺乏另一半经济收入，所以一些黑人单亲孩子的教育和教养并不尽如人意。[③] 城市中的黑人群体，社会身份因为肤色而处于不稳定状态，直接对家庭形成巨大压力，并导致多数非裔美国孩子很难将自我实现发挥到极致。美国黑人家庭的孩子较容易在婴儿和幼童时夭折，婴儿死亡率尤其高居不下，是整个国家平均数的两倍。婴儿年龄层的孩子死亡常常是重病所致，应该归咎于产前和产后护理不当；而当其中的一些进入学龄儿童阶段，他们又因缺乏良好学习环境而不能接受优质教育。这些早期经历让非裔美国人的孩子往往产生早孕、青少年犯罪以及其他一些社会问题，因为

---

① Daniel Patrick Moynihan, *The Negro Family: The Case for National Action*, Washington D. C. : U. S. Government Printing Office, 1965.

② Jason L. Riley, "For Blacks, the Pyrrhic Victory of the Obama Era", *Wall Street Journal*, November 4, 2012.

③ Eurnestine Brown, *African American Women: An Ecological Perspective*, Ed. Norma J. Burgess. New York: Falmer Press, 2000, pp. 58 – 59.

他们没有置于适宜的成长环境之中，从而不能对现实世界中的种族歧视和社会压力应付自如。①

《所罗门之歌》中的派拉特，就在密歇根这座北方城市建立了一个单亲家庭。她与一个男人短暂相处后生下女儿丽巴，从此与那个男人再没碰面，而是独自将丽巴抚养成人。长大后的丽巴除了对男人感兴趣之外，在读书、艺术等一切正规教育方面乏善可陈。在很不检点的男女关系中，丽巴又在年纪轻轻的时候懵懵懂懂地生下了女儿哈格尔，而对于女儿的父亲究竟是谁，丽巴从来都没有关心和在意过。就这样，以派拉特为首的三代女性组成了一个家庭，在偌大的城市里度过了一年又一年光阴。派拉特和丽巴何以选择成为单身母亲？因为黑人男性总体上较为缺乏，而造成这种情形的原因主要有两点：第一是黑人男性犯罪入狱者众多，第二是黑人男性的死亡率较高。这与当时黑人移民所承受的社会环境密不可分，因为种族歧视给黑人带来一系列不利后果。贫穷导致黑人男性极易走上抢劫、谋杀等暴力犯罪的道路，从而银铛入狱受到监禁。据统计，黑人男性占美国总人口的 6%，而全美蹲过监狱的人中有一半来自黑人。1980 年到 2003 年黑人男性入狱人数增加了不止 4%，每 10 万个非裔美国男性中就有 3045 人犯罪被捕，而每 10 万个美国白人仅有 465 人触犯法律。较之于 1980 年和 2003 年，20 世纪早期美国北方城市的黑人男性移民拥有更为糟糕的社会处境，也更容易走上犯罪的深渊。纵观全美国许多地区，黑人男子一生中至少被捕入狱一次的可能性极大，在华盛顿特区这种概率就占到了 80% 到 90%。同时，美国黑人男性的死亡率远远超过黑人女性，在 1980 年到 2003 年，每年黑人男性死亡人数比女性多出 4744—27141 人。相对而言，移民时代的黑人

---

① Andrew Billingsley Giddings, *Climbing Jacob's ladder*: *the enduring legacy of African - American families*, New York: Simon & Schuster, 1992, pp. 60 - 61.

经济状况自然不如当代，当时的医疗条件也要差得多，可见那时黑人男性的死亡率更高。总而言之，男性黑人的高犯罪率和高死亡率，是导致黑人女性结婚比例低的可能性根源。①

作为单身母亲的派拉特和丽巴，其人生信条和价值体系又具有差异性。派拉特年少时父亲被杀从而亡命天涯，在颠沛流离中她常常看到父亲的身影、听到父亲的谆谆教诲，最终成长为一名豁达智慧的教父型人物。尽管如此，由于一些主观和客观方面的原因，派拉特在教育女儿和外孙女这一点上存在失误。主观原因在于派拉特任子孙自由发展，某种程度上放任自流多于约束管教。客观原因则要追溯到美国单亲家庭黑人孩子的整体教育状况，他们相较于美国白人孩子和黑人完整家庭，无论是生活水平和受教育机会都并不很理想。经研究，单亲家庭对于孩子的学业和事业具有某些负面作用，一些孩子在学校会出现学业差、行为失控的现象，还有些则更容易中途辍学。由于美国社会根深蒂固的种族问题，黑人单亲家庭的孩子会更加不幸。尽管美国现任总统奥巴马、美国文化名人奥普拉等都是单亲家庭出来的黑人孩子，尽管他们在事业上可谓功成名就，但童年和少年时的伤痛仍然不能忘怀。奥巴马曾多次呼吁社会要关爱单亲孩子，奥普拉也在成名后讲述她不堪回首的少女时代。他们都通过自我奋斗攀登上人生的巅峰，但绝大多数黑人单亲家庭的孩子都没那么幸运。家庭结构对于孩子成长的关键作用几乎人所共知，对黑人儿童来说更是重要，因为他们中至少一半人出生在婚姻之外，此后也只能在单亲家庭中被养大。以母亲为主导的单亲家庭在社会和经济地位上会承受一定压力，对黑人群体来说尤其如此，他们中很多人只能居住在教育资源不足的贫民区。此外，父亲形象缺失的状况也引起学界关

①　P. Dixon, "Marriage among African Americans: What Does the Research Reveal?", *Journal of African American Studies*, Vol. 13, No. 1, 2009, pp. 29－46.

注：家庭中父亲在场至关重要，对于小孩尤其是男孩子的情感和认知发展不可或缺；即使父亲不总是在家陪伴，但良好的父子关系或父女关系对孩子的健康人格起决定作用，来自父亲的支持和鼓励会大大减少青少年犯罪、吸毒以及成年以后的焦虑感和抑郁症。① 派拉特主导的这个三代女性单亲家庭，一直住在密歇根的贫困区，和其兄长梅肯阔绰的生活境遇形成对照。父爱的缺场、社会的诱惑等因素，让丽巴也早早辍学，并很快成为单身母亲。丽巴一直以来沉湎于混乱的男女关系中不能自拔，被男人当众殴打和侮辱依然不知悔改。她既无事业也无生活能力，其认知水平显然是欠缺的，这一切与黑人单亲家庭存在的总体性问题不无关系。

哈格尔代表了"新黑人"的第三代女性，她的性格特征和行为方式与丽巴又截然不同。她任性、虚荣、脆弱，在与奶娃的爱情关系中处于被动地位，遭到抛弃后先是四处追杀"负心汉"，接着试图以时尚奢华的装扮吸引奶娃，最后万念俱灰走向死亡。她自始至终没能获得人格独立和经济独立，而是反复沉浮在错误的价值理念中无以解脱。以下几个片段颇能显示哈格尔深陷消费主义浪潮的情景：

> 哈格尔过分娇气，甚至在两岁时，就见不得邋遢和散乱，三岁时已经虚荣心极强并开始变得傲慢。她喜欢漂亮的衣服。派拉特和丽巴一方面感到吃惊，一方面却以尽力满足她为乐……②
>
> 她买了一副"倍得适"牌的橡皮吊袜带，"伊·米勒"牌的无色长筒袜，"水果织布机"牌的紧身短裤，两件有背带的尼龙长衬衫——一件白的，一件粉的——一双"乔伊斯"牌的摩登皮鞋和一

---

① M. A. Zimmerman, D. A. Salem & K. I. Maton, "Family Structure and Psychosocial Correlates among Urban African—American Adolescent Males", *Child Development*, Vol. 66, No. 6, 1995, pp. 1598 – 1613.

② [美] 托妮·莫里森：《所罗门之歌》，胡允桓译，南海出版公司 2013 年版，第 168 页。

顶"坎·布利欧"的帽子（"谢天谢地，买到了'乔伊斯'高跟鞋"）。她抱了一大堆裙子和一套"埃文·皮考尼"套装走进了试衣室。①

化妆品柜台迎面扑来一阵香气，她如饥似渴地读着那些商标和广告。"弥如积亚"掺上"莲娜丽姿"时代香水可以为原始妇女创造一个为你独有的甜蜜的私人天地……令人刮目相看……令人陶醉……那些怪里怪气的外国字，简直把哈格尔弄得眼花缭乱了。②

哈格尔的性格缺陷和悲剧结局，与城市黑人单亲家庭的整体命运休戚相关。比尔·柯茨比③（Bill Cosby，1937—）和阿尔文·普桑④（Alvin Poussaint，1934—）都认为：孩子受到语言侮辱和情感虐待，这在单身母亲黑人家庭中是常见的现象，对儿童成长会产生严重后果。单身母亲迁怒于男人，就容易把怒火发泄到她们的孩子头上，骂出这样难听的字眼："你真蠢"（You're stupid）、"真是个白痴"（You're an idiot）、"我真希望没有生下你"（I'm sorry you were born）、"你简直一钱不值"（You'll never amount to anything），等等。这些暴力语汇就像一把匕首刺进黑人单亲家庭孩子的心脏，在他们的成长历程中恶性循环：孩子恨父母、女人恨男人、男人恨母亲以及其他所有女人。⑤ 所幸的是，《所罗

---

① ［美］托妮·莫里森：《所罗门之歌》，胡允桓译，南海出版公司2013年版，第351页。
② 同上书，第352页。
③ 比尔·柯茨比是美国著名喜剧演员，20世纪60年代于坦普尔大学获得学士学位，70年代于麻省大学获得硕士和博士学位。他以动画电视系列剧《肥肥阿尔伯特和柯茨比小孩》（Fat Albert and Cosby Kids，1972）和情景电视连续剧《柯茨比秀》（The Cosby Show，1984）等著称，21世纪以来他的性丑闻不断，多次被指控早年犯有性侵罪。
④ 阿尔文·普桑是哈佛大学医学院的精神病学教授，对美国黑人儿童成长中的精神问题有专门研究。他在黑人移民北上城市化的年代由海地来到纽约的哈莱姆社区，后来参加黑人民权运动，曾担任情景连续剧《柯茨比秀》的顾问。
⑤ Myron Magnet, "The Great African - American Awakening", City Journal, Vol. 18, No. 3, 2008.

门之歌》中派拉特家庭并不存在这样的野蛮关系，与此相反，派拉特和丽巴对哈格尔极尽宠爱之能事。哈格尔随心所欲、挥霍成性，和奶娃没见几次面就以身相许，以至于奶娃将她看成不再新鲜的第三杯酒，轻而易举就抛弃了她。单亲家庭的少女会早早体验性经历。在女性当政的黑人单亲家庭，绝大多数青少年都需要父亲的扶持，否则难免会重蹈覆辙，自己也会早孕和组建单亲家庭。① 身为黑人所承受的社会压力、单亲家庭的缺陷、父亲的始终不在场，这些综合因素将哈格尔推进了悲剧之门。派拉特和丽巴因为哈格尔的逝去而悲恸欲绝，派拉特在小说最后也中枪身亡，那么毫无一技之长和立身之本的丽巴又将何去何从呢？莫里森在书中没有给出明确答案，而是把这一困境留给读者，让他们去思索黑人家庭的未来格局和可能走向。

单身母亲引领的黑人家庭结构，在莫里森小说中是司空见惯的模式。学界早就注意到：莫里森作品中最精彩的形象是黑人女性，男性人物相对而言显得暗淡无光，他们要么在家庭中缺场要么缺乏男子气概。《最蓝的眼睛》中的杰拉尔丁体面出色，但她的海员丈夫在家庭和文本中几乎没有正式露面，儿子也性情乖戾和懦弱。《秀拉》中爱娃的丈夫抛妻弃子而去，她让火车轧断一条腿后获得保险公司赔偿，如此极端的行为令人既震惊又唏嘘。莫里森认为：黑人单亲家庭的妇女为了绝处逢生，不得不采取变通思维因袭另一种价值观和伦理观；她们打破既定规则、越过道德界限，成为男人那样的冒险家。②

莫里森聚焦城市"新黑人"的人生遭际和历史语境，这构成她小说

---

① Mignon Moore & P. Lindsay Chase – Lansdale, "Sexual Intercourse and Pregnancy among African American Girls in High – Poverty Neighborhoods: The Role of Family and Perceived Community Environment", *Journal of Marriage and Family*, Vol. 63, No. 4, 2001, pp. 1146 – 1157.

② Carolyn Denard, "Blacks, Modernism, and the American South: An Interview with Toni Morrison", *Studies in the Literary Imagination*, Vol. 31, No. 2, 1998, pp. 1 – 2.

的重要篇章。在美国北方城市成长并完成学业的莫里森，曾经在大学时代以及后来造访过南方，而她之所以对南方的文化景观信手拈来，主要是因为阅读文献资料、聆听过往历史，其中绝大部分都是通过间接方式获取。她对都市生活的体察，与之相比则要直观得多，能够深入洞察黑人移民爱恨交加的矛盾心态。对于"新黑人"来说，城市区域的瑕疵在于人们要经过较长时间才能适应。当年移民们放下南方农村的一切奔赴北方都市，面临的最大问题是在两种环境之间不断调和，令他们在城市生活中满怀戒备之心。为了表现得像个城市人而不是乡巴佬，他们努力回避南方口音和言谈举止，在记忆中的生活方式和试图融入的新生活之间无所适从。这种紧张关系和焦虑感，令莫里森笔下的众多人物在城市中迷失和沉沦，也成为莫里森作品经久不衰的主题。①

第三节　黑人返乡移民大潮：缓解城市焦虑症

20 世纪 60 年代中期，美国黑人的返乡大潮（return migration）形成蔚为壮观的形势。20 世纪 30 年代席卷美国的经济大萧条，使东北部和中西部城市的就业机会大幅下降，直接导致北上黑人移民的人数大大减少。当第二次世界大战爆发，美国国防建设迫在眉睫，黑人北上移民浪潮又卷土重来，这种情形从 20 世纪 40 年代一直持续到 60 年代。1955 年到 1968 年，美国北方和中西部城市的黑人民权运动风起云涌，这样的政治气候致使 20 世纪 70 年代的黑人移民走进返乡大潮，大批黑人涌入"新

---

① Carolyn Denard, "Blacks, Modernism, and the American South: An Interview with Toni Morrison", *Studies in the Literary Imagination*, Vol. 31, No. 2, 1998, pp. 4 – 5.

南方"寻求工作和发展机会。非裔美国人形成由北向南的另一股移民思潮，人们冠以"新移民运动"（New Great Migration）的称谓。出现这种逆向的移民潮流，是由多种原因造成的：其一，美国东北部和中西部城市的经济颓势日趋严重；其二，"新南方"就业机会增加、消费水平却不高；其三，南方亲朋好友多年来发出阵阵召唤，所谓亲情激荡、故土难离；其四，随着黑人的奋斗和社会的进步，南方种族关系已经呈现好转态势。1965 年之后，美国东北部城市的黑人人口迅速下跌，尤其是纽约和北新泽西的大批黑人移民开始返乡。① 大学毕业生和中产阶级黑人占了返乡移民中的最大部分：佛罗里达、佐治亚、得克萨斯等州，在1965 年到 2000 年吸引到了众多高校毕业生；而作为唯一一个前南方联邦之外的成员，马里兰州吸收了数量可观的毕业生黑人移民；华盛顿特区及周边州县，也涌现出相当庞大的黑人返乡移民群。回归南方的新移民群体分布并不均匀：黑人们首先选择了那些就业机会最多的地区，比如佐治亚、北卡罗来纳、马里兰、弗吉尼亚、田纳西、佛罗里达、得克萨斯等州；也有一些南方地域并没有吸引太多返乡黑人移民，比如密西西比、路易斯安那、南卡罗来纳、阿拉巴马和阿肯色州等。②

"美国南方"成为缓解黑人城市焦虑症的良方，这一议题在莫里森作品中被反复强调，南方地域的非凡意义也已经引起学术界的广泛关注。约翰·雷奥纳德在解读《爵士乐》时断言：凡是对莫里森小说有所涉猎的读者，都心知肚明莫里森迟早有一天要回归南方，一直探索到惊涛骇浪的奴隶制时期，沉浸于《宠儿》中鬼魂现身的河流和

---

① Dan Bilefsky, "For New Life, Blacks in City Head to South", *The New York Times*, June 21, 2011.

② William H. Frey, "The New Great Migration: Black Americans' Return to the South, 1965 – to the Present", *The Brookings Institution*, March 19, 2008.

《所罗门之歌》中派拉特携带多年的那一袋祖先遗骨。① 学者们观察到：莫里森惯于揭示南方的前尘往事，在厚重的历史感中表现人物的身份主体和心理层面，从而使得人物栩栩如生、呼之欲出。学界对南方的在场性和莫里森小说人物塑造之间的重要关系非常感兴趣，很想弄清楚：她是先考虑南方大背景再选择人物方向呢？还是先有人物轮廓再筛选南方的历史文化语境？莫里森回答说她倾向于后者。当她思考人物所处的时间和空间时，思维会跳跃到书中核心人物的前一个时代，以此形成错综复杂、回旋往复的立体和网络关系，而不是让一个家庭如原子那样孤零零地存在于真空中。她认为，20世纪五六十年代有一些作家喜欢塑造孤立型人物，比如海明威几乎不触及人物的家庭关系，菲茨杰拉德只描写人物如何逃离家庭，他们仅热衷于呈现主人公所爱恋的女人和此时此刻的行动力。当海明威之类的作家描述密歇根或巴黎这样的地域环境时，只是满足于给他的叙事故事找一个时空框架而已。莫里森却不同，她在铺陈非裔美国人的生命历程和时代变迁时，全力走进黑人历史，尽量远离不言自明、威力强大的白人意识形态。她架构人物出处和地理环境之时，自然而然就选择了南方，因为那是她家族祖先和黑人民族先辈代代居住的地方。这样的空间概念，已经成为美国黑人的集体无意识，无论他们后来身居何地，南方的人文景观都会存在于他们的呼吸之间。莫里森的笔触伸向现代和后现代，酷爱探索当代"黑人性"问题，当她一旦触及被异化的"文化孤儿"时，南方的启示和救赎作用立刻就会彰显无遗。比如，《柏油娃娃》中的雅丹游离在民族文化之外，《秀拉》的同名女主人公对黑人社区离经叛道，她们都在小说终局之际受到南方地域文化的教导

---

① Carolyn Denard, "Blacks, Modernism, and the American South: An Interview with Toni Morrison", *Studies in the Literary Imagination*, Vol. 31, No. 2, 1998, p. 4.

而幡然醒悟。

莫里森小说的南方意象呈现出丰富的学术视角。在与德纳德的访谈中，莫里森对南方的家庭、文化和神话意义提出了个人见解，论及南方在其作品中如何始终作为背景存在，谈论她首次造访南方时的所见所闻，并且描述黑人当初从南方向西部和北方城市移民的历程，以及小说《天堂》的历史语境。① 德波拉·巴恩斯的论文《天堂的底层：莫里森重构下的南方神话、隐喻和记忆》，改写了白人刻板想象中的南方黑人异化形象，从历史角度为黑人的灵敏感知和身份归属正名。莫里森直接将文献记载化作故事场景，认为经由小说形式的南方重构，可以恢复非裔美国人与生俱来的政治和文化权利。巴恩斯指出：在美国白人宏大历史叙事中，黑人被赋予非人性、堕落低贱、一蹶不振等标签，而莫里森动用小说叙事将它们一一改写，使南方上升为黑人家园的原型，成为那些曾经遭受恶意中伤的非裔美国文化孤儿之精神庇护所。② 南方从神话和历史层面上变成黑人的家园，颠覆了种族主义制度下南方黑人曾经的遭遇：他们曾被剥夺了土地拥有权，还从南方土地上连根拔起向北方和西部城市移民。这样的视点实际上是采用心理学策略，来分析个体通过劳动和精神升华获得自我建构，探究如何与土地建立亲缘关系，那是一种受到白人律令和经济威力否定的亲密联系。在论文《莫里森小说中作为心理场域的南方风景》中，卡洛琳·琼斯就表达了以上观点，她强调：莫里森对于南方的感情是爱恨交织的，她的小说通过风景隐喻来揭示精神成长和心理超越；在写作行为中，莫里森借助记忆和想象重新界定南方风景，以此将南方建立成这样一种地理空间：它先是与自我疏离，比如非裔美国人移

① Carolyn Denard, "Blacks, Modernism, and the American South: An Interview with Toni Morrison", *Studies in the Literary Imagination*, Vol. 31, No. 2, 1998, pp. 1–16.

② Deborah Barnes, "The Bottom of Heaven: Myth, Metaphor, and Memory in Toni Morrison's Reconstructed South", *Studies in the Literary Imagination*, Vol. 31, No. 2, 1998, pp. 17–36.

民城市；而后它又与自我融合，比如黑人选择回归南方寻求精神救赎。①

安吉琳·米歇尔和赫曼·比弗斯洞察到，移民城市其实给黑人们造成巨大冲击。米歇尔的这种思想清清楚楚地体现在论文《莫里森〈爵士乐〉中的历史、性别和南方》中。米歇尔分析道：莫里森这部小说中的每个主要女性人物（包括罗丝·迪尔、特鲁·贝尔、维奥莱特等），都对应了黑人历史的重要阶段：奴隶制时期、美国内战后的重建时期、大移民时代。具体到《爵士乐》这部小说，莫里森将历史故事分布在文本的各个章节，来对抗父权制文化的历史话语，因为后者对南方黑人妇女形象进行抹除或者刻意歪曲。② 比弗斯的文章《空间政治：莫里森小说的南方性和男子气概》，解读了北上男性移民写给《芝加哥卫报》的信件，分析了莫里森小说中的男性角色，质疑了移民运动对于非裔美国男人的深刻含义。宏大历史叙事认定移民进程与男子气概建构是并驾齐驱的，即前者对后者具有促进和提升作用，比弗斯对此不敢苟同。他指出：北上移民进程实际上将"黑人男子气概"的定义复杂化了，因为在这一过程中男性气质仅仅表现为工作和追逐物质财富，而其结果又常常是无法如愿以偿的。在比弗斯看来，莫里森竭力呈现那些挑战黑人想象和人性的困境，并善于刻画黑人男性与生活阻力之间的冲突。男性黑人们在南方农村感受到的压力，与在北方城市遇到的冲击不相上下，他们一直在左奔右突中寻求自我定位。③

凯瑟琳·卡尔·李在《托妮·莫里森〈所罗门之歌〉中的南方：成长、疗伤和家园》中认为：奶娃只有回归南方形成自我认知和领悟，才

---

① Carolyn Jones, "Southern Landscape as Psychic Landscape in Morrison's Fiction", *Studies in the Literary Imagination*, Vol. 31, No. 2, 1998, pp. 37–48.

② Angelyn Mitchell, "History, Gender, and the South in Morrison's *Jazz*", *Studies in the Literary Imagination*, Vol. 31, No. 2, 1998, pp. 49–60.

③ Herman Beavers, "The Politics of Space：Southerness and Manhood in the Fictions of Toni Morrison", *Studies in the Literary Imagination*, Vol. 31, No. 2, 1998, pp. 49–60.

谅解了他的原生家庭而产生心理疗伤功能；通过引导奶娃一路向南并将自我完整性定位到南方祖先的根基中，莫里森解构了美国成长小说的传统模式，安排主人公重拾家乡的庇佑从而获得自我觉醒。① 美国南方黑人文化经受移民运动的洗礼而幸存下来，既成为链接过去和未来的途径，也建构了南方主体性和非裔美国人身份。卢西尔·富尔茨等人的论文《托妮·莫里森小说的南方民族气质和黑人伦理精神》，对南方黑人性进行探讨。富尔茨首先在南方民族气质的框架中奠定了黑人伦理的基础性工作，接着展现了黑人伦理的建构之道：这种伦理观强调集体多于个体、谦恭勤俭多于物质消费，虽然它起始于南方并受到北方第二代移民的质疑，但也被北方黑人传承下来，体现出黑人文化的独特性和发展方向。②

在《"梅肯，我也为你十分挂心"：托妮·莫里森、南方和口头传统》中，菲利普·佩奇等人相信非裔美国口头语言传统是最宝贵的南方文化遗产之一。黑人北上移民时也随身携带了这种集体无意识的文化标记，它的口语修辞手法成为北方黑人移民寻求身份认同和文化归属的良方。佩奇等人研究了这种口语的具体模式以及它在莫里森小说中的使用语境，最后总结道：为了把讲故事、神话想象、集体参与等南方文化传统运用到文学文本中，去创造一种能够抓住非裔美国人文化现实的艺术形式，莫里森在小说创作中融进了南方黑人英语的口头表达和修辞意象。③ 朱迪琳·赖恩等人的论文《记忆场域中的〈爵士乐〉》，超越了南方的具体历史文化和生活方式，聚焦于非裔美国人生活变迁中南方的象征意义。该文审视了莫里森所提倡的"第三方"（third thing）概念，即非洲和南方在文化

---

① Catherine Lee, "Initiation, South, and Home in Morrison's *Song of Solomon*", *Studies in the Literary Imagination*, Vol. 31, No. 2, 1998, pp. 109 – 124.

② Lucille Fultz, "Southern Ethos/Black Ethics in Morrison's Fiction", *Studies in the Literary Imagination*, Vol. 31, No. 2, 1998, pp. 79 – 96.

③ Yvonne Atkinson & Philip Page, "Toni Morrison and the Southern Oral Tradition", *Studies in the Literary Imagination*, Vol. 31, No. 2, 1998, pp. 97 – 108.

上融合后的创造性产物。它指出：美国南方是离散族群的诸多创造性场域之一，南方对于美国黑人的文化变迁来说至关重要，而且当黑人北上移民时南方本身也从"流亡"（exile）演变成了"家园"（home）。赖恩等人撰写这篇论文的目的与莫里森小说的宗旨一样，都是为了呈现在文化融合中流散性的变化，并且去挖掘艺术结构中"即兴形式"对于主题的深化作用。赖恩等人具体论及《爵士乐》这部小说时，追踪了莫里森笔下流散表现艺术的哲学和认识论内涵，揭示这些文学形式如何实行文化干预。①

以上这些关于莫里森作品中"南方意象"的论文，解决了许多学术性和现实性问题，但同时又引发了更多需要解决的疑问。它们给出了很多见解和启示，也留给读者一些思考和探索的余地。作为一个在小说中孜孜以求历史文化意义的作家和知识分子，莫里森又充当了文学批评家的角色，她开诚布公地谈论其创作中的南方场景及其在美国黑人生活中的重要作用，她积极思考南方之于黑人心理健全的意义，以及美国黑人对于南方这块版图的艺术想象力和创造力。莫里森的作品是其深邃思想的体现，以上论文呼吁其他学者加入相关议题的讨论，去探寻莫里森创作中有关文学、文化、意义等领域的丰富宝藏。② 莫里森笔下的"新黑人"移民，在城市生活中遭遇到形形色色的困境，其中的有识之士都在尝试自我拯救的出路，而莫里森也一直在苦苦思索这一问题的答案。玛格丽特·米切尔③（Margaret Mitchell，1900—1949）的《飘》（*Gone with*

---

① Judylyn S. Ryan & Estella Conwill Majozo，"Jazz—On the Site of Memory"，*Studies in the Literary Imagination*，Vol. 31，No. 2，1998，pp. 125 – 152.

② Carolyn Denard，"Blacks, Modernism, and the American South：An Interview with Toni Morrison"，*Studies in the Literary Imagination*，Vol. 31，No. 2，1998，p. Ⅵ.

③ 玛格丽特·米切尔是美国小说家和记者，以美国内战小说《飘》而一举成名，于 1936 年因此书获得美国国家图书奖，于 1937 年荣获普利策文学奖。近年来，米切尔 15 岁时写作的中篇小说《失去的莱松岛》（*Lost Laysen*）公之于世，她在《亚特兰大报》（*The Atlanta Journal*）上发表过的采访报道等也集结成书得以出版。

the Wind，1936）曾荣膺美国普利策奖，其女主人公郝思嘉历经战乱并痛失多位亲人，之后依靠拼搏在亚特兰大过上锦衣玉食的生活。然而，郝思嘉每过一段时间都必须回老家一亲土地的芳泽，才能缓解精神焦虑和身体不适。南方乡土的疗愈功能如此神奇和强大，以至于很多美国作家将它当作摆脱异化的灵丹妙药，莫里森和米切尔就是她们中的代表。莫里森既不像美国作家福克纳，可以专注于邮票般大小的约克纳帕塔法县之乡村风土人情；也不像英国作家哈代，能够以威塞克斯农村系列小说而成就"乡土作家"的美名。莫里森书中的城市黑人移民形象精彩绝伦，但当他们在城市生活中不断遭遇精神危机时，莫里森又将美国南方乡土背景适时推出，以便让主人公们在民族文化之根中浴火重生。莫里森系列作品对南方救赎之道的情节处理也不尽相同：有的人物在现实层面上回到南方，于其中的乡土气息和人际交往中获得顿悟成长；有的在象征意义上魂归故里，于历史记忆和想象中完成身心的统一；有的从朝鲜战场上一路回归，在颠沛的旅途中思绪万千、抚今追昔，终于原谅了南方往昔的一切过失。一言以蔽之，一贯从美国历史和黑人历史中汲取养分的莫里森，将她的笔触也伸向了黑人返乡移民大潮的文化背景，以便为城市黑人的精神焦虑和心理危机觅得解救之道。

一 《所罗门之歌》：现实性回归南方

《所罗门之歌》中的南方叙事具有疗伤功能，因为奶娃及其家庭不仅与过去存在千丝万缕的联系，而且最具创伤性的过往历史就是奴隶制。莫里森给派拉特所居住的城区命名为"南边"（Southside），以此强调"南方"地理环境的非凡意义，因为它不仅是奶娃与美国南方祖先的情感纽带，更代表了小说中黑人的文化根基。书中还有一个情节间接预示了奶娃南方寻根之旅的必要性：奶娃在跟父亲进行了一场关于母亲鲁丝的交谈之后，失魂落魄地行走在"非医生街"（Not Doctor Street）上，试图沿街走向他姑姑所在的城区"南边"，却不期而遇地撞上了迎面而来的人群。这一情景的言外之意是：奶娃有必要逆黑人北上移民的潮流而行，从而超越他先前无所适从的人生状态，超越物质生活带来的肤浅满足。[①]

> 奶娃闭上眼睛，过了一会儿又睁开。街上的行人更拥挤了，他们都朝着他来的方向走去，一个个走得都很匆忙，不断碰撞他。过了一阵，他注意到没人在马路的另一边行走。街上没有车辆，路灯亮了，夜已经来临，可是马路对面的便道空无一人。他转过身来看看人流涌去的方向，可是除去在黑夜中不断向前涌去的背影和帽子之外，看不到什么。他再次看看非医生街的另一边，连个鬼影子也没有。
>
> 一个戴便帽的男人正要从他身边走过，他碰了一下那人的胳膊，问道："大伙儿干吗都在街道这边走呢？"
>
> "你自己看嘛，伙计。"那人急匆匆地说道，又跟着人流往前走了。
>
> 奶娃接着走，还是朝城南方向，心里始终没有想过一次为什么他自己也不横穿马路，到没人走的对面去。[②]

《所罗门之歌》是一部成长小说，这已经是学界公认的事实。成长小说在文学书写中总体呈现出四种类型。第一，纯真主人公因为发现罪恶的存在而产生幻灭感，这种体验刻骨铭心、惊心动魄，他或她不仅要与他人的恶行抗争，还要与自身的负罪感和赎罪意识对峙，在这样的过程

---

① Catherine Lee, "Initiation, South, and Home in Morrison's *Song of Solomon*", *Studies in the Literary Imagination*, Vol. 31, No. 2, 1998, pp. 109 – 124.

② ［美］托妮·莫里森：《所罗门之歌》，胡允桓译，南海出版公司2013年版，第86—87页。

中获得认知提升和性格飞跃。因此，这种小说一般会有个篇章让主人公醍醐灌顶，这是一个引人茅塞顿开的重要阶段。第二，不同于第一种成长小说关注心智成熟后的结果层面，第二种更注重主人公认识自我和了解社会的过程，人物原初状态的失落常被用来比喻成《圣经》中人类从天堂陷落。而且，这种方式强调成长过程的两面性，即失落天真是痛彻肺腑却又是必不可少的，是痛苦的根源又是通向身份建构的必经之路。第三，不同于前两种小说聚焦于个体的狭窄局面，第三种成长小说倾向广阔的社会维度，即经历了艰难险阻的主人公与既存社会达成和解，成为一个在象征系统里游刃有余的人。第四，还有一种成长小说致力于挖掘主人公的自我发现和自我觉醒，也就是他或她的个性化和主体化历程。① 我国学者芮渝萍则强调认知提升在成长小说中的重要作用："在关于成长小说特质的种种描述中，常常被突出的是青少年主人公的社会认知和自我认知。莫迪凯·马科斯在他的论文《什么是成长小说?》中就曾对众多定义进行了归纳分类，指出成长小说的定义主要有两类：一类把成长描绘成年轻人对外部世界的认识过程；另一类把成长解释为认识自我身份与价值，并调整自我与社会关系的过程。"② 人们不难发现，许多成长小说并非沿袭某种特定的范畴，而是融合了多种因素，使得主人公的成长经历体现出复杂性和立体性。《所罗门之歌》中的奶娃就是这样一个成长型人物，其自我认知过程超越了单一性，走向了多元化和丰富性。

奶娃的成长之旅，实质上对成长小说的传统模式有所颠覆。奶娃是第二代黑人移民，他在北方城市中出生并长大，所了解的世事和接触的人群都来自都市。他形成了当时美国城市所流行的消费主义价值观，再加上其父亲梅肯是唯利是图的商人，由此，社会教育和家庭教育共同把

---

① http://www.chinadmd.com/file/zzu6uo3eu3asa3vxrzvo3ztz_1.html.
② 芮渝萍、范谊：《认知发展：成长小说的叙事动力》，《外国文学研究》2007 年第 6 期。

奶娃推向了异化境地。他整天生活在浑浑噩噩之中，对于亲情和爱情都毫不珍惜，虽然可以衣食无忧、大肆挥霍，但他根本体会不到青壮年人应该有的快乐和满足感。他急于摆脱醉生梦死的生存状态，于是在派拉特的引导下走进南方，并神奇地治愈了创伤、建立了主体性。提及成长小说，人们往往会追溯至歌德（Wolfgang von Goethe，1749—1832）的《少年维特的烦恼》（*The Sorrows of Young Werther*，1787），把它视作这一小说范畴的鼻祖和模板。这篇小说由男主人公维特的一封封书信组成，讲述了敏感和富于激情的青年艺术家维特的爱情故事和成长经历。在写作这部自传体小说时，年仅 24 岁的歌德有感而发，仅用六个星期就完成了一部传世之作。歌德笔下的维特形象遵循了这样的成长路径：小说的中心人物一般而言为青少年，其经历足以改变原先的生活轨迹和价值理念，他们最终从稚嫩走向成熟，完成了人格的社会化过程。如果说维特是从备受呵护的家庭走向广阔的世界而获得成长，那么奶娃则刚好相反，他从异化冷漠的城市社会回归南方农村家园，才重获身份主体。正如凯瑟琳·卡尔·李所关注到的：该小说有西方文学中成长故事的影子，比如奶娃从寻求金子到探求祖先的智慧和真谛，从自私的不良少年到思想深刻的成年人；然而，莫里森并没有完全遵循传统成长小说的母题，而是解构了美国文学和非裔美国文学的一般思路，使奶娃的自我塑造具有不一样的方向和维度。①

作为返乡黑人移民中的代表，奶娃的成长具体体现在哪些方面呢？首先，他对南方的政治气候有了较为深刻的洞察。在生于斯长于斯的北方城市密歇根，奶娃从父亲梅肯、姑妈派拉特、好友吉他以及周遭黑人们的境遇和反应中，对美国种族主义现象有了初步和模糊的印象，但他

① Catherine Lee，"Initiation，South，and Home in Morrison's *Song of Solomon*"，*Studies in the Literary Imagination*，Vol. 31，No. 2，1998，p. 109.

既不愿深究也不愿深信，总觉得那些都是隔靴搔痒的东西，与自己的切身利益没有关系。到了南方之后，他从黑人父老乡亲口中再次聆听了家族故事，尤其是百岁老人瑟丝讲述了杰克被杀、白人凶手一家终于消亡的过程，才对祖辈、父辈甚至整个黑人群体有了深刻的理解和认同。从政治层面看，奶娃和其他返乡黑人一样倍觉欣慰，因为此时的种族问题已在某种程度上得到缓解。从哲学层面看，奶娃领悟了"因果相报"的真理，从而走出游戏人生的处世方式，开始了认真严肃的生命旅程。其次，南方黑人互帮互助的集体主义精神，帮助奶娃摆脱了自私自利的极端个人主义原则。在密歇根都市中生活多年的奶娃一家五口，彼此间充满怨恨和冷漠，爱、宽容和理解等字眼，对他们来说都相当陌生和遥远。奶娃进入南方的初衷，一方面是为寻找山洞里子虚乌有的金子，另一方面也是为了远离令他不胜其烦的家庭关系。当南方族人们听奶娃讲述梅肯的"辉煌"和"成功"时，他们发出由衷惊呼和赞叹，淳朴善良的天性展现得一览无余。当黑人加奈特不辞劳苦地开车将奶娃带到丹维尔时，奶娃按照北方城市的习惯询问要支付多少报酬，加奈特却分文未取，足见南方黑人慷慨大度、乐于助人的品性。再次，南方之行消解了奶娃原先的消费主义世界观。奶娃在城市物欲横流的环境和父亲"金钱至上"的教导中长大，物质主义和个人中心主义成为他的性格标签。在南方待了一段时间后，他终于意识到金钱其实并不像他原来认为的那样重要，于是自然而然远离了消费主义意识形态。他很快习惯了南方的超低物价："两毛五分钱买两双短袜，三毛钱一双旧鞋；一块九毛八分钱一件衬衫，还有，应该让托米兄弟听一听，他理发刮脸只用了五毛钱。"①"这里没有任何东西可以帮助他——他的钱不成，他的车不成，他父亲的名声不成，

---

① [美] 托妮·莫里森：《所罗门之歌》，胡允桓译，南海出版公司 2013 年版，第 291 页。

他的西装不成，他的皮鞋也不成。事实上，这些全是他的绊脚石。除去他那块破表和他那装有大概两百块钱的钱夹之外，他上路时所带的行装用品都已丢失殆尽：他提箱中装的苏格兰威士忌、衬衫、为盛金子口袋留的空地儿；他的鸭舌帽、他的领带、他的衬衫、他的三件套西装、他的短袜、他的皮鞋；他的表盒、他的两百块钱在这人迹不见的露天野外，是毫无用处的，在这种地方，一个人所有的一切就是与生俱来的身体，余下的便只有学着去应用的本领。以及坚忍的品质。还有视、闻、味、触——还有他自知他不具备的其他官能与意识：在需要感觉的一切事物中，要有一种分辨力，一种生命本身可以仰仗的能力。"①

　　小说末尾奶娃的飞翔意象，与其先祖所罗门飞回非洲的历史记忆形成映照关系。莫里森对新一代黑人青年其实是寄予了厚望：奶娃的南方寻根之旅剥去了他浅薄虚荣的外壳，使之沉浸于集体文化和精神探求的欢乐海洋中；通过心灵的成长，奶娃从消极被动、不负责任的无知者，转变为积极进取、真实可靠的有志青年，成为黑人民族的新一代建设者。学界对于奶娃"飞跃"的意义颇为关注，迄今为止已经出现众多精彩纷呈的解读，基于此笔者不再赘述。然而，关于魔幻现实主义的"所罗门飞回非洲"情节，相关论述还是并不多见的。小说文本是通过间接方式这样来呈现所罗门的飞翔故事：

　　　　"哦，那只不过是一些在这一带流传的古老的民间传说。他们弄到这一带的非洲人中间有些人会飞。有很多人飞回非洲去了。从这地方飞走的那人就是那个所罗门，或者叫沙理玛——我从来说不准哪个是对的。他有好多孩子，这里到处都有。你可能已经注意到这一带所有的人都自称是他的后裔。大概有四十家分布在这山前山后

───────────

① ［美］托妮·莫里森：《所罗门之歌》，胡允桓译，南海出版公司2013年版，第311页。

的人说他们自己姓所罗门什么的。我猜想他一定是个精力旺盛的家伙。"她放声笑着，"不过，不管怎么说，不管他是不是精力旺盛，他不见了，丢下了全家。妻子，亲人，其中有差不多二十一个孩子。他们都说他们亲眼见他走的。妻子、孩子都看见了。他们当时都在地里干活儿。他们过去试着在这里种棉花。你能想象吗？在这种山区？当时棉花可是热门。所有的人都种棉花直到后来土地不肥了。我小时候人们还种棉花呢。好啦，还是回到这个叫吉克的男孩的正题上吧。都说他是所罗门原来二十一个孩子中的一个——他们全都是一母所生的男孩。吉克最小，还是个婴儿。在他飞走时，这个婴儿和他母亲就在他身边。"①

笔者以为，相对于奶娃在作品终局的纵身一跃，所罗门的飞翔传说更加意味深长。奶娃对城市生活的超越及其自我成长，是在南方黑人的祖先智慧和民族之根中实现的，后者引导前者完成了这一仪式和壮举。奶娃只是从美国北部回到南方，而所罗门却走得更远更彻底，从美国飞回了遥远的非洲——当年大西洋奴隶贸易"中间通道"之前的黑人家园。莫里森如此安排显然别具匠心：遭受现代城市异化的非裔美国人，只有在"黑人性"认同中，才能跨越漫长的历史洪流来治愈创伤，也才能超越过去奔向未来。

二 《爵士乐》：象征性回归南方

在莫里森的所有长篇小说中，当人们谈论"回归南方民族之根以获

---

① ［美］托妮·莫里森：《所罗门之歌》，胡允桓译，南海出版公司 2013 年版，第 364—365 页。

得救赎"的议题时，《所罗门之歌》总是被提及最多。奶娃的寻根之旅在整个小说中占据了很大篇幅，莫里森用很直接的方式，告诉现代黑人应该如何摆脱精神异化和心灵创伤。笔者对此也曾有所涉猎，在拙文《〈所罗门之歌〉的文化干预策略》中专门提到了"浸润叙事"，来指涉黑人返乡移民大潮这一文化事件：

> 斯特普托提出了非裔美国人追求自由和身份的两种基本叙事形式：上升叙事（ascentnarrative）和浸润叙事（immersion narrative）。上升叙事启动被奴役或半文盲主人公踏上北方的象征性和仪式化之旅，这种符号系统的空间表征强调追寻者（questing figure）的自由来源于读写能力，并以如此方式终局：追寻者身处叙事世界的最自由社会结构（北方都市），变成能够识文断字表达自我的生存者（articulate survivor）。然而，除非心甘情愿抛弃家庭和族裔纽带，否则主人公终不免陷入孤独或异化状态，而浸润叙事则是解决这一困境的良方。与上升叙事的空间导向截然相反，浸润叙事主人公开启了回归南方之旅，寻求传统部落文化来解决心理危机。常规浸润叙事多以悖论结尾：追寻者处于最具压迫性的社会结构（南方农村），却因重获民族文化而深感自由。浸润叙事主人公唯有象征性或现实性地远离北方城市，返回宁静却相互扶持的南方农村，才能建立族群身份，也才能缓解或消除失落感。

> 作为小说家，她（莫里森）坚持"第三只眼"（third eye）的创作理想，认为书写者跟描述对象保持距离方能发掘其本质；作为非裔美国人，她却不得不承认：现代黑人沉浸于传统方言和习俗的程度，常常成为他们心理是否健全的衡量标准。莫里森主要人物的精神危机和心理焦虑，要么通过长途跋涉回到南方怀抱得以解决，要

么在想象中索取南方的历史记忆得到安慰。也就是说，只有回到根植于南方的历史之中，人们才能走出局外人和陌生化的尴尬境地，也才能找到坚实的文化和心理根基，在现实世界里从容不迫如鱼得水，由此与北方城市及现代生活达成和解。①

如果说《所罗门之歌》体现了北方城市移民现实性地回归，从而在南方大地上建立文化归属和身份主体，那么《爵士乐》中通向南方的归途则是象征性的，它通过一个想象性的人物和一次不可靠叙事来加以完成。乔和维奥莱特这两位"新黑人"夫妇，在纽约曼哈顿经历家庭变故和情杀事件，都曾在人生低谷中举步维艰。但到了小说结尾之际，这夫妻俩却又和好如初、鸳梦重温，其实是因为维奥莱特在意念中重回故土、获取民族文化根基所致。维奥莱特多年来念念不忘戈尔登·格雷（Golden Gray），他来自她外祖母特鲁·贝尔（True Belle）所讲的故事：白人种植园主的女儿薇拉·路易斯与黑人暗度陈仓并怀了孕，东窗事发后不得不离开弗吉尼亚隐姓埋名于巴尔的摩，女黑奴贝尔和薇拉小姐共同抚养大了混血儿私生子格雷。年满十八岁后，格雷决定一路向南回弗吉尼亚去寻找其生身父亲。这个故事让维奥莱特浮想联翩，于是编撰出了诸多后续细节，并把细枝末节不厌其烦地重复两遍，却又在两个版本之间设置了相互矛盾之处，呈现出典型的不可靠叙事。在维奥莱特看来，格雷此番南下的初衷是侮辱其黑人父亲和黑人种族，因为他对自己有黑人血统这件事深感屈辱和愤怒。和《所罗门之歌》中奶娃最初的思想一样，格雷沿袭的是白人的价值观和世界观，推崇的是消费主义和物质主义意识形态。他驾着漂亮的马车、携带昂贵的行头来找黑人父亲报仇，却最终与黑人族裔达成和解与认同。首先，他义无反顾地救起了一个黑人孕妇，

---

① 荆兴梅：《〈所罗门之歌〉的文化干预策略》，《当代外国文学》2014 年第 1 期。

体现出他对"黑人性"本能的认同。作为一个翩翩贵公子，格雷在施救过程中不无犹疑，但最终还是施以援手。他将那个摔倒在雨中的孕妇称为"幻影"："要么就是那个形象，那个他以为的幻影，一个在摔倒之前就触动了他的东西？他在寄宿学校的仆人们避开的目光中看到的那个东西；为了一分钱跳起踢踏舞的擦皮鞋人目光中的那个东西。在他的恐惧无以复加的时刻仍旧像家一样舒适得可以让人沉迷其中的一个幻影？"①可见，格雷脑海中的"幻影"就是对黑人民族文化之根的直觉体悟，他施救"幻影"的行为正是他拥抱非裔美国人传统的明证。其次，他改变了找黑人父亲复仇的初衷，而是与亲生父亲和黑人族裔相认。格雷与父亲素未谋面，他对父亲的感情是爱恨交织，与黑人对南方这片土地的感受如出一辙。当他碰巧憩息在父亲狩猎的小屋中时，多年来父爱缺失的伤痛一扫而空，身为黑白混血儿的羞辱感也荡然无存，他心中剩下的只有对黑人群体的爱和宽容。再次，他从高傲的做派、奢侈的用度转向衣不蔽体、一无所有的状态。格雷出发时是这样的："我看见他驾着一辆双座轻便马车。他的马可真棒——黑的。捆在车后面的是他的行李：很大，塞满了漂亮衬衫，亚麻的，还有绣花床单和枕套；一个雪茄烟盒和一些银质马桶零件。一件香草色超长外套，袖口和领口是棕色的，整齐地叠放在他身边。"②南方大雨中的格雷陷于污泥浊水里却安之若素，他不再在乎名贵的衣着，而是忙于搭救黑人孕妇和亲近黑人父亲。至此，格雷教养中的消费主义价值观得到消解，他对祖先文化开始了真正的皈依。

《爵士乐》中格雷南方寻父的情节，引起过学界的普遍关注。这段貌

① ［美］托妮·莫里森：《爵士乐》，潘岳、雷格译，南海出版公司 2006 年版，第157—158 页。

② 同上书，第151 页。

似与主体文本关联不大的不可靠叙事，对于整部小说的意义何在呢？这是引起人们普遍思索的一个重要问题。有些学者认为：维奥莱特在婚姻中也负有不可推卸的责任，正因为她念念不忘传说中完美无缺的格雷形象，才不能全心全意地与乔情感互动；只有在小说尾声她将格雷忘却之后，才能和乔尽释前嫌和好如初。比如王维倩教授在《托尼·莫里森〈爵士乐〉的音乐性》中指出："维奥莱特以理发为生源于她潜意识中对金发男孩格雷的记忆，她将丈夫作为格雷的替身而和他结婚。"① 笔者认为，格雷的南方寻根之旅其实是一种替代性表述，它通过维奥莱特的想象，代替了她的南方回归，从而完成了象征性的祖先认同，这成为他们夫妇最后重归于好的关键因素。同时需要指出的是，格雷从巴尔的摩南下到弗吉尼亚寻根问祖，从地域上讲两者相距并不遥远，而且都处于美国南方的版图上。但正如《所罗门之歌》中奶娃在密歇根大街上向南走预示着即将到来的南方之行，格雷的"南行"也具有类似的言下之意，即等同于维奥莱特等人从纽约哈莱姆黑人社区一直来到弗吉尼亚州。而莫里森赋予格雷这一旅程的不可靠叙事，更加强了维奥莱特想象之旅的象征意味，属于标准的"浸润叙事"范畴。

莫里森安排笔下的城市黑人到南方寻根，其实具有自传性成分。她在著名的美国黑人高校霍华德大学上本科时，曾首次和学校演出团体一起造访了南方。她对故乡最深刻的印象是那里有众多和她一样的黑人，他们的语言、食物、音乐和习俗如此相同，以至于她一踏进南方的土壤就有一种亲切感扑面而来，使她情不自禁投入它的怀抱。这种认同和归属感由来已久，比如在她成长的俄亥俄州洛兰市，也有一些男性黑人从事赌博和贩卖私酒等不法行业，但他们对待黑人小孩都相当友好：他们

---

① 王维倩：《托尼·莫里森〈爵士乐〉的音乐性》，《当代外国文学》2009 年第 3 期。

会护送小孩回家，也会嘱咐孩子们哪些事情该做、哪些不该做，更会在孩子们需要保护时毫不犹豫地出手相助。所以在莫里森看来，黑人一直给予她安全感，在南方时她感到被保护得更加无微不至。南方火车上的服务员会给她的孩子们提供礼貌周到的服务，会给他们额外的果汁和枕头，以保证他们舒适而安全地旅行。当他们遇到住宿问题时，南方旅馆的黑人职员们一定想尽办法确保他们愉快入住。莫里森为这一切深深感动，并非因为已经习惯于黑人社会的好客，而是因为这酷似奴隶制时期的黑人地下铁路系统，种种应急措施都是为了不遗余力地帮助黑人。① 由此可见，无论是《所罗门之歌》中的奶娃还是《爵士乐》中的格雷，抑或是数不胜数的返乡黑人移民，都是在莫里森亲身体验的基础上凝练而成。她的祖辈们从非洲漂洋过海来到美国南方，经历大西洋奴隶贸易"中间通道"的非人待遇，更经历奴隶制的惨痛历史。她的父辈们离开种族主义盛行和经济萧条的南方，来到北方城市寻求"美国梦"，却遭遇形形色色的生存危机和文化冲击。作为第二代黑人移民的莫里森对此感同身受，她将写作视为一种思考方式，她把几百年来的黑人历史化作小说经线，再添加故事人物、情节、场景等纬线。经过如此苦心孤诣编织起来的文学作品，既具有历史文化的立体感和厚重感，又拥有文学故事的美学价值和学术意义，更为当今第三世界的城市化运动起到借鉴和反省作用。

---

① Carolyn Denard, "Blacks, Modernism, and the American South: An Interview with Toni Morrison", *Studies in the Literary Imagination*, Vol. 31, No. 2, 1998, pp. 1 – 3.

第三章　小镇畸人：卡森·麦卡勒斯和美国南方农村

　　论及 20 世纪美国文学的城市化，笔者认为卡森·麦卡勒斯也是一位颇具特色的作家。莫里森作品中的城市化背景，倾向于呈现黑人移民在都市生活中的重重危机，之后描摹主人公如何到南方农村寻根问祖从而获得身份主体。从这个意义上讲，南方地区只是莫里森笔下相关人物进行自我救赎的空间载体，而并非故事的主要场所，这在《最蓝的眼睛》《所罗门之歌》《爵士乐》等小说中体现得尤为明显。而麦卡勒斯则不同，她的所有笔触都伸向了美国南方这块土地，她的文学才华都贡献给了南方人群、故事和场景。她描写城市化进程中的南方农村，展示他们百无聊赖的生活和日趋破灭的理想。正因为如此，她和威廉·福克纳①（William Faulkner,

---

① 威廉·福克纳于 1949 年获得诺贝尔文学奖，于 1954 年和 1962 年两次荣获美国文学普利策奖，是美国南方文学最杰出的代言人。他小说的地理背景都设置在约克纳帕塔法县（Yok-napatawpha County），而这样一个虚构地名的原型，则来自他的家乡密西西比州的拉法亚特县（Lafayette County）。福克纳一生留下众多脍炙人口的小说，如《喧哗与骚动》（*The Sound and the Fury*, 1929）、《我弥留之际》（*As I Lay Dying*, 1930）、《押沙龙！押沙龙！》（*Absalom, Absalom!*, 1936）、《八月之光》（*Light in August*, 1932）、《献给艾米莉的玫瑰》（*A Rose for Emily*, 1930）等，一直以来都为读者津津乐道。

1897—1962）、凯瑟琳·安·波特①（Katherine Anne Porter，1890—
1980）、哈珀·李②（Harper Lee）、杜鲁门·卡波特③（Trueman Capote，
1924—1984）、尤多拉·威尔蒂④（Eudora Welty，1909—2001）、弗兰纳
里·奥康纳⑤（Flannery O'Connor，1925—1964）③等人，一起构成"美国
南方作家群"。就这个群体而言，他们不仅在美国文学中拥有独特的地
位，在世界文坛上也享有很高的声誉。以福克纳为代表，这批作家具有
很强的南方地域意识，写作上倾向于哥特风格和怪诞意象，对南方社会
的种族、阶级和性别问题都颇为关注。麦卡勒斯就是这样一位典型的南
方作家，她孜孜不倦地描写城市化和现代化语境中的农村社会，展现那
些乡村留守人员难以排遣的孤独寂寞，揭示这种现象背后的深层原因。

---

① 凯瑟琳·安·波特是获得美国普利策文学奖的小说家，她的短篇小说集《盛开的犹大花和其他故事》（*Flowering Judes and Other Stories*，1935）和长篇小说《愚人船》（*Ship of Fools*，1962）都以墨西哥为创作背景。她善于洞察人性中的黑暗层面，如背叛、死亡、人性恶之本源等，并用优美、细腻的写作风格表现出来。波特不是一举成名的作家，其文学声望是慢慢积累起来的，直到第二次世界大战后才赢得盛名。

② 哈珀·李生长于美国阿拉巴马州的一个小镇，以1960年出版的《杀死一只知更鸟》而名满天下。这部长篇小说很快即为她赢得了普利策奖，并成为美国现代文学中的经典之作，直到今天依然广受读者喜爱。该小说具有自传性成分，从一个孩童的视角来反映1936年发生在作者家乡的历史事件，从而表现20世纪30年代美国南方的种族问题和阶级观念。

③ 杜鲁门·卡波特曾3次荣获欧·亨利短篇小说奖，长篇小说则以《蒂凡尼的早餐》（*Breakfast at Tiffany's*，1958）和《冷血》（*In Cold Blood*，1966）最为有名，两者都被好莱坞拍摄成电影而名噪一时。卡波特早年饱受父母离异之苦，养成了敏感、反叛、特立独行的性格，虽然天资聪慧，但17岁时即从高中辍学闯荡于社会。成名后的卡波特为盛名所累，沉湎于社交、纵欲、酗酒、吸毒等恶习中不能自拔，文学创作上也到了江郎才尽的地步，终于在一次用药过度后离开人世。

④ 尤多拉·威尔蒂1973年以小说《乐观者的女儿》（*The Optimist's Daughter*）荣膺美国普利策文学奖，1980年荣获卡特总统颁发的自由勋章。威尔蒂曾被誉为短篇小说大师，甚至被用来媲美契诃夫，但其作品因为地方特色过于浓厚而一度不被重视，直到进入晚年她才声名鹊起。威尔蒂的作品曾受到福克纳赞誉，她擅长运用神话故事，以此来彰显人物和空间所折射的普遍真理。

⑤ 弗兰纳里·奥康纳成长于佐治亚州，是美国文学具有影响力的代表作家。她曾获得美国国家图书奖等重要奖项，其长篇小说《智血》（*Wise Blood*，1952）和《暴力夺取》（*The Violent Bear It Away*，1960）、短篇小说集《好人难寻》（*A Good Man Is Hard to Find*，1955）等作品令她蜚声文坛。奥康纳秉承南方哥特文学传统，善于塑造地方色彩和怪诞人物，写作中蕴含她所信仰的罗马天主教教义，不断审视道德、伦理、良知等问题。

所以，本书是从截然不同的横断面来剖析城市化进程中的莫里森和麦卡勒斯作品：前者侧重于挖掘北方城市黑人移民的身份危机，后者刻意表现南方小镇上人们的精神困惑。在主题表现方面，莫里森习惯聚焦于黑人民族的历练沉浮，进而昭示整个人类的生存困境和发展方向；而麦卡勒斯不仅将同情的目光洒向黑人，还将它们投注于犹太人和菲律宾人等美国少数族裔。麦卡勒斯于 20 世纪 40 年代即已完成主要作品的出版，于1967 年刚刚 50 岁就离开了人世。莫里森的处女作《最蓝的眼睛》直到1970 年才问世，至今仍以笔耕不辍的姿态受到世人瞩目。

麦卡勒斯和莫里森分别被贴上了"南方作家"和"黑人作家"的标签，人们鲜少耳闻两者之间的交汇之处。国内外学术界关于这两位作家其人其作的对比研究少之又少，迄今为止笔者只发现了一篇相关论文《死去的男孩和青春期的女孩：麦卡勒斯〈婚礼的成员〉和莫里森〈秀拉〉的不同成长小说类型》。作者瑟斯奇威尔对比了两位女作家文中的青春少女和尚未发育的娘娘腔男孩，以此梳理他们之间爱恨交加的复杂关系。女主人公在缺少温暖和关爱的环境中成长，但比之于小说结尾处离奇死亡的男主人公，其结局要好得多。那么暴病身亡的小男孩与在青春期中跌跌撞撞成长的女孩之间，到底存在怎样的关联因素呢？文学批评界的怪诞理论（queer criticism）认为，小说中的怪异儿童或是用来隐喻怪诞性的儿童，在扰乱正常的成长叙事，而这种叙事进程原本是通向成人世界和异性恋婚姻的。在西方最著名的成长小说中，故事情节完全由一个即将成人的少年决定，是青少年而非那个儿童起着关键作用。根据弗兰克·莫雷提（Franco Moretti）的研究结果，成长小说情节发展的核心推动力源于文本张力：是朝着成年、婚姻、职业等既定目标走去，还是在眼前的冒险、刺激、兴奋的青春期中流连忘返？这两种力量互相制约和抗衡，在充满激情和创新精神的现代青少年身上体现得淋漓尽致。

杰德·艾斯提（Jed Esty）认为，许多现代主义经典小说都涉及成长失败的青少年人物形象，如果将这种"反成长"（anti – development）主题置于殖民主义语境中，那么失衡的个体成长（uneven development）会折射出社会政治的弊端。瑟斯奇威尔运用莫雷提和艾斯提的理论框架，从分析麦卡勒斯《婚礼的成员》和莫里森《秀拉》入手，来批判美国社会在性别、年龄、种族等方面的不均衡发展。瑟斯奇威尔还运用朱迪斯·巴特勒（Judith Butler）的结构性精神抑郁症（structural melancholia）在性别和性选择中的表现，运用尼古拉·亚伯拉罕（Nicholas Abraham）和玛丽亚·托罗克（Maria Torok）的"地窖和幽灵理论"（the formulation of the crypt ant the phantom）、凯斯琳·邦德·斯托克顿（Kathryn Bond Stockton）的怪诞儿童理论（the formulation of the queer child），来作为成长轨迹偏离的理论支撑，论证《婚礼的成员》和《秀拉》的中心议题，即怪诞而短暂的青春抑郁现象。青春期女孩飘摇不定的成长叙事中加入一个男孩夭折的故事，既表明少数不幸者未能拥有长大成人这种集体经历，也暗示这些年轻女孩的成长故事不无遗憾。在这两部小说中，童年早逝的男孩们使得青春女孩的成熟期被甩出正常轨道之外，令她们多了一些艰难坎坷和忧郁回味的时光。这些男孩担负欲望客体和警示客体的双重任务，作为成长小说中的死亡和不幸之人，他们对世人提出了振聋发聩的警告：一些貌似进步的白人资产阶级目的论意识形态，对于大众主体来说往往是可望而不可即的，人们千万要当心其中的误区和陷阱。

至于麦卡勒斯和莫里森这两位作家，瑟斯奇威尔认为两者有很多共通之处。第一，她们都极易让读者从女同性恋和怪诞理论方面去解读其作品，因为这种方法倾向于质疑那种导向异性恋意识形态的成长叙事。第二，以上两位女作家都借助成长叙事，去探寻美国现实社会中的种族紧张关系，用成长的失衡局面来隐喻黑人和白人之间的不均衡发展。第三，两位作家的故事都彰显了战争暴力，《秀拉》涉及第一次世界大战，而《婚礼的成员》中回荡着第二次世界大战的隆隆炮声。第四，两者都对南方哥特传统情有独钟，作品中充斥着暴力行为和疤痕、伤口、残疾等怪诞意象。第五，两位作家的作品都被主流文学界认为具有感伤效果和救赎功效，她们的作品都很受奥普拉·温弗蕾电视节目的青睐。此外，《婚礼的成员》中的黑人女仆贝利尼斯拥有一只蓝色玻璃假眼，这跟莫里森的首部小说《最蓝的眼睛》形成互文关系。贝利尼斯渴望种族平等的大同社会，盼望天下人都拥有同样的浅棕色皮肤、蓝色眼睛和黑色头发。而《最蓝的眼睛》中的佩科拉对蓝眼睛的希冀，显示出主流意识形态对女性之美和自我价值的强势规范。①

美国南方作家似乎对描写畸形人（Freaks）乐此不疲，对于这样的现象，弗兰纳里·奥康纳是这样来解释的："我认为的确如此，因为我们至今依然能够从人群中一眼辨识出畸形人。为了获得这种神奇的能力，你必须对整个人类具有真知灼见。"② 麦卡勒斯也持有类似的观点，一些既研究奥康纳又研究麦卡勒斯的评论家达成共识：南方文学中的怪诞性描述与现代性的悲观论调一脉相承，都表明人类灵魂是四处漂泊、缺少关爱的。③ 麦卡勒斯本人也曾宣言："爱是所有好作品的主要推动力。"④ 她笔下的畸形人群像揭示了整个人类支离破碎的形象，就像奥康纳在其小说中所倾力打造的那样。根据费德勒的观点，畸形人表演之所以会受到

① Thurschwell, Pamela. "Dead Boys and Adolescent Girls: Unjoining the Bildungsroman in Carson McCullers's *The Member of the Wedding* and Toni Morrison's *Sula.*" *English Studies in Canada*, Vol. 38, No. 3-4, 2012, pp. 105-128.

② O'Connor, Flannery. *Mystery and Manners*. Ed. Sally and Robert Fitzgerald. New York: Farrar, Straus& Giroux, 1997.

③ Sarah Gleeson-White, "Revisiting the Southern Grotesque: Mikhail Bakhtin and the Case of Carson McCullers", *Southern Literary Journal*, Vol. 33, No. 2, 2001, pp. 108-123.

④ Carson McCullers, "The Flowering Dream: Notes on Writing", *The Mortgaged Heart*, Ed. Margarita G. Smith. Boston: Houghton Mifflin, 1971, pp. 274-282.

一些人喜爱，是因为它反映了我们本能的不安全感，是那种原始的恐惧感，是渺小的人面对硕大无比的规模、性冲动等时的莫名惶恐。[①] 波格丹对于畸形人或事物的解读是这样的：变成畸形人不仅仅是个体范围的事情，也不仅仅是身体症状，它其实是社会传统的展现，也是时代风俗的全面体现。[②] 可见，"畸人"这一概念表面上看传达的是身体不健全，实际上映射出精神状态和思维方式的病态，更烛照出一个地区或整个社会体制的弊端。在麦卡勒斯的系列作品中，有些人物拥有残缺的外表和身体状况，比如《心是孤独的猎手》中的聋哑人、《伤心咖啡馆之歌》中的罗锅李蒙、《没有指针的钟》中身患白血病的马龙；而有些人则具有怪异的性格和心理，比如《金色眼睛的映像》中的军官、《婚礼的成员》中的弗兰淇等人。麦卡勒斯通过描绘这些畸形人和畸零人，来呈现美国城市化背景下南方文化价值观是何等的消极落后，以至于对居民特别是青年人产生了抑制作用，致使他们中的一些人奔赴广阔的大都市而去，而另一些人即使留在原地也郁郁寡欢。

第一节　麦卡勒斯作品中的乡村"假小子"叙事

麦卡勒斯出生于美国南方佐治亚州的哥伦布小镇。她的童年、少年和青年时代，正值美国城市化和工业化运动如火如荼进行之际。传记作家卡尔在介绍麦卡勒斯的早年生活时曾说："玛格丽特从小长大的旧住宅区已经

---

① Leslie Fiedler, *Freaks: Myths and Images of the Secret Self*, New York: Simon and Schuster, 1978, p. 34.

② Robert Bogdan, "The Social Construction of Freaks", *Freakery: Cultural Spectacles of the Extraordinary Body*, Ed. Rosemarie Garland Thomson, New York: New York UP, 1996, p. 35.

衰弱，伴随着 20 年代城市不断增长的繁荣，工商业开始侵入这个地区。除此之外，史密斯家附近已经禁止发展住宅，因为南北铁路正好在距离这里一个街区的地方穿过。"玛格丽特是麦卡勒斯的母亲，而麦卡勒斯的父亲老拉马尔也在 1925 年"买了第一辆新车，四汽缸的轻型'小灵狗'轿车，几个月后把一家人搬到了郊区。"① 引文中提到的美国南北铁路（The North – South railroads of America）是美国工业化和现代化的标志，同时它们又推动了城市化的发展，当年大批黑人北上移民就是通过铁路这种交通工具才得以成行的，这在《爵士乐》等黑人小说中都有具体生动的表现。1925 年，也是《了不起的盖茨比》问世的年份，该小说的作者是与福克纳和海明威并驾齐驱的菲茨杰拉德，他又被誉为"爵士时代的桂冠诗人"。菲茨杰拉德是 20 世纪 20 年代"爵士时代"的代言人，用身体实践了灯红酒绿、醉生梦死的北方城市生活，吹响了一声声高亢嘹亮的消费主义号角。美国城市化的渗透力如此强大，以至于很快弥漫到了南方的小镇村落，将南方地区的大量黑人和白人青年吸引到北方和中西部城市，使他们萌发了寻求"美国梦"的强烈冲动。

城市化浪潮势不可当，令留守南方小镇的年轻人坐立不安，麦卡勒斯本人就是其中的一个典型代表。在席卷美国的城市化气息中，麦卡勒斯也忍不住蠢蠢欲动，其情状具体表现在三个方面。第一，她在乡村生活中孤独难耐。还在蹒跚学步的时候，母亲就发现麦卡勒斯具有双重性格：一方面她渴望融入群体，另一方面她酷爱独自沉浸在游戏和想象中。等到出落成高挑细瘦的少女时，她成了小镇主流群体眼中一个边缘化的"怪诞意象"："卡森的大多数中学同学都认为她性格古怪。她通常在人群中很显眼，因为她不怕与众不同。她的裙子和

---

① ［美］弗吉尼亚·卡尔：《孤独的猎手：卡森·麦卡勒斯传》，冯晓明译，上海三联书店 2006 年版，第 31 页。

衣服总是比那些受欢迎的女孩子穿的要长一点。当其他女孩穿长裤和
高跟鞋时，她却穿着脏兮兮的网球鞋或女童子军的牛津布鞋。卡森小
点的时候，有一些女孩子会凑在一起，在她经过时对她扔石头，还大声
讥笑，故意用她能听见的声音说：'怪人'，'白痴'和'同性恋'。"①
受到同龄人群体拒斥的滋味不好受，有此遭遇的很多人甚至会发展成精
神创伤，笼罩在这种校园暴力阴影中的他们往往久久无法愈合伤痕。麦
卡勒斯从那时就开始体验到孤独的情绪，也开始对沉闷落后的南方小镇
产生抗拒，为她日后奔向城市生活埋下了有力伏笔。第二，麦卡勒斯的
音乐梦想和写作计划，促使她北上寻求更好的自我发展。玛格丽特很早
就发现了麦卡勒斯的音乐天赋，便循此刻意培养女儿，在麦卡勒斯 13
岁时将其送到女音乐家玛丽·塔克那里学习钢琴。塔克是哥伦布本宁堡
军事基地的军官，变换服役军营是常有的事情，所以当他又一次准备带
着妻儿开拔其他地区时，受到伤害最大的竟然是麦卡勒斯。麦卡勒斯在
跟塔克夫人学习钢琴的过程中，与这一家人产生了深厚的友谊，骤然间
听说他们即将离开，她那颗敏感孤独的心是无论如何接受不了的。她认
为音乐和塔克夫人一起背叛了自己，所以痛定思痛中毅然转向文学写
作，当即向父母和塔克夫人宣布了她立志成为作家的决定。她 17 岁时
终于在纽约的召唤下，收拾行囊离开南方，来到著名的朱丽亚学院和哥
伦比亚大学学习音乐和写作，经历了一段独自在都市闯荡的生活。"这
个 17 岁的女孩子只是模糊地知道她为什么想到纽约去。去朱丽亚音乐
学院学习，她告诉自己的父母。去哥伦比亚上课。去写作。但最重要的
是，她想去研究这个城市，去触摸它的脉搏，融合在里面，就像她的偶

---

① ［美］弗吉尼亚·卡尔：《孤独的猎手：卡森·麦卡勒斯传》，冯晓明译，上海三联书店
2006 年版，第 40 页。

像沃尔特·惠特曼①和哈特·惠瑞恩那样。"② 正如无数来到北方城市的南方人一样，麦卡勒斯无疑是受到都市的强烈吸引，才不顾一切地扑进它生气勃勃的怀抱。尽管后来因为健康和文化冲击等原因，她不得不返回哥伦布，但在纽约独自生活的一年对她来讲意义非凡，对于她写作技巧的提升、文学灵感的开拓、日后返回纽约的潜在性都起到了巨大作用。

第三，麦卡勒斯对奇形怪状事物的热衷，也是她对远方城市异质化的另一种表达。"这是 1927 年。在偏僻的美国南方的小镇上，10 岁的露拉·卡森·史密斯③又一次观看着游乐场上的畸形人表演，心里既恐惧又兴奋。这些人每年秋天都会来到她的家乡佐治亚州的哥伦布巡回演出。"④ 麦卡勒斯在写作中塑造了大量身患残疾的人物，以此来隐喻城市化进程中留守农村人员的精神困顿。学界倾向于认为：麦卡勒斯喜欢不厌其烦地刻画孤独和精神隔绝主题，其笔端人物身体上的残缺不全，正是其精神颓废的象征，这与社会语境和历史文化等关系微乎其微。而笔者对此持相反意见，认为麦卡勒斯系列作品中的身体不健全者，与社会发展和政治意识形态等有很大关联。依照美国南方文学中的怪诞意象和哥特传统，身体残缺确实是生存困境的外部表征，但这种心理危机极有可能是由社会环境引发的。麦卡勒斯本人和她小说中的有些人物，都对畸形人展览和表演比较感兴趣，这表明：当时南方地区的种族关系紧张、经济

---

① 沃尔特·惠特曼是美国诗人，被冠以自由诗体之父，是《草叶集》的作者。他是超验主义文学和现实主义文学的承上启下者，作品也蕴含了这两种理念。惠特曼的性取向历来备受争议，尽管传记作家们竭力为他辩护，但他还是被认为具有同性恋和双性恋倾向。惠特曼终其一生都直陈其政治观，他在诗歌中反对奴隶制，在生活中却又对奴隶持歧视态度；他呼吁废除奴隶制，却又在晚年时表明废奴运动是对民主的一种威胁。

② ［美］弗吉尼亚·卡尔：《孤独的猎手：卡森·麦卡勒斯传》，冯晓明译，上海三联书店 2006 年版，第 51 页。

③ 这是麦卡勒斯儿童时期的名字。

④ ［美］弗吉尼亚·卡尔：《孤独的猎手：卡森·麦卡勒斯传》，冯晓明译，上海三联书店 2006 年版，第 13 页。

状况低迷，加上北方城市的强大吸引力，这一切促使很多年轻人离开农村奔向城市；而留在乡村的各色人等，沦落为一群被时代所抛弃的人，心理倍感扭曲和压抑，遂成为麦卡勒斯小说中行为乖张的怪诞形象。

麦卡勒斯喜欢塑造青春期的"假小子"女孩，来体现年轻人逃离乡村的集体叙事格局。麦卡勒斯本人的青春期显得艰难而又漫长，她第一次奔赴北方的纽约市就留下刻骨铭心的记忆，因而她的作品塑造青春女孩的群像，来体现她们对远方城市和未知新生活的渴望。《心是孤独的猎手》中的米克、《婚礼的成员》中的弗兰淇都是步入青春期的少女，她们热情敏感，情绪波动很激烈，在青春期中跌跌撞撞地摸索、探寻和摔倒。《伤心咖啡馆之歌》中的爱密利亚小姐，虽然年纪比米克和弗兰淇大，而且生就一副成熟男性一样的身板，但其实她的心智极其稚嫩和天真，活脱脱又一个青春期的"假小子"形象。少男少女们的情感一般比较炽热和真实，他们对新生活的向往常常势不可当，而且麦卡勒斯身为作家对女性的体验较之一般人更加深刻，所以当她采用"假小子"女孩来进行精雕细琢时，更显出人物义无反顾的叛逆精神，同时说明她的"假小子叙事"是顺理成章的。在美国城市化思潮中，南方的很多年轻人选择到北方城市创业，使得南方小镇越发沉闷和单调，那么这种语境下的南方留守人群该何去何从呢？

一 米克：试图在艺术想象中抽离南方

在成名作《心是孤独的猎手》中，麦卡勒斯讲述了青春期女孩米克的迷茫人生和自我追寻。米克的"假小子"形象是她对自己的一种定位，因为她渴望与南方所熟悉的那些人都不同，这种思想从她与姐姐埃塔的对话中表现出来：

"你打算这一天就在屋子里踏来踏去吗？看你穿那些傻小子的衣服，真让我恶心。应该有人治治你，米克·凯利，让你乖一点。"埃塔说。

"闭嘴，"米克说，"我穿短裤，是不想捡你的旧衣服。我不要像你们一样，也不想穿得和你们一样。绝不。所以我要穿短裤。我天天都盼着自己是个男孩，真希望我能搬到比尔的屋里"。①

可见，米克的衣着打扮和行为举止完全不像南方小镇的女孩，而是彻底颠覆了当地人的刻板想象。将米克描绘成特立独行的"假小子"模样，麦卡勒斯其实表达了与米克极其相似的现实体验和生活理想：她们都对南方日复一日的运行模式产生了厌倦之情，也对它一成不变的意识形态和风俗习惯充满质疑；同时，她们希望挑战南方既定的女性规范，用"新女性"理念来解构那些满足于现状的"真女性"形象。米克对当下状态不满的态度，可以从她的绘画中体现出来：第一幅画是失事的飞机，第二幅是大西洋上正在沉没的轮船，第三幅是熊熊燃烧的火灾，第四幅是工厂锅炉房大爆炸。每一幅画都表现了灾难主题，画中惊恐万状的人们都在逃生，却又无处可逃而只能死伤遍地。在米克的脑海中，南方农村的现实世界封闭而落后，令她越来越沮丧和绝望，于是她力图挣脱它的束缚奔向更加广阔的天地。米克首先试图在音乐世界里寻找与外界交流的渠道，如果说绘画是她眼中无可奈何的现实世界，那么音乐则是她得以逃脱当前困境的想象世界。她听莫扎特、贝多芬，一个人悄悄地制作一把小提琴，梦想终有一天成为闻名天下的音乐家。可以说，音乐是她逃避心理恐慌和不确定未来的载体："似乎她在以某种方式等待——但她并不知道自己在等什么。太阳耀眼地灼烧街面，白花花

----

① ［美］卡森·麦卡勒斯：《婚礼的成员》，周玉军译，上海三联书店 2005 年版，第 40 页。

的热。白天她研究音乐或者和孩子们混在一起。还有等待。有时她快快地扫视周围，那种恐慌又来了。"①米克虽然具有"假小子"的外表，可她的内心常常处于惶惶不可终日的状态。这种时刻来侵扰她的惶恐感觉，其实来源于她内心深处的恐惧，她恐怕会一辈子被困在毫无希望的南方小镇上，从而不能去收音机里所描绘的世界中自由驰骋。而音乐却可以让她从乡村飞奔到城市，在意念中投入北方城市或国外城市轰轰烈烈的生活之中：

> 她趴在冰冷的地上，思考。以后——当她二十岁时——她会成为世界著名的伟大作曲家。她会有一支完整的交响乐队，亲自指挥所有自己的作品。她会站在舞台上，面对一大群听众。指挥乐队时，她要穿真正的男式晚礼服或者饰有水晶的红裙子。舞台的幕布是红色的天鹅绒，上面印有 M. K. 的烫金字样。辛格先生会在那儿，之后他们一起到外面吃炸鸡。他会崇拜她，把她当成最好的朋友。乔治将去舞台献上大花环。会在纽约或是国外的某个城市。名人会对她指指点点——卡罗尔·隆巴德、阿托罗·斯托卡尼尼和艾德米罗·拜尔德。②

麦卡勒斯除了喜欢刻画"假小子"主人公，还常常设置一位"娘娘腔"男孩来作为陪衬。在《心是孤独的猎手》中，这个"娘娘腔"男孩就是哈里·米诺维兹，"他是职业学校数学和历史课上最聪明的学

---

① ［美］卡森·麦卡勒斯：《心是孤独的猎手》，陈笑黎译，上海三联书店 2006 年版，第300 页。
② 同上书，第 228 页。

生……他阅读，每天都读报。世界政治无时无刻不在他的脑子里"①。
哈里的聪慧彰显无遗，但他却因为犹太人身份而遭受边缘化处境："但
在职业学校时，他们读到《艾凡赫》里的犹太人时，其他的孩子都转
过去看他。他跑回家哭，他母亲让他退学了。他停了整整一年学。"②
身处如此环境中的哈里和其他犹太人一样，其社会尊严遭受前所未有的
打击，正因为如此他最痛恨的就是希特勒和法西斯主义。《心是孤独的
猎手》发表于1940年，年轻的麦卡勒斯在写作此书的20世纪30年代
以及此前的岁月中，敏锐地洞察到犹太人在白人社会中的劣等地位。纵
观历史，反犹主义情绪在20世纪三四十年代的欧美国家呈现高涨态势，
1939年第二次世界大战爆发之后，一方面前方将士奋勇抵抗那些提倡
反犹主义思想的希特勒军队，另一方面美国国内的反犹主义思潮却发展
到了高潮阶段。正如学者林斌所阐述的那样："这其中隐藏着一个危险
的推论：犹太人'缺乏男子气概'。如果将其置于历史背景中考虑，这
种观念正是纳粹推行的'反犹主义'的一个重要依据：由于民族宗教
信仰的缘故，犹太男性出生后要行割礼，这个仪式使他们的身体在白人
眼里产生'异化'效果。其结果是，犹太人与肉体等同起来，在'毒
黄蜂'（White Anglo – Saxon Protestant，WASP）占主导地位的意识形态
中被贬抑为'残缺不全的男性躯体'，与女性身体一样因为差异而被归
为劣等。"③ 由此可见，当时美国白人意识形态中的犹太男性等同于一
般女性，哈里的哭泣行为更被认作"娘娘腔"的表现。米克和哈里曾
就读于同一所学校，也曾在一次共同郊游中有过推心置腹的交谈，两人

---

① ［美］卡森·麦卡勒斯：《心是孤独的猎手》，陈笑黎译，上海三联书店2006年版，第
155页。
② 同上书，第235页。
③ 林斌：《文本"过度阐释"及其历史语境分析——从〈伤心咖啡馆之歌〉的"反犹倾
向"谈起》，《四川外语学院学报》2004年第4期。

的交集拓展了《心是孤独的猎手》的政治维度。他们作为"假小子"和"娘娘腔"的代表，通过各自备受压制的经历，一起揭示了城市化和现代化进程中南方社会的弊端。

正如许多同时代的作家那样，麦卡勒斯通过审视南方社会的种族主义和异性恋主义，来洞察该地区人们的受压迫状况。阿贝特指出，"假小子"和"娘娘腔"形象往往在文学中出双入对地呈现，是因为他们共享怪诞性特征，都属于社会主流之外的他者身份，以此对抗异性恋主流价值体系而建立弱势群体的自我主体性。在麦卡勒斯作品中，"假小子"和"娘娘腔"很容易惺惺相惜，与其他边缘化人群也极易形成情感联盟，以至于共同发展成一种"怪诞性友谊"（queer friendships）。这种"抱团取暖"的做法，在后现代框架中意义重大：它们戏仿异性恋仪式，抵制异性恋一统天下的局面，解构性和性别的二元对立关系，瓦解柏拉图精神恋爱的浪漫基础与合理存在。"娘娘腔"特指胆小无用的男子，传统意义中的轻蔑性质人所共知，比"假小子"更具贬损意味。而在后现代和后殖民语境中，两者处于比较相似的地位，他们都是青春期少男和少女，借助独特的行为、外貌、穿着等一系列方式，一起来瓦解传统社会设定的性别规范。一般来说，成人世界动用其权威性来规训"假小子"和"娘娘腔"们，强迫他们满足社会的性别期待。在这种情况下，"娘娘腔"们不仅在"假小子叙事"中强化了怪诞性性别取向的在场，而且还阐明了"假小子主义"（tomboyism）的社会建构本质。从19世纪中叶到20世纪中叶，"假小子"文学叙事往往采用理性主义方法论，来颠覆或调停关于性和性别的文化焦虑。一方面，"假小子"人物形象推翻父权制意识形态的性别规范，直接反驳社会象征体制和异性恋道德观对年轻女孩的压制；另一方面，父母等成人世界的权威性人物，会借助"假小子"的标签说明：青春期女孩的性别反抗，只是一种成长过快的标志。"假小子主义"的社会文化建构特性，意图在孩童比较安全的范围内进行性别规范的解构，同时揭示出：孩提时代的性别规范消解，并不意味着"假小子"们会在日后走上非异性恋的婚恋中，比如同性恋、丁克家庭或者独身主义等模式。①

文学中的"假小子"和"娘娘腔"形象联手，用以颠覆社会主流意识形态，《心是孤独的猎手》中的米克和哈里就遵循了这一模式。美国南方社会对于青春期的米克和哈里来说，都是他们急于要逃离的空间意象：米克在这里备受压抑和孤寂，找不到实现自己音乐梦想的途径，其天性和才华都受困于此；哈里的犹太身份让他举步维艰，虽然他笃信泛神论，相信人死后会和树、岩石、云等自然植物化为一体，但在普遍的歧视和敌意中他也生活得无所适从。当时南方的主流价值体系既不认可"假小子"和"娘娘腔"形象，也不认可犹太人与主流人群、女性成员和男性居民的平等地位，认为这些都是对既定规范的越界。在美国城市化和工业化大潮中，在众多南方人前往北方和中西部城市寻求发展机会的背景下，南方的单调气氛让年轻人惶恐不安。在感知到外面现代化浓郁气息的情况下，他们直觉在此地继续蹲守毫无出路，所以力图解构南方意识形态，期待蓬勃开放的远方世界。经过奋力挣扎，哈里最终得以离开南方前往北方都市工作，从此开启了崭新的生活方向："他写信说他在伯明翰找了一份汽车修理铺的工作。她回了一封明信片说'没事'，正如他们原来计划的。"② 而米克却没有那么幸运，她在拼命抗争之后还是屈从了南方沉闷的现实，成为帮助父母养家糊口的循规蹈矩式人物。"她得到了工

① Kristen B. Proehl, "Sympathetic Alliances: Tomboys, Sissy Boys, and Queer Friendship in *The Member of the Wedding* and *To Kill a Mockingbird*", *ANQ: A Quarterly Journal of Short Articles, Notes, and Reviews*, Vol. 26, No. 2, 2013, pp. 128 – 133.
② ［美］卡森·麦卡勒斯：《心是孤独的猎手》，陈笑黎译，上海三联书店 2006 年版，第296 页。

作。经理把她和海泽尔带到后面的一个小办公室交谈。后来她却想不起来经理的样子或者说过的话。但她被雇用了，离开后她在路上买了一角钱的巧克力，为乔治买了一小套橡皮泥。6月5日，她就要开始上班了。"①

至此，《心是孤独的猎手》中的"假小子"和"娘娘腔"人物形象，在共同对抗南方父权制意识形态的过程中，分化成了两种截然不同的结局：一种是成功地抽离南方、投身城市追寻"美国梦"，另一种却是以抗争的失败而告终。给予麦卡勒斯深刻印象的南方生活，仿佛一直停留在20世纪20年代末30年代初，那时候正值她的青春期时代。《心是孤独的猎手》明确表示，其背景设置在30年代的南方小镇，读者有理由相信米克就是少女麦卡勒斯的代言人，而小说中荒凉沉闷的小镇街道，就直接来自麦卡勒斯对于当年光景的记忆。《婚礼的成员》直到1946年才得以发表，它的主人公弗兰淇的年龄也只有十二三岁，尽管文本间充斥着第二次世界大战的隆隆炮声，但青春期孤独和迷惘的少女形象、乏善可陈的小镇景象，还是将这部小说的地理景观和历史记忆推向了二三十年代。城市化和工业化的高速发展，让很多南方人按捺不住求富的心态，急切地呼朋唤友一起奔向北方城市。南方一直要到第二次世界大战结束以后才能基本实现城市化，所以麦卡勒斯青春期时的南方家乡，无论在经济和文化上都与热气腾腾的北方城市拉开距离，处于她所热衷描摹的隔绝和疏离状态。即使在麦卡勒斯结婚后的1938年，南方城镇经济和观念的落后程度都很明显。由于新婚丈夫的工作调动问题，麦卡勒斯那时在北卡罗来纳州的法耶特维尔生活过一段时间，《金色眼睛的映像》就成稿于此。

他们在法耶特维尔的生活一开始就很艰难。几乎在他们的汽车

---

① ［美］卡森·麦卡勒斯：《心是孤独的猎手》，陈笑黎译，上海三联书店2006年版，第303页。

刚驶入这个位于北卡罗来纳州东南部的平坦、潮湿的城镇时，他们
的幻想就破灭了。他们怀念皮德蒙特的群山，和令人精力充沛的晴
高凉爽的空气。1938 年夏天，他们确信法耶特维尔是他们所知道的
最炎热、被上帝最彻底地抛弃的土地……但在卡森和利夫斯看来，
法耶特维尔是一个经济衰退的城镇。他们 1938 年到达那里时，城里
有 1.5 万居民，多数人很穷。利夫斯很快开始痛恨被派遣到这里。尽
管他承认新工作是一个挑战，但他宁可不要这个挑战。依靠为小佃
农和那些艰难挣扎的烟农、棉农和卡车农民提供贷款来赚钱谋生，
是注定要失败的，这一点他很肯定。他辛苦建立起来的零售信用公
司的小小分部只能勉强维持，而他所担任的社会职务，商人协会的
秘书，也没有像他期望的那样提高他在社区的地位。①

法耶特维尔这个小镇，是当年整个南方社会的缩影。面对如此窘迫难
当的局面，年青一代产生的幻灭感可想而知，他们尤其难以忍受当地陈腐
的思想观念，深感这一点比任何事情都可怕。而无论在美国北方还是欧洲，
蓬勃发展的城市化运动和现代化思潮，都在文化领域留下深刻的印记。在
1931 年，法国城市人口占总人口的 51.2%，首次超过农村人口，城市化格
局基本完成。巴黎二三十年代的现代主义文化沙龙尤其盛行，斯泰因
（Gertrude Stein，1874—1946）的花园街 27 号和巴尼（Natalie Barney，
1876—1972）的雅各布街 20 号，都是颇负盛名的艺术聚集点。在斯泰因的
座上宾中，海明威、菲茨杰拉德、庞德等作家，以及毕加索、马蒂斯、塞
尚等画家，都先后成为享誉世界的文化名人。而斯泰因本人，不仅是巴黎
左岸咖啡馆的先锋派诗人，更特立独行地迈进同性恋婚姻，时至今日依然

---

① ［美］弗吉尼亚·卡尔：《孤独的猎手：卡森·麦卡勒斯传》，冯晓明译，上海三联书店
2006 年版，第 90 页。

是文学领域津津乐道的话题。英国在 1911 年城市人口占据了总人口的 78.1%，成为世界上第一个实现城市化的国家，曼彻斯特、伯明翰、格拉斯哥等，都成为首屈一指的大都市。从 20 世纪初到三四十年代，弗吉尼亚·伍尔夫（Virginia Woolf，1882—1941）引领的布鲁姆斯伯里集团（Bloomsbury Group），成为伦敦的文学艺术中心，其豪放的文艺追求和波西米亚式生活，是众多知识分子艳羡的目标。作家麦卡勒斯后来长期定居的美国纽约，也涌现出不少艺术家聚居地，人们生活得放浪形骸、无所顾忌，充分表现出城市化氛围和现代主义风范。麦卡勒斯就曾在布鲁克林高地（Brooklyn Heights Promenade）的艺术家团体中生活过很长时间，和荣膺诺贝尔文学奖的大诗人奥登等人，都过从甚密。以上文化事件充分说明：城市化进程中的大都市，早已走出先前安静而稳定的生产主义（productivism）时代，而迈进了日食万钱、无比喧嚣的消费主义（consumerism）时代。相形之下，法耶特维尔这样的南方乡村小镇，仿佛遭到了世人的遗弃，成为一块飞地或一座孤岛。通过媒体和书本了解外部世界的年轻人们，在城市的一声声诱人召唤中，在许多人奔赴新生活的前提下，确实难以按捺沸腾的欲望，迫不及待想到远方一探究竟。但现实是残酷的，正如《心是孤独的猎手》中的青年主人公一样，有人幸运地融入城市生活，有人却只能留守原地，很难实现他们心中怀揣已久的鲲鹏之志。

二 弗兰淇：抵制南方象征秩序

在源远流长的西方文化中，人们似乎对青春期更感兴趣，而对更年期或无生育现象不太关注。① 莎士比亚（William Shakespeare，1564—

---

① Michael Mitterauer, *A History of Youth*, Trans. Graeme Dunphy. Cambridge, MA: Blackwell, 1992, p. 240.

1616）的《罗密欧与朱丽叶》（*Romeo and Juliet*）出版于 1597 年，呈现了一个凄美动人、千古流传的爱情故事，但人们容易忽略的一个事实是，小说中深陷政治旋涡和情感纠葛的朱丽叶，其实只有 13 岁，是个不折不扣的青春期少女。歌德的成名作是《少年维特的烦恼》，这部自传性书信体小说讲述了一个少年失恋并自杀的故事：维特在乡村度假时爱上少女绿蒂，无奈她早已订婚，维特在希望和失望的反复纠缠中痛苦万分，终于选择结束生命来摆脱现实。《哈克贝利·费恩历险记》（*Adventures of Huckleberry Finn*，1884）是马克·吐温（Mark Twain，1835—1910）的名作，也是《汤姆·索亚历险记》（*The Adventures of Tom Sawyer*，1876）的姊妹篇。哈克贝利·费恩是个十三四岁的白人少年，他来到密西西比河追求自由生活，遇到了黑人少年吉姆。两人在共同历险中成为好朋友，摒弃了种族、阶级等社会象征符号，表现出可贵的平等思想。弗拉基米尔·纳博科夫（Vladimir Nabokov，1899—1977）最负盛名的作品，当属《洛丽塔》（*Lolita*，1955）——一个 12 岁青春期少女和中年男子的不伦之恋。洛丽塔在身体发育上属于早熟类型，激发大学教授亨伯特对她展开引诱和追逐，从而使这部小说出版之初就引起轩然大波，成为文化界一桩著名的公案。可见，青春期是跌宕起伏的人生历程，令许多作家对它心驰神往，从而为世人留下美妙或凄婉的篇章。

麦卡勒斯《婚礼的成员》中的弗兰淇，是一个青春期"假小子"形象。该小说出版之时，西方理论家对于成长小说的研究已经趋于成熟。无论在国内还是国外学界，人们对于成长小说及其理论一直以来不乏关注，也涌现出了相当多的成果。而对于"青春期"这一具体概念的探究，往往与成长主义（developmentalism）密不可分，一些相关研究成果值得提及和借鉴。1904 年，霍尔在《青春期》（*Adolescence*）一书中首次创造了同名术语，他强调个体在孩提时代之后，将经历一场新生，这就是青春期，它是一个转型期（a period of transformation），将对未来生活产生关键性影响。① 由此可见，在儿童时代——青春期——成年的人类发展体系中，青春期位居正中，起着承上启下的决定性作用，不仅具有重大的实践性意义，而且需要提升到理论高度加以洞察和研究。南希·莱斯克追踪了人类成长主义与种族主义思想的渊源，认为这一点在 20 世纪早期的名著《存在之链》（Great Chain of Being，1976）中被概括得很详尽。此类图式表明：非白人等同于儿童，两者同样发育不全、与现代社会格格不入；而在青春期中，白人儿童却能超越恶的本性，变成社会中具有生产力的成员。在这样的假设中，白人少年不仅是进步性和现代性的社会标记，还具有与生俱来的种族优越性。② 卡普兰和勒博维奇合作的《青春期：心理透视》，称青春期是人人都要经历、较为混乱的转型期，处于相对稳定的孩提时代和成人世界之间。在他们眼中，人类成长这样一来势必经历变动，从原生家庭中心理平稳的孩童，经由无法避免跌宕起伏的青春成长期，才能迈入具备独立意识的成年生活。③ 史莱格尔和巴利这样来解读"青春期"概念：它是人类社会的必经阶段，介于无繁殖力的儿童和有繁殖力的成人之间。④ 综合以上各位专家对"青春期"概念的界定和分析，人们可以得出结论：转变和失衡，是青春期这一理念的核心，也是基本叙事进程的推动力。正如查特曼所总结的那样：青春期被叙事理论家称作核心（kernel），这种核心又可以被看作结构中的节点

---

① G. Stanley Hall, *Adolescence*; *its Psychology and its Relations to Physiology*, *Anthropology*, *Sociology*, *Sex*, *Crime*, *Religion and Education*, New York: D. Appleton and Company, 1904, p. 589.

② Nancy Lesko, *Act Your Age*!: *A Cultural Construction of Adolescence*, New York: Routledge, 2001, p. 107.

③ Gerald Caplan and Serge Lebovici, *Adolescence*: *Psychosocial Perspectives*, New York: Basic Books, 1969, p. 1.

④ Alice Schlegel and Herbert Barry, *Adolescence*: *An Anthropological Inquiry*, New York: Free Press, 1991, p. 198.

（nodes）或中枢（hinges），是促使进程向着可能目标挺进（成年阶段）的转折点，本质上是由事件张力不断累积形成的核心（cruxes）叙事时刻，因而是意义重大、不容忽视的。

《婚礼的成员》是关于青春期女孩的成长故事："一切从弗兰淇十二岁时那个绿色、疯狂的夏季开始。这个夏天，弗兰淇已经离群很久。她不属于任何一个团体，在这世上无所归附。弗兰淇成了一个孤魂野鬼，惶惶然在门与门之间游荡。"① 《心是孤独的猎手》中的少女米克处于惶惶不可终日的青春期，而《婚礼的成员》中的弗兰淇同样无法避免青春的痛楚，惶惑和惶恐是她们年轻生命的标志。根据霍尔的理论，"夏天"和"12 岁"富含文化意义：夏天在春天之后、秋天之前；12 岁是青春期，处于孩提和成年之间，在心理、肉体、社会层面都是个特别阶段。12 成为阈限值（liminal figure），不可避免面临变革的困惑（a battery of changes）。尽管青春期随着时代进步年龄放低了，也由于地域不同而定义不同，但在专家的图解中，12 岁应该是青春前期（prepubescent）或青春期年龄。② 小说开篇那句话，乍一看非常自然、毫无问题：夏天紧随春天之后，青春期之后是成年，青春期是善感多变的阶段，这些都是无可辩驳的事实。但人们若仔细推敲，会发现这句话其实也可以用来颠覆时间的规范性，从而体现时间的编码和建构特性。它将季节和成长时段并置，提醒人们成长主义的本质是高度隐喻化的，而不是纯粹科学性和客观性的。它指出，成长主义实质上是建构性（constructedness）和可塑性的，我们无法表达（our poverty of term）身体变化实际过程的唯一性和稳定性。就在 1959 年，科尔一方面称青春期是"极其美丽的春天"（awful

---

① ［美］卡森·麦卡勒斯：《婚礼的成员》，周玉军译，上海三联书店 2005 年版，第 3 页。

② G. Stanley Hall, *Adolescence*; *its Psychology and its Relations to Physiology*, *Anthropology*, *Sociology*, *Sex*, *Crime*, *Religion and Education*, New York: D. Appleton and Company, 1904, p. 477.

springtime of beauty），另一方面又批判它是"羞耻的季节"（season of shames）。① 可见，季节性（seasonality），被人们用来指代青春期，早已是不争的事实，因为两者之间的相似点非常明显，都运用广泛而无法精确，都具备变动不居的特征。

　　美国城市化语境中的青春期少女弗兰淇，和麦卡勒斯书中的其他年轻人一样，都在等待时机离开相对闭锁的美国南方乡村。学界常常将麦卡勒斯笔下的主要人物，放置到同性恋框架中审视，而正处于青春期的"假小子"形象弗兰淇，其实已经在同性恋和异性恋之间徘徊。她还没有进入性取向明朗的成年阶段，但有一些行为已经初露端倪，显示出她对异性恋主流意识形态的抗拒。尽管就麦卡勒斯本人而言，在《心是孤独的猎手》一举成名后就成为纽约社交界的宠儿，也成为布鲁克林高地同性恋聚居地的一员，但美国城市化背景下的南方依然为异性恋思想所主导，这一点她经过亲身经历后是深有体会的。简言之，相较于北方城市相对多元化和包容性的氛围，南方此时越发显得闭塞和落后，其性别主义和种族主义意识形态都根深蒂固，严重遏制了弗兰淇之类青少年的身心发展，令他们举步维艰、度日如年，于是迫不及待想要逃离这块"禁锢之地"。而所有这一切，在《婚礼的成员》中都通过一个个栩栩如生的青春期身体意象呈现出来，凸显成长叙事和成长主题。正如法耶所观察到的：美国畸零人（American Freaks）关系到异性恋和同性恋之间的分界线（eroding line），这在《婚礼的成员》中达成多侧面解读；它聚焦于南方"假小子"弗兰淇，她长时间执着于其兄的婚礼，死死抓住性成熟和种族平等的幻想，并在两个人陪伴下完成此举，一个是六岁的女性化人

①　Norman Kiell, *The Adolescent through Fiction*: *A Psychological Approach*, New York: International Universities Press, 1959, p. 13.

物约翰·亨利，另一个是中年女厨贝利尼斯。① 弗兰淇期望参加哥哥的婚礼，并且从此和哥哥、嫂子组成永不分离的整体，体现麦卡勒斯终其一生梦想的"我的我们"（we of me）组合。"假小子"弗兰淇想挤进婚礼成为其中的一员，不能理解成她在寻求自身未来的异性恋模式（一般意义上的女性成长小说和婚恋情节都喜欢如此结尾），而是代表了她的自我发现或自我失落。这一切都在她自己、哥哥及其新娘充满想象和冒险的共同未来中发生，而三个人共享未来的幻想空间，既可以是阿拉斯加，也可以是法国和缅甸。弗兰淇的孤寂状态一目了然，她为自己策划了一场乌托邦的出走：她准备到了婚礼现场就再也不回南方了，而是随着哥哥及其新娘去展开激动人心的世界之旅——与米克一样，弗兰淇也时时刻刻梦想着逃离南方农村，因为这儿一直以来都停滞不前。"弗兰淇气疯了，觉得自己孤苦伶仃，四处碰壁。战争和世界这两样事物，都太过动荡、太过浩大，都是那么让人想不明白。长时间地思索世界的事让她暗暗心惊。她不是怕德国人或者炸弹或者日本人，她害怕，是因为战争拒绝她的参与，因为世界似乎不知何故将她抛在了一边。"②

弗兰淇对美国南方异性恋父权制的抵抗，至少可以从三个方面体现出来。其一，弗兰淇对于"婚礼"这一重要仪式的实质懵懂无知，表明她漠视社会象征秩序中的既定规范。在小说的第一部分，弗兰淇曾追问贝利尼斯："告诉我……快点告诉我'它'究竟是什么？"（Tell me.... Tell me exactly how it was.）③ 这句话就像小说开篇的第一句话那样，读者和弗兰淇一样，对"它"代表的所指都摸不着头脑，不明白它

① Thomas Fahy, "'Some Unheard - of Thing': Freaks, Families, and Coming of Age in *The Member of the Wedding*", *Peering Behind the Curtain: Disability, Illness, and the Extraordinary Body in Contemporary Theater*, Ed. Thomas Fahy and Kimball King, New York: Routledge, 2002, pp. 68 – 83.

② ［美］卡森·麦卡勒斯：《婚礼的成员》，周玉军译，上海三联书店 2005 年版，第 24 页。

③ Carson McCullers, *The Member of the Wedding*, New York: Mariner Books, 2004, p. 28.

指代的是什么。贝利尼斯的回答更让人如堕云里雾里："你知道的……你明明见过他们。"（"You know! ... You seen them."）① 从贝利尼斯的反应来看，这仿佛是一件再清楚不过的事情，弗兰淇早就应该了如指掌。但弗兰淇就是不解风情、不谙世事，于是作为女佣和知己的贝利尼斯，不得不做出详尽的解释："今天上午你哥哥和新娘来晚了，你……从后院飞快跑过去看他们。我还注意到你突然折回，穿过厨房直接跑回你房间。当你下来的时候，已经穿上了蝉翼纱裙子（organdie dress），唇膏擦得足有一英寸那么厚……晚餐后，你哥哥和新娘乘坐三点的火车回冬山（Winter Hill）。婚礼将在这个周日举行，事情就是这样。"② 贝利尼斯的解释告诉人们：她和弗兰淇是完全不同的两类人，不能用老少和黑白来形容这种区别，从性别主义层面来看，应该说贝利尼斯是主流意识形态的代言人，而弗兰淇则是社会象征系统的局外人。她们举行这场对话的时候，婚礼还没有举行，但贝利尼斯却赋予它未来真实性和目的性，暗示异性恋婚姻是一个人最理想的结局。品格利认为：浪漫的婚礼场景，一直是传统小说的象征中心和理想收尾。③ 西方文学和中国文学在这一点上有共同之处，都希望作品有圆满结局，让读者收获皆大欢喜的快感。莎士比亚的名剧《仲夏夜之梦》（A Midsummer Night's Dream，1596）中，两对年轻的情人在历经磨难之后，终于在最后走入婚姻殿堂。简·奥斯丁的《傲慢与偏见》（Pride and Prejudice，1813）和《爱玛》（Emma，1815）等小说，充斥着各种误解和纷争，致使男女主人公遭受心灵磨难，但好事多磨，最终还是以喜结连理的方式满足读者的期待。夏洛特·勃

① Carson McCullers, *The Member of the Wedding*, New York：Mariner Books, 2004, p. 28.
② Ibid. .
③ Allison Pingree, "'Copying the Wrong Pieces'：Replication and the Mathematics of Togetherness in *The Member of the Wedding.*" *Reflections in a Critical Eye：Essays on Carson McCullers*, Ed. Jan Whitt. Lanham, MD：UP of America, 2007, pp. 77–87.

朗特的《简·爱》（*Jane Eyre*，1847）中的同名主人公，与桑菲尔德庄园的富家子弟罗切斯特门不当户不对，但简·爱不畏权贵和偏见，勇敢地追寻自我人生，几经辗转后回到罗切斯特身边，从此过上幸福的婚姻生活。《婚礼的成员》中的贝利尼斯，向弗兰淇灌输的，正是这种以结婚为目的的生活规范。贝利尼斯用现实主义方式来描绘还未发生的婚礼细节，其口吻是毋庸置疑、无可辩驳的，完全站在主流意识形态的立场中。"婚礼将在这个周日举行，事情就是这样"，表明人们预期中的生活就该如此，婚礼是意义重大的特殊时刻，是生活应该拥有的美好结果。在贝利尼斯的想象中，既然步入成年的人们理应对婚礼事件心知肚明，那么弗兰淇也该把它当作未来理想来规划，并最终将这个梦想付诸实现。

而实际上，弗兰淇违背了贝利尼斯对她的预期。在贝利尼斯所代表的成人象征秩序中，社会期待白人女性走出假小子形象，希望她们与白人青年男子出双入对。但显而易见，弗兰淇对贝利尼斯解读的社会秩序嗤之以鼻，她还没有内化那一套象征体系，不认可"A 之后必然是 B"的等级次序，也不认可青春期之后必然是成年和婚礼。在她看来这些都不是自然而顺理成章的，而是完全可以逆转和千变万化的——主流意识形态的象征符号对她完全不起作用。值得一提的是，1946 年《婚礼的成员》出版之时，"婚礼"正呈现出崭新的文化意义：美国劳动大军中涌现出大批中产阶级白人妇女，而男女同性恋者则公然采取越来越激进的行为，"婚礼"所喻指的异性恋主流价值观，在这样的社会语境下充满了讽刺意味。而弗兰淇对"婚礼"象征意义一知半解，说明她对美国南方思想体系（异性恋观念是其中的重要组成部分）的抗拒姿态。

其二，《婚礼的成员》惯用"三分结构"（tripartite structure），对异性恋的成双成对（heterosexual pairing）模式提出挑战。这部小说对于三分结构，似乎有着异乎寻常的兴趣。有些评论家注意到，弗兰淇的情感归属总是以三重奏或三人行（trios）的形式出现，而不是以二重奏或二人行（duos）的模式展开。比如弗雷曼和雷歇尔·亚当斯就指出，弗兰淇一直以来向往加入哥哥及其新娘的行列，从而成就她梦寐以求的"我的我们"三人组合，彰显了麦卡勒斯对以下社会现象的批判态度：一夫一妻的异性恋形式为人们所津津乐道，而非异性恋现象受到公众口诛笔伐。① 就《婚礼的成员》主要人物而言，它聚焦于弗兰淇、贝利尼斯、约翰·亨利三人，他们年龄、肤色、性别都不同，却推心置腹、关系密切，形成一个奇特而怪异的三人组合（queer trinity）。在落后乏味的美国南方小镇上，在母亲早逝、父亲忙碌的弗兰淇家中，这三个人只能互相陪伴获取温暖，用一场场仿佛无休无止的谈话，来消磨夏天漫长而无聊的岁月。"他们三人常常坐在厨房的餐桌旁，批评造物主以及上帝的杰作，有时候他们的声音此起彼伏，三人世界交叉重合在一起。"② 这些对话貌似家长里短，实际上意义非凡，它们涵盖了作者麦卡勒斯对社会重大问题和个体人性层面的思考，涉及种族、性别、阶级、战争、伦理、存在等众多议题。该小说的实际空间主要设置在弗兰淇家的厨房，是个狭窄而沉闷的意象，其社会空间和心理空间却延伸得十分广阔。

就命名系统而言，弗兰淇给自己先后取过三个不同的名字，以此背离主流意识形态预期的经典叙事和成长模式，具有深远的文化意义。青春期女主人公在本书的第一部分名为"弗兰淇"（Frankie），到了第二部分就变成了叙述者口中的"杰丝敏"（F. Jasmine），在第三部分又毫无征兆地摇身一变为"弗朗西斯"（Frances）。龚萨雷·格罗巴指出：F. Jasmine 这个名字包含了名（first name）和中名（middle name），遵循

---

① Rachel Adams, "'A Mixture of Delicious and Freak': The Queer Fiction of Carson McCullers", *American Literature*, Vol. 71, No. 3, 1999, pp. 551 – 583.

② Carson McCullers, *The Member of the Wedding*, New York: Mariner Books, 2004, p. 98.

了给男性命名的传统。① 换句话说,弗兰淇给自己改名为"杰丝敏",表明她根本无心迎合南方小镇对她女性气质的期待。人们设想:那些青春期中的"假小子"们,尽管她们当前的行为举止缺乏女性特质,甚至免不了特立独行、为所欲为,但总有一天她们会被纳入正统轨道,按照社会习俗循规蹈矩地生活。弗兰淇显然比人们预想的还要离经叛道,她把原来的名字改成 F. Jasmine 是一个很好的例证,而她的第三个名字所蕴含的叛逆意味,同样值得人们关注和思考。肯斯沙夫特作了这样的分析:"弗朗西斯"与"弗兰淇"相比,也许少了一些男孩所具有的攻击性意味,听起来也显得更加正式化,但读起来很容易让人联想到双性同体概念。② 这样一来,人们对弗兰淇按正常成长轨迹步入女性行列的期待,就不免落空了,而弗兰淇等人对南方一系列父权制传统的抵制,也折射出这些规范制度的非人性化,于是逃离南方成为很多人的迫不得已之举。

就《婚礼的成员》文本的结构和内容而言,也分成三个部分,但它们采用了戏仿和颠覆的悖论策略,同样将矛头对准异性恋意识形态主导下的南方社会。该小说的叙事结构安排非常精巧,将文本的三个主要部分和弗兰淇的名字变化呼应起来。在篇幅设置上,中间的"青春期"是重头戏,整整占据了 90 页,而第一部分和第三部分分别只有 44 页和 20 页。进入 20 世纪以来,人们越来越意识到青春期的重要性,对它的关注也越来越多,无论在社会学和文学领域都出现了丰富的研究成果。作为 20 世纪上半叶美国南方的重要作家,麦卡勒斯与这种时代趋势一脉相承。这部小说将青春期的过程拉得如此漫长,正是麦卡勒斯小说的一个总体

---

① Constante González Groba, "The Intolerable Burden of Femininity in Carson McCullers, The Member of the Wedding and The Ballad of the Sad Café", *Atlantis*, Vol. 16, No. 1 – 2, 1994, pp. 133 – 148.

② Lori J. Kenschaft, "Homoerotics and Human Connections: Reading Carson McCullers ' As a Lesbian'", *Critical Essays on Carson McCullers*, Ed. Beverly Lyon Clark and Melvin J. Friedman, New York: G. K. Hall & Co., 1996, pp. 220 – 233.

特征，也是她本人痛楚而冗长青春期的艺术表征。叙述者在第二部分如此来评论女主人公："单单那一天就和长长的过去以及璀璨的未来同等重要，就像铰链对于开关门的重要性一样。"① 这里强调的就是起着枢纽作用的青春期，它在过去和未来之间承上启下，对人的一生有着不可估量的功效。在这至关重要的中间部分，"三分结构"照样存在，"青春期"章节又细分为早青春期、中青春期和晚青春期。瓦特伯格在《青春期有何特殊性?》中是这样来界定的："正如我们在西方文化中所看到的那样，大部分年轻人都要在青春期中经历三个迥然各异的阶段。"② 按照惯例，成长模式应该遵循平稳（stasis）—失衡（disequilibrium）—平稳（stasis），它们分别对应的人生时段是孩提时代—青春期—成年时期。也就是说，青春期对于绝大多数青少年来说是最骚动不安的，如果能顺利过渡到成年，那么很可能从此过上安稳的日子。然而《婚礼的成员》的青春期却背道而驰，与以上常规见识相向而行，沿袭的是失衡—平稳—失衡的路数。弗兰淇在第一部分受困于酷热的夏天而百无聊赖，唯一的消遣是和贝利尼斯、约翰·亨利围桌而谈、东拉西扯，其生活充满无趣和混乱。哥哥的婚礼让她突发奇想，要和哥哥及其新娘远走高飞，再也不返回这个乏善可陈的闭塞小镇。这样的想法让她在小说第二部分精神焕发，觉得崭新的生活已经指日可待，于是兴高采烈地走上大街，向认识或不认识的人行正式告别仪式。应该说这时候她的心理是平衡的，她的情绪是异常高涨的。她还得意忘形地向一名青年士兵献殷勤，令他误以为她是应召女郎，幸亏到了关键时刻她落荒而逃，才避免了一场士兵侮辱未成年女性的悲剧。弗兰淇期盼已久的那场婚礼发生在第三部分，在小说中以迅雷不及掩耳之势结束，留给弗兰淇的只有杂乱无章，仿佛刚刚经历

---

① Carson McCullers, *The Member of the Wedding*, New York：Mariner Books, 2004, p. 61.

② William Wattenberg, *The Adolescent Years*, New York：Harcourt, Brace, 1955, p. 1.

了一场从未有过的噩梦。新郎和新娘绝尘而去，踏上幸福的蜜月旅程，毫不理会弗兰淇的绝望呼喊，只留下她歇斯底里地哭泣。小说内容违背了程式化的青春期叙事，揭示了弗兰淇成长之路的曲折性。南方社会为女性预设的成长模式和异性恋结局，都遭到了弗兰淇的解构，暗示了她不走寻常路的初衷。

在叙事策略上，麦卡勒斯采用自我指涉的方法，将《婚礼的成员》中的美国南方设置成了一块"孤绝的飞地"。根据这部小说的题目所示，故事的高潮部分应该是"婚礼"，然而这个理所当然的华彩乐章却被草草带过："接下来的几个小时难以言说。婚礼像一场梦，一切都发生在她无能为力的世界里。从她稳重有礼地和大人们握手的那一刻起，到最后，当这个破灭的婚礼结束，她看着汽车载着他俩从身边离去，她扑倒在烫得嗞嗞作响的尘土中，最后一次喊出来：'带上我！带上我！'——从头到尾，这场婚礼就如噩梦一样失控。"① 所以该书开篇的那句"一切从弗兰淇十二岁时那个绿色、疯狂的夏季开始"中的"开始"（happen）一词，其主语并非指的是书名中的关键词"婚礼"，而是指涉此前整整两章内容中弗兰淇对婚礼的幻想，以及此后弗兰淇回到南方小镇的后续生活。回来后，弗兰淇对那场她期盼已久的婚礼绝口不提，而文本中的全知全能叙述者却不断提及它，"青春叙事"（adolescent narrative）的预期目的性（青少年的成长进程）随之被解构。《婚礼的成员》的中心事件很快结束，但麦卡勒斯却不厌其烦地运用回溯手法，去一再重温该事件的前奏和余波。这种对同一场景的重复手段，起始于开篇时弗兰淇在门口犹豫再三的情景，她一片茫然完全不知何去何从，实际上消解了传统成长小说的阅读期待。随之，向前推进的叙事进程和青少年成长都受到阻碍，

---

① ［美］卡森·麦卡勒斯：《婚礼的成员》，周玉军译，上海三联书店 2005 年版，第 146 页。

小说系统性地偏离了成长小说的情节模式，因为弗兰淇最终并没有获得认知提升，而是成为一个彻头彻尾的笑话。[1]

像《心是孤独的猎手》中的米克一样，弗兰淇虽然殊死抗争以摆脱南方的空间束缚和地域文化，但最后还是以失败而告终。让我们再回顾一下《婚礼的成员》的开篇："It happened that green and crazy summer when Frankie was twelve years old."[2] "it"在这儿究竟指的是什么呢？所谓仁者见仁智者见智，它引起人们多种猜测和解读。除了上文中的一种解读，在笔者看来，此句中的"it"应该还表明弗兰淇的"自我觉醒"：南方象征体系寄希望于弗兰淇之类的青春期"假小子"形象，期盼她们按部就班地长大成人、蜕变为理想的南方淑女；但在那个12岁的夏天，纷至沓来的一系列事件让弗兰淇产生顿悟，领会到南方主流价值体系束缚人性的本质，从而拒绝线性叙事和成长规范。她期待走出南方，期待和哥哥及其新娘远走他乡，以此被外面广阔而精彩的世界所接纳。然而事与愿违，任凭第二次世界大战在远方呼啸，任凭城市发展一日千里、活色生香，弗兰淇等人还是被困在了南方小镇，成为彻彻底底的社会"畸零人"。在小说结尾处，几乎形影不离的三人组合之一——约翰·亨利惨死，更衬托出弗兰淇的暗淡心境。

> 约翰·亨利惨叫了三天，他的眼珠倒插进眼角回不来，什么都看不见了。到最后他躺在那里，头向后弯，已经失去了尖叫的力气。他死于博览会结束后的那个星期二，一个金光灿灿的早晨，有着最多的蝴蝶，最晴朗的天。

---

① Pamela Thurschwell, "Dead Boys and Adolescent Girls: Unjoining the Bildungsroman in Carson McCullers's *The Member of the Wedding* and Toni Morrison's *Sula*", *English Studies in Canada*, Vol. 38, No. 3 – 4, 2012, p. 111.

② Carson McCullers, *The Member of the Wedding*, New York: Mariner Books, 2004, p. 3.

在这期间，贝利尼斯请到了一个律师，去监狱里探望了哈尼。"我不知道自己造了什么孽，"她一直在说，"哈尼出了事，现在又是约翰·亨利。"至此，弗兰西丝还是有些不相信。但到了那一天，她被送到奥佩莱卡的家族墓地，那个同样葬着查尔斯大叔的地方，她看到棺材，然后才明白。他有一两次在噩梦里造访过她，像从百货公司橱窗里逃出的假孩子，蜡一样的腿，行走间只有关节能动，蜡一样的脸皱巴巴的，惨淡地描着颜色。他一直朝着她走过来，直到恐惧将她警醒。但这种梦只有过一到两次。现在的白天被雷达、学校，还有玛丽·利特约翰占满。她记忆中的约翰·亨利更多是以前的样子，如今她已很少感觉到他的灵魂出现。只在早晚时分，或者当那非常的静默降临到屋里时，他才偶尔显身——阴郁、灰白、徘徊不去。①

《心是孤独的猎手》中的米克和哈里是"假小子"和"娘娘腔"的绝妙组合，《婚礼的成员》中的弗兰淇和约翰·亨利同样如此。这样的青春期"假小子"和"娘娘腔"人物形象，以心心相印的同盟军形式出现，揭示了城市化和现代化情境中依然戕害人性的美国南方社会体制。在以上两部作品中，"假小子"占据着主导地位，是典型的圆形人物（round characters）；而"娘娘腔"则起着辅助和衬托的作用，是漫画式的扁平人物（flat characters）。哈里得以逃离乡村、从此在城市安营扎寨，更加反衬出米克在农村的困顿处境；而约翰·亨利之死如此触目惊心，更加强了弗兰淇留守南方的无奈心情。

---

① ［美］卡森·麦卡勒斯：《婚礼的成员》，周玉军译，上海三联书店 2005 年版，第 216 页。

三　爱密利亚：酷似北方城市新女性

麦卡勒斯、韦尔蒂、奥康纳都是美国南方女作家中的领军人物，她们都曾在不同场合论及这样的事实：怪诞性充斥在她们的虚构小说中，尤其在女性人物的身上体现得淋漓尽致。具体来说，韦尔蒂就其短篇小说集《绿帘》（*The Curtain of Green*，1941）做过访谈，她认为："我确实需要所谓的怪诞性（grotesque），我希望通过人物形体上的与众不同来显示他们的精神实质，对我来说很直截了当。"① 在散文《开花的梦，写作笔记》中，麦卡勒斯写道："我之所以选择怪诞性人物来描写，主要是基于爱——身体缺陷往往象征着精神残缺，表明人们对爱与被爱的无能为力。"② 奥康纳在散文集《推理小说和风尚喜剧》中，旁征博引其作品与美国南方怪诞性传统之间的渊源，包括《小说作者与他的国家》（*The Fiction Writer and His Country*）和《南方小说中的某些怪诞性层面》（*Some Aspects of the Grotesque in Southern Fiction*）。③ 怪诞性和哥特传统一直为南方作家们所推崇，不仅在以上女作家的谋篇布局中随处可见，也在其他男性作家的笔下闪耀着独特光芒，比如福克纳在塑造人物时也酷爱此道。正如南方作家阐释的那样，怪诞性凸显某类人群外表的丑陋、不协调，目的是要展示其精神扭曲、格格不入。与正统规范无法和谐相处的人，势必沦为社会边缘人和畸零人，他们举步维艰的点点滴滴生活情境，可以折射出社会体制的不公正、不健全。

---

① Eudora Welty, *Conversations with Eudora Welty*, Ed. Peggy Prenshaw, Jackson：UP of Mississippi, 1984, p. 84.

② Carson McCullers, "The Russian Realists and Southern Literature", *The Mortgaged Heart.* Ed. Margarita G. Smith, Boston：Houghton Mifflin, 1971, p. 280.

③ Flannery O'Connor, *Mystery and Manners*, Ed. Sally and Robert Fitzgerald, New York：Farrar, Straus, & Giroux, 1997.

《伤心咖啡馆之歌》是麦卡勒斯的扛鼎之作。这部小说主题深邃，出场的人物却不多，女性形象似乎只有爱密利亚小姐一个。在中外文学经典中，作家们倾向于刻画美丽动人的女主人公，以此来吸引读者的关注和同情，从狄更斯的《远大前程》（*Great Expectations*，1861）、哈代的《德伯家的苔丝》（*Tess of the D'Urbervilles*，1891），到德莱塞的《嘉丽妹妹》（*Sister Carrie*，1900）、菲茨杰拉德的《了不起的盖茨比》，概莫能外。极少数的特例包括《简·爱》的同名主人公，其外貌极其平凡，但她的举手投足却不乏女性气质，性格则呈现出绵里藏针般的倔强和刚强。而爱密利亚小姐却完全不同，无论长相、举止、行事都不符合当地的女性规范，被人们普遍认定为异类。且看她的外表："她是个黑黑的高大女人，骨骼和肌肉长得都像个男人。她头发剪得很短，平平地往后梳，那张太阳晒黑的脸上有一种严峻、粗犷的神情。即使如此，她还能算一个好看的女子，倘若不是她稍稍有点斜眼的话。"① 爱密利亚小姐整体上看起来就是个"假小子"，长得过于高大和粗壮，更令小镇居民无法接受的是：她一个人生活，从事的都是男人应该干的事情。她经营杂货铺、酿酒厂，她盖厕所、补鸡笼、干木匠活，还能给儿童治病。爱密利亚的梳妆打扮、所作所为，完全颠覆了南方淑女的传统形象，而是呈现出美国北方城市的现代女性姿态。那么美国南方地区对于女性的审美规范是什么？又是何种历史根源导致了这些根深蒂固的象征系统呢？笔者认为，只有厘清了这些历史事实，人们才能明白南方乡村文化与现代性、城市化内涵的疏离，才能理解爱密利亚小姐之类的女性何以被正统规则拒之门外。

历史学家们普遍认同南方淑女模式与种族问题息息相关。即使到了

① ［美］卡森·麦卡勒斯：《伤心咖啡馆之歌》，李文俊译，上海三联书店 2012 年版，第 3 页。

20世纪的民权运动期间，白人保守主义者仍然笃守南方淑女标准，以此确保种族隔离制度长盛不衰。[①] 南方白人妇女长期以来扮演着一种颇具争议的角色，在黑人眼中是飞扬跋扈、喜怒无常的女主人，在白人男性眼中是柔弱纯洁的淑女典范。在奴隶制中，白人农场主时常会对女黑奴产生觊觎之心，后者遭遇强暴的事件层出不穷。个别女主人会和受辱女黑奴结成同盟，来抵制白人男性的进一步侵犯，而绝大部分白人女性则恰恰相反，将一腔嫉妒和怨恨之心统统抛向了女黑奴，令女黑奴的生活更加痛不欲生。在《一个黑奴女孩的生活遭遇》中，哈里特·雅各布斯就提及白人女主人的这种扭曲心态。[②] 类似于这样的黑奴叙事，弗雷德里克·道格拉斯的自传体小说《弗雷德里克·道格拉斯的生活故事》，也对女主人从和善变为凶恶的过程作了详尽描述："毫无根由的毒粉都掌握在她的手中，很快开始了她那恶魔般的行径。在奴隶制的影响下，她原本欢快的双眸因发怒而变得血红；原本甜美的嗓音悦耳动听，随即变得严酷可怖；天使般的面孔也变得像恶鬼一样阴郁。"[③] 根据道格拉斯的表述，是奴隶制摧毁了白人妇女善良天使的形象。很多白人妇女和她们的丈夫一样，对手下的黑奴极尽压榨和侮辱之能事，她们中大多数人都辛勤地帮助丈夫管理财产，对白人男性表现出不分青红皂白地顺从和愚忠。就像《飘》（*Gone with the Wind*，1936）这部小说所描写的那样，单身种植园主之所以娶妻，主要是为了找个帮手管理成群的黑奴和大片的农场。这样，"男主外女主内"的格局就形成了，男主人负责各种外交和买卖事宜，女主人则掌管家中各类事物。书中的埃伦以慈眉善目的女主人形象

---

① Sarah Gleeson – White, "A peculiarly Southern Form of Ugliness: Eudora Welty, Carson Mc-Cullers, and Flannery O'Connor", *Southern Literary Journal*, Vol. 36, No. 1, 2003, p. 47.

② Harriet Jacobs, *Incidents in the Life of a Slave Girl*, Ed. Jean Fagan Yellin. Cambridge: Harvard UP, 1987.

③ Frederick Douglass, *Narrative of the Life of Frederick Douglass*, *An AmericanSlave*, London: Everyman, 1993, pp. 510 – 511.

出现，但现实中的白人女主人普遍与黑奴为敌，而与其丈夫结成联盟，成为白人男主人眼中应该远离黑奴"伤害"的"家中天使"。

白人妇女是许多骇人听闻的美国黑人私刑的始作俑者。白人女主人与黑奴之间的敌对情绪由来已久，等到出门在外广交天下朋友的丈夫回到家中，她们就会控诉黑奴的种种"不端"行为，提议针对黑奴的种种教训措施。惩罚黑奴的实际操作，一般由白人男主人亲自操刀完成，以彰显他们的"家长"权威。"男强女弱"的家庭风格在奴隶制种植园中盛行，白人妇女需要丈夫来维护她们的尊严，更需要他们来保护她们不受暴力侵害。在白人对黑人的所谓惩戒中，"私刑"是最登峰造极的，黑人可以不经由任何法律的许可而被处以私刑。南方奴隶制于1865 年遭到废除，但在内战结束后的重建岁月以及之后的年代里，黑人男性常因为被起诉强暴白人妇女而在极刑中丧生。在白人的种族想象中，非裔美国男性都是潜在的施暴者，所以每一个南方白人男性都有义务去保护他们的妻子、女儿、姐妹、母亲，对男性黑人的提防和惩戒刻不容缓。在这样的历史条件下，白人妇女变得风声鹤唳、异常敏感，稍有风吹草动便会大惊失色，甚至有意无意地将莫须有罪名强加到黑人男性身上。本书前文提及过这样的历史事件：1955 年从芝加哥到密西西比州度假的黑人少年埃米特·梯尔，因为对杂货铺白人女店主吹口哨、说俏皮话而被处以私刑，其时他年仅 14 岁。这一惨剧的发生，点燃了全美国黑人的怒火，引发声势浩大的有色人种抗议活动，对 20 世纪 60年代的民权运动产生直接影响。诸如梯尔这样的冤案数不胜数，美国南方这块土地上埋葬着众多因私刑而死的冤魂，从某种程度上说，白人妇女对这一状况负有一定的责任。南方白人男性们自诩为骑士，宣扬要挺身而出保护他们的女人不受凌辱，这只不过是冠冕堂皇的托词而已。究其实质，白人男性们不希望他们的女人成为欲望的牺牲品，更不希望她们本身有任何性冲动，而是意图把她们打造成无欲无求的"贞妇"，以此守护南方的父权荣誉。

安·古德维尔·琼斯这样来强调南方文化中女性身体的重要性：

> 尊贵的白人妇女身体（在美国南方人眼中）是玉石雕像，是古希腊雕塑，与生俱来是男性艺术的杰作。正因如此，她们的身体需要保护从而远离伤害……对于白人男性来说，淑女形象意味着血脉纯正、种族正统：白人女性的贞洁和无所欲求，能确保白人至上主义和男权中心主义传统得以延续。将女性划分为黑人和白人、淑女和一般妇女，正是白人男性紧紧抓住控制权的一种方式。在白人男子的性别想象中，他们的女人是弱不禁风的，这样更可以保证她们远离世俗欲望，通过保护她们，男性才能够建立自己的绝对权威。[1]

白人男性誓死维护南方淑女传统的意图昭然若揭：他们打着保护白人女性的旗号，实际上是要建构他们至高无上的统治地位。琼斯不仅一语中的地道出了白人男性沙文主义的勃勃野心，还在其他场合谈及南方淑女形象在新时期的变迁。其一，南方白人妇女的形体发生了惊人的变化。如果说过去的她们苗条优雅，那么现在的她们则大相径庭："她们拥有大手、大脚、高高的颧骨，她们四肢细长、胸部扁平，还长着鹰钩鼻和刻薄的双唇。"[2] 在琼斯的描绘中，南方白人妇女的外表从女性典范褪变成双性同体的形象，其女性特征显得模糊不清，似乎失去了让人浮想

---

① Anne Goodwyn Jones, "The Work of Gender in the Southern Renaissance", *Southern Writers and their Worlds*, Eds. Christopher Morris and Steven G. Reinhardt, Arlington: Texas A&M UP, 1996, pp. 49 – 50.

② Anne Goodwyn Jones, *Tomorrow is Another Day: The Woman Writer in the South, 1859 – 1936*, Baton. Rouge: Louisiana State UP, 1981, p. 20.

联翩的魅力。如此乏善可陈的身体外观，在南方作家的书中司空见惯，福克纳、韦尔蒂、麦卡勒斯、奥康纳都曾乐此不疲地描写过。其二，南方白人妇女的衰老速度非常之快，她们有的病体恹恹，有的精神崩溃，有的英年早逝。而所有这一切，都是因为压抑的情绪得不到自我表达，于是她们的痛苦心情恶性循环，在身体上展现得一览无余。①

《伤心咖啡馆之歌》中的爱密利亚，长相和行事都有违南方淑女的传统形象，而是以"假小子"的姿态行走江湖，与美国城市化语境中的现代女性颇为相似。

> 接下去的情形只能粗线条地勾勒一下了。打开了头，爱密利亚小姐只要她男人来到她手够得到的地方，只要看到他喝醉，二话不说就揍。最后她终于把他撵出了家门，他只得在众人面前丢脸出丑了。
>
> ……
>
> 马文·马西的一切财产都落到了爱密利亚小姐手中——他的林地、他的金表、他所拥有的一切。可是她好像并不怎么看重它们。那年冬天，她把他的三 K 党的长袍剪开来盖她的烟草苗。其实，马文·马西所做的一切仅仅使她更富裕，使她得到爱情。可是，奇怪的是，她一提起他就咬牙切齿。她讲起他时从来不用他的名字，而总是嘲讽地说"跟我结婚的那个维修工"。②

爱密利亚小姐公然挑战异性恋关系，对众人遵守的当地"公序良俗"

---

① Anne Goodwyn Jones, *Tomorrow is Another Day*：*The Woman Writer in the South*，1859 – 1936，Baton. Rouge：Louisiana State UP，1981，p. 37.

② ［美］卡森·麦卡勒斯：《伤心咖啡馆之歌》，李文俊译，上海三联书店 2012 年版，第 35—36 页。

不屑一顾，她所表现出的"男性气质"在某些评论家看来是"越界行为"①。汉依也认为：爱密利亚小姐的言行举止，与南方淑女传统相去甚远，而与20世纪40年代的美国新女性有异曲同工之妙："在丈夫马文·马西离开期间，爱密利亚小姐在事业上获得成功，符合20世纪40年代的美国妇女形象，也吻合她们在战争年代的命运神话。"② 爱密利亚小姐在南方小镇上如此格格不入，以至于引来居民们的评头论足、飞短流长，更让罗锅李蒙投怀送抱。李蒙表兄前来投亲的第一天，便让爱密利亚小姐一见倾心，从此她将最好的精神之爱和物质财富送给李蒙尽情享用。然而李蒙却被出狱归来的马文·马西所吸引，这使得爱密利亚小姐惊慌失措，她想出了两个办法来夺回李蒙：一是穿上红裙子展示女性气质，二是和马文·马西进行决斗。在西方文化中，红裙子拥有丰富的隐含意义，象征着猩红的血液和淫荡的女人，具有刻意引诱和媚惑男人的意味。爱密利亚小姐此时此刻的举动，迎合了南方传统中的女性气质，她以此来讨好小镇居民的主流意识，并意图讨得李蒙的回心转意。穿上红裙子的爱密利亚小姐，却在举手投足间露出她那"一双强壮的、毛茸茸的大腿"③，这样的情形令人大吃一惊，人们不禁要问：这究竟是女人还是男人？爱密利亚小姐身着红裙子，获得的效果适得其反，不仅没能得到公众认同融入主流系统，反而因为突兀和怪异被人拒之门外。李蒙也不认可她有意为之的"女性化"，而是在决斗高潮之际帮助马文·马西一举击败她，并与马文·马西联手洗劫了她的财产后远走高飞。

　　爱密利亚小姐的男性化行为方式，在南方小镇上难免被视为边缘人

---

　　① Louise Westling, *Sacred Groves and Ravaged Gardens: The Fiction of Eudora Welty, Carson McCullers and Flannery O'Connor*, Athens: University of Georgia Press, 1985, pp. 110 – 132.

　　② Charles Hannon, "The Ballad of the Sad Cafe and Other Stories of Women's Wartime Labor", *Bodies of Writing, Bodies in Performance*, Eds. Thomas Foster, Carol Siegel, and Ellen E. Berry, New York and London: New York UP, 1996, p. 97.

　　③ Carson McCullers, *The Ballad of the Sad Café*, London: Penguin, 1963, p. 71.

和畸零人。即使她意欲改头换面，也只会显得更加不伦不类，依然无法为传统价值观所接受。其根本原因在于，南方的文化土壤如此封闭、落后，她始终只能徘徊在其外围，没有办法为小镇族群和社会体制全盘接受。她若置身于北方城市生活，以其聪明能干、身强力壮的立身之本，再加上其独立自强的个性，很有可能成就一番惊天动地的事业。她对罗锅李蒙无缘无故的爱，对马文·马西毫无根由的恨，都将她那纯真的"假小子"性格展露无遗。与《心是孤独的猎手》中的米克、《婚礼的成员》中的弗兰淇一样，爱密利亚小姐最后的结局也是困守南方农村。这三个"假小子"人物形象，都曾据理力争以期走出生存困境、实现自我理想（米克希望成为在大都市演奏的音乐家，弗兰淇渴望群体认同，爱密利亚小姐想坚守自己的爱情），但都没能成功到达梦想的彼岸。美国城市化的号角在 20 世纪初已经嘹亮地吹响，但南方农村仍然存在抑制人性的种种清规戒律，致使米克、弗兰淇、爱密利亚等人，从原本生气勃勃、个性十足的"假小子"变为死气沉沉的失意人，从而在南方地区的泥潭里抱憾终生。

第二节　麦卡勒斯笔下男性人物的怪诞叙事

麦卡勒斯善于运用"怪诞之屋"（House of Freaks）来表现她对整个人类命运的理解（her conception of the whole man）。读者和评论家们对麦卡勒斯笔端的怪诞意象从来都不陌生，对她书中那些畸形人（freaks）、离经叛道的人（deviants）、流浪者（outcasts）普遍都能接受，不能不说这是麦卡勒斯的神来之笔所致。在《俄国现实主义作家和南方文学》中，麦卡勒斯认为畸形人表演（the freak show）呈现了美国南方的物质文化："这里到处都是廉价的生命，物件本身和物质条件的价值都被夸大了，生活貌似很丰富的样子。（而实际上）孩子们出生并死亡，即使不死也在生活中挣扎。"[1] 同时，麦卡勒斯还解释了怪诞性意象和人类普遍境遇之间的关联，罗列了南方作家在书写生命和受难主题时所用的策略："其方法简而言之就是：大胆而公开地将一些截然相反的东西并置，比如悲惨与幽默、宏大与琐碎、神圣与猥亵、人类灵魂和物质世界，等等。"[2]

　　麦卡勒斯刻画的怪诞性形象尤其令人印象深刻，女性人物在她的文字中栩栩如生，男性形象也相当令人动容，他们共同构成城市化背景下美国南方的畸零人群像。《伤心咖啡馆之歌》中的罗锅李蒙，对于整部小说的主题起了重要作用。但评论界关于他的阐释资料少之又少，本书意欲把他归类为形体怪异的外来者，进行文化层面的研究。李蒙受到南方小镇主流人群排斥，只能通过各种怪诞性表演来取悦大众，但即使如此也没能融入其中，可见南方社会的排外性和封闭性。《金色眼睛的映像》中的威廉姆斯，可以被视作精神怪诞之人，因为他夜夜潜入军官太太利奥诺拉的房间偷窥其裸体。威廉姆斯本质上是自然之子，是由于受到美的原始驱动才有此行为，但20世纪初的南方社会还是容不下一颗赤子之心，以潘德腾为代表的保守势力最后枪杀了他。《没有指针的钟》里的马龙，在人到中年时不期而遇了一场致命疾病，而其时正值20世纪50年代，美国南方种族矛盾依然一触即发。马龙的白血病和他身边的种族纷争，是引导他走向伦理反省的媒介，疾病在此书中因此有了深邃的隐喻含义。这些人物的外貌特征和生活细节一一浮出水面，展现出一幅幅光

---

[1]　Carson McCullers, "The Russian Realists and Southern Literature", *The Mortgaged Heart*. Ed. Margarita G. Smith, Boston：Houghton Mifflin, 1971, p. 254.

[2]　Ibid. , pp. 252 – 253.

怪陆离的生动画面，美国城市化语境中南方社会的男性全景图随即落入人们的眼帘。

一 罗锅李蒙：形体怪诞的外来者小丑形象

《伤心咖啡馆之歌》中的李蒙表兄在一个午夜时分出现，尽管他形象难看、笨口拙舌，但读者们和麦卡勒斯一样全盘接受了他的怪诞性。面对人们想要探究驼背李蒙背景的好奇心，麦卡勒斯作过解释，传记作家卡尔详细记载道："李蒙表兄这一人物形象的塑造，部分来源于麦卡勒斯在沙街酒吧（Sand Street bar）看见的一个罗锅，酒吧就在布鲁克林高地（Brooklyn Heights），她住在米达大街7号（7 Middagh Street）时常常前去光顾。"[1] 但沃什和马特洛克－泽曼不同意这一说法，而是认为创造李蒙这个人物的灵感来源于神话故事。沃什将李蒙的原型追溯到神话中的重要角色，它们最令人熟悉又千变万化，比如《雪白和玫瑰红》（*Snow White and Rose Red*，1889）和《侏儒怪》（*Rumpelstiltskin*，1812）。沃什用童话故事来描述罗锅李蒙的性情："李蒙酷似这些童话中的小矮人（或侏儒），他代表了变化无常、情绪不稳、具有威胁性的那种人，他与充满危险性和不确定的人对峙，需要当机立断。"[2] 马特洛克－泽曼看待李蒙的视角与沃什相似：李蒙是神话中描写的典型侏儒，他们爱管闲事、喜欢恶作剧，希望在人们中间挑起战争。[3]

---

① Virginia Spencer Carr, *Understanding Carson McCullers*, Columbia: University of South Carolina Press, 1990, p. 55.

② Margaret Walsh, "Carson McCullers' Anti – Fairy Tale: '*The Ballad of the Sad Café*'", *Pembroke Magazine*, No. 20, 1988, pp. 43 – 48.

③ Ellen Matlok – Ziemann, "Southern Fairy Tales: Katherine Anne Porter's '*The Princess*' and Carson McCullers's *The Ballad of the Sad Café*", *Mississippi Quarterly*, Vol. 60, No. 2, 2007, pp. 257 – 272.

　　而卡文德的论文《麦卡勒斯的李蒙表兄：南方风格的卡西莫多》，对罗锅李蒙的人物来源有着不同见解，认为《伤心咖啡馆之歌》和法国作家雨果的《巴黎圣母院》（*Notre Dame de Paris*，1841）形成互文关系，李蒙的原型是丑陋的敲钟人卡西莫多。在《开花的梦想》中，麦卡勒斯说道："有人问我哪些作家影响了我的创作，我回答是奥尼尔、俄国作家、福克纳、福楼拜。"[1] 卡文德指出：虽然雨果没有被提及，但一个涉猎广泛的小说家如麦卡勒斯，闻所未闻或没有阅读过《巴黎圣母院》，也是一件难以置信的事情；雨果这部描写中世纪罗曼史的小说，其男主人公卡西莫多颇负盛名，他以一种神秘的艺术方式注入麦卡勒斯的意识或潜意识，演变成她精雕细琢而成的罗锅李蒙。首先，卡西莫多和李蒙的出生和形体较为相似：卡西莫多当年被遗弃在巴黎圣母院，后来被克劳德·福洛罗（Claude Frollo）所收养，而福洛罗在当地是个有影响力的人物，他把卡西莫多抚养成人，并帮他在大教堂（the great cathedral）找了个敲钟的工作；李蒙不知从哪儿冒出来，自称是爱密利亚小姐的远房表亲，而爱密利亚小姐在当地也颇有威望，不仅收留了他，还让他衣食无忧、宠溺他到无法无天的地步。其次，卡西莫多和李蒙都动作敏捷得像动物：卡西莫多在偌大的教堂里上下自如，灵巧得犹如猴子和山羊，他曾经把一个嘲笑他的学生摔死在冰冷的墙上，轻而易举得就像扔掉一只玩具；眼看决斗将以爱密利亚小姐的胜利而告终，李蒙像老鹰一样从天而降："可是就在爱密利亚小姐掐住马文·马西喉咙的那一刻，罗锅纵身一跳，在空中滑翔起来，仿佛他长出了一对鹰隼的翅膀。他降落在爱密利亚小姐宽阔的肩膀上，用自己鸟爪般细细的手指去抓她的脖子。"[2] 再次，卡

---

[1] Carson McCullers, "The Russian Realists and Southern Literature", *The Mortgaged Heart*, Ed. Margarita G. Smith, Boston: Houghton Mifflin, 1971, p. 278.

[2] ［美］卡森·麦卡勒斯：《伤心咖啡馆之歌》，李文俊译，上海三联书店 2012 年版，第 74 页。

西莫多和李蒙与周围环境都形成了我中有你、你中有我的渗透关系：卡西莫多成为大教堂不可分割的一部分，像教堂一样成为巴黎的社会精神核心，他敲响钟声就是将虔诚传递给民众；李蒙的所居之处虽然并不宏大，仅局限于爱密利亚小姐的咖啡馆，但李蒙而非爱密利亚小姐成了咖啡馆的焦点，成为南方小镇上的社会精神核心。另外，卡西莫多和李蒙都深陷三角恋旋涡之中，表达出飘忽不定的爱情本质：丑陋的卡西莫多爱上美丽的埃斯梅拉达，但她爱着逢场作戏的士兵斐布斯（Phoebus）；李蒙被爱密利亚小姐一眼相中，但他却对恶棍青年马文·马西穷追不舍，而马文·马西的心仪对象是爱密利亚小姐，三人最后以背叛和恶斗的形式分道扬镳。最后，《伤心咖啡馆之歌》和《巴黎圣母院》都采用了双重叙事：一般过去时用来讲述故事，一般现在时用来评头论足、抒发感慨。① 此外，卡文德借用巴赫金的怪诞理论，来说明怪诞性是从世俗到崇高的重要媒介：卡西莫多和李蒙这两个丑陋的罗锅，是形体上未完成的人类标本（unfinished specimens of humanity），都处于成型的过程之中。正如瓦尔德根写道："在叙事进程的某个时刻，卡西莫多表现得很有美感。（这种从丑到美的）转变发生在他拥抱她的那一刻，而这之前他刚刚从绞刑架上救下她，并把她背进了巴黎圣母院。"② 莫斯莱也有相同观感："卡西莫多突然的转变，发生在他救起那女孩并将她带进'庇护所'之际。"③

麦卡勒斯小说的独特魅力，不仅在于她展现了诸多怪诞性意象，更在于她让人物进行怪诞性表演（performance of freakishness）。在《婚礼的

---

① Sandra Cavender, "McCullers's Cousin Lymon: Quasimodo Southern Style", *ANQ: A Quarterly Journal of Short Articles, Notes, and Reviews*, Vol. 26, No. 2, 2013, pp. 109 - 114.

② Kathryn E. Wildgen, "Romance and Myth in *Notre - Dame de Paris*", *French Review*, No. 49, 1976, pp. 319 - 327.

③ Ann Moseley, "Sanctuary and Transformation: Hugo's The Hunchback of *Notre - Dame* and Cather's *Shadows on the Rock*", *Willa Cather Newsletter & Review*, Vol. 51, No. 1, 2007, p. 23.

成员》中，弗兰淇等人参观察塔胡契博览会上的怪物屋："小针头人上蹿下跳，叽叽嘎嘎傻笑，向周围的人群说着粗话，缩了水的头大不过一只橙子，剃得溜光，只在头顶留下一缕头发，用粉色蝴蝶结扎住。最后一间永远人头涌动，这儿展出的是半男半女（Half - Man Half - Woman），一个阴阳人，也是科学上的奇观。这个怪物完全由两个半身拼合而成——左边是男，右边是女。左边穿着半面豹皮纹衣服，右边是乳罩和亮闪闪的裙子。左边脸长着黑胡须，右边脸则白花花地涂着脂粉。两只眼睛同样地怪异。"① 这场畸形人表演中的化妆、服装、姿态都逼真而怪异，令弗兰淇禁不住害怕起来，唯恐自己也变成畸形人中的一员。贝利尼斯宽慰弗兰淇道："哦，你当然不会，我相信基督。"② 这里的言下之意很清楚：怪诞性只不过是表演而已，是把存在状态分为正常与非正常的手段。学界已有多种关于《伤心咖啡馆之歌》和《婚礼的成员》中的女性性别操演（performatiivity of gender）解读，但鲜有文章谈及李蒙的"表演行为"。那么如何来看待李蒙吸引爱密利亚小姐和整个社区的表演技巧呢？他的怪诞性操演结局又如何呢？

首先，李蒙在小说中出场就具有表演意味。

那是个陌生人，陌生人在这样的时辰徒步走进镇子，这可不是件寻常的事。再说，那人是个驼子，顶多不过四英尺高，穿着一件只盖到膝头的破旧褴褛的外衣。他那双细细的罗圈腿似乎都难以支撑住他的大鸡胸和肩膀后面那只大驼峰。他脑袋也特别大，上面是一双深陷的蓝眼睛和一张薄薄的小嘴。他的脸既松软又显得很粗鲁——此刻，他那张苍白的脸由于扑满了尘土变得黄蜡蜡的，眼底

---

① ［美］卡森·麦卡勒斯：《婚礼的成员》，周玉军译，上海三联书店2005年版，第26页。

② Carson McCullers，"The Russian Realists and Southern Literature"，*The Mortgaged Heart*，E-d. Margarita G. Smith，Boston：Houghton Mifflin，1971，p. 273.

下有浅紫色的阴影。他拎着一只用绳子捆起来的歪歪扭扭的旧
提箱。①

　　正如费德勒所说的那样：当怪诞人物或事物在场，人们简直不知道
置身何处，也不知道人生的意义究竟何在。李蒙刚刚在小镇上一出现，
就给人以陌生人和他者的感觉，使得人们对于他的身份一无所知，对他
的年龄也疑惑不解。"镇上没有人知道这个罗锅的年纪，甚至爱密利亚小
姐也毫不知情。有些人认为他刚来镇上时只有 12 岁，还是个孩童，另一
些人则肯定他已经有 40 多岁。他的双眼像孩子那样澄蓝和直白，但蓝眼
睛下面有深深的黑眼圈，这样就暴露了年龄的痕迹。人们是无法从他奇
形怪状的驼背来猜测他年龄的。"② 对于李蒙这个外来者，爱密利亚小姐
和镇上人一开始都冷眼相待，所以当李蒙表明自己正在寻找一个叫作爱
密利亚的人时，她连眼睛都没有抬一下。从这个时候开始，李蒙开始尽
情展现他的表演天赋，以期获得爱密利亚小姐家门廊上这群小镇居民的
认同。他说自己是爱密利亚小姐家的亲戚，但没人相信，于是"他显得
忸怩不安，仿佛都快哭出来了"③。他强调自己母亲的老家就在奇霍——
爱密利亚小姐所在的小镇，说当天他来到镇上时人们才告知他是爱密利
亚小姐的远方表亲。听了这些，爱密利亚小姐依然没有动心，而是认为
他和其他妄图来攀亲的人一样，都是枉费心机。李蒙背起了家谱，并用
颤抖的双手从一堆破烂里找出一张旧照片，力证他的继母和爱密利亚小
姐的母亲是同父异母的姐妹。人们还是不相信李蒙所说的话，随即问他

---

　　① ［美］卡森·麦卡勒斯：《伤心咖啡馆之歌》，李文俊译，上海三联书店 2012 年版，第
5—6 页。
　　② Carson McCullers, *The Ballad of the Sad Café*, London: Penguin, 1963, p. 247.
　　③ ［美］卡森·麦卡勒斯：《伤心咖啡馆之歌》，李文俊译，上海三联书店 2012 年版，
第 6 页。

家在哪里，李蒙根本回答不出来，而是答非所问："我是在到处转悠呢。"① 见自己的说辞和所谓的证据都不能让众人信服，李蒙又换了一种表演方式来争取他们的同情："小罗锅站着，提箱在最低一级台阶上敞着口；他吸了吸鼻子，他的嘴嗫动着……他一屁股坐在台阶上，突然间号啕大哭起来。"② 李蒙的表现，完全不像是成人老谋深算的策划，而是像孩童那样脆弱、直接。他就是用这种孩子气的方式，以较快的速度消除他人的敌意，建立与自身之外世界的纽带。费德勒说过：在马戏团怪物表演（the circus sideshow of freaks）中，畸形人表演不展示现实层面，而是从幕布上表现出如梦如幻的神话性，我们必须抬头向上欣赏。③ 罗锅李蒙同样戴上孩童的面具，给人们上演了一场竭尽全力表演的戏码，终于赢得爱密利亚小姐的同情和认可——他被暂时收留并得到很好的礼遇。

在爱密利亚小姐的咖啡馆逗留期间，李蒙的行为举止仍保有孩童的特质。米利查普观察到：（李蒙）这个侏儒有很多孩子气的举动……他像儿童那样好客、爱看表演——电影、庙会、斗鸡、死而复生的游戏——这能够让人们对他的个性一探究竟，就像他自己那好奇、好斗的未成年人性格一样。④ 沃什将爱密利亚小姐视作李蒙的教父形象（surrogate parent），引导读者关注李蒙的孩童特质：李蒙像孩子那样，在狩猎之旅中对她亦步亦趋，在沼泽地之行中趴在她的背上渡过溪水。⑤ 在李蒙的怪诞性表演中，文本叙述者起了很重要的作用，不时对他的"风头主义"行为

---

① ［美］卡森·麦卡勒斯：《伤心咖啡馆之歌》，李文俊译，上海三联书店 2012 年版，第 6 页。

② 同上书，第 8 页。

③ Leslie Fiedler, *Freaks*：*Myths and Images of the Secret Self*, New York：Simon and Schuster, 1978, p. 283.

④ Joseph R. Millichap, "Carson McCullers' Literary Ballad", *Georgia Review*, No. 27, 1973, p. 335.

⑤ Margaret Walsh, "Carson McCullers' Anti – Fairy Tale：'*The Ballad of the Sad Café*'", *Pembroke Magazine*, No. 20, 1988, pp. 43 –48.

进行点评。比如叙述者认为，罗锅李蒙一出场就会在周围制造一种张力，因为跟这个好管闲事的人在一起，你根本不知道因为什么而受到语言攻击，也不知道房间里会突然发生什么。李蒙的即兴怪诞"演出"，打破了眼前平静和稳定的生活，预示即将发生暴动和灾难的可能性，实际上制造了"狂欢化"氛围。

而"狂欢化"理论是巴赫金①思想的核心内容，是继"复调理论"之后他的又一大贡献。巴赫金在研究拉伯雷②和陀思妥耶夫斯基的创作时发现并提炼了这一理论体系：这是一个未完成的世界，不完美的存在状态不断暴露其中。在巴赫金看来，艺术形式总是服务于人类生存境遇，存在才是文学的首要主题。以拉伯雷为例，他用什么文学策略来表达生活哲理呢？那就是"狂欢化"（the carnival），它将宏大复杂的等级体系降格（come down）成通俗的狂欢节形式，使普通老百姓也全程参与期间，从而消弭种族、阶级、性别等各种差异，抵达和谐、平等、民主的大同世界。巴赫金视线中的拉伯雷小说，仿佛是现实世界中的狂欢（carnivalesque）碎片，拉伯雷在写作过程中信手拈来、水到渠成，仿佛不需要深思熟虑、苦心经营。狂欢化现象的驱动者是人民大众，众声喧哗的是万千百姓的心声，作家只不过是被动的中介，负责把民众渴求平等自由的声音传达出来。小说的作者和主人公都隐而不见了，他们已经为公共广场上民间合唱队的笑语喧天所取代，无形的作者和集体型人物都不再具有私密性和个性化。在这样的哲学框架下，民众在狂欢化中激动万分地喋喋不休，自然地消解了个性气质，呈现出普罗大众的共性特点。

---

① 巴赫金（Mikhail Bakhtin, 1895—1975），享誉世界的苏联文艺理论家和符号学家，所创"对话"和"狂欢"理论轰动西方学界，被认为是 20 世纪最重要的思想家之一。

② 拉伯雷（Rabelais, 1495—1553），文艺复兴时期的法国作家，代表作是长篇小说《巨人传》（*Gargantua and Pantagruel*, 1532—1552）。它分为五部分内容，以讽刺笔法描写了巨人国王及其儿子的神奇经历，表现出众生平等的人文主义精神。

巴赫金早期哲学倾向于将"对话"和"存在"联系在一起考量世界，但在 20 世纪 30 年代对"对话"理论有所冷落，而是转向了"狂欢化"和"存在"的关系研究。因此，巴赫金评论拉伯雷小说的著作，实际上是一本关于"狂欢化"理论的书，它在 20 世纪 30 年代成为他研究真实人类处境的集大成之作。狂欢化是对统治阶层和主流意识形态的反叛，它把主流阶级降格到普通老百姓的层次，在与民同乐中实现众生平等的社会理想。世俗肉身和抽象原理、芸芸众生和位高权重者并置，以这种方式来揭示生存哲学和生命真谛，狂欢化理论实际上解构了等级分明的价值系统。以一种狂欢的方式来体验红尘俗世，"上层"和"下层"的等级体系遭到拆解，本质主义价值观随即轰然倒塌。狂欢化现象在中世纪和文艺复兴时代被称作"快乐的地府"（a merry netherworld），是因为它只能追求精神和文化层面的平等，具有乌托邦性质，而并非在社会体制实际操作上达到民主的高度。巴赫金强调狂欢化的精神本质有悖于西方基督教文化，正因为包含有这样的论断，这本阐释拉伯雷小说的书才被苏联官方学界所接纳，尽管巴赫金本人也冒着政治言论的巨大风险。究其根本，巴赫金的狂欢化理论具有积极意义，它是一种非常普遍的文化现象，从古罗马纵情狂欢的农神节①到当下社会，其理论根基延伸了好几个世纪。正是依据历史上的狂欢节传统，同类型的小说文类才应运而生，这体现了巴赫金敏锐的洞察力。根据巴赫金的理念，狂欢性（canivality）是值得称道的人类特征，当他评价某作家是"深邃复杂的狂欢型人物"时，其实给予了高度赞扬。狂欢性意味着凌驾于一切陈规陋习之上，表明人们对既定道德规范的轻视，这种对生存质量的关注让人联想到 20 世

① 古罗马农神节（Saturnalia），每年从 12 月 17 日开始，共持续 7 天，是年底祭祀农神的大型节日。在此期间，人们举办各种狂欢活动，包括农神庙的兽祭、公共广场上的集体宴会、群体互赠礼物等。

纪初期的俄国酒神节①。20 世纪初，正是俄国文学的白银时代②，巴赫金用如椽之笔描绘了一个诸神退位的年代，因为他理论中的"对话"参与者并不包含神灵在场。他宁愿让普通民众登上社会舞台的中心位置，任由他们高谈阔论、载歌载舞，以此表达主体身份和自由意志。这样，主流集团的统治地位遭到瓦解，其高高在上的姿态遭遇去神秘化，从而彻底变成虚构的幻影。③

在《伤心咖啡馆之歌》中，爱密利亚小姐将杂货铺改成咖啡馆，为小镇居民提供了进行"狂欢化"活动的场所。在这样的狂欢场景中，李蒙扮演着中心人物的角色，因为他要继续取悦眼前的民众，以便得到他们的接纳和认可。在观赏李蒙的怪诞性表演中，人们意识到他谎话连篇，实质上是个不可靠叙述者。如文本所娓娓道来的那样："人人都知道这一点（他惯于撒谎），但他站在那儿，就在咖啡馆的中央，编织谎言、滔滔不绝，还吹嘘能让自己的耳朵扭动起来。"④ 但他外貌特征和言谈举止中的怪异性，又让聚集而来的"看客"们欲罢不能，想进一步探究他到底有何与众不同之处。只要有李蒙在场，人们便能感觉到其"他者性"无处不在，能将他本人与其他普通人区分开来，这一切使得人们兴趣盎然，成为他不折不扣的观赏者，咖啡馆的狂欢气氛随即得到渲染。置身于狂欢人群中，人们的身份地位差别消失得无影无踪，社区的自由、民主、平等似乎触手可得，李蒙渴望被小镇认同的梦想眼看就要实现。只

---

① 早在公元前 7 世纪，古希腊每年 3 月都会举办大酒神节（Great Dionysia），来祭奠酒神狄奥尼索斯。这也是古希腊抒情合唱诗盛行的时代，其戏剧、音乐等艺术形式也随之得到长足发展。

② 人们常把俄国文学分为黄金时代和白银时代：前者包括 19 世纪的一批文学家，比如普希金、莱蒙托夫、托尔斯泰、屠格涅夫、果戈理、陀思妥耶夫斯基等人；后者指的是 20 世纪活跃于文坛的知识分子，比如契诃夫、叶塞宁、马雅可夫斯基、帕斯捷尔纳克等人。

③ N. K. Bonetskaia, "Mikhail Bakhtin's Life and Philosophical Idea", *Russian Studies in Philosophy*, Vol. 43, No. 1, 2004, pp. 22 – 23.

④ Carson McCullers, *The Ballad of the Sad Café*, London: Penguin, 1963, p. 228.

有一个人对李蒙的表演兴味索然，那就是马文·马西，他对李蒙的卖力表现一直以来都不屑一顾。面对马文·马西的冷眼相向，李蒙不但毫不气馁，而且费尽心思去讨好他，迫切希望得到马文·马西的情感回应和认同。李蒙甚至不惜以模仿爱密利亚小姐来取悦马文·马西：他模仿她两条长腿笨拙地行走，戏谑她的斗鸡眼和可笑动作，把她完全置于怪诞人物的境地。此时的读者和小镇居民一样，都是李蒙怪诞性表演现场的观众。很有可能就是李蒙的蓄意模仿，破坏了咖啡馆里笑语喧天的狂欢氛围，因为在模仿秀的进行过程中，连小镇上最愚不可及的人也都呆若木鸡、笑颜顿失。当李蒙费力展示自我的怪诞可笑时，人们对这种表演的性质深信不疑，往往配以笑语喧哗的反应，形成集体狂欢的效果。但当李蒙带着讽刺挖苦的意图扭曲爱密利亚小姐的形象时，情况瞬间就发生了逆转：咖啡馆里的顾客们宛若《婚礼的成员》中的弗兰淇，前者从李蒙的刻意模仿中惊觉自我的怪诞性，后者从畸形人博览会的"怪物之屋"中反观到自身的残缺不全。一场狂欢大戏就此戛然而止，人们的笑容冻结在脸上，预示着罗锅李蒙的身份建构之梦就此破灭。

小镇主体对李蒙的拒绝，意味着他们不肯接受当时的城市化和现代化思潮。李蒙具有"外来者"和"怪诞者"的双重身份，他贸然前来认亲并期待融入小镇社会，其形象与美国工业化和现代化这个"新生事物"可以相提并论：李蒙以制造集体狂欢化的方式，竭尽全力想融入主流社会，以此建立稳固的主体意识和身份归属，然而他在怪诞性表演过程中功亏一篑，最终仍然为大众所抵制；城市化和工业化早就在美国北方和中西部地区蓬勃发展，当它像种子那样被风吹到南方时，却遭遇了一股股阻力，因为南方在种族、阶级和性别等诸多问题上都持保守态度，都紧紧抓住陈规陋习不放手，致使该地区的社会公正性无法实现。在南方小镇的价值体系中，排外主义和封闭主义依然占据上风，人们故步自封、孤芳自赏，却不知道外面世界的发展已是一日千里，所以他们只能沦落为井底之蛙而被时代所抛弃。城市化和工业化浪潮也以狂欢化的姿态出现，小镇居民起初被其热闹的场景所吸引，但当怪诞性表演折射出他们自身拥有的一切丑陋和痼疾时，他们却丧失了在狂欢化中继续追求平等和民主的决心。不得不说，这是南方社会固有的劣根性，它对该地区的政治、经济和文化，都起到了负面作用。

二　威廉姆斯和潘德腾：自然之子与保守势力的对峙

《金色眼睛的映像》是麦卡勒斯唯一一部以军营生活为题材的长篇小说。在谋篇布局上，它含有两条鲜明的脉络：一条主线是潘德腾上尉对下等兵威廉姆斯的暗恋，以及由此带来的枪杀案；另一条主线是兰顿少校和潘德腾夫人的婚外恋，以及由此造成的兰顿夫人早逝。笔者在此前出版的麦卡勒斯研究专著和相关论文中，已经对后者多有涉猎，而对前者尚需展开深入挖掘。

在笔者看来，潘德腾和威廉姆斯分属完全不同的天性：潘德腾属于被欲望腐蚀的堕落人群代表，而威廉姆斯则属于人类堕落前的自然之子。亚当和夏娃偷食禁果而后被上帝惩罚离开天堂、坠落人间的传说，是耳熟能详的《圣经》故事之一，威廉姆斯就是那原初混沌、一派天真的自然人，潘德腾则在红尘俗世的浸染中向着恶的方向越走越远，直至最后沦落为杀人犯。若是把小说中的这两个人物放置到柏拉图的视野中进行观照，那么潘德腾象征着人性中的兽性因子，而威廉姆斯隐喻着人性因子。在《理想国》中，柏拉图认为人类灵魂是由人和多头巨兽共同组合而成：当人性控制住兽性时，生命就呈现出井然有序的稳定局面；而当人性为兽性所掌控时，生活就会变得杂乱无章、一片混乱。① 在《金色眼睛的映像》中，麦卡勒斯对"斯芬克斯"的神话原型意象进行戏仿，并与亚当和夏娃落入凡间的《圣经》故事结合起来考量，以此从善恶本源上探讨这部小说中的代表性男性形象。书中有一段描述，很好地诠释了威廉姆斯与众不同的秉性：

> 在他二十年的人生中，士兵曾有四次自主地作出决定，而且不是出于形势所迫。这四次行动前都以类似的古怪走神为前奏。第一次是不可思议地突然买回一头奶牛。那年他十七岁，犁地和摘棉花攒了一百块钱。用这笔钱他买了这头奶牛，取名为"红宝石"。在他父亲的一头骡农场里，并不需要奶牛。出售牛奶也是非法的，他们临时的牛棚无法通过政府的检查，奶牛产的牛奶却又远远超出这个小家之所需。冬天的早晨，天还没亮男孩就起床了，举着提灯去奶牛的围栏。他一边紧挨着奶牛，一边把额头抵在它温暖的侧腹，柔和而急切地对它低语。他把手围成碗状，伸进泛着泡沫的奶桶，缓缓地喝着。

> 第二件是突然而激烈地宣布他信了主。他总是安静地坐在教堂后排的凳子上，听他父亲的礼拜日布道。可是一天晚上在布道会上，他突然跳上讲台。他用奇异的狂热的声音呼唤上帝，他在地上痉挛打滚。之后有一个星期他都有气无力，此后他再也没有以这样的方式与圣灵相遇。

> 第三件是他犯下的一桩被他成功隐瞒的罪行。第四件便是入伍。②

---

① ［古希腊］柏拉图：《理想国》，郭斌、张竹明译，商务印书馆 1986 年版，第 380—382 页。
② ［美］卡森·麦卡勒斯：《金色眼睛的映像》，常晓梅译，上海三联书店 2007 年版，第 28—29 页。

以上这段描述呈现了威廉姆斯身上可贵的童真。他对奶牛、牛奶的热爱、与圣灵的不期而遇，都是出于本能和直觉、出于自然本性，并没有一丝一毫的做作和经营。他的外表也颇具"自然之子"的特色：他长着古铜色的皮肤，拥有完美无缺的身体线条，在阳光下发出耀眼的光泽，是古希腊和古罗马雕塑家手下"美"与"力"结合的造型。他有着原始人般纯真的外貌和品质，同时也被其他人的天然野性之美所吸引，而对尘世中的各种刻意雕琢无动于衷。他夜夜潜入潘德腾夫人利奥诺拉的房间，在她熟睡之际大胆偷窥其裸体，并非出于冲动和欲望，而是被她野性难驯的气质所征服。实际上，在漫长而神不知鬼不觉地窥视过程中，威廉姆斯的做派类似于圣徒专注于圣像，丝毫不掺杂个人的情欲和邪念。他悄悄地来又悄悄地去，只是带着虔诚的心情对利奥诺拉行注目礼，而没有任何非分之想，也就更谈不上对利奥诺拉产生伤害举动。可见，威廉姆斯这位自然之子，其品性和长相都堪与日月同辉，体现了斯芬克斯原型中的人性因子，也是人类堕落前的光辉写照。

与之相比，潘德腾就是"恶"的代名词。"这世界上只有她一个人知道他本性中某个可悲的缺陷：上尉潘德腾控制不住偷窃的欲望。他一直在抵抗偷拿别人家东西的冲动。好在这个弱点只打败过他两次。七岁时，他迷上了一名揍过他的校园恶霸，于是他从姨妈的梳妆台里偷走了一件老式的存发罐，作为爱的礼物送给那个人。第二次就是在这个哨所，时隔二十七年之后，上尉又一次屈服了。"① 潘德腾天生有偷窃的欲望，即使他在后天接受了良好教育并饱读诗书，也不能克服这一不良嗜好。他的偷窃毛病就像他的同性恋倾向一样，都无法见容于正统

---

① ［美］卡森·麦卡勒斯：《金色眼睛的映像》，常晓梅译，上海三联书店 2007 年版，第 54 页。

习俗，也与他的军官身份和社会威望不相称，因此他必须将这些恶习统统隐藏起来，让军营中的人看不出蛛丝马迹。即使他将隐情掩盖得密不透风，他也骗不了自己真实的内心，各种欲望令他百爪挠心，让他生活得度日如年、痛苦不堪。他的恶还不止于此：他对于妻子利奥诺拉与兰顿少校的偷情行为了如指掌，却始终不闻不问，甚至当兰顿夫人艾莉森前来向他告发并求救时，他也断然拒绝；他歧视兰顿家的菲佣安娜克莱托，对孱弱善良的女性人物艾莉森毫无同情之心……潘德腾是个极度分裂、道貌岸然的高级军官，一方面他是自我欲望的奴隶，另一方面他又将一切真相掩饰得很巧妙，因而主流阶层仍视之为精英和楷模。

　　潘德腾是美国南方白人统治阶级的代表，也是该地区现代化和城市化进程的阻碍力量。潘德腾的家族背景和成长历程，使他成为南方没落贵族中当仁不让的一员。他出生于种植园主的农场上，从小由五个老处女姨妈抚养长大，耳濡目染封建落后的陈规陋习。因此，他的身后拖着一段长长的历史，其中遍布漫长的奴隶制和所谓的家族荣誉。他沉浸在辉煌家族历史的虚假意识中，是旧时代的坚定守护者，根本不欢迎现代化所带来的社会变革。福克纳的"约克纳帕塔法"系列作品，曾刻画了类似的南方传统卫道士形象，在《喧哗与骚动》《押沙龙，押沙龙!》《献给艾米莉的一朵玫瑰》中都有精彩呈现。而另一位美国南方戏剧家田纳西·威廉姆斯，也写过《欲望号街车》(A Street Car Named Desir，1947)、《玻璃动物园》(The Glass Menagerie，1944)等剧本，来展示昔日南方贵族后裔们的局促处境，描述他们如何在过去的记忆中无力自拔，以及他们在新时代面前怎样举步维艰。作为南方白人的后代，麦卡勒斯对家乡的过往风云历史再熟悉不过，对根深蒂固的保守势力一清二楚，其笔下的潘德腾上尉就是拒不接受现代化和城市化的保守分子。威廉姆

斯是一股清新的自然之风，他的出现让潘德腾眼前一亮并心醉神迷，因
为威廉姆斯浑身散发出的自然之美、健康之美，是潘德腾一直都缺失的。
潘德腾对威廉姆斯无比迷恋却又无法得手，久而久之他便由爱生恨，最
终扣动扳机痛下杀手。学者陈雷在解读《比利·巴德》时说道："灵魂处
于自然和谐状态中的比利是美的，反之，灵魂处在分裂状态中的兵器长
即便不是丑的，也必定是大为逊色的。以后者之敏锐，他当然不会感觉
不到漂亮水手的人格吸引力。"① 如果将《金色眼睛的映像》和《比利·
巴德》对比观察，那么前者里的潘德腾和威廉姆斯，恰好对应于后者中
的兵器长和漂亮水手，分别指向残忍腐朽的统治者和超凡脱俗的自然之
子。威廉姆斯代表了社会转型期的新兴力量，集真、善、美三者于一体，
但传统旧势力如此强大，前者最后免不了遭受杀戮和戕害的命运。不无
讽刺的是，潘德腾之流的倒行逆施者明明应该属于精神畸形人之列，但
这一人群习惯于凝视他人，往往把率真的威廉姆斯等人视为小镇畸人。
究竟孰是孰非呢？笔者认为，威廉姆斯的肉体被消灭了，但他自然之子
的精神会引起有识之士的思索。由此，城市化和工业化的步伐在南方受
到阻碍，致使大批当地人离开故土到北方城市寻求生机，而留守下来的
人群也在翘首以盼新生活的到来。

三　马龙和老法官：种族主义语境中的疾病隐喻

与麦卡勒斯的前四部重要小说相比，《没有指针的钟》的格局更显恢
宏。从写作手法上看，怪诞性描写一如既往地引人注目，但象征和隐喻
手法也使得小说精彩纷呈。比如，文本用马龙的疾病贯穿始终，用身体

---

① 陈雷：《〈比利·巴德〉中关于两种恶的话语》，《外国文学评论》2014 年第 4 期。

疾病来影射社会体制的弊端，从而指明人类个体如何获得精神升华，社会制度如何变革才能变得健全。从时代背景来看，小说故事发生在 20 世纪 50 年代早期，此时的美国南方工业化和城市化发展已经趋于成熟。如果说从《心是孤独的猎手》到《婚礼的成员》，南方小镇无一例外都以沉闷、隔绝的意象出现，仿佛被世界所遗弃一样，那么《没有指针的钟》里的米兰小镇，则呈现出现代化的规模。老法官喜欢打高尔夫球、杰斯特爱好飞机驾驶等情节，都表明美国的技术革命也已经推进到了南方地区。从社会政治来看，虽然麦卡勒斯前 4 部长篇小说都涉及性别、种族等问题，但《没有指针的钟》里黑人和白人之间的种族仇恨更加赤裸裸，其中的种族暴力也更加残忍和血腥。主人公之一的白人老法官，酷似《金色眼睛的映像》里的潘德腾上尉，对新时代的滚滚车轮格外不适应，妄图逆历史潮流而动，从而发动气势汹汹的杀戮黑人行径。这些有关种族纷争的文化事件，为随后的黑人民权运动和马丁·路德·金登上历史舞台吹响了号角。

《没有指针的钟》的首句就很不同凡响："每个人都要经历生死，但死法各不相同。"[1]（Death is always the same, but each man dies in his own way.）这令人想起列夫·托尔斯泰《安娜·卡列尼娜》的第一句话："所有幸福的家庭都一样，不幸的家庭各有各的不幸。"麦卡勒斯对俄罗斯现实主义作家涉猎广泛，对陀思妥耶夫斯基和托尔斯泰尤其钟爱，所以她信手将托尔斯泰的名句拿来戏仿，也是情理之中的事。这两段话都富含人生哲理，为整部小说奠定了很高的基调，《没有指针的钟》更是借助戏仿手法，使自身具备借鉴史诗格局的可能性。很显然，麦卡勒斯在这部小说中意图用疾病来隐喻人类社会之痼疾，这样的方法在很多中外艺术

---

[1] Carson McCullers, *Clock Without Hands*, London: Penguin Modern Classics, 2008, p. 7.

家那里并不鲜见。然而，以《恩主》（*The Benefactor*，1963）和《火山情人》（*The Volcano Lover*，1992）等小说著称的美国作家苏珊·桑塔格（Susan Sontag，1933—2004），在其理论批评著作《疾病的隐喻》（*Illness as Metaphor*，1978）中却反对阐释，反对把肉体的疾病诠释为道德分裂和政治压迫所致。在 19 世纪，人们曾将肺结核归咎为激情过剩或过度敏感，常常与多愁善感的艺术家们相提并论。这样的情形常被批评家们借题发挥，用来批判人们所生存的世界何等严酷，而身患肺结核的艺术家们成了波西米亚生活方式的代名词，他们四处漂泊、弱不禁风，多么具有诗意并令人同情！但桑塔格却完全不赞成对疾病过度阐释，而是认为疾病就是疾病，现代社会常见的癌症和艾滋病就是肌体的问题，而不必牵扯过多社会和文化因素。① 桑塔格反对把疾病和社会文化因素联系起来考量，但所谓仁者见仁智者见智，也有很多人对此不敢苟同，弗吉尼亚·娄（Virginia Low）就是这样的学者。在论文《当疾病变成隐喻》中，弗吉尼亚·娄考察了数位蜚声文坛的女诗人和女作家，认为她们身上疾病的隐喻表征在三个方面：第一，儿童或少年时代父亲的缺失，容易使女艺术家长大后心情低迷，而且始终走不出抑郁症的阴影，比如；以《小妇人》（*Little Women*，1868）而为世人所知的美国女作家路易莎·梅·阿尔柯特（Louisa May Alcott，1832—1888），就曾严重缺少父爱：父亲对少时的她苛刻、偏狭，让她产生自我厌恶的感觉，即使成年后要摆脱这种噩梦般的感受也并非易事。第二，原生家庭的不幸，令女性渴望在自身的婚姻里获得安全感和稳定感，但婚后生活的繁忙往往让她们不胜负荷，很可能陷入抑郁和逃避状态中，比如：斯托夫人（Harriet Beecher Stowe，1811—1896）的《汤姆叔叔的小屋》（*Uncle*

---

① 苏珊·桑塔格：《疾病的隐喻》，程巍译，上海译文出版社 2003 年版，第 77 页。

Tom's Cabin，1852）是名作，但她结婚 7 年怀孕 5 次的生活事实恐怕鲜为人知，她在无止无尽的家务中濒临精神崩溃的边缘，只能离家出走来躲避现实；西尔维亚·普拉斯（Sylvia Plath，1932—1963）的名诗《父亲》（*Daddy*，1962），表明父亲虽然在她 11 岁时就去世，但他的影响一直都在，其实普拉斯在生儿育女并遭遇丈夫背叛后自杀，与她小时候的这段经历也不无关系。第三，公共空间和文学威望被男性艺术家所垄断，女作家因此极易陷入抑郁状态，比如：艾米莉·狄金森（Emily Dickinson，1830—1886）似乎在她的书房里优哉游哉地吟诗写作，实际上情况并非如此，她的精神危机既来自与人沟通的渴望，更来自诗作获得公众认可的迫切愿望；伊丽莎白·毕晓普（Elizabeth Bishop，1911—1979）在职场空间中也受到男性作家的挤压而心生抑郁，因为在哈佛大学的文学课堂上，选修毕晓普课程的学生寥寥无几，而菲茨杰拉德等男教师的课堂却座无虚席。弗吉尼亚·娄所列举的这些女作家中，有死于抑郁症和精神疾病的，如伍尔夫和普拉斯都选择了自杀；也有英年早逝并一直离群索居的，如迪金森就是个终生未婚的隐居者。[①] 弗吉尼亚·娄考察了女作家易患精神和身体疾病的深层动因，认为这些病痛与父权制社会中的性别压制等社会现象休戚相关，由此提供了一个可供学界借鉴的有效视角。

在《没有指针的钟》里，马龙身患致命的白血病，其疾病的隐喻可以分为表层和深层两种意义。就表层的疾病隐喻而言，马龙罹患重病后的心路历程与麦卡勒斯本人十分相似。从构思到写作再到出版，《没有指针的钟》花费了麦卡勒斯 10 余年时间，这期间她的身体疾病时常发作，以至于内科医生和朋友们都认为她随时可能死亡。疾病不

---

① Virginia Low, "When Illness Is Metaphor", *Literary Review*, Vol. 31, No. 1, 1987, pp. 53–59.

仅有碍她的行动，还对她的写作造成极大困扰，于是她在朋友介绍下去看了精神病医生玛丽·梅瑟尔（Mary Mercer）。此后麦卡勒斯和梅瑟尔成了终生朋友，后者为前者提供了无法估量的身体和心理帮助，《没有指针的钟》的题记就是献给梅瑟尔医生的。麦卡勒斯尝够了在死亡边缘徘徊的滋味，所以当她把自己的真实体验融入笔端的人物中时，读者们感受到了病人撕心裂肺的痛苦——这种苦痛不仅来自肉体，更源于无穷无尽的精神折磨。麦卡勒斯运用她天才的创造力，融合自身的真切体验，将自己的敏锐感受力和生命节奏与马龙的汇合到一起。在生病前，马龙就呈现出畸形的精神和生活状态：他因为没能完成医学院学业而抱憾终生，因为与妻子感情不太好而失去幸福感，还因为忙于药店生意而每天生活得机械麻木。无论是麦卡勒斯前 4 部小说故事发生的 20 世纪三四十年代，还是《没有指针的钟》里的 50 年代，美国的城市化都处于持续不断的推进过程。像众多从南方农村到北方城市的移民一样，麦卡勒斯成年后到纽约写作和生活，但她病痛不断，精神也备受折磨，可见都市环境中的异化力量无处不在。而留守南方乡村的马龙，心理和肉体同样双重受困，既源于现代化消费主义思潮的侵蚀以及由此带来的精神痛楚，也源自南方性别主义和种族主义等痼疾。

这部小说中表层的疾病隐喻，还表现在季节变化与人生感悟的关系上。马龙刚刚 40 岁，被诊断出白血病时正好是冬季和春天更替之时："对于马龙来说，疾病以这样日常生活中的简单方式来袭，以至于他一时之间懵住了，弄不清是生命即将结束还是新季节即刻到来。他 40 岁的这年冬季对于南方小镇来说异常寒冷，白天冰凌发出清淡柔和的光彩，晚上则发出耀眼的光芒。春寒料峭，马龙身体倦怠慵懒，在晚冬和早春交界时达到顶点。他本人是药剂师，给自己诊断为'春倦症'，开了食用肝和补铁补血剂等处方药。"① 马龙在节气变换之际患上白血病，意味着他的实际生活和心理状态都面临翻天覆地的改变。他要积极寻医问药还是坐以待毙，都是他必须要做的选择。而且，他要如何与妻子、朋友们沟通这件事情，才能让他们接受他罹患重病的事实？他们又将会以怎样的态度和方式来对待病人身份的他呢？最重要的是，医生告知他的生命最多能延续 12—15 个月，那么他在现代医药和自我心情调整中，能否适当延长屈指可数的寿命呢？他作为药剂师的忙碌职业生涯戛然而止，以往一心忙于事业而忽视家庭的他，开始将目光焦点转移到夫妻关系上。这时他才惊喜地发觉，原来妻子对他一直都情深义重，因为自从得知他生病以来，她便无微不至地照顾他的饮食起居，而且在精神上也给予他无限关怀。他们原本并不完美的夫妻关系，由此得到修复和完善，他隐藏多年的感情缺憾自此不复存在。除了生活实质内容的转变之外，过去为了赚钱一门心思往前冲的马龙，也停下脚步来思考一些人生的重大问题，诸如：生活在世上的目的和意义究竟是什么？个体是否有遗憾、是否有来生？人类能拥有不朽的灵魂吗？拥有它们又意味着什么？马龙从前只关心日常生活的实际问题，如今他思索的议题都上升到了哲学层面，不能不说这是他人生境界的重要飞跃。就这样，在思考这些形而上学命题的时候，一个新的马龙诞生了，他的灵魂从未像现在这样轻盈，他再也不是没有指针的钟！他获得了精神顿悟，既弥合了现实生活中的创伤，又能够坦然面对死亡的降临。春天象征崭新的希望和开始，虽然马龙在初闻病情时也失魂落魄、万念俱灰，但因为他积极面对变故，所以当一年后他去世时，他那不朽的灵魂诞生了。马龙在冬春之交得病，经过 2 个月的四季轮换，他在第二年春天离世，仿佛经历了前

---

① Carson McCullers, *Clock Without Hands*, London：Penguin Modern Classics, 2008, p. 7.

生、今生、来生的轮回，早就超然于凡夫俗子的物质世界。

马龙身患疾病的深层隐喻，表现在血液和血统的关系上，进而引申到美国南方种族问题的探讨。众所周知，白血病又称"血癌"，是人体血液的一种罕见恶性疾病。但当马龙以委婉的方式告诉老法官时，后者的反应却令人啼笑皆非："血液有问题！哦，怎么可能？你拥有我们这个州最好的血！我记得你父亲在梅肯的特尔夫斯和玛尔贝利街角落处开了家批发药店，我也记得你母亲，她是车轮制造商。你血管里流淌着这个州最好的血，马龙，记住这一点！"① 此处，老法官对马龙高贵的血统发表了一通感慨，却没有对马龙人之将死的现状有任何察觉，更不用谈对马龙施以救助和理解。如前文所述，老法官是南方奴隶制的卫道士，他认为自己拥有上流纯正的白人血统，也拥有社会身份和稳定收入，于是将这些条件列为至高标准，只有所谓的"同道中人"才能引起他的兴趣和关注。马龙父母都是具有体面职业的中产阶级白人，所以老法官眼中的马龙，无论在种族和阶级的层次上都说得过去。在整体性审视"人"这一问题时，老法官最在乎的是其肤色和血统，至于这个人是否健康，他是绝对不闻不问的。老法官一直蠢蠢欲动地意图复辟奴隶制，为此他囤积了大量南北战争之前的联邦货币，更准备派马龙前去谋杀黑人舍曼。而马龙生病后对人生感悟了很多，遂断然拒绝了老法官等人的杀人指令和要求。相形之下，马龙身患重病可视作肌体不健全，但老法官的精神更显畸形和扭曲，完全缺乏平等和谐的社会理念。老法官逆时代潮流的行为，导致他最后的疯癫，而马龙不管怎样也走向了死亡，该小说终究留下了一幅幅边缘人的剪影。

综上所述，本章主要解读美国城市化背景下的南方小镇畸人形象。

---

① Carson McCullers, *Clock Without Hands*, London: Penguin Modern Classics, 2008, p. 13.

在现代化和工业化思潮中，留在南方农村的人们也在忍受社会变革中的精神阵痛。他们有的以"假小子"的面目出现，以此来抗衡南方社会种族主义和性别主义病态，但无一例外都失败了，成为灵魂无处安放的畸零人。而一些男性形象，有的身体残疾，有的精神残缺，结局也大多不尽如人意。麦卡勒斯的小说是时代的产品，刚好记录了美国城市化进程中的南方全景。她书中的众多社会局外人形象，与安德森著名的"小镇畸人"群像相映成趣，两位作家都对美国现代化进行了深刻反思和生动再现。

第四章　薇拉·凯瑟眼中的美国西部大开发

在薇拉·凯瑟精彩纷呈的 12 部长篇小说中，有 7 部都是以美国西部为地理和文化背景的。她用栩栩如生的人物、跌宕起伏的情节、广阔深邃的主题，为读者呈现了美国历史上的一个特定时代——西部大开发和城市化。而且，正如福克纳和麦卡勒斯被贴上"南方作家"的标签、安德森被称作"中西部"美国作家一样，凯瑟的创作也具有十分特殊的地域特征，常被人们誉为"西部作家"。法国历史学家维拉认为：边境地区是观察世界历史的最好窗口，因为它们往往是未开垦的处女地，体现出原始自然的风貌，既没有人工雕琢的痕迹，也没有主流社会政治和文化染指过的印记。① 那么凯瑟 9 岁时随家人移居到内布拉斯加州时，见到的究竟是怎样一幅情景呢？人们可以借助《我的安东尼娅》中的叙述者吉姆之口，来了解她当时的第一印象："这里除了土地一无所有，根本不存在什么乡村，只有组成乡村的一些物质碎片而已……我的感觉是：那个熟悉的世界被远远地抛在了身后，我们只是来到了它的

---

① Thomas D. Hall, "Frontier, Ethnogenesis, and World—Systems: Rethinking the Theories", *A World—Systems Reader: New Perspectives on Gender, Urbanism, Cultures, Indigenous Peoples, and Ecology*, Lanham, MD: Rowman & Littlefield, 2000, p. 237.

边缘——疏于人类管辖（outside man's jurisdiction）的一片蛮荒之地……在那片土地和天空之间，渺小的我仿佛给涂抹掉了，完全没有存在感。那天晚上我没有祷告，我感觉到在这儿，来什么就是什么吧。"① 吉姆在小说中是凯瑟本人的传声筒，他视角下的安东尼娅是东欧移民的代表，呈现了凯瑟从小在西部地区耳闻目睹的波西米亚人形象。凯瑟也曾在后来的一次访谈中回忆她初到西部时的感受："我年纪小，所以想念弗吉尼亚的家，感到很孤独……只能融入当地的农村生活中。到第一年秋天结束时，我对于粗犷的草原产生了从未有过的激情，它让我的生命悲喜交加。"② 童年的记忆对一个人日后的成长至关重要：心理学家荣格（Carl Jung，1875—1961）和阿德勒（Alfred Adler，1870—1937）等人，小时候都有过不同寻常的经历，终于导致他们走上探索人类精神世界的道路；作家海明威（Ernest Hemingway，1899—1961）年少时常随父亲外出打猎，致使他一生都爱好野外冒险活动，而且让他书中的很多主人公也酷爱此道。凯瑟的经历也比较类似，少年时移民到西部地区生活后，她就和许多勤劳乐观的欧洲移民朝夕相处。她耳闻目睹他们面对恶劣环境时如何勇往直前，从此留下不可磨灭的记忆，即使大学毕业后她到匹兹堡和魁北克等地任职、旅居，但没有任何地方比西部草原更让她魂牵梦绕。她在最初踏上写作之路时，曾有良师益友劝她最好聚焦于最熟悉的那些人和事。她采纳了，其笔下最炉火纯青、广受欢迎的作品都是西部故事，无论是"草原三部曲"还是《大主教之死》，至今令读者爱不释手。

凯瑟是公认的多产作家，其作品也受到读者和批评家的广泛关注，

① Willa Cather, *My Antonia*, Australia：Empire Books，2011，p. 4.

② James Woodress, *Willa Cather：A Literary Life*, Omaha：University of Nebraska Press，1989，pp. 31 –33.

到目前为止涌现出相当丰富的研究成果。凯瑟生前在饱受赞誉的同时，也受到众多莫须有的诟病，指责她的写作过于浪漫而对现实的揭露力度不够。在笔者看来，事实远非如此。从 20 世纪初到 40 年代，凯瑟记录了美国西部城市化的壮丽画卷。她把开拓进取的宏伟理念，融入鲜明独特的具体人物身上，化作一个个动人的故事和场景。纵观美国城市化发展历程，如果说东北部城市起步最早、势头最猛，而南部地区的特点依然是封闭、保守，那么西部地区从一穷二白到蓬勃发展，给人们留下了最积极、最具活力的印象。莫里森执着于东北部城市黑人移民的生活，揭示了在某种程度上城市的异化和腐蚀作用。麦卡勒斯喜欢描摹"小镇畸人"，对南方的种族主义、性别主义和阶级矛盾都一一道来，剖析城市化思潮中南方留守人士的无奈和悲哀。而凯瑟小说的基调更为明快、催人奋发，从正面讴歌了拓荒精神。本章拟选取凯瑟最具代表性的"草原三部曲"，来审视其城市化主题，以期为国内外的凯瑟研究领域提供一丝新意。

第一节 《啊，拓荒者!》中的美国化进程

美国历史上的西部大开发，大致可以分为三个阶段：从独立战争到南北战争，此为第一阶段；从南北战争到第二次世界大战，此为第二阶段；第三阶段则是第二次世界大战之后。凯瑟本人生活及其系列长篇小说的历史背景，正值美国西进运动的第二阶段，也是西部地区以工业为主的综合开发时期。西部进入大规模开发状态，吸引了国内国外的众多移民，比如凯瑟全家就是从美国南部的弗吉尼亚州移居到内布拉斯加州，

而《啊，拓荒者！》中的主要人物，绝大部分来自欧洲各国：亚历山德拉一家原本是瑞典人，他们的邻居和朋友们则分别来自挪威、捷克、德国、俄国等地。移民们来到美国西部这片蛮荒之地，面对的是艰苦的自然和生活环境。恶劣的天气导致庄稼连年歉收，贫瘠的物质资源引发大量牲畜死亡，再加上人们初来乍到陌生地方的不适应，致使亚历山德拉父辈们遭受一连串失败和打击。很多移民再也无法忍受糟糕的现实，有的返回了欧洲，更多的人将西部抛在身后，动身前往北部城市芝加哥等地谋求发展。还有一些像亚历山德拉父亲这样的人，临终前将大片蛮荒之地交与他们的子女开垦，自己带着无限遗憾在贫病交加中死去。然而以亚历山德拉为首的开拓者和留守者们，始终以土地为物质基础和精神依托，战胜了一切自然的、人为的灾难，为美国西部城市化的宏伟蓝图建立了不朽功勋。

一　《啊，拓荒者！》的国内外研究综述

中国学界对于《啊，拓荒者！》的研究，主要形成三大范畴。第一，学者们对这部小说的生态主义、女性主义、生态女性主义视角颇为关注，从这一点进行挖掘的现有成果最多。比如周铭的《从男性个人主义到女性环境主义的嬗变——薇拉·凯瑟小说〈啊，拓荒者！〉的生态女性主义解读》，用生态女性主义理论分析亚历山德拉与女性和自然的关系，指出评论界这一定论的疏漏之处，即它忽略了亚历山德拉的性格发展过程，急率地把她在文末方才展现的性格特征曲解为统领全文的主旨。实际上，亚历山德拉起初是戴着女性"面具"的男性，内化了男性征服式的价值观。然后，她开始接受自身的女性特质，不过终究没能完全摒弃男权观念。只有在文末，她才最终形成了女性价值观，成为

真正的完美女性。① 在论文《对人与土地关系的伦理审视——论〈啊，拓荒者!〉中的生态伦理思想》中，陈妙玲认为，《啊，拓荒者!》是薇拉·凯瑟早期小说的代表作，人与土地之间的关系是这部小说的重要主题，拓荒者与土地之间的沟通与互动构成了小说的重要内容。小说对土地景观的描写，对人与土地、人与人之间关系的探讨，是作家对人与土地之间关系的一次独到而深入的伦理思考。拓荒者对土地的热爱与尊重、对土地权利与义务的履行、对人地隶属关系的领悟，真实地体现了薇拉·凯瑟早期小说里具有前瞻性的土地伦理观。② 薛小惠的《〈啊，拓荒者!〉：一曲生态女性主义的赞歌》，表明凯瑟不仅以女主人公亚历山德拉的经历和感受为主体，还对自然景物进行了具体、细腻的描绘，试图探求女性与自然之间的千丝万缕的联系，力求复原存在于女性与自然之间的神秘的亲和力——女性与自然成为作品的两个突出意象，两者之间的关系构成隐喻贯穿小说的始终。③ 第二，有学者关注到该小说的美国西部欧洲移民的身份建构问题。比如，许燕的《〈啊，拓荒者!〉："美国化"的灾难与成就》一文，指出这是凯瑟的第一部边疆小说。它通过再现美国化给瑞典移民伯格森一家带来的种种灾难与成就，完成了凯瑟有关"美国化"的意义建构。简而言之，她既不认同移民们绝然割裂与故国文化传统的关联、一味追求美国方式的"美国化"，也不主张完全停留在旧世界、与新世界毫无关联的文化模式。主人公亚历山德拉是作者心目中移民"美国化"的理想典范的实现：既获得了作为一个美国人该有的开

---

① 周铭：《从男性个人主义到女性环境主义的嬗变——薇拉·凯瑟小说〈啊，拓荒者!〉的生态女性主义解读》，《外国文学》2006 年第 3 期。
② 陈妙玲：《对人与土地关系的伦理审视——论〈啊，拓荒者!〉中的生态伦理思想》，《外国文学研究》2010 年第 2 期。
③ 薛小惠：《〈啊，拓荒者!〉：一曲生态女性主义的赞歌》，《西安外国语大学学报》2015 年第 4 期。

拓性想象力，又同时坚守故国的文化家园，拒绝被美国价值完全同化。①
第三，凯瑟西部小说的地域性特色，是她跻身经典作家的重要因素，这
也是学界颇感兴趣的议题之一。比如，颜红菲的力作《论〈啊，拓荒
者!〉的地域化叙事策略》，指出《啊，拓荒者!》是薇拉·凯瑟的经典之
作，也是她形成自身独特风格的标志性作品。内布拉斯加拓荒题材成为
作品获得成功的关键性因素，薇拉·凯瑟因此也被称为"地域作家"。论
文探讨小说如何通过地域化叙事策略，层层递进地将美国文化中的荒野
叙事、花园叙事以及文学经典景观内布拉斯加化，通过地方故事再现美
国历史，最后实现从地方特色到人类生存空间的形而上提升，成为人与
世界关系的一个转喻。②

国外学界对于《啊，拓荒者!》的研究，比国内的成果丰富，且阐释
视角也很多元化。第一类聚焦于《啊，拓荒者!》的文本细读和详细阐
述，在这部小说的研究中占据最多比重。莫特雷的论文《未完成的自我：
薇拉·凯瑟的〈啊，拓荒者!〉以及一个成功女性付出的精神代价》，指
出小说女主人公亚历山德拉作为拓荒者取得巨大成功，但她的内心世界
无疑是压抑和痛苦的：从表面上看，亚历山德拉获得了男性才有的特权，
既有权威又有独立性；但父权制文化却让她付出惨痛代价，它孤立她，
阻止她表达内心情感和生理需求。自我实现的成就感与个人所处社会密
不可分，社会对个体行为是褒扬还是贬抑，会直接影响其自我期许。作
为一个所谓的"成功"女性，主流社会不允许她自由地表达内心所需，
亚历山德拉终究成为一个表面成功而实质孤独的女人。这种悖论和张力
贯穿凯瑟本人的整个创作生涯，在她的作品中时有体现。③ 派克在论文

---

① 许燕：《〈啊，拓荒者!〉："美国化"的灾难与成就》，《国外文学》2011 年第 4 期。
② 颜红菲：《论〈啊，拓荒者!〉的地域化叙事策略》，《外国文学研究》2015 年第 6 期。
③ Warren Motley, "The Unfinished Self: Willa Cather's *O, Pioneers!* and the Psychic Cost of a Woman's Success", *Women's Studies*, Vol. 12, No. 2, 1986, pp. 149 – 165.

《不同租赁所赋予的财产：亚历山德拉·伯格森对于凯瑟内布拉斯加的想象性征服》中，分析了小说女主人公和作家凯瑟之间的渊源。亚历山德拉不仅是征服了大西部荒蛮之地的开拓者代表，更是凯瑟本人在文本中的代言人。究其根本，该小说并非呈现拓荒者战胜草原的戏剧性故事，而是凯瑟这样的艺术家如何用虚构和想象来征服真实文学素材，而这些写作材料存在于意识加工中，不再是现实中逼真的内布拉斯加。凯瑟的小说名称取自惠特曼诗歌，意欲与美国超验主义文学传统产生互文性。然而，尽管批评家们认识到惠特曼对凯瑟的影响是直接和清晰的，但他们仍然遗漏了爱默生对她的灵感启发。实际上，在那些奠定她文学基础的短篇小说中，凯瑟相当明确地把爱默生尊为艺术家偶像。① 赖恩的《美国圈地运动：薇拉·凯瑟〈啊，拓荒者！〉中的文明和圈禁》，对美国西部大开发中的伦理冲突等层面提出批判。《啊，拓荒者！》呈现出明显的空间危机感，这种焦虑来自将荒野驯服为文明。尽管女主人公亚历山德拉是虚构的象征型人物，其首要任务是象征性地解决伦理冲突，所以她首先需要的不是一张犁，而是丰富的想象力；但我们仍然能够追踪到西部大开发和圈地运动之间的很多关联，那是小说再精彩的修辞手法都难以掩盖的。亚历山德拉对荒野的征服，是通过驯服它来实现的：她在草原上建设家园，赋予荒野景观以秩序感。她只有与土壤唇齿相依，才能实践最好的自我。但欧陆或美国内部移民在西部地区获得自由的同时，土著印第安人被驱逐的事实也引人深思。乍一看，《啊，拓荒者！》在编织开拓者叙事的时候，似乎忘记了美国印第安人遭遇强制性圈地运动的历史，但人们若细细探究就会发现：土著居民被赶到保留地进行圈禁，从而使后来居上的开荒者们获得道德优势，这才是凯瑟在这部小说

---

① Demaree Peck, "'Possession Granted by A Different Lease': Alexandra Bergson's Imaginative Conquest of Cather's Nebraska", *Modern Fiction Studies*, Vol. 36, No. 1, 1990, pp. 5–22.

中苦心经营的批判主题。①　在《薇拉·凯瑟〈啊，拓荒者!〉中土地的空间叙事图式》中，卡利恩讨论了小说中的土地如何通过叙事来展现地域意义。她强调：人们的经历可以赋予空间以价值含义，凯瑟将原本的空白空间变成特殊地理空间，使《啊，拓荒者!》与美国西部大草原水乳交融。②

　　《啊，拓荒者!》在国外的学术研究，还表现在比较视野上，既有《啊，拓荒者!》和凯瑟其他作品的对照，也有该小说和其他作家作品的对比。法利斯的论文《二十世纪小说〈啊，拓荒者!〉、〈千亩农庄〉、〈快乐的男人们〉中的田园风光》告诉读者：当叙述者和中心人物不是丈夫而是被控的女人时，小说呈现的田园风光该如何实现抵制和修正父权制呢？在凯瑟的《啊，拓荒者!》中，第一代移民具有创造性和能动性，亚历山德拉从赤贫到有产阶级，终其一生实现了神话般的飞跃。凯瑟很好地遵循了美国田园风光叙事传统，在小说结尾处完成了异化状态的救赎，叙述者甚至将亚历山德拉想象成国家生命线 (the life - blood of the nation)。如果说凯瑟作品极其喜欢怀旧，那么《千亩农庄》和《快乐的男人们》中的此类情绪则要少得多。这两部小说中的第一代移民都处于模糊不清的记忆中，主人公们都是移民后代，他们醒悟到西部神话已经破灭了，而自己是幸存下来的残余。《千亩农庄》里到处是荒凉景象，两位主人公遭受殴打、强暴和毒害，到最后一位悲惨死去，另一位被剥夺了千亩农庄。和女性被损害与被侮辱的命运类似，土地也备受屈辱，它遭遇干涸、污染、被耕种到枯竭，最后千亩农庄卖给了企业。两位女主人公的非人待遇，揭露了父权制男主人公的危险本质。《快乐的男人们》

————————

　　① Melissa Ryan, "The Enclosure of America: Civilization and Confinement in Willa Cather's *O*, *Pioneers!*", *American Literature*, Vol. 75, No. 2, 2003, pp. 275 - 303.

　　② Ramirez Karene, "Narrative Mappings of the Land as Space and Place in Willa Cather's *O*, *Pioneers!*", *Great Plains Quarterly*, Vol. 30, No. 2, 2010, pp. 97 - 115.

虽然贯穿着田园风光，但小说有时揭示无限风光背后的谎言和危机，有时又呼应托马斯·杰弗逊对农业社会的高度赞誉，强调农民是美国最后的自由细胞。在《快乐的男人们》中，作为农民的男主人公曾被剥夺了土地所有权，但他没有气馁，而是变成罗宾汉（Robin Hood）那样的英雄，来替天行道、匡扶正义。纵观这三部小说，《千亩农庄》谨慎地和《啊，拓荒者!》形成二元对立关系，而《快乐的男人们》一方面坚持书写田园风光，另一方面又在文本内设置玄机，将田园风光尽数摧毁。①

加登的《薇拉·凯瑟〈啊，拓荒者!〉和〈我的安东尼娅〉中的丰产和国家罗曼司》，把凯瑟"草原三部曲"中的两部相提并论，发掘两者中的美国边疆叙事表征，介绍文本中那些自立自强、光芒万丈的女性人物。论文所涉及的议题包括：如何建立正确和谐的性别关系；父权制主流意识形态在美国的情形；美国历史中的性别歧视；土著印第安保留地和个人主义价值观之宣扬；自然景观和身份主体之间的关系。②《薇拉·凯瑟〈啊，拓荒者!〉和托马斯·哈代〈远离尘嚣〉中的悖论式潜文本》，是维特泽尔对美国文学和英国文学的比较研究。维特泽尔比较了《远离尘嚣》③ 和《啊，拓荒者!》中的相似之处，同时指出后者对前者的主题框架有所偏离，呈现出自己独特的内涵。维特泽尔表示：两部小说最可比拟之处在于对婚姻新模式的提倡，它应该基于友情（camarade-

① Sara Farris, "American Pastoral in the Twentith - century *O*, *Pioneers*!, *A Thousand Acres*, and *Merry Men*", *Interdisciplinary Studies in Literature & Environment*, Vol. 5, No. 1, 1998, pp. 27 - 48.

② Mary Paniccia Garden, "Creative Fertility and National Romance in Willa Cather's *O*, *Pioneers*! and *My Antonia*", *Modern Fiction Studies*, Vol. 45, No. 2, 1999, pp. 275 - 302.

③ 《远离尘嚣》（*Far from the Maddening Crowd*, 1874），是哈代的第四部长篇小说，也是他一举成名的力作。从《远离尘嚣》开始，哈代开启了"威塞克斯"系列小说的写作，包括《还乡》（*The Return of the Native*, 1878）；《卡斯特桥市长》（*The Mayor of Casterbridge*, 1886）；《德伯家的苔丝》（*Tess of the D'Urbervilles*, 1891）；《无名的裘德》（*Jude the Obscure*, 1896）。在这一系列作品中，哈代描绘了英国从农业社会向资本主义社会的转型，揭示了英国城市化进程中农民的身份困惑和异化之旅。

rie）而非激情，由此深入挖掘两个文本的文化张力和悖论式潜文本。①

二　西部大开发中印第安人遭受驱逐

美国西部大开发成就了一代开拓者的宏伟史诗，却也造就了印第安人遭遇驱逐的血泪史。当移民们先后赶到西部这块蛮荒之地时，美国政府将印第安人驱逐到保留地的工程已经完成。在内布拉斯加的红云镇，少年凯瑟和她的小朋友们曾目睹了当年印第安人留下的遗迹。凯瑟在1913 年 8 月的《费城记录》采访中详细谈论了当时的情景："我祖父的住宅离红云镇大约 18 英里，这是坐落在伯林顿（Burlington）的一个小镇，名字取自过去常常来此地狩猎的老印第安酋长。酋长将女儿埋葬在红云镇南边河上的悬崖峭壁中，在我家移民到西部很久之前，她墓穴里众多的皮毛制品和金银首饰就已经被洗劫一空。然而，我们这些孩子却往往能在那里找到一些箭头，以及当年被勒死在酋长女儿墓碑上方用来陪葬的小马遗骸。"② 如果说这段话只是用浪漫主义的修辞手法来再现作家孩童时代的经历，而并未对印第安人曾经的存在表达任何态度，那么凯瑟在这次采访中的另一番话就颇有深意："写你内心私密的东西总是很困难，出于自我保护的本能，你会扭曲、伪装它们。"③ 也许对于作家来说，这样的做法并不罕见，凯瑟本人、卡夫卡、纳博科夫、伊迪斯·华顿等人都曾有过类似经历。他们唯恐读者和评论家将其作品与其真实生活对号入座，所以在小说的叙事策略方面费尽心思，以便用各种

---

① Grace Wetzel, "Contradictory Subtexts in Willa Cather's *O, Pioneers*! and Thomas Hardy's *Far from the Maddening Crowd*", *Great Plains Quarterly*, Vol. 28, No. 4, 2008, pp. 277 – 291.

② Willa Cather, "Willa Cather Talks of Work", Interview by F. H., *Philadelphia Record.* August 9, 1913, p. 449.

③ Ibid., p. 448.

编码扰乱看客的想象和猜测。不仅如此，作为情感丰富、洞察力敏锐的群体，他们在有生之年会存有大量日记、信件等，饱含他们在公共平台无法言说的隐秘心事。而这些记录了他们生活真实一面的文字，都成为他们临终前想方设法保密的文件。虽然时至今日，这些作家当年严防死守的隐私资料大多已经公之于众，但他们的自我保护意识由此可见一斑。凯瑟在上述那段话里并未提及印第安人，但其言下之意却很深刻，她要让历史神秘化，以此使小说叙事严丝合缝，来掩盖其对于印第安人的立场和态度。

然而从凯瑟在各种场合的各种言论中，人们还是在想方设法推断她对于印第安人的态度。斯洛特指出："凯瑟在 19 世纪八九十年代住在内布拉斯加州，报纸上的印第安人主要因为好战、生活习惯糟糕等而受到关注。不管怎样，他们都远离红云镇，报纸上只有一个叫作《受伤的膝盖》（*Wounded Knee*）专栏涉及印第安人。内布拉斯加州的文学评论是用高度浪漫的神话笔法写就的。"① 当美国和欧洲移民在西部草原上开疆拓土时，印第安人早就被强制性迁居到保留地，所以凯瑟等人对于印第安人的认识，大多来自道听途说或媒体宣传。斯洛特的意思很清楚，媒体的舆论力量是巨大的，而内布拉斯加州报纸又以如此以负面的姿态来报道印第安人，因而凯瑟无法有意识地建立起认同印第安土著人的情感。但也有专家对斯洛特的观点不敢苟同，认为当年凯瑟在内布拉斯加州生活时，公众对印第安人的遭际不乏同情之心，只是凯瑟当时太幼稚、得到的印象有失偏颇。比如费切尔强调，上文所谓报道印第安人的"报纸专栏"的确存在过，19 世纪晚期的内布拉斯加人也始终关注印第安人，

---

① Bernice Slote, "Willa Cather and Plain Culture", *Vision and Refuge*: *Essays on the Literature of the Great Plains*, Ed. Virginia Faulkner & Frederick C. Luebke. Lincoln: University of Nebraska Press, 1982, pp. 98 – 99.

甚至在20世纪70年代，西内布拉斯加州还为印第安苏族人（Sioux）所掌控。① 而且，那种"整个内布拉斯加州报纸版面都阻止人们同情印第安土著人"的说法，更是差之千里。公认的印第安蓬卡部落有两支，一支是内布拉斯加蓬卡族，另一支是俄克拉荷马印第安蓬卡族。这个部落的印第安人本来居住在密西西比河以东地区，后来因为战争一直向西迁移。奥尔森在《内布拉斯加历史》中阐述道："蓬卡族的生存困境受到广泛关注，1880年海斯总统（President Hayes，1822—1893）任命一个委员会来调查此事，得出的解决方案是：那些想回内布拉斯加州的蓬卡人可以回去。"② 可见，被剥夺了一切权利的美国印第安人的生存之苦，是不可能被浪漫神话消磨殆尽的。

凯瑟对曾经生活于美国西部地区的印第安人时有关心，这在她的很多文字中都有所体现。比如在她"草原三部曲"的第二部《云雀之歌》中，主人公西娅和雷就有大段对话来描述印第安人的聪明能干和璀璨文化：

> 雷到下面车厢里向吉迪下达了一些指令。"对啦，"他返回瞭望塔时说，"关于那些土著居民：我曾经和一些挖掘古墓的家伙一块儿待过一两次。这事一直令人感到有点儿惭愧，可我们的确挖出过一些惊人的东西。我们挖出过一些完整的陶器，在我看来都非常漂亮。我认为他们的女人是他们的艺术家。我们找到过许多古老的鞋子，还有用丝兰纤维做的凉鞋，又好看又结实；而且还找到过羽绒毯子。"
>
> "羽绒毯子？你可从没对我谈起过。"

---

① Mike Fischer, "Pastoralism and Its Discontents: Willa Cather and the Burden of Imperialism", *Mosaic*, No. 23, 1990, pp. 31–44.

② James C. Olson, *History of Nebraska*, Lincoln: University of Nebraska Press, 1955, p. 137.

"我从没谈过吗？那些远古居民——或者说印第安女人——用丝兰纤维编出一种很密的网，然后她们把羽毛一小束一小束地扎在网上，束束相叠，就像羽毛长在鸟身上那样。有些毯子两面都扎有羽毛。今天你可找不到比那更暖和，或者更漂亮的毯子，你说是不是？对那些古代的土著居民，我所喜欢的就是他们的主意全都出自天然。"①

在《云雀之歌》的这场交谈中，雷赞美了印第安人的天然创造力，其正面评价是毋庸置疑的。除此之外，凯瑟还公开强调：国内外移民和现代文明未到之前，大草原和印第安人一直和谐相处。她在 1923 年为《民族》（Nation）写稿时，简略梳理了内布拉斯加州的历史："在 1860 年前文明只是在内布拉斯加州东部边界沿着河流悬崖逡巡时，现在的州府林肯还是空旷的大草原，西部整个大草原还是阳光灿烂的荒野，高高的红尾草、水牛和印第安猎人相安无事。"② 她又声称"在人们住进来之前它就是个州"（It was a state before there were people in it.），很显然，凯瑟这里所说的"人们"指的是"移民"。而在她的后期小说《岩石的阴影》中，有一段话很敏感："法国移民家庭面积不大却井然有序，他们努力生活得体面。如果有人将他们的房子推到，他们会像蚂蚁筑巢一样重建。我对法国人的兴趣，比印第安人突袭和森林里的野人更甚；其实，新社会开始于调味酱，而不是印第安村庄被毁。"③ 如果断章取义来理解以上的凯瑟言辞，似乎可以得出以下结论：作为土生土长的美国人，凯瑟对本土印第安人的认可，远不及对法国人的认同，也远

---

① ［美］薇拉·凯瑟：《薇拉·凯瑟集：早期长篇及短篇小说》（上卷），曹明伦译，生活·读书·新知三联书店 1997 年版，第 443—444 页。
② Willa Cather, "Nebraska: The End of the First Cycle", Nation, September 1923, p. 236.
③ Willa Cather, "On Shadows on the Rock", On Writing: Critical Studies on Writing as an Art, New York: Knopf, 1949, p. 16.

不及对欧洲其他国家移民的情感。然而笔者认为这样的推论是站不住脚的，原因如下：第一，在早期著作"草原三部曲"的第一部中，凯瑟确实对印第安人描述不多，但在第二部《云雀之歌》中有整整一章来表达印第安遗迹对人类精神危机的救赎作用，在第三部《我的安东尼娅》中也对印第安人以颇多正面评价；第二，在后来的名作《教授的房子》里，凯瑟用了一章篇幅来呈现汤姆·奥特兰的学者风范和人文情怀，而这一切都是通过她长期沉浸于印第安文化后获得的；第三，凯瑟的其他西部小说中，也常有关于印第安人的话题；第四，凯瑟在写小说期间曾亲历美国西南部印第安人遗址现场，对科罗拉多、亚利桑那、新墨西哥等美国西南地区的著名印第安聚居地进行考察，既表达了印第安文化在她心中长期以来的神秘感，又印证和加强了她对古典文化的顶礼膜拜，也为她后来小说中的印第安文明提供了灵感和素材。

在《啊，拓荒者！》中，凯瑟对于印第安人的态度较为明朗。一方面，她认为在移民到达西部之前印第安人已经从这一地区消失，因此这部小说对印第安人提及甚少也无伤大雅；另一方面，她又对古老的印第安文化赞不绝口，不仅亲自游览印第安文明遗迹，还在众多小说中浓墨重彩地刻画它们。凯瑟在很多探讨少数民族移民进行融合的言论中，都持鼓励和支持的态度，她由此创造了一种维护族裔权利的语境，尽管她并不认可这样的观点：西部地区印第安人受到美国政府的直接驱逐，北欧移民也是推动者。关于印第安人被迫迁居到保留地的历史，实际上美国对付印第安人的策略是一套虚假的二分法，目的是将印第安人同化进美国白人社会，因而只允许印第安人两者必选其一——要么美国化，要么彻底灭绝。为了响应 19 世纪末 20 世纪初的印第安政策规范，一名叫作普莱斯的印第安事务委员会委员（Indian Commissioner），解释：美国政府在 19 世纪末 20 世纪初一再强调，劳动是创造文明的基本因素，政府对印第安人的最伟大恩惠就是教会他们劳动，以此培养他们的刚毅之气，使他们自立自强。普莱斯还强调，驯化和教化印第安人是一项高尚的事业，这项工作的顺利完成对任何国家来说都无上光荣。① 同样地，当时另一位印第安事务委员会委员沃克也赞同用保留地制度来规训和圈禁印第安人，以此驯化印第安人的道德野蛮（taming the moral wilderness）和动物本能（strong animal appetites），来对他们实行同化政策。在沃克等人眼中，这样一来印第安人的野性就转化为生产力，他们在保留地耕种就是被驯化、去野蛮的过程；政府对印第安人实施强制性改造和规训，是因为他们无法控制自身的动物本能。对于印第安人遭遇到像孩子那样的鞭笞，沃克认为他们应该心存感激，因为他们从此能够洗心革面，能够培养一种自我约束机制。他深信：在经过严格的工业化训练和约束之后，印第安人就变得节俭和淳朴。②

印第安人被驱逐和屠杀的历史，成为美国西部城市化进程的一大败笔。城市化和现代化建设本应当是民族融合的伟大事业，而美国当局却对土著印第安人实行种族灭绝政策，不仅在国际历史上臭名昭著，而且大大削弱了本国的城市化综合实力。印第安民族拥有灿若星辰的文明史，美国政府应该保留其传统文化，因为它对城市化运动能起到推动作用。印第安人民有着勤劳智慧的品格，完全可以在城市化潮流中发挥积极功效，而美国在工业化思潮中却遗弃了印第安民族，不能不说这是美国的重大损失，也是其西部大开发留给后人的深刻教训。美国这种"强制性泯灭天性、变野蛮为生产力"的做法，让人们看到了"野蛮人"被教化

---

① Hiram Price, "The Annual Report of the Commissioner of Indian Affairs", *Documents of United States Indian Policy*, Ed. Francis Paul Prucha, Lincoln: University of Nebraska Press, 1990, pp. 155 – 156.

② Ronald Takaki, *A Different Mirror: A History of Multicultural America*, Boston: Little Brown, 1993, pp. 233 – 234.

和土地被耕种之间的关系，而这在《啊，拓荒者!》中的李老太太、伊瓦尔、弗兰克等人身上，都得到了具象化的体现。

三　身份建构之道：美国化还是民族化？

凯瑟的西部小说之所以驰名天下，原因之一是她栩栩如生地展示了当年西部地区的风土人情，而自然景观描写堪称是她的一大绝活。《啊，拓荒者!》中的景物描写不仅占据了多处篇幅，而且还将自然风光呈现得富于变幻、多姿多彩。读者刚走进故事时，看到的是一幅贫瘠、落后的景色，一片荒凉、百废待兴。亚历山德拉经过多年努力，引领一大家子人走向丰收的喜悦，此时的风景已是一派欣欣向荣。凯瑟的老朋友瑟吉恩特，对凯瑟与大自然的亲近关系了然于心："任何尚未开发的自然风貌都能使她感到焕然一新，她说那些没有清理和收割的田地、没有砍伐过的森林，其中的空气是完全不同的。当我一念及此，很快意识到：她与自然的亲密感，正是《啊，拓荒者!》之于她的重要意义和根本所在。"①通过细读《啊，拓荒者!》这本书，人们不难发现：相对于一穷二白、不毛之地的西部大草原，凯瑟和小说中人物一样更喜欢丰衣足食的繁荣景象。也就是说，起初未开垦的处女地在凯瑟等拓荒者的驯服下，变成了硕果累累的新天地，它渐渐跟上了美国的文明，达到了某种程度上的同化。作为凯瑟代言人的亚历山德拉，亲手促成了荒野的驯服和教化，但同时凯瑟的文字不由自主又流露出对驯服荒野、对美国化和文明化的深度焦虑。当亚历山德拉借助开发土地获得经济保障后，她扩建了住宅，所管理的场地也相当可观。这片走向工业化和商业化的土地，无疑挤压

---

① Elizabeth Shepley Sergeant, *Willa Cather*: *A Memoir*, New York: Lippincott, 1953, p. 120.

和缩减了荒野的空间。如果说洪荒之地与欧洲移民的传统身份具有相似之处，那么经由拓荒者劳作后的丰收土地也与美国化后的移民有共通之点。凯瑟对印第安人文化的认同感、对北欧移民拓荒精神的赞许之情，促使她在移民究竟该美国化还是民族化的问题上不停思索。

《啊，拓荒者!》呈现了两种迥异的价值观：一些人心甘情愿被美国现代生活方式驯化，例如亚历山德拉的两个弟弟卢和奥斯卡、卢的妻子安妮等人；另一些人即使移民来到西部多年后，也与美国生活习俗格格不入，而始终向往故国的传统文化，例如卢的岳母李老太太、伊瓦尔等人。李老太太对旧世界的留恋、对新世界的不适应，通过伊瓦尔传神的转述落入读者的眼中：

> 伊瓦尔诡秘地看了看周围，然后压低声音说："您知道卢的房子里有什么东西吗？一个白色的大缸，就像我们老家的石头水槽，他们用来洗澡。上次您让我送草莓过去时他们都到镇上去了，家里只剩下李老太太和那个婴孩。她领我进屋去看了那个玩意儿，并对我说在那个缸里没法把身子洗干净，因为你不可能把那么多水调成气泡的浓肥皂水。所以当他们放满水让她进去时，她就假装洗澡，把水溅得哗哗直响。等后来他们都睡觉之后，她再用藏在她床底下的一个小木盆重新洗了个澡。"
>
> 亚历山德拉笑得前仰后合。"可怜的李老太太！他们还不让她临睡前喝上一杯。不过这没关系，等她上我这儿来做客时她可以保持她所有的老习惯，而且想喝多少啤酒就喝多少。伊瓦尔，咱们该为老派的人办一个疯人院。"①

---

① ［美］薇拉·凯瑟：《薇拉·凯瑟集：早期长篇及短篇小说》（上卷），曹明伦译，生活·读书·新知三联书店 1997 年版，第 210—211 页。

李老太太无法接受美国式的大浴缸，同时渴望延续在欧洲时喝啤酒的习惯，但都因为身在新大陆而无法公开付诸实施。她偷偷地用家乡的木盆洗澡，可能还会偷偷地一个人喝啤酒，都表明她不肯被美国同化的心态。而她的女儿安妮却正好相反，作为从小接受美国教育的移民第二代，她正如饥似渴地吸收着美国的一切。安妮的日常装扮便能说明她的美国化情节："卢的妻子，也就是早年的安妮·李，如今已长得很像她丈夫。她那张脸长得比以前更长更尖，而且更咄咄逼人。她把一头黄发梳理成高卷式发型，并戴着耳环、手镯、项链和'美人别针'。她那双夹脚的高跟鞋使她走路的姿势很别扭，而且她每时每刻都或多或少地留心着自己的服装。"① 安妮和她母亲形成鲜明的对比，言行举止都是被美国同化过的痕迹。安妮及其母亲在欧洲故国时喜欢光着脚，不穿鞋能让人们拥有身体自由，进而获得精神自由。但如今安妮穿上了令她无法正常行走的高跟鞋，让她的身体感到很不舒服，因而她走路的姿势也相当怪异。安妮的双脚束缚于象征文明的高跟鞋里，举步维艰、异常痛苦，她却依然故我，绝不愿意退回本民族那传统却舒适的衣服鞋帽里去。对人的自然属性进行雕琢，必然要经历对身体的改造和伤害，被规训过的肉体说明文明占据了上风，与生俱来的天性变成被胁迫的客体。林德曼曾对凯瑟作品中的"怪诞性"做过分析，他认为怪诞性是对正统规范和象征体系的反抗，因为这种规范系统抵制差异性共存，倡导绝对的的二元对立原则，将自然和非自然、男人和女人、白人和非白人、文明和野蛮的关系变得界限分明、不可逾越。林德曼指出，在怪诞性身体所引起的挑战中，规训条例导致身体失调，以此来隐喻原本井然有序的社区分崩离

　　① ［美］薇拉·凯瑟：《薇拉·凯瑟集：早期长篇及短篇小说》（上卷），曹明伦译，生活·读书·新知三联书店1997年版，第212页。

析。①《啊，拓荒者!》中李老太太无法在美国式浴缸中完成清洗身体的任务，而安妮在不合脚的高跟鞋里蹒跚前行，都是身体怪诞、不正常的表现。美国主流社会对大西部移民实行身体规训，终极目的是要对他们进行文化殖民，从而完成美国同化其他民族的美梦。李老太太和安妮遭受到的个人身体不适，其实具有普遍性意义，代表了移民聚居区在美国城市化背景下的异化状态。

伊瓦尔也在本书中留下从自然到被教化的踪迹。在开垦西部处女地的初始阶段，亚历山德拉带领她的弟弟和朋友等人，到伊瓦尔遗世独立的居住地探访，对那里的一切留下深刻印象：

> 那池塘的一端是一道土坝，坝上栽有低矮的绿柳，土坝上方的土坡上开着一门一窗。若非那四块窗玻璃反射着阳光，你也许压根儿就看不见它们。而那就是你所能看见的一切。没有马棚，没有牛圈，没有水井，甚至没有一条在草丛间踏出的小路。要不是那根锈迹斑斑的烟囱从土里冒出，你真有可能从伊瓦尔的屋顶上走过却压根儿想不到你走近了一户人家。伊瓦尔已经在那土屋中住了三年，可他就像先于他住在这里的北美郊狼一样，从不曾玷污过大自然的容颜。
>
> ……
>
> 伊瓦尔在他替自己找到的这种独处幽居的生活中感到了满足。他讨厌常人寓所所产生的那些垃圾：变质的食物、瓷器的碎片、扔在向日葵地里的旧锅破壶。他更喜欢野草地上的整洁清爽。他常说獾的洞穴比人的房屋干净，并说他如果要找一个主妇的话，她的名

---

① Marilee Lindemann, *Willa Cather: Queering America*, New York: Columbia University Press, 1999, pp. 7 – 8.

字大概该叫獾太太。最能表达他喜欢他那片荒野宅地的说法是：他的《圣经》所言在那儿显得更真切。如果你站在他的洞屋门前眺望那粗犷的原野、明媚的天空以及在骄阳下如白浪般起伏的荒草，或是在那片阒寂清幽中侧耳聆听云雀的欢唱、鹌鹑的扑棱和知了的颤鸣叫，那你就会明白伊瓦尔这句话的含义。①

　　伊瓦尔在远离人群的地方居住，却在大自然的怀抱里深感怡然自得。他常常告诉别人社会很危险，说他要远离诱惑，因此他很少与人打交道，而是与动物无话不谈。他花大量的时间背诵《圣经》，把它当作人生宝典来提升自我的智慧。伊瓦尔与常人大不相同之处有很多，其中的两点是：第一，在人人说英语的美国，他却无法用这门语言与人沟通；第二，他具有超凡的能力，可以与动物交流自如。伊瓦尔不会说英语，貌似是其固有的能力缺陷，实质上是其坚持民族性、拒绝美国化的表征。语言代表着个体和民族身份，伊瓦尔在美国遭受身份认同危机，在此也表现得相当鲜明。伊瓦尔与动物之间无师自通的神交，让人们大为惊奇，他因此而被邀请去给母马看病，因为它吃了太嫩的玉米，肚子胀得像水箱一样。伊瓦尔宠爱母马就像宠爱家猫，他对马讲着人听不懂的话，不停地轻拍它并发出呻吟，仿佛对它的痛苦感同身受。伊瓦尔与动物惺惺相惜，所以他能体验到母马的所有感受。所有这一切都展示了伊瓦尔浑然天成的本性，它宛如未被开垦的荒郊野外处女地，还没有遭受文明的染指和洗礼。然而，在工业化和城市化生产投资的大潮中，伊瓦尔也无以幸免，他由于经营不善而失去土地，以至于后来只能在亚历山德拉的农场上做帮工。如此一来，伊瓦尔从毫无生产力的散淡之人，变为农庄上的生产

---

① ［美］薇拉·凯瑟：《薇拉·凯瑟集：早期长篇及短篇小说》（上卷），曹明伦译，生活·读书·新知三联书店1997年版，第178—179页。

劳动力。这与印第安人被赶到保留地之后的性质，以及西部荒原被开发之后的状态，都具有类似的本质：它们都从自然属性变成人为现象，也是某种意义上美国化的结果。卢和奥斯卡认为看似疯癫不羁的伊瓦尔太危险，因此竭力劝说亚历山德拉将伊瓦尔送到救济院（asylum）去。"asylum"在英语中是个多义词，既可以翻译成"收容所""救济院"，又可以被理解为"庇护所"。雷奥·马克斯认为，"asylum"这个词在新世界草原宣传中是个核心概念："在 18 世纪早期的宣传资料中，许多殖民者把新世界描绘成休憩之所（retreat），它们远离欧洲社会的压迫和世俗纷争，这种地方最令人喜爱的别名就是'庇护所'。"① 从这个意义上讲，伊瓦尔原初的那个家是真正的"庇护所"：它坐落在山坡上，像洞穴那样遁世和自我保护，在艰难时世中是大自然为人类提供的精神避难所。但是，随着美国文明在西部地区的推进，庇护所的概念也不可避免遭受异化，蒙上了嘲讽的色彩。伊瓦尔当初未遭到侵蚀的山间住所可以称为"自然庇护所"（natural asylum），而那些经由文明洗礼的、有了束缚意味的处所可称之为"公共庇护所"（institutional asylum）。这样，公共庇护所的功效就是禁锢自然、拥护文明，文明通过铲除蛮荒获得自主权。从野外无拘无束的自然庇护所，到亚历山德拉家错落有致的前庭后院，伊瓦尔的自由和主体性无疑都受到威胁。

　　伊瓦尔和李老太太都遭遇到美国化的挤压和打磨，他们作为移民承受的文化冲击不言而喻。但他们在被美国化和工业化的同时，始终坚守民族传统文化，并没有全部失落历史根基。主人公亚历山德拉和伊瓦尔、李老太太属于同一类型，每当那两位老人抱怨新世界不如旧世界惬意时，亚历山德拉都会以宽容、幽默的姿态认同他们，承诺将提供他们安稳的

---

　　① Leo Marx, *The Machine in the Garden: Technology and the Pastoral Ideal in America*, New York: Oxford University Press, 2000, p. 87.

旧世界。尽管这样的承诺始终是无法兑现的，但这也是亚历山德拉本人的乌托邦理想，她坚持与土地、民族之根相依相偎，就是很好的佐证。同时，她以开拓者的姿态屹立在大草原上，用辛勤的汗水将昔日一贫如洗的荒地变得富足丰饶，凸显出美国化、城市化和文明化的一面。凯瑟当然是亚历山德拉的坚定拥护者，提倡移民们将美国性和民族性适度融合。她在1924年接受《纽约时代图书评论》的采访时，说她一直记得自己成长岁月中美国中西部的文化多元化："那时一个外国人是一个不同于我们风俗习惯的人而已，没必要改良他们。没人曾欺骗过外国移民……没人调查过他们，没人视他们为实验室标本。"① 但到了20世纪，随着美国城市化进程的加速发展，"进步浪潮"长驱直入，移民们不得不重视新形势下的自我身份建构之道："他们移民到这儿生活，某种意义上就像生活在旧世界。他们只要不是单门独户，生活就会变得像在家乡时那样美好如初。但他们并不是独来独往，社会工作者们、传教士们——随便你怎么称呼他们——对他们紧追不舍，日日夜夜永不停歇地试图完成伟大壮举：把移民变成体面而愚蠢的美国市民复制品。那种想把每样东西、每个人都美国化的激情，如疾病一样与我们形影相随，我们在美国化方面不遗余力，一如我们建房造屋。"② 这种在美国化和城市化中的审慎态度，在凯瑟的现实生活中也时有体现，比如贝尼特在传记中说："凯瑟夫人为自己在时尚方面的远见卓识而骄傲，经常反对女儿凯瑟的穿衣风格，尤其对她各种亮色的混搭不以为然。凯瑟承认她像野人那样喜欢各种颜色，对文明服饰中的紧身胸衣深恶痛绝。"③

　　《啊，拓荒者!》与《云雀之歌》相比，显得结构精巧、情节紧凑、

---

① Willa Cather, "Nebraska: The End of the First Cycle", *Nation*, September 1923, p. 236.

② Ibid..

③ Mildred R. Bennett, *The World of Willa Cather*, New York: Dodd, Mead, 1951, pp. 30-31.

人物个性鲜明。即使到了 21 世纪的今天，当读者们一气呵成读完这本书时，都忍不住赞叹它的清新风格。凯瑟将美国西部大开发时一个重要问题摆上了议事日程，那就是移民的美国化。在美国工业化和城市化的西部地区，移民们度过了艰苦卓绝又奋发向上的岁月，能让他们矢志不渝前进的动力，是对自我的认同。而这种主体性主要植根于美国化和民族化的结合：适应新形势才能向前发展，而传统文化根基又是人们的立身之本，两者缺一不可。

第二节 《云雀之歌》：城市化语境中的艺术家之旅

比之于《啊，拓荒者!》，《云雀之歌》的篇幅要厚重得多。两书都为美国西部城市化时期的女性谱写赞歌，她们勇往直前、不屈不挠的精神成为小说主旋律。但两者之间的差别也相当明显：前者写得清新、紧凑，作者在谋篇布局上匠心独运，仿佛是一气呵成的结果，给人以干净利落的印象。后者比前者要长得多，细节描写更加丰富，大段的对话、繁复纷杂的景物描写，不仅没有让文本的可读性减弱，反而在读者看过全书后形成一种震撼力，其心情久久无法平静。

《云雀之歌》的主人公西娅以歌唱家奥利弗·弗雷姆斯代德（Olive Fremstad，1871—1951）为原型。弗雷姆斯代德也是凯瑟的朋友，而凯瑟与她相识要从一场采访开始。就在凯瑟校对出版社给她的样稿《啊，拓荒者!》时，她也在思考下一部小说的写作计划。与此同时，她还是纽约《麦克卢尔》（McClure）杂志的撰稿人，不得不抽空写系列稿件。供她选择的题目之一是"三位美国歌唱家"，这组稿子后来发表在 1913

年 12 月。这些议题包括匹兹堡的路易斯·荷马（Louise Homer，1871—1947）、马萨诸塞州梅尔罗斯（Melrose）的杰拉尔丁·法拉尔（Geraldine Farrar，1882—1967）、出生于瑞典而成长于明尼苏达州的移民弗雷姆斯代德三位女歌唱家，其中弗雷姆斯代德是纽约大都会剧院（the Metropolitan Opera）的首席瓦格纳女高音歌唱家（the reigning Wagnerian Soprano）。凯瑟事先约好弗雷姆斯代德在 3 月初做采访，当她到达这位歌唱家的公寓时，发现她外出了。在等待的过程中，凯瑟从歌唱家的秘书那里获得相关信息，得到了写文章的专业性数据。弗雷姆斯代德最后终于到家了，解释说迟到的原因是路上发生了事故，为此她向凯瑟道歉。她看起来状态不佳，脸色苍白、摇摇欲坠，心情极度沮丧，几乎到了无法讲话的地步。凯瑟连说抱歉并迅速告辞，商定采访下次再进行。她后来告诉朋友：弗雷姆斯代德当时看起来很老，简直令人难以置信。与弗雷姆斯代德初次会面，给凯瑟留下了深刻印象，以至于在写作《云雀之歌》时，她沿用了当时弗雷姆斯代德留给她的记忆，以此来刻画在舞台上歌唱了多年的西娅："她的眉毛和睫毛上还有黑色的油脂。她面色苍白，而且她的脸拉长了一些并有了深深的皱纹。医生怀着一种沉重的心情暗暗对自己说，她看上去有四十岁。"[1] "她看上去明显地疲惫不堪，萎靡不振。这会儿她的头发从中间分开并紧贴着头皮，因为她刚戴过假发。她看上去像个逃亡者，一名胡乱穿上随手抓的衣服匆匆逃离什么的逃亡者……"[2] 西娅当时只有 30 岁左右，正处于歌唱事业的巅峰阶段，但由于她所在的那个圈子钩心斗角、错综复杂，她常常穷于应付、身心俱疲。当一直鼓励和支持他的阿奇医生时隔多年后在纽约见

---

① ［美］薇拉·凯瑟：《薇拉·凯瑟集：早期长篇及短篇小说》（上卷），曹明伦译，生活·读书·新知三联书店 1997 年版，第 721 页。

② 同上书，第 722 页。

到她，不禁为眼前西娅这副未老先衰的模样大吃一惊。

　　然而，当弗雷姆斯代德站上舞台引吭高歌时，其光彩照人的形象无人能及，《云雀之歌》中的西娅同样如此。1914 年 3 月 12 日，素爱看戏的凯瑟和朋友们来到大都会剧院，就在节目预定时间即将到来之际，剧院经理通知观众：原定女主角临时有恙，弗雷姆斯代德即将取而代之。弗雷姆斯代德那天晚上大获成功，点燃了全体观众的激情，她在演出中光彩夺目、美丽非凡。第二天早晨，《纽约时报》以"弗雷姆斯代德拯救了一出歌剧"为题，还原了事情的原委。那晚剧院已经没有时间来改变剧目，观众已经尽数入场，但还有一点契机，因为生病主人公原定于第二幕才出场。当剧院经理打电话来询问弗雷姆斯代德能否救场时，她立刻答应并说已经在路上。实际上，她此前排练过这个角色，于是放下电话后立即叫来汽车，并让女助理包好演出服装，20 分钟后她准时出现了剧院里。这些现实中的情景，也被凯瑟照搬到了《云雀之歌》中：

　　　　"是管理委员会打来的，"他轻声说。"格洛克勒夫人突然垮了；阵性昏厥。莱茵克尔夫人在大西洋城，而施拉姆今晚正在费城演唱。他们想知道你能否去接着唱完西格琳德。"

　　　　"现在几点了？"

　　　　"八点五十五。第一幕刚刚结束。他们可以拖延二十五分钟。"

　　　　西娅坐着没动。"二十五分钟加三十五分钟有一个小时，"她咕哝道。"告诉他们，如果他们能等我赶到化妆室才开始第二幕我就去。说我不得不穿她的服装，而且化妆师必须把一切都准备好。然后，请叫一辆出租车来。"①

---

　　① ［美］薇拉·凯瑟：《薇拉·凯瑟集：早期长篇及短篇小说》（上卷），曹明伦译，生活·读书·新知三联书店 1997 年版，第 743 页。

　　而西娅在临危救场后，也得到了和弗雷姆斯代德类似的巨大成功，从此走上了国际知名歌唱家的道路。她的一个朋友如此客观地描述那晚的盛况："当然快活！第二幕结束时那场面简直有点儿像是民众暴动。阿奇和我都没法像其他人一样坚持那么久。像那样欢呼喝彩总应该让管理委员会明白风是怎样刮的。你大概知道你唱得棒极了。"①

　　通过以上几个细节，人们可以得出结论：凯瑟在《云雀之歌》中对大量音乐语汇驾轻就熟，将西娅这个音乐家描绘得光芒四射，除了因为作家本人对原型人物了如指掌，还因为其音乐理解力之高非常人能够企及。而且，作家和音乐家虽然分属两个具体领域，但两者之间又是息息相通的，文学的领悟力和音乐的灵感一脉相承。而更为重要的是，凯瑟所体验到的艺术家之路，既饱含诸多艰险，又充满无可名状的美妙感受。20 世纪初的美国城市化语境中，女性艺术家拥有了较多的自由和权利，但作为西部小镇上籍籍无名的小姑娘，也遇到来自性别、种族、阶级等方面的困惑和阻碍。进入东部大都市和国际大舞台，西娅的艺术家之旅是凯瑟对自我的梳理，也是她对女性自我奋斗的激励和肯定。

一　《云雀之歌》的国内外研究综述

　　国内关于《云雀之歌》的研究并不多见，除了女性主义和生态主义解读的有限视角，除了被纳入"草原三部曲"中阐释的有限篇章外，重量级外国文学研究期刊上的相关文章几乎没有。但国外对《云雀之歌》的关注比较密切，涌现出的成果也视角各异。杜贝克的《重构男性脚本：

---

　　①　［美］薇拉·凯瑟：《薇拉·凯瑟集：早期长篇及短篇小说》（上卷），曹明伦译，生活·读书·新知三联书店 1997 年版，第 747 页。

薇拉·凯瑟和〈云雀之歌〉》，表明凯瑟作为一个女同性恋作家的特殊地位，因为她时常运用男性人物来探索女性之间的爱恋关系。《云雀之歌》有多重主题，比如分裂的自我、开诚布公和瞒天过海之间的悖论、公众形象和隐秘欲望等，使得该小说拥有并行不悖的双层结构：显文本是有关西娅历经艰险获得艺术成功的故事，潜文本则涉及女同性恋主题。小说直白地表现了男性竭力压制那些被社会禁止的自我欲望，实则是在隐晦地表达凯瑟所理解的女性之"不伦之恋"。凯瑟酷爱去剧场欣赏表演，是因为它能赋予人们日常生活所缺乏的东西，包括强烈的感情、温暖和积极向上的体验、对社会陈规陋习的越界等。她在写小说过程中也自得其乐，必定是由于同样的原因：她可以远离束缚人性的清规戒律，而置身文字所营造的乌托邦王国中。凯瑟刻画了众多反叛型人物形象，其打破旧世界、建构新世界的决心都与《云雀之歌》中的西娅如出一辙，他们敢于解放那隐秘的第二自我，从而释放欲望和天性。然而，凯瑟本人却又称《云雀之歌》是她的神话故事，或许是出于如下原因：西娅以一种近似于神话故事般的奇特方式大获成功，而现实中却有太多人对这样的幸运结局无法企及，凯瑟显然对后一种人充满同情。尽管一些评论家认为《云雀之歌》是凯瑟最具自传性的作品，但凯瑟并不认同西娅作为艺术家的功成名就，而是认同书中的一些男性人物——他们被强制遵守社会习俗，而压制内心真正的需求和愿望。① 西维尔斯的论文《薇拉·凯瑟的"银嗓子之河"：〈云雀之歌〉中作为生态系统的女性》，认为西娅在音乐方面天赋异禀，在舞台上极具爆发力和表现力，因而能够一举成名。西娅不让自己的才华为男性所盘剥和消耗，而是使它尽情发挥出来，从而没有虚度此生。西娅为了事业成功付出了巨大牺牲，她最终变为功

---

① Laura Dubek, "Rewriting Male Script: Willa Cather and *The Song of the Lark*", *Women's Studies*, Vol. 23, No. 4, 1994, pp. 293 – 306.

成名就的艺术家，不仅因为她在音乐上精益求精、一丝不苟，更因为她超越了社会既定性别规范，颠覆了人们对于传统女性的期待。她最大限度地发挥了自己的艺术潜力，没有让它被社会现实的条条框框所束缚和埋没，这体现了她的卓越智慧和胆识。西娅在生态上的杂糅性，揭示出凯瑟的广阔视野：既强调美国西南部生态环境对于艺术创造的重要作用，又强调女性艺术家身份建构的非凡意义。[①] 莫西雷的《编辑学术版〈云雀之歌〉：凯瑟新闻事业在社会和文学历史中的遗产》，考察了薇拉·凯瑟长篇小说中的方方面面，尤其聚焦于她"草原三部曲"之一的《云雀之歌》。这部小说最初发表于 1915 年，在 1937 年再版时，凯瑟又做了大幅度修改。凯瑟的早期写作生涯奉献给了《麦克卢尔》杂志，她在那里任编辑。莫西雷梳理了凯瑟的私人朋友和公开社交关系对《云雀之歌》这本书产生的影响，为学界相关研究增添了诸多有趣而有益的资料。[②] 普利维特在《一场激情和四堵墙：西娅·克隆伯格在艺术上的成长》中，解读了西娅和凯瑟本人的互文性。像西娅一样，凯瑟渴望去创造美的东西，所以运用语言和意象去绘制美轮美奂的图景，以此呈现她热爱的美国西部风景。凯瑟在中西部度过童年，早年也曾任报社记者，其写作源泉和表达才能都很出色。然而，每一个人在从公众那里获得舞台或写作的巨大荣耀之前，西娅和凯瑟都需要美丽荒原作为私人空间，来滋养她们的天赋。西娅始终把事业放在个人生活之先，与凯瑟在现实中的选择一模一样，她们都是社会成就至上的女人。与西娅在音乐中的造诣和激情类似，凯瑟的创作灵感也喷涌而出，她们都从祖先那里获得精神支撑，从

---

① Matthew Wynn Syvils, "Willa Cather's 'River of the Silver Sound': Women as Ecosystem in 'The Song of the Lark'", Southwestern American Literature, Vol. 30, No. 1, 2004, pp. 9 – 21.

② Ann Moseley, "Editing the Scholarly Edition of The Song of the Lark: The Legacy of Cather's Journalism in the Social and Literary History of the Novel", American Literary Realism, Vol. 41, No. 2, 2009, pp. 133 – 153.

他们那里得到走向伟大的养分。①

二　边缘文化和弱势艺术家群体

凯瑟针对印第安人的思考，在《云雀之歌》中比在《啊，拓荒者!》中更加成熟。在美国西部大开发的轰轰烈烈进程中，政府犯下的重大错误之一，恐怕就是对印第安人的驱逐和屠杀。《啊，拓荒者!》鲜少提及印第安人，评论家们揣测凯瑟在此书中对印第安人问题所采取的立场时几乎都是从她的字里行间展开主观推断。而《云雀之歌》差不多有整整一章来呈现印第安人聚居区的遗迹，它的存在对于成就主人公西娅日后辉煌的事业举足轻重。西娅从西部科罗拉多的月石镇离乡背井来到芝加哥学习音乐，几经辗转后变得囊中羞涩，艺术界的媚俗、虚伪现象也让她处于精神危机之中。就在这样的关键时刻，对音乐颇有造诣的弗雷德及时出现在她的生活中，带她到了西南部亚利桑那州古老的印第安聚居区，使她走出了心理阴影。在远离喧嚣的大自然中，在印第安民族遗留的文化氛围中，西娅获得了神奇的力量和启示。她明白了眼前该走向何方，那就是去德国学习歌唱。她也从印第安民族博大精深的文化中获得艺术营养，在后来的演出中融会贯通，成为她激情四溢的神秘源泉之一。

如此举足轻重的印第安文化之旅，其实是凯瑟和朋友一起完成的真实体验，这在詹姆斯·伍德利斯的传记《薇拉·凯瑟的文学生涯中》中都有详尽描述。那是在《云雀之歌》初稿交付出版社后，凯瑟与友人共同游览了美国西南的印第安人遗迹。众所周知，美国土著居民曾有 1/3 分布在西南地区，而科罗拉多州、犹他州、亚利桑那州、新墨西哥州都

---

① Ronna Privett, "One Passion and Four Walls: Thea Kronborg's Artistic Development", *Midwest Quarterly*, Vol. 54, No. 2, 2013, pp. 186 – 201.

是其主要聚居点。正如前文所述，凯瑟对印第安文化一直很推崇，所以才会亲临现场加以考察。"凯瑟早就想去参观梅萨沃德印第安人遗址（Mesa Verde）（位于科罗拉多州），因为它拥有全美国最多的悬崖窑洞（cliff dwellings），而她之前游览的沃尔纳特峡谷（Walnut Canyon）国家保护区（于亚利桑那州）和其他遗迹，也激发了她对更多类似古迹的热情。梅萨沃德自1906年以来就是国家公园，庞大的绝壁宫殿①（Cliff Palace）有223个房间，早就已经开凿出来向游客开放。当凯瑟和刘易斯光临此地时，政府已修好一条直通公园的路，她们雇了一辆汽车和一个司机得以进入。在云杉树屋②（Spruce Tree House）有很舒适的露营地，公园敲钟人的妻子提供餐饮。凯瑟及其朋友在攀爬遗迹中度过了激动人心的一周，又花了整整一天时间赏鉴绝壁宫殿。凯瑟对这一切留下了难以磨灭的印象，成就了短篇小说'汤姆·奥特兰'最令人难忘的片段之一——也是《教授的房子》的中间部分。"③ "返回曼科斯④（Mancos）之后，凯瑟和刘易斯第一次走访了新墨西哥的陶斯镇印第安村（Taos）。尽管那儿已经有了少许艺术家，但它还没作为艺术家聚居地而为外界所发现，而且陶斯镇很遥远，人们要去那儿很难。她们不得不在崎岖不平的道路上骑马和乘车走了很长旅程，她们能找到的住宿条件也很原始落后。唯一能住的地方是哥伦比亚酒店（The Columbia Hotel），是在小镇广场上由一位墨西哥妇女经营的砖坯建筑，客房里装配两张大铜床，上面有下陷的弹簧

---

① 绝壁宫殿是梅萨沃德和北美最大的悬崖窑洞。

② 阿纳萨齐族（Anasazi）是美国印第安人的祖先之一，在公元1000年前后他们创造了较为辉煌的社会文明，在纺织、制陶、农业灌溉等领域表现出色。公元12世纪时阿纳萨齐人在梅萨沃德的悬崖峭壁上修建房屋，有的一间就相当于现在的150间大小，其中最著名的两大窑居就是绝壁宫殿和云杉树屋。

③ James Woodress, *Willa Cather: A Literary Life*, Omaha: University of Nebraska Press, 1989.

④ 曼科斯小镇坐落在科罗拉多西南部，在梅萨沃德国家公园的底部。曼科斯山谷曾经的居民是印第安阿纳萨齐族，他们很可能隐退到了梅萨沃德的悬崖窑洞，可能是为了躲避气候变化带来的灾难，也可能是该地区入侵者的集中营政策所致。

和薄薄的垫子，还有黑黢黢的大壁柜，以及盥洗盆，而且房间里点着煤油灯。但价格比较合理，含三餐在内是每天1.5 美元。她们在那儿待了一星期，骑着马或租了团队旅行车自己开。凯瑟写信给她的朋友瑟吉恩特说，这真是美妙的一周，她快乐极了。刘易斯记得：凯瑟对乡村感觉敏锐，就像音乐家第一次听到管弦乐一样；她不常提及这次旅行，但人们感觉到她深深沉浸其中，对所看到和经历的东西经久难忘。她无疑是在收集素材，12 年后在《大主教之死》中尽数体现出来。"①

在《啊，拓荒者!》中，印第安人只是在文本中被轻轻带过，凯瑟没有赋予书中人物长篇大论品评印第安人的机会。这就使印第安种族问题在"草原三部曲"中的第一部里极易留下悬念，以至于有些学者认为凯瑟的族裔立场含混不清。而《云雀之歌》里长篇累牍的印第安文化介绍，应该明确了凯瑟对待印第安等少数族裔的态度。这部小说中的印第安人部落遗迹，仿佛是直指政府部门的一声声控诉，谴责美国当局残酷的掠夺行径，批判其非人性的伦理道德实质。

凯瑟在《云雀之歌》里的种族立场，不仅通过主人公在印第安遗迹中获得精神救赎而表现出来，而且还在小镇居民对墨西哥人的敌视态度中得到清楚呈现。在西娅所生活的西部小镇上，人们对印第安人的评论不多，但对墨西哥人的负面态度十分明显。在移民众多的西部区域，人们通常按照在欧洲故国的空间区分形成一个个社区，比如有法国人聚居区、德国人聚居区、挪威人聚居区等。但这帮欧洲来的移民自视甚高，看不起墨西哥人，对墨西哥村的人们敬而远之。同样作为欧洲移民后代，西娅却从小就漠视这一约定俗成的清规戒律，和墨西哥村居民相处甚欢。在她的眼中，人只有有才华和无才华、有文化和无文化之分，

---

① James Woodress, *Willa Cather*: *A Literary Life*, Omaha: University of Nebraska Press, 1989.

并没有高低贵贱之分，她对种族、阶级、性别的差异几乎没有概念。她到芝加哥学习音乐第一次回家期间，得到了墨西哥村民的热烈欢迎，和他们一起度过了一个酣畅淋漓的音乐晚会。而这场即兴歌舞晚会的组织者就是"西班牙人约翰尼"，他并不是如人们所称呼的那样是西班牙人，而是墨西哥移民中的天才音乐家。他有惊世才华，所以在人世间显得与众不同，每隔一段时间都要在疯癫状态中离家出走。音乐使西娅和约翰尼成为同道中人，因为西娅从小就得到约翰尼的赏识，而她从来没有像其他人那样认为约翰尼真正疯狂。所以当西娅从芝加哥风尘仆仆地回到月石镇，马上就接受了约翰尼热情洋溢的邀请。

　　她一直为教堂、葬礼和老师们唱歌，可她以前从没为一群真正热爱音乐的人唱过，她平生第一次感受到了这样一群人能够做出的反应。他们把他们的整个身心都投向了她。此时除了她的歌声之外，他们对世间的任何事情都不关心。他们的脸都朝着她，那一张张单纯、热切、毫不设防的脸。她觉得好像所有这些热情的人都涌入了她的心房。特拉曼特斯太太命中注定的顺从、西班牙人约翰尼的疯狂，以及静躺在沙中的那个小伙子的仰慕，一时间似乎全都在她心中，而不是在她身外，仿佛它们当初就出自她的心间。①

　　……

　　约翰尼具有一名男高音歌手能具有的每一种缺点。他嗓音尖细，颤抖，中音区还显沙哑。但那显然是一副歌喉，而且他有时候竟然用它唱出非常美妙的歌声。唱歌无疑使她感到快活。当他用胳膊肘支着身子斜躺在地上之时，西娅不断地朝下看他。他的眼睛似乎比

---

① ［美］薇拉·凯瑟：《薇拉·凯瑟集：早期长篇及短篇小说》（上卷），曹明伦译，生活·读书·新知三联书店1997年版，第553页。

平时大一倍，那眼里的光芒犹如闪耀在黑乎乎的流水上的月光。西娅记得关于他"着魔"的那些故事。她从未在他疯狂发作时看见过他，但她觉得今晚她身边的某种东西使她对那会是怎么回事有了一个概念。她第一次完全明白了特拉曼斯特太太很久以前向阿奇医生作出的那段含义隐晦的解释。小径旁嵌的仍是原来那些贝壳；她相信她能挑出当年听过的那枚。天上挂的仍是同一轮月亮，而在她身边喘气的仍是同一个约翰尼——被同样一些古老的东西愚弄的约翰尼！①

约翰尼在世俗观念是非理性之人，但若用福柯的《文明与疯癫》来衡量，他就是不落俗套的非凡之人。福柯认为，世人的漫长一生多多少少都有偏离常规之处，所以常人认定的疯癫者与普通人并无太多差别，他们不应该被归于不正常的序列，而理应被视为一种社会常态。疯癫从本质上是生命力和创造力的表征，疯癫者的盖世才华和蓬勃激情在俗世中无以展现，遂用放浪形骸的方式体现出来，甚至会出现酗酒、发狂等爆发形式。疯癫之人对世界的感知往往更敏锐、更真切，所以他们比庸常之人更接近于事实真相和人间真理。对疯癫者的管制和监禁，究其实质是权力机构对边缘弱势群体的压迫，是不应该作为主流价值体系来提倡的。②

《云雀之歌》中除了约翰尼之外，西娅的音乐启蒙老师温施教授也是个不合常理的"畸人"，他们共同谱写了一曲边缘化艺术家的生存之歌。人们不知道温施教授从何处来到月石小镇，是好心的科勒夫

---

① ［美］薇拉·凯瑟：《薇拉·凯瑟集：早期长篇及短篇小说》（上卷），曹明伦译，生活·读书·新知三联书店 1997 年版，第 554—555 页。

② ［法］米歇尔·福柯：《规训与惩罚》，刘北成、杨远婴译，生活·读书·新知三联书店 2003 年版。

妇收留了他，他们不但照顾他的饮食起居，还专门辟出空间来发挥他的一技之长。这样温施教授就开始在月石镇安身立命，他收学生教钢琴，既有了经济保障，也在邻里乡亲中获得威望。在日复一日的教学中，他发现了西娅过人的音乐天资和不达目的誓不罢休的坚强个性，于是欣喜若狂又失魂落魄，因为他意识到自己已经没有什么可以再教给西娅，她必须转投其他音乐高人的门下才能有所作为。他当天深夜就成了人们眼中的"狂人"，在衣衫不整的状态下手持斧头闯入科勒家花园，狂怒中捣碎了其中的鸽子屋。小镇上自诩"体面"的人们再也不允许温施教授给孩子们授课，他只能在潦倒不堪中离开小镇，而追着火车为他送行的只有西娅——只有西娅理解他的音乐梦想、崇拜他慧眼识珠的伯乐情怀。约翰尼和温施教授等人的遭际，正应了中国那句名言"冠盖满京华，斯人独憔悴"，他们的疯癫举止和满腹经纶形成奇特的组合，也成为凯瑟笔下西部大开发进程中的一道独特风景。

以约翰尼为代表的墨西哥村人，长期以来都是西娅的心灵依附和音乐灵感之一，却由于世俗的偏见而变成她永远离开家乡的重要原因。哥哥姐姐谴责西娅不成体统，因为她与墨西哥人的交往令他们难堪，他们怒不可遏的声讨中包含了太多西娅无法忍受的东西：恶毒的诅咒和妒忌、背道而驰的世界观和价值观、亲情大厦的轰然倒塌。在墨西哥村歌舞晚会后受到哥哥姐姐的群起攻之，使得西娅幡然醒悟：这个家再也没有她的容身之所，月石镇居民对她普遍抱有敌意。西娅毅然返回芝加哥，直到小说结尾之时她再没有回过月石镇，这期间她的父母相继去世，正是她在欧洲发展的紧要关头，于是家乡成为她可望而不可即的梦幻。不管是有意识还是潜意识，西娅就是用这种方法向家乡的主流群体发起反抗，以此表明她渴求人类平等和自由的乌托邦理想。西娅心中的愿望十分美好，她希望无论什么肤色的人们都能和平共处，希望才华横溢的艺术家们得到社会尊重。西娅不为城市化和工业化中物欲横流的思潮所左右，而是义无反顾地追求艺术之梦，牢记儿时就拥有的音乐理想。她不忘初衷的赤子之心，也是凯瑟身为作家所一直坚持的，她们都抵制住了消费主义和物质主义的异化力量，从而在事业上获得巨大成功。

三　超越消费主义思潮：西娅和凯瑟共同的艺术真谛

西娅的成功来源于多个方面，她自身的努力和得到贵人相助是两个重要因素。西娅对音乐具有与生俱来的感受力和领悟力，在月石镇上被一些有识之士视为"音乐神童"，但即使是这样的天才少女，她如果缺乏勤奋的习惯和坚强的毅力，也会让梦寐以求的理想可望而不可即。可贵的是，这些通向功成名就的品质都能在西娅身上一一得以挖掘，她的钢琴老师温施教授最先发现她是可造之才：

> 为什么信任这孩子呢？是因为她那种在这散漫的小镇显得异乎寻常的顽强勤奋？是因为她那种想象能力？更有可能是因为她既有丰富的想象又有顽强的意志，而两者正在奇妙地相互平衡，相互渗透。她还具有一种尚未被意识和唤醒的东西，即那种被激起的好奇心。她有一股他在别的学生身上从未见到过的认真劲儿。她讨厌困难，然而她对困难绝不会回避。困难就好像是对她的挑战，她不征服它们就得不到平静。她有力量去进行艰苦的努力，去举起比她自己还重的东西。温施希望自己永远记住她站在轨道旁望着他时的那副模样；那张颧骨较高、热切而红润的圆脸，那两道金色的眉毛以及那双微微偏绿的淡褐色眼睛。那张脸容光焕发，充满活力，充满了没有疑惑的青春之希望。是的，她是一朵完全沐浴在阳光中的鲜

花，但不是他童年时代的那种德国娇花。他现在终于找到了他以前曾心不在焉地找过的那个比喻，她就像开在那片荒原上的黄色的仙人掌花，比他记忆中的那些娇花更多刺，更茁壮，虽不那么讨人喜欢，但却令人感到惊叹。①

而西娅在音乐之路上屡次绝处逢生，皆仰仗了男性友人的倾情相助和慷慨解囊。在《啊，拓荒者！》和《我的安东尼娅》中，女主人公亚历山德拉和安东尼娅除了有个青梅竹马的男性朋友见证其成长，日常厮守、推心置腹的都是女玩伴，令她们获益最多的是同龄或忘年交的姐妹情谊。比如，亚历山德拉与玛丽一直过从甚密，安东尼娅则与莉娜、婷妮、哈林太太向来私交不错。而《云雀之歌》中的西娅完全不同于一般女性，她除了得到母亲的全力支持之外，与其他女性的关系都平淡如水。与她志趣相投、令她获益匪浅的朋友，无一例外都是男性，他们一般年龄都比她大，扮演着如父如兄般的引导者和赞赏者角色。除了父亲之外，雷·肯尼迪是第一个资助西娅的男人，对她日后的崛起功不可没。雷是个铁路货车司机，经济收入微薄且社会地位不高，却总是梦想着娶才华横溢的西娅为妻。此时的西娅已经辍学在家，主要靠在家里教授钢琴课为业，如果没有意外出现她将依照镇上人们所期待的那样结婚、生子、变老，从而恪守传统而波澜不惊地度过一生。恰在此时雷遭遇了一场致命车祸，临终之时将仅有的 600 美元倾囊而出，用来帮助西娅到芝加哥继续学习音乐。这是西娅走出西部小镇、迈向广阔世界的关键一步，是她从一筹莫展的乡村姑娘变成卓尔不凡音乐家的分水岭。西娅音乐事业的第二个重要转折点，是在阿奇医生的资助下圆满完成的。

---

① ［美］薇拉·凯瑟：《薇拉·凯瑟集：早期长篇及短篇小说》（上卷），曹明伦译，生活·读书·新知三联书店 1997 年版，第 423—424 页。

他是月石镇上家喻户晓、颇有声望的医生，对西娅一直特别欣赏和关照，也是他遵照雷的遗愿将西娅亲自送到芝加哥的音乐老师手中。一别多年之后，阿奇医生已是科罗拉多首府丹佛市的投资人，而身处北方城市的西娅发现消费主义浮夸之风也弥漫在艺术领域，于是又陷入了进退维谷的身份焦虑。阿奇医生一接到西娅从纽约写来的求助信，就立刻带着钱动身前去救她于危难之中："他踩着街面上的积雪，从银行到了联合车站，在那儿他把钱往售票窗的栅栏下一塞，仿佛他巴不得尽快让钱脱手似的。"① 正是在阿奇医生的鼎力相助下，西娅终能到德国去发展演唱事业，成为一名享誉世界的歌唱家。除此之外，弗雷德也是帮助西娅通向成功的重要人物，是她人生中不可或缺的"贵人"之一。与西娅相识相恋之时，他正受困于一桩痛苦婚姻之中，所以西娅一直对他若即若离，令两人都不敢越雷池半步。正因为这样的关系，西娅当年去德国深造之时宁愿向阿奇医生请求援助，而不是投身身负婚姻契约的富家子弟弗雷德。但弗雷德对她的作用不可小觑：首先，他虽是生意人，但对音乐的品位不俗，经常混迹于艺术圈并广受欢迎，所以在人脉拓展上非常有助于她，对她视野的开拓也做出了不可磨灭的贡献；其次，他对她的感情十分真挚，真心真意理解和尊重她的音乐梦想，全心全意引导和帮助她实现人生目标。应该说，弗雷德的全程陪伴和深情厚谊，在很大限度上缓解了西娅追梦路上的焦虑和艰辛。

《云雀之歌》中的男性人物群像形态迥异、个性不同，却都聚集于中心主人公西娅的周围，为她辉煌的音乐生涯助一臂之力。在论文《重构男性脚本：薇拉·凯瑟和〈云雀之歌〉》中，杜贝克表示：男性气质通常被主流意识形态定义为理性至上和掌控一切，但《云雀之

---

① ［美］薇拉·凯瑟：《薇拉·凯瑟集：早期长篇及短篇小说》（上卷），曹明伦译，生活·读书·新知三联书店 1997 年版，第 660 页。

歌》中主要男性人物却生活于惶恐之中，唯恐他们隐秘的欲望曝光于光天化日之下。依据杜贝克文章的观点，阿奇医生和温施教授始终挣扎在理性和感性、超脱和欲念、社会形象和私密自我之间。比如，阿奇医生长期受困于不幸婚姻中而不采取离婚措施，是屈服于社会象征系统给他带来的压力，而他对西娅既关切又发乎情止乎礼，说明直到最后他仍然在压制内心的激情。弗雷德则与阿奇医生和温施教授截然相反，他善于平衡灵魂和身体的关系，在社会身份和个人欲求之间游刃有余。他最终从痛苦婚姻中解脱出来而与西娅走到一起，表明他成功抵制了公共系统的压迫，选择了一条认同和建构自我的光明之路。①笔者细读该小说文本后，对杜贝克的解读不能完全赞同。将温施教授和阿奇医生等帮助过西娅的男人都说成为欲念所驱使，未免夸大其词、过于牵强了，且不说他们的年龄足可以当得起西娅的父辈，他们光明磊落、无欲无求的行为也在文本中随处可见。与其说他们对西娅抱有私念，倒不如说艺术之美和西娅的追梦之旅也点燃了他们的热情，或者他们预感到自己未竟的理想即将在西娅身上付诸实现，因而他们才情不自禁地出手相助。

西娅从男性人物的帮助中获得成功，可以折射出丰富的社会文化内涵。其一，《云雀之歌》中的西部大开发时代，充满火车、股票、开矿等现代意象，城市化浪潮正在此地蓬蓬勃勃地展开。其二，正是这股工业化和城市化思潮，使得以西娅为代表的年轻女性从懵懂中觉醒，不再固守一成不变的传统乡村生活，而是毅然奔赴国内或国外都市寻求自我发展。其三，男性是城市化和技术化进程中的主力军，在政治和经济上掌握着绝对主动权，女性的事业成功之路极其艰难，有时候她们在男性

---

① Laura Dubek, "Rewriting Male Script: Willa Cather and *The Song of the Lark*", *Women's Studies*, Vol. 23, No. 4, 1994, pp. 293 – 306.

的帮助下才会走得快一些。其四，西娅虽然在经济和情感上都承蒙男性友人的慷慨相助，却没有被消费主义大潮冲昏头脑，而是超越物质主义和功利主义价值观，始终把艺术追求当作至高无上的生存目标。西娅与德莱塞《嘉丽妹妹》中的主人公有着天壤之别：西娅对男性朋友都以诚相待，以真挚的友谊和出众的才华赢得他们青睐，而朋友们出资相帮也都是为了保护她的艺术天分不致泯灭；嘉丽的野心却是建立在不择手段之上，她周旋于各色"成功男士"中间逢场作戏，目的是利用他们当跳板，来成就自己的功名利禄。凯瑟这样来塑造西娅这个人物，难免有理想主义之嫌：她希望女性在成功路上接受男性帮助之时，男女双方都一派纯真，都摒弃一切私心杂念；她希望女性自由地与男性交谈、出游等，而不至于引起社会舆论的飞短流长；她希望女性不顾一切朝着理想奔跑，千万不要为世俗所羁绊，成功到达目的地就是对这个世界最好的回报。通过小说来设置乌托邦构想，凯瑟的心思显得缜密而复杂：她对女艺术家的成长有着切身体验，也许在想象一种理想模式来宽慰受伤的心灵；她也许对当时男性比女性优越的现状很不满，所以建构相互平等与理解的图景来弥补现实之缺失；她更可能对消费至上、人文气息淡薄的社会风尚忧心忡忡，希望用文字和文本来重拾艺术之美，来呼吁社会尊重艺术家。无论从哪个侧面来剖析，凯瑟和西娅对艺术真谛的探求都是相同的，那就是在城市化语境中超越消费主义意识形态，用勤奋和真诚来直面艺术。从职业规划上讲，《云雀之歌》比"草原三部曲"中的其他两部更接近凯瑟的现实生活，更能抒发凯瑟的真实体验和感受。

第三节　腐蚀与救赎:《我的安东尼娅》的 城市悖论

《云雀之歌》带给凯瑟无数赞誉,一向笔耕不辍的她又开始酝酿下一部长篇小说的人物、情节、场景等诸多事宜。西娅的原型——纽约歌唱家弗雷姆斯代德仍与凯瑟时有来往,但凯瑟的心境却颇为低迷,原因在于:她在匹兹堡的两位多年好友去世,另一位同性知己结婚。她倍觉孤单和伤感,不久卖掉匹兹堡的房产,彻底离开了这座与她有着近 20 年渊源的城市。让凯瑟走出这段精神危机的有三件事:一是重游陶斯印第安遗址,二是回归内布拉斯加州的红云镇,三是在这期间收集素材写作《我的安东尼娅》。她在陶斯待了三周,然后一路向北与其兄弟罗斯(Ross)团聚,她为此写信给朋友说此次陶斯之行是天堂般的旅程,与罗斯全家一起骑马旅行也相当惬意。之后她回到红云镇,那年夏天内布拉斯加火烧火燎般地炎热,她拜访了老朋友安妮·帕维尔卡(Annie Pavelka),而安妮成了后来《我的安东尼娅》同名女主人公的原型。凯瑟在这次红云镇之行中做了大量笔记,她日后把与安妮的重逢写成了《我的安东尼娅》的最后一章:多年后吉姆回到家乡黑鹰镇的农场上看望少年时的挚友安东尼娅,发现她渡过人生的激流险滩之后,已经拥有了踏实而丰盈的生活——一个好丈夫、十来个可爱的孩子、一片肥沃的土地。

凯瑟写作《我的安东尼娅》比较顺利。1917 年夏天的纽约实在酷暑难当,凯瑟便来到新罕布什尔州(New Hampshire)的贾弗里(Jaffrey),在沙塔克酒店(Shuttack Inn)的顶楼租了两个房间。她在此地住了很长时间，因为写作环境安静、无人前来打搅，她身心畅快、文思泉涌，所以《我的安东尼娅》的创作进展很快。凯瑟来自匹兹堡的两个朋友，在离沙塔克一英里远处租了个地方陪伴她，并在他们的草地上支起个帐篷供她写作和休憩。于是每天早餐后，凯瑟便穿过石溪农场（Stony Brook Farm）来到她帐篷所在的草地上。通常在中午时分，她会停止工作，随后爬过一道石墙，穿过树林回到酒店。她一般随身携带纸和笔，而把墨水瓶、写作的桌子和轻便折椅（camp chair）留在帐篷里，以便第二天进帐篷后继续使用。就是在这样的惬意环境中，凯瑟完成了《我的安东尼娅》中的第二部分"被雇用的女孩们"。下午时分，凯瑟要散步很长一段距离，她穿过乡村风光、爬上芒达诺克山（Mont Mondanock），在上面阅读她最喜爱的书。凯瑟就这样在贾弗里住了整整两个月，当她离开时，《我的安东尼娅》仍旧没有完稿，而她早已和出版社签订了一纸合同，双方商谈好春季出版，但实际出版日期往后拖延了半年。①

　　凯瑟在这部小说中提出了西部大开发中又一个引人警醒的问题：当城市化的潮流涌来，很多农场上的年轻人来到当地城镇挣钱养家，面对各种消费诱惑和堕落现象时，他们怎样才能真正做到安身立命？安东尼娅与莉娜、婷妮、三个都叫玛丽的姑娘，各自的人生都呈现出不同轨迹。比如，安东尼娅这个人人公认的好姑娘，却为城市生活所迷惑和抛弃，最终回归草原大地才获得身份归属；莉娜当年在农场时惯会招蜂引蝶，但到了城镇后变得冷静沉着，成就了自己的一番事业。凯瑟呈现给读者一幅悖论图景，用涉世未深的乡村姑娘到城市后的因缘际会，来揭示城市腐蚀或救赎人性的双重特性。

---

① James Woodress, *Willa Cather: A Literary Life*, Omaha: University of Nebraska Press, 1989.

一 《我的安东尼娅》的国内外研究综述

在《美国拓荒时代的新女性——评薇拉·凯瑟的〈啊，拓荒者!〉和〈我的安东尼娅〉》中，蔡春露对凯瑟"草原三部曲"中的两部进行对比解读。在她看来，《啊，拓荒者!》是人类与大自然交锋的最初胜利，《我的安东尼娅》则是终极胜利。如果用田园式神话比较两部小说，人们发现《啊，拓荒者!》描写了大自然的最终死亡，而《我的安东尼娅》则是复活。亚历山德拉克制自己对爱情的追求而把心血倾注在开荒和种植上，她与卡尔的恋爱是柏拉图式的，没有美满的个人生活。安东尼娅不仅像亚历山德拉那样意志坚定，不怕困难，与土地进行一场热恋，而且能够把大地的繁衍生息与人类联系在一起。她经历了由城市到乡村、最终回到大自然的怀抱开花结果的过程，在孩子们的簇拥中过着美满幸福的生活。安东尼娅是作者在塑造亚历山德拉基础上对开拓西部边境地区的女性形象的最后完成。[1] 孙宏在《〈我的安东尼娅〉中的生态境界》一文中指出：《我的安东尼娅》中，薇拉·凯瑟以具有丰富生态内涵的美国西部边疆为背景，塑造了安东尼娅这一大地女神的形象。从生态批评的角度对这部小说进行解读，可以使我们摒弃习惯性的二元论思维模式和人类中心主义价值观，领悟大自然所蕴含的人文意义，看到世界的真谛和价值正在于其丰富性和多样性。具体而言，在这片土壤上繁衍的万物相得益彰，体现了凯瑟的生态观。从藏在地下的金花鼠、吉姆祖母家菜园里那条黄色和褐色花纹相间的菜花蛇以及那只脸上有黑白条纹，常常从洞穴里望着祖母干活的獾，到以一轮红日为背景的铁犁

---

① 蔡春露：《美国拓荒时代的新女性——评薇拉·凯瑟的〈啊，拓荒者!〉和〈我的安东尼娅〉》，《外国文学研究》1998 年第 2 期。

和女主人公本身，一个从动物、阳光到大地女神的生动历程绵延不绝，最终安东尼娅在众多子女的簇拥下达到了她拓边事业的顶点，成为一个正在崛起的新民族的奠基人，一位名副其实的"麦田里的圣母和美国西部神话的象征"。这也使这部小说在人与自然和谐融洽的气氛中结束，达到了万物得宜的理想境界。① 于娟、杨颖在《〈我的安东尼娅〉间性空间的身份间性研究》中表明，薇拉·凯瑟的《我的安东尼娅》是阐释美国迁移的一部作品，小说中的间性空间叙述体现了人物身份的间性特质，包括空间迁移与定居家园之间的身份定位、记忆旧世界与适应新世界之间的身份归属、艺术的中心与边缘之间的身份认同等。运用间性空间与身份理论可以探究凯瑟对社区空间、民族文化以及艺术领域的身份间性叙述。凯瑟相信艺术家身处现实世界，但又超越世界，艺术使其处于间性空间。这部间性小说中包含想象、创造、转换社区、民族、艺术等间性空间，阐释了人物的身份定位、归属与认同所体现的身份间性特质。通过凯瑟的文学旅行，草原、小镇、城市成为人物寻找身份定位的社区间性空间。在新旧世界间性空间，人物经历民族文化冲突与融合，最终获得身份归属。在艺术边缘与中心的间性空间，在沉默和言语的挣扎、迎合还是颠覆传统的选择中人物的艺术身份得到认同。②

帕特里克·肖的文章《〈我的安东尼娅〉中的马雷克·希默尔达：一个值得注意的医学病原学》，挖掘了安东尼娅那身体和智力都有问题的兄弟马雷克和作家凯瑟之间的关联。凯瑟之所以塑造马雷克这个手脚都像鸭子那样的并指人物（syndactyly），可能有三方面原因：第一，凯瑟当年还是个青年女子时，曾和罗伯特·德梅利尔博士（Dr. Robert Demerell）

---

① 孙宏：《〈我的安东尼亚〉中的生态境界》，《外国文学评论》2005 年第 1 期。
② 于娟、杨颖：《〈我的安东尼娅〉间性空间的身份间性研究》，《天津外国语大学学报》2014 年第 5 期。

一起看望了内布拉斯加边境（Nebraska Divide）的病人们，也许那段时间遇到过并指的病例。第二，或许马雷克的症状来自凯瑟的阅读资料和道听途说，北美洲的新生婴儿中一般极少出现并指现象。第三，凯瑟从小被暴力恐吓的经历，使她对双手可能遭遇损坏怀有深刻恐惧。当年凯瑟五岁时，一个半痴呆男孩溜进她的卧室，威胁说要用刀割断她的双手，尽管小凯瑟机智地让持刀男孩离开，但这次经历却让她产生了心理创伤，极其害怕双手被肢解。如此怪诞的双手意象，在凯瑟作品中屡见不鲜，比如在《我们中的一个》。凯瑟通过马雷克这个形象，传达了社会对于正常状态的期待，以及她本人作为小说家与社会正统之间的冲突。凯瑟小说的中心议题是分裂的自我，在其早期作品中常表现为女性和艺术家之间不可调和的矛盾，而马雷克正体现了凯瑟的身份焦虑和困惑。[①] 在论文《〈我的安东尼娅〉和伟大民族的形成》中，海尔斯特恩阐释了《我的安东尼娅》对于优生学（eugenics）和移民的种族立场。虽然凯瑟批判了西部地区美国内部移民对于欧洲移民的漠不关心，但她在《我的安东尼娅》这部移民小说中也没有忽视优生学。实际上该小说可以被解读为优生学的个案，而凯瑟对这一议题的微妙解析，让人们越来越明白反移民言论之臭名昭著，从而加强了她本人支持移民运动的立场。凯瑟的小说中包含有关移民的当代研究成果，用一个个例子和论证的逻辑性来表明观点，即遗传特性超越种族界限。[②]

在《关于非命名的"我"：凯瑟〈我的安东尼娅〉中的命名缺失》这篇文章中，曼德斯对《我的安东尼娅》引言部分那个不知名的叙述者展开全新解读。表面上，这部小说有两个作者：一个是凯瑟，她在1918

---

① Patrick Shaw，"Marek Shimerda in *My Antonia*：A Noteworthy Medical Etiology"，*ANQ*，Vol. 13，No. 1，2011，pp. 29 – 33.

② Linda Lizut Helstern，"*My Antonia* and the Making of the Great Race"，*Western American Literature*，Vol. 42，No. 3，2007，pp. 254 – 274.

年发表该小说；另一个是吉姆，他在小说内部写了怀旧的回忆录。实际上，小说引言部分出现的叙述者也是个关键性虚构作者（another fictional author），但她并不是凯瑟本人。叙述者的无名状态创造了令人一无所知的情境，在叙述进程中设置了另一种视角。这个叙述者变成了另一个"我"，与《我的安东尼娅》中"我的"形成呼应关系（这个"我"所指是谁，从一开始就令人备感困惑，它可以有多重解读）。引言中引入叙述者是一种写作技巧，体现了充满矛盾和悖论的凯瑟式美学风格，在时间和空间上常徘徊于凯瑟和吉姆之间，而不是他们两人中的任何一个。游走在两者之间的不确定人物，既包含了分野又包含了连接点，她的假设性缺场能让读者挖掘出很多言下之意。作为吉姆文本的第一读者，引言叙述者"我"是另一只眼睛或耳朵，来来回回地提醒人们历史的存在性。① 在论文《凯瑟〈我的安东尼娅〉中的调解者形象》中，库内归纳了《我的安东尼娅》的几种重要调解者形象。第一，在内布拉斯加大草原，风景是物质自我与精神自我的调和者。凯瑟将世俗空间变成了神圣空间：安东尼娅的父亲无法调和故国和新居之间的文化差异，安东尼娅却学会了将严酷的土地变得适宜居住，并最终将它变成家园，从而使自身从移民女孩转化为女开拓者。第二，自然往往是神圣或超然体验的源泉，就像叙述者吉姆祖母的花园是个斡旋者，它开启了吉姆的早年顿悟，即万物都彼此相连。第三，内布拉斯加的天空也是万事万物的调和者，它在吉姆和安东尼娅这两个看似对立的人物之间架起沟通桥梁：离开大草原的人和留守下来的人、美国人和欧洲移民、城市律师和乡村母亲、男人和女人——黑鹰镇的天空依然是吉姆和安东尼娅少年时代的天空，物是人非却又一成不变。第四，土地也是《我的安东尼娅》中当下和过

---

① Kerry Manders, "On Not Naming *I*: Onomastic Absence in Cather's *My Antonia*", *A Journal for the Study of the Literary Artifacts in Theory, Culture or History*, No. 2, 2009, pp. 54 – 81.

去的调和者，仿佛一个地方所有的有机和无机特征促成了一个人的记忆。比如，安东尼娅闻到美国大西部花香就会想起波西米亚家乡的一草一木，生活环境的形状、颜色、气味等，都可能成为浓烈记忆的催化剂。第五，土地管理者也是卓有成效的中介，吉姆在读者和书中一切内容之间起到了调和作用。第六，在大草原移民的信仰中，基督是他们的唯一仲裁者。当安东尼娅父亲自杀之后，其他波西米亚移民认为自杀是巨大的罪孽，需要一位牧师前来为他的灵魂祈祷，但吉姆的爷爷宣告灵魂的唯一调和者是基督。[①]

雷歇尔·柯林斯的《"在那所有土地都很友好的地方"：薇拉·凯瑟〈我的安东尼娅〉的地下室生活和耕作伦理》中，首先梳理了"地方生态"（ecology of place）框架下两种截然不同的观点。"自我意识"（ego‐consciousness）观聚焦于移民们在西部大草原严酷环境中的生存策略，"生态意识"（eco‐consciousness）观探索非人类世界的复杂性和微妙性。柯林斯认为：《我的安东尼娅》对动物世界（蛇、老鼠、云雀等）真诚地表达关心，又采用一种"动物性修辞"（rhetoric of animality）来表现那些类似动物的移民居住方式（地下室、土洞等），场景在这两者之间轮换，形成"自我意识"和"生态意识"的张力。这就形成了"耕作伦理"（ethic of cultivation），它在两个层面上发挥作用：首先是倡导园艺学，引导伯登一家喜欢被开垦、驯服、改变过的环境，而不是寸草不生的处女地；其次是提倡文化改良（cultural refinement），认为拥有社会等级思想的人要优于那些缺乏者。对大草原的价值判断，从环境层面和社会维度

---

① Joy Cooney, "A Mediating Presence in Cather's *My Antonia*", *The Explicator*, Vol. 69, No. 3, 2011, pp. 142–145.

来考量会得出不同结论,"耕作伦理"的双重性由此可见一斑。① 迪尔曼的《"在风景中移动":薇拉·凯瑟〈我的安东尼娅〉的旅行主题》阐明,在《我的安东尼娅》这部早期现代小说中,凯瑟设计了一个精巧的旅行主题,用空间移动将文本串联成整体。这部 1918 年问世的作品,体现了凯瑟的实验性和尝试性叙事形式,表面上它是自成一体独立或半独立的叙事结构,以此讲述一个个截然不同的小故事。比如,一些自给自足的小故事各有题目,在某种程度上都能独立成篇,但彼此之间又有关联,可以整体上形成体系。读者若深入文本内部进行深度分析,会发现还有一些未命名的叙事片段,比如帕维尔和彼得的故事、卡特及其妻子的故事,等等。凯瑟的文本布局是邀请读者积极参与文本建构和文本阐释,并使得谋篇布局环环相扣、前后连贯,可见凯瑟小说的后现代技巧和主题都蕴含其中。贯穿全文的线索包括吉姆和安东尼娅的成年故事、吉姆源源不断传来的叙事声音、个体成长和开垦土地的主题反复呈现。凯瑟在组织空间叙事上技艺精湛,比如《我的安东尼娅》中旅行主题就颇值得探究,因为旅途中移动的风景串联起了貌似凌乱的故事情节,达到了形散神不散的文学效果。这部小说聚焦美国中西部的开拓者,展示他们如何驯服蛮荒边疆的过程,借用一个旅行主题来强化《荷马史诗》中"奥德赛"的探索原型,以此来高歌西部大开发中的英雄壮举。②

纵观以上关于《我的安东尼娅》的国内外研究成果,笔者深感学界对于这部著作倾注了诸多心血。但至今未有学者从城市化的社会层面对其进行阐述,文化研究层次上的成果相对缺乏,而这正是本书要填补的空白。

---

① Rachel Collins, "'Where All the Ground Is Friendly': Subterranean Living and the Ethic of Cultivation in Willa Cather's *My Antonia*", *Interdisciplinary Studies in Literature and Environment*, Vol. 19, No. 1, 2012, pp. 43 – 63.

② Richard Dillman, "'Motion in the Landscape': The Journey Motif in Willa Cather's *My Antonia*", *Midwest Quarterly*, Vol. 56, No. 3, 2015, pp. 229 – 239.

二　安东尼娅在城市中的身份危机

确切地说，《我的安东尼娅》在凯瑟心中已经酝酿了多年。凯瑟对安东尼娅在现实中的原型了如指掌，她原来叫安妮，后来叫帕弗尔卡（Pavelka），自小生活在红云镇。在1921年的访谈中，凯瑟将安妮列为她最感兴趣的人之一。像小说中的安东尼娅一样，安妮是个波西米亚移民女孩，在父亲忍受不了困苦的生活而自杀之后，她成为邻居家的一名女佣。作为同龄玩伴，凯瑟对安妮评价很高，认为她是真正具有洞察力的艺术家之一，因为她具有悲天悯人、热爱四邻、吃苦在先等优秀品质。在凯瑟放弃记者生涯、开始小说创作之后，她回到红云镇拜访那些波西米亚移民家庭，看望在农场上开拓的安妮一家人。帕弗尔卡及其邻居们的生活就像书中的故事一样，日复一日年复一年地往前流淌，宛如《战争与和平》所描述的那样。凯瑟每次回内布拉斯加州，都会听到她不在时发生的新故事，而它们就成为她写作的丰富源泉。

除了安妮这个人物造型源于凯瑟熟悉的生活之外，小说中的自传因素还有很多。文本中的黑鹰镇其实以红云镇为原型，整个地理背景都设置在内布拉斯加州农村。安东尼娅的农场如今依然伫立在红云镇以北的乡村地区，离后门不远处还有一个水果地窖。吉姆的祖父母在生活中也确有其人，他们与凯瑟熟悉的迈纳尔家庭极其相似。除了故事中的主要人物和重要事件，次要人物和事件也都根植于现实：人们若现在去游览红云镇，还能看到《我的安东尼娅》中的卡特家，现实中这个人名叫本特利（Bentley），和卡特一样恶贯满盈、无可救药。此外，黑鹰镇上的旅馆老板娘加德纳太太（Mrs. Gardener）的原型是荷兰太太（Mrs. Holland），而安东尼娅那始乱终弃的未婚夫则以詹姆斯·威廉姆

·墨菲为原型。在《我的安东尼娅》出版后，那些缺乏文学想象力的读者常常对凯瑟问这问那，连红云镇上的人们也如此，他们都想知道书中的人物、情节等是如何得到灵感的。凯瑟对此不胜其烦，却又不得不勉为其难地应付和解答。她有时耐心地与读者朋友探讨写作，甚至给学生读者一一回信疑答解惑；有时她又对此十分恼火，因为实际上她自己也不知道有些人物和故事从何而来，只不过是写作时的即兴发挥和想象罢了。《我的安东尼娅》出版之后，凯瑟的父亲指出书中有 6 个不同情节是他讲给她听的故事，而凯瑟却对此一概否认，声称这些全都是她的创造发明。

关于小说的构架问题，凯瑟也是颇费思量。在确定了第一人称写作视角之后，她开始思考如何避免过于正规的文本结构。她竭力避免情节剧的陈规陋俗，即所有素材紧紧扣住情节发展——大多数小说家一般都是这么做的。在凯瑟看来，故事的主体由琐碎的日常生活组成，因为现实中人们也是这样生存的。凯瑟不准备在该小说中放置爱情故事、求婚和婚姻、破碎的心、利欲熏心等俗套，她认为如果将珍贵的素材付诸庸常故事模式，那么故事材料就尽数毁掉了，所以还不如用完全写真的方式来构架小说。这就是为什么小说最后给读者以自传的印象，而并非一部纯粹的虚构作品。既然叙述者吉姆不是一位专业作家（在小说中他是专业律师），他在文本中的回忆录显而易见无艺术性可言，而是充满了逻辑思维，那么读者理所当然愿意接受他对艺术不可控的事实。

在美国西部大开发的时代召唤下，安东尼娅一家从波西米亚来到内布拉斯加大草原定居。父亲希默尔达先生具有艺术家气质，却对新环境中困顿不堪的经济局面一筹莫展，最后在绝望中选择了自杀。安东尼娅的母亲是促使这个家庭前来实现"美国梦"的始作俑者，她自私、偏狭、庸俗，在管理大家庭生活方面乏善可陈。因而，当乡村年轻姑娘有机会前往城镇工作时，安东尼娅和莉娜等人欢呼雀跃地投入了城市生活。安东尼娅先是在哈林太太家安分守己地干活，不仅得到这家雇主的认同，还能挣钱补贴农村家庭。然而，城镇光怪陆离、声色犬马的消费主义浪潮，很快向纯真、好奇的安东尼娅席卷而来。值得一提的是，哈林太太这个形象在小说中呼之欲出，是因为凯瑟现实生活中曾得遇一位迈纳尔太太（Mrs. Miner），后来成为《我的安东尼娅》中哈林太太的原型。非常凑巧，正当凯瑟致力于创作《我的安东尼娅》的第二部分"被雇用的女孩们"（The Hired Girls）时，她读到了家乡红云镇报纸上关于迈纳尔太太去世的消息。凯瑟对迈纳尔太太非常熟悉，以至于她的音容笑貌一下子就浮现在眼前，很快演绎成凯瑟笔下的哈林太太。而且凯瑟还承认：她小说中的所有母亲形象，或多或少都有迈纳尔太太的影子，但哈林太太尤其与众不同，凯瑟希望迈纳尔太太的女儿们会喜欢。①

城市化娱乐设施让安东尼娅心醉神迷。首先，安东尼娅迷上了帐篷舞会而心猿意马，并因此出现怠工的现象：

现在安东尼娅嘴里说的和心中想的都只有那座帐篷。她整天都哼着舞曲。晚餐稍迟一点她洗刷盘碟就手忙脚乱，兴奋中往往失手摔盘砸碟。只要第一声音乐传来她就会变得丢三落四。如果没时间换衣服，她会只扯下她的围裙就冲出厨房。有时候我和她同路前去；一望见那顶透亮的帐篷，她就会像个男孩似的突然来阵猛冲。那里总会有舞伴在等她；她往往是来不及喘口气就开始跳舞。

安东尼娅在帐篷里的成果自有其后果。如今那位送冰人进门廊为冰箱加冰时总要磨蹭半天。那些送货员送杂货来时也老在厨房里转来转去。来镇上过星期六的农场青年常大踏步穿过院子到后门处

———————
① James Woodress, *Willa Cather*: *A Literary Life*, University of Nebraska Press, 1989.

预约邀舞，或是请东尼去参加聚会和野餐。莉娜和挪威姑娘安娜也爱顺便进来帮她干活儿，以便她能早点儿脱身。舞会后送她回家的小伙子有时候会在后门外纵声大笑，从而把刚刚入睡的哈林先生吵醒。一场危机已不可避免。①

安东尼娅频频参加城市舞会，让她最终丢了工作。安东尼娅在舞会上脱颖而出，加之她正值青春和容颜的鼎盛时期，因此不可避免招来一帮狂蜂浪蝶。男人们对她穷追不舍，他们之间也常争风吃醋、大打出手，在此情状下原雇主哈林一家只得将安东尼娅辞退。然后，安东尼娅走进了恶棍卡特家，其生存境遇急转直下。卡特是个黑心的放高利贷者（loan - shark），对落魄之人从来没有怜悯之心，同时还是放荡的花花公子，不久就对年轻貌美的安东尼娅产生了觊觎之心。安东尼娅后来未婚先孕又遭到抛弃，对方并不是卡特，但在笔者看来，卡特在象征层面上其实代替了安东尼娅曾经的未婚夫，成为她城市认同危机的重要缘由。安东尼娅那位始乱终弃的负心汉未婚夫，并没有在文本中正面被提及和描述，而是多年之后被转述给叙述者吉姆的。这样一个从未正式出场的人物，却有一个绝无仅有的替身，那就是小说的"恶之花"卡特。卡特和安东尼娅的未婚夫如出一辙，都是城市化进程中受物质主义异化的代表。他们唯利是图、逢场作戏，对合作伙伴和女人都非常不负责任，上演的是恶贯满盈的戏码。在黑鹰镇期间，安东尼娅曾差一点遭受卡特的蹂躏，亏了吉姆慷慨相助才得以脱身。当她将全部感情投入未婚夫身上并满怀期待地准备嫁妆时，后者却消失得无影无踪，与卡特对其妻子的公然不忠不相上下。城市生活制造出异化的价值观，在卡特等人身上体

---

① ［美］薇拉·凯瑟：《薇拉·凯瑟集：早期长篇及短篇小说》（上卷），曹明伦译，生活·读书·新知三联书店 1997 年版，第 948 页。

现得入木三分，这种腐蚀作用在卡特的"杀妻"行径中更是令人触目惊心：

> 验尸官在他的书桌上找到一封信，信上落的时间是当天下午五点。信中声明他刚才已打死了他的妻子；鉴于他比她活得久，因此她有可能背着他立下的任何遗嘱在法律上都将无效。他打算在六点钟朝自己开枪，此后如果还有力气，他将朝窗外开一枪，以期有过路人进屋，在他信上写的"生命熄灭之前"看见他。①

功利主义和金钱主义意识形态在卡特身上烙下的印记非常鲜明。此时的他和妻子都已经老态龙钟，他再没有多少精力制造风流韵事来激怒妻子，但两人却为他们的财产日后如何处置而常常争吵不休。因为，根据当时内布拉斯加州律令，若丈夫死在妻子之前，那么妻子在任何情况下都能获得他遗产的1/3。卡特枪杀妻子，是为了确保自己死在妻子之后，从而避免她娘家人得到他的家产。卡特丧心病狂的枪击案，令这对争斗多年的夫妻双双死于非命，在没有子嗣的情况下，其财产归属问题成了无法破解的迷局。在卡特等所谓"成功人士"当道的城镇地区，像安东尼娅这样极其单纯、容易轻信的年轻姑娘，很难获得日思夜想的幸福。相反，她们极易在城市富裕、欢乐的表象中失足，从而成为生活不幸的女人，安东尼娅就未能幸免。

不适合城市生活的安东尼娅，最终在乡村农场建立了身份归属。安东尼娅未婚生子，百般无奈中回到农村劳作，以土地作为生活方式和谋生手段，她不久便治愈了心理创伤，还收获了甜蜜的爱情和幸福的家庭。土地神奇的疗伤作用令安东尼娅得以重生，她成为拥有十来

---

① ［美］薇拉·凯瑟：《薇拉·凯瑟集：早期长篇及短篇小说》（上卷），曹明伦译，生活·读书·新知三联书店1997年版，第1050页。

个孩子的"丰产女神",也成为西部大开发中的开拓者代表。她告诉吉姆:

> "是的,我从来没泄过气。安东是个好男人,而且我爱我这些孩子,并始终相信他们会有出息。我属于一座农场。我在这儿绝不会像过去住在镇上时那样感到寂寞。你还记得我那时是怎样突如其来地感到一阵阵难过吧?当时我也不知道自己为什么会伤心难过。在这儿我就从来没有过那种时候。干点活儿我并不在意,只要我不必去忍受伤心难过。"①

安东尼娅的可贵之处,正在于其对自身的清醒认识。关于创伤的遗忘和治愈特点,著名理论家卡鲁斯提出过被学界普遍认同的真知灼见,具体见于其著作《体验无可言传:创伤、叙事和历史》中。卡鲁斯提出,怪诞、反常的创伤体验,以及由此产生的倾听、认知和表达的困难,使得创伤记忆无法直截了当地呈现。创伤历史的间接性指涉,不是否认或消除指涉的可能性,而是强调创伤引起的心理冲击具有无法避免的滞后性。而且,对创伤事件重新思考以及滞后的表征和发声,并非旨在消灭历史记忆,而是重新理解和认知创伤事件。运用创伤性事件作为现场例证,卡鲁斯并不是对事件之后的遗忘阶段(the period of forgetting that occurs after the accident)感兴趣,而是对以下事实感兴趣:在整个创伤事件发生之时受害者还没意识到它的杀伤力。在卡鲁斯看来,创伤体验的潜伏期和滞后性,不在于忘记后续阶段并未被完全认知的一个现实,而在于创伤体验本身与生俱来的延宕性。创伤的严重后果不是说它在被遗忘后重又被提起,而是只有在固有的遗忘性中,它才会愈加鲜明

---

① [美]薇拉·凯瑟:《薇拉·凯瑟集:早期长篇及短篇小说》(上卷),曹明伦译,生活·读书·新知三联书店1997年版,第1037页。

地被体验到。① 凯瑟笔下的安东尼娅曾把满腔热情投入城市生活中，将所有爱恋和希望寄托在未婚夫身上。然而现实的打击不期而至，她成了一个不光彩的未婚母亲，不得不从城市回到乡下。很多人都在推测她的命运走向，唯恐从此以后她的生活会一落千丈、萎靡不振。她独自抚养孩子，在经济上和舆论上都窘迫不堪，一定经历过无数艰难的时光。安东尼娅最难挨的日子，并非在未婚夫消失、她被遗弃的当口，而是在单独带着孩子、面对众人评判的眼光和经济上的窘境之时。根据弗洛伊德的"快乐原则"（pleasure principle），人都有趋利避害、追求幸福的本能，安东尼娅年轻漂亮、生性活泼开朗，即使在遭受灭顶之灾后也对美好的生活绝不死心。她竭力忘却不幸的过去，然而遗忘并不是一件简单的事情，正是在想忘而又忘不掉的反复纠缠中，她一遍遍体会到那起事件造成的痛苦历史。是大草原上的土地和自然风光、家中丈夫的悉心关怀和子女的相亲相爱，给了安东尼娅起死回生的力量和机会。她重新屹立在西部的旷野上，为这个地区的现代化和城市化建设倾尽全力。她那一群充满朝气和希望的子女，以及农场上标志着工业化特征的现代机械和汽车，都将她定格为乐观向上、积极开拓的先锋女性形象。

三　莉娜在城市中的身份认同

在《我的安东尼娅》中，如果说卡特代表了城市的堕落源头，那么帕维尔兄弟则代表了乡村的邪恶力量。整个小说文本除了安东尼娅感人肺腑的开拓事迹，卡特和帕维尔兄弟骇人听闻的行为也给人以深刻印象，而后者尤其叫人过目不忘、掩卷沉思。在移民到美国大西部之前，

---

① Cathy Caruth, *Unclaimed Experience*：*Trauma*，*Narrative*，*and History*，Baltimore：Johns Hopkins UP，1996，pp. 4 – 17.

帕维尔和彼得两兄弟都居住在俄国乡村，在某次以男傧相身份出席朋友的婚礼之后，他们的人生轨迹从此彻底改变。新娘的父母设午宴招待来宾直至深夜，帕维尔兄弟的雪橇载着新郎新娘，后面还跟着挤满亲朋好友的六乘雪橇——浩浩荡荡的迎亲队伍正将新娘接到男方家里去。然而一百多只恶狼悄然尾随而至，不久便吞噬了后面六个雪橇上的所有人。正当新娘所乘的雪橇危在旦夕之际，帕维尔毅然决然地将新娘和新郎一起抛向狼群，从而令帕维尔和彼得在仓皇之中得以保全性命。以这样的方式生存下来，兄弟俩成为千夫所指的对象，只能开始流浪逃窜的生涯：

> 帕维尔和彼得赶着雪橇孤零零地进了村子，从那之后他俩就一直是孤零零的。他们被撵出了自己的村庄。帕维尔的母亲甚至不愿看他一眼。他俩流落到一些陌生的乡镇，可当人们得知他俩来自何处之后，便总会问他们是否认识那两个用新娘去喂狼的男人。不管他们走到哪里，那传闻都总是尾随而至。他俩花了五年时间才凑够钱来美国。他们曾在芝加哥、得梅因和韦恩堡做过工，但他们总是不走运。当帕维尔的身体渐渐拖垮之后，他们决定来试试垦荒务农。

> 帕维尔在希默尔达先生面前卸下他心灵的重负后没几天就疾终而亡，他被埋在了挪威人的那块墓地。彼得在卖掉了他所有的东西后也离开了那个地方——去一个雇有成群俄国人的铁路建设工地当了名厨师。①

对于小说中如此触目惊心的片段，读者们往往很好奇，希望探究凯瑟脑中这样的灵感从何而来。根据伍德利斯的传记，它可能源于四个渠

---

① ［美］薇拉·凯瑟：《薇拉·凯瑟集：早期长篇及短篇小说》（上卷），曹明伦译，生活·读书·新知三联书店 1997 年版，第 847 页。

道：第一，可能是父亲曾经讲给凯瑟听的故事；第二，可能是凯瑟本人道听途说的故事或想象发挥；第三，它也许来自保罗·鲍伊斯（Paul Powis）一幅狼群袭击雪橇的名画；第四，它也有可能起源于布朗宁的一首名为《伊万·伊万诺维奇》（Ivan Ivanovitch）的诗歌，因为这首诗讲述了类似的故事。凯瑟常常强调：她的小说人物都不是直接取自现实生活，而是真实人物的影子加上凯瑟的天才想象，两者进行有机合成之后，遂形成一个个生动鲜明的形象。①

　　无论在俄国还是美国西部草原，人与自然、人与人之间弱肉强食的竞争关系，都让乡村呈现出另一抹底色——道德沦丧。帕维尔和彼得由于失去伦理境界而受到现实惩罚：前者在贫病交加中痛苦死去，后者居无定所、浪迹天涯。他们的故事只占了文本的寥寥几页，此后就销声匿迹了，但在笔者看来它的意义远不止表面所显现的那样。帕维尔兄弟给乡村作了另一个层面的注解，其故事与小说的另一位女性人物莉娜形成映衬关系，映照了乡村社会阴暗一面对人性的腐蚀。莉娜也是大草原上的农家女儿，她兄弟姐妹众多、家中饥寒交迫，在乡村务农时是个名声并不怎么好的女孩。她日日在旷野上放牧，美丽的容貌和活泼的性格引来男人们对她的关注，其中有个其貌不扬的已婚男人天天来跟她聊天并赠送礼物。有关莉娜不检点的飞短流长很快尽人皆知，那已婚男人的妻子也不时过来挑衅她，但她竟然毫不在意，依然我行我素。人们由此可以推断出，莉娜如果继续在农村待下去，势必会有身败名裂、此生无望的可能性。所以，当莉娜和安东尼娅等姑娘一起进城之后，街坊们预测最有可能堕落的姑娘当属莉娜。然而事实却恰恰相反，莉娜待人接物落落大方，仿佛天生就是城镇上的大家闺秀，完全不像家境贫寒的农家子

---

①　James Woodress，*Willa Cather*：*A Literary Life*，University of Nebraska Press，1989.

弟。她在城里尽心尽力地学习缝纫，等到具备一定基础时甚至到比黑鹰镇更大的林肯城开了店，直到小说结尾她始终发展得非常好，丝毫没有被城市腐蚀或毁坏的痕迹。

莉娜的身份认同，是在城市中圆满完成的。安东尼娅在一系列经历之后，有了清晰而强烈的自我认知，认定自己无法在城市大展宏图。而莉娜则不然，书中人物最后对她的一致意见是：她就是为城市生活而生的。安东尼娅在乡村得心应手，莉娜在城市中如鱼得水，其实在适宜的环境中，她们都遵循了成功必不可少的环节——工作伦理。西方基督教文化一直强调工作伦理的重要性："工作创造了一个物和价值的世界，旨在侍奉耶稣基督。这不是像上帝的创世那样从虚无中的创造，而是在上帝创世基础上创造新事物。任何人都不能摆脱这项委托。"① 而英国维多利亚时期的苏格兰哲学家卡莱尔（Thomas Carlyle，1795—1881），也在《过去与现在》一书中大声呼吁工作伦理不可缺少：

> 因为工作中存在一种永恒的高贵，甚至神圣。倘若人绝不至于蒙昧无知，忘却他高尚的天职，那么人就一定希望实实在在地、真心真意地工作：因为懒惰中存在的是永恒的绝望。工作，当然是不为金钱驱使的工作，是与自然的沟通。拥有真正地想把工作做得完美的欲望本身就会越来越接近真理，接近自然的天意和法则，也即真理。②

莉娜在城市中经营服装店获得成功，最根本的原因在于两点：一是她对工作没有丝毫懈怠；二是她善于抓住一切自我发展的好时机。对于

---

① ［德］朋霍费尔：《伦理学》，胡其鼎译，上海世纪出版集团 2007 年版，第 173 页。
② 转引自王松林《从激进到保守：卡莱尔工作伦理观探微》，《外语与外语教学》2015 年第 4 期。

莉娜这种个性的女子来说，城市无疑提供了更好的自我发展空间。她认认真真地学徒，然后不失时机地成为店主，她面对女顾客时长袖善舞，而当男顾客对她频频献殷勤时，她又能泰然自若。一句话，她既能适应城市的工作和生活节奏，又能抵御外界的各种诱惑，不知不觉中赢得大批顾客，其生意越做越兴旺也就是顺理成章的事了。

由此可见，在西部大开发进程中，城镇和乡村都凸显了它们的两面性。就城市而言，一方面，它是消费主义和物质主义泛滥成灾的地方，人们极易在其中受到腐蚀和异化；另一方面，它又为个体的发展提供了无限可能，无论时机、空间、人脉、物质储备都一应俱全，怀揣美国梦的人们很乐意在其中大展拳脚。就乡村生活而言，它落后、闭塞，阴暗面和不便之处随时可见，但它的自然、土地、淳朴人性，又具有无可比拟的美学价值。重要的是，人们要清楚适宜自身发展的区域，就能像安东尼娅那样在农场上获得成功，也能像莉娜那样在城市中逍遥自在。笔者在此需要强调的是，美国西部大开发中也出现了大面积生态破坏，这已经引起全世界的警醒。但鉴于凯瑟研究的已有成果中生态议题已经很多，因此笔者不再老调重弹。无论如何，在涉及中国城市化运动时，人们一定要借鉴美国西部城市化中环境遭受污染的教训，以此避免经济建设带来的技术异化问题。

第五章　美国城市化现象的借鉴和反思

　　"城市化"和"开发西部"等议题，也是中国当前的重要国策，若将美国城市化的经验教训进行中国本土化观照，无疑是大有裨益的。美国的明显失误在于：其一，以美国中西部为例，生态环境在城市化发展中遭到破坏，成为可持续发展的极大阻力；其二，美国曾同邻国墨西哥和加拿大因领土问题发生战争，同友好国家法国和西班牙亦因领土问题发生严重冲突，致使美国外交处境一度四面楚歌，极大干扰了西部大开发；其三，美国政府为了抢夺土地，曾用武力赶走甚至屠杀土著印第安人，这种水火不容的敌对局面成为西进运动的阻力；其四，在美国著名的"黑人移民潮"之后，黑人在北方城市遇到重重困难，无论在就业还是住房等方面均遭受白人主流群体的抵制；而留在乡村的人们，因为体制守旧、文化落后、生活孤独等因素而备感困顿。因此，一个国家在工业化和城市化进程中，对外需要和别国保持睦邻友好关系，对内需要善待城市新居民、农村留守人员以及少数民族，建立健全的社会保障体系，在可持续发展战略中共享和谐社会。同时，生态系统的维护也是社会发展的重中之重，在城市化和工业化中人们一定要警惕科技异化现象，只有在科技伦理的良性循环中，人类才有光明美好的未来。

第一节　可持续发展与生态文明建设

在凯瑟的小说《云雀之歌》和《我的安东尼娅》中，大量人群涌入美国西部地区进行淘金和开矿，其实他们都在对土地资源进行严重破坏。这些只是损害西部生态系统的诸多行为中的一小部分，草原植被大幅度减少、原始森林遭到乱砍滥伐等，共同引起了西部区域的生态危机。人类对自然界造成的累累伤害，其后果要到几十年之后才会彰显出来。而大自然对人类的报复一旦爆发，往往一发不可收拾，会逡巡在漫长的时间和广阔的空间中久久不肯离去。美国西部土地资源被过度索取，终于在20世纪30年代形成"黑风暴"，留下震惊世界的历史记忆：

> 1934年5月11日起，美国发生了震惊世界的一连串"黑风暴"，弥漫的风沙遮天蔽日，受到不同程度风蚀的土地到处可见，这是美国有史以来，土地资源遭到破坏的最严重的结果。"黑风暴"波及美国本土27个以上的州，占整个国家75%的面积，大平原一百多万英亩的农田2到12英寸肥沃表土全部丧失，变成一片沙漠。1934年一年冬小麦减产51亿公斤，成千上万的人被赶出了家园。据当时的专家估计，除了大平原麦地上三亿多吨肥沃表土全部丧失外，密西西比河每年把4亿吨土壤冲进了墨西哥湾；风蚀和水蚀使美国每年丧失表土30亿吨。在美国最好的土地中，有1亿英亩曾经是肥沃的农田，由于一味追求利润，不适当耕作而被无可挽回地毁坏；另外有1.25亿英亩遭到严重破坏，还有1亿英亩受到严重威胁。1935年，美国全国土壤侵蚀调查发现，独立战争（1775—1783）时期，美国

平均表土大约 9 英寸厚，1935 年只有大约 6 英寸，在不到二百年的时间里，损失了大约三分之一的表土。这其中大部分表土的损失是在西部土地的大开发期间发生的。[①]

在当今如火如荼的中国城市化进程中，环境污染问题也颇为引人注目，本节将以无锡太湖的蓝藻暴发和席卷全国的雾霾现象来阐述这一议题。笔者所居住的江苏省无锡市，和苏州市、常州市一起被称作江苏省的"金三角"，其经济发展势头自改革开放以来一直很猛。然而在 2007 年的五六月，整个无锡市居民的生活用水都散发出阵阵臭味，变成了无法饮用的"污染水"。笔者亲自经历了那场"用水恐慌"：超市的纯净水很快被抢购一空，幸亏有关部门积极采取应急措施，在各个居民小区安置若干移动水箱，人们可以提着水桶去接水回家烧饭、洗衣、洗澡。人们的生活不便和心理焦虑是毋庸置疑的，但更大的社会舆论使无锡这座享有盛誉的美丽古城陷入尴尬局面。太湖的秀丽风光长久以来扬名海内外，但在"蓝藻事件"爆发期间及之后，其他地区的游客一听到无锡这个名字就摇头叹息，无锡旅游业自然大受影响，作为无锡人的我们都感觉心里很不是滋味。中央政府对此事非常关心，专门成立调查组进行治理整顿，终于找出了水质严重污染的根源。根据新华网上的文章《2007年：太湖蓝藻暴发敲响生态警钟》，污染源至少来自三个方面：第一，现代农业生产方式令太湖水处于富营养化状态。太湖地区的城市化规模在全国范围内都处于领先地位，周边大片农业用地变为工业用地，加之移居该地区的创业人员激增，致使有限的土地面积变得弥足珍贵。为了在少量的土地上得到高产，高科技产品的运用必不可少，化肥、农药、除

---

① 严金明：《美国西部开发与土地利用保护的教训暨启示》，《北京大学学报》（哲学社会科学版）2001 年第 2 期。

草剂的用量大大增加，太湖水质富营养化的局面随之产生。第二，太湖
过度围网养殖水产弊端多。生长良好的水草是阻止藻类蔓生的最佳方法，
但湖中过度围网使得人工收割水草很困难，污染物输出途径随即被堵死；
过度围网还减缓了湖水的循环流动，导致湖底污泥淤积严重。第三，工
业污染是太湖蓝藻暴发的最大诱因。太湖地区的工业发展异常迅猛，而
纺织印染业、化工业、食品制造业等，均对太湖流域造成重大污染。[①]

　　面对如此严峻的形势，中央政府非常重视，无锡市迄今为止已经投
入巨大的财力和人力来治理水环境。第一，改善太湖的水质，使得富营
养化、高锰酸盐、总氮、总磷等指数都下降很快；第二，在养殖业方面
加强围网现象管理，增强水草排污能力，清除污泥淤积以促使湖水循环
流畅；第三，针对工业污染排放最严重的问题，提倡经济效益和生态工
程并驾齐驱的原则，推进循环经济、废物利用的策略。在阻断污染源的
同时，打捞蓝藻也是一项至关重要又颇为艰巨的任务。打捞工作的机械
化和现代化模式，是无锡太湖蓝藻处理系统的一大显著特色，它"实
现了由人工打捞向技术化打捞、由群众打捞向专业化打捞、由堆场堆放
向资源化利用及无害化处理、由政府包揽向政府政策推动与企业市场化
引导相结合、由应急应对向科学检测预警转变"[②]。如今，太湖水质已经
得到大大提升，昔日美丽的湖面风光又重新回归人们的视野，居民对日
常用水质量也已经高枕无忧。这样一来，江苏"金三角"地区的工业
经济在腾飞，其生态环境保护措施也相应完善，确保了该区域乃至全国
的可持续发展战略稳步前行。如此做法功在当代利在千秋，彰显了中国
城市化运动的远见卓识，而这种智慧是美国政府在西部大开发运动中所
缺乏的。

---

① http://news.qq.com/a/20090729/000806.htm.
② 王鸿涌：《无锡太湖蓝藻治理的创新与实践》，《水资源管理》2010 年第 23 期。

中国近年来出现的雾霾天气，是对大气污染的严重预警。以北京地区为例，污染源主要来自燃煤、机动车排放、工业和餐饮业。雾霾具有时间性差异，在春夏秋冬不同季节，它的特征和严重性都存在区别。雾霾也具有区域性特点，比如上海和江苏"金三角"地区的大气污染根源，就与北京存在明显差别。总体而言，工业生产和汽车排放是雾霾现象的罪魁祸首，中央和地方各级政府都对此有着清醒认识。很多人断言：洛杉矶在 20 世纪四五十年代连续出现化学烟雾事件，致使上千名老人死于非命；而中国不愿意重蹈美国城市化失误的覆辙，积极防止雾霾的出现。现阶段，无论是政府还是人民都已经高度重视雾霾问题，一些行之有效的战略部署也已出台并实施，相信一定能够避免洛杉矶烟雾那样的负面结局。"谁制造污染谁埋单""哪里有污染都要及时防御和治理"，都是全民防治雾霾的理论和实践方向，是避免给后代子孙造成精神和经济损失的良方。在这样的指导方针下，中国生态环境一定会得到积极维护，人们也可以因此而诗意地栖居，其生活的幸福指数也会有效攀升，从而真正建立起"和谐社会加小康生活"的理想模式。

第二节　保持对外稳定关系对国家城市化的重要性

在城市化和工业化历程中，美国与北方邻国加拿大因领土之争不断发生冲突。美国 1776 年建国，意味着从英国殖民者手中挣脱出来获得独立，而此时的加拿大还是英属殖民地。1812 年爆发了美英战争，美国旨在将加拿大据为己有并将英国彻底赶出北美。这场战争以美国失败而告终，其后果是英属北美殖民地 1867 年联合成立加拿大联邦。然而美国和加拿大的领土之争远远不止这些，1846 年 7 月双方签订的《俄勒冈条约》就是两国边界之争的结果。时至今日，美加两国在边界领土上仍有争议，除了波弗特海（Beaufort Sea）、马奇亚斯海豹岛（Machias Seal Island）等，加拿大认为其北方航道属于国内航道，而美国则界定它为国际公共航道。可以看出，美国当年在城市化建设中仍然与加拿大纷争不断，对其国内民生的关注无疑是有干扰作用的。美国在城市化中奉行一贯的扩张主义，不仅在北方把矛头对准加拿大，还在南方对墨西哥进行土地掠夺。1846 年到 1848 年的美国对墨西哥战争，使得美国夺取墨西哥一半领土，把墨西哥降格为美洲的弱国。但同时，美墨之战也对美国的政治产生重大影响：当时的美国南方和北方都想在这次领土扩张中分得一杯羹，而南方企图将奴隶制一并渗透到墨西哥境内，北方却对这种可能性严防死守，从而形成美国内战爆发的原因之一。美国在现代工业化过程中，并没有将所有精力聚焦于国内发展，而是野心勃勃地向外扩张，在与邻国之争中造成两败俱伤的结果。除此之外，美国 1898 年对西班牙之战也是兴师动众的，在意图夺取西班牙殖民地古巴、波多黎各、菲律宾的军事行动中，美国的财力和精力过于分散，致使国内城市化建设留下许多不足之处。

在城市化运动中，中国在对外关系上也并非风平浪静。日本是中国邻邦，在 20 世纪 30 年代发动侵华战争，后来还制造了举世震惊的南京大屠杀事件，在世界历史中是赫然在目的事实。然而日本政府竟然篡改学生的教科书，将其侵略历史进行颠覆性描述，企图误导广大日本人民，妄图在全世界面前颠倒黑白、指鹿为马。作为日本首相，安倍晋三多次公然参拜靖国神社，对那些在战争中犯下滔天罪行的人民公敌致以敬意。中国政府多次表示抗议，但日本充耳不闻、依然故我，对"二战"中所犯的反人类罪拒不承认。近年来，日本在钓鱼岛事件上又与中国形成对抗之势，妄称钓鱼岛是他们的"固有领土"。而这是完全违背历史和法律依据的，因为所有史实和数据都显示钓鱼岛是中国的"固有领土"。钓鱼岛事件燃起了中国民众的熊熊怒火，认为这是日本一贯不尊重事实、侮辱中国主权的明证。但即便如此，中国也没有动用武力来解决争端，而是利用外交策略与和平对话的方式来弘扬主权诉求。同样的情形发生于南海争端等问题上：如果中国一怒之下采取了军事行动，那么势必将激化与菲律宾、越南等东南亚国家的矛盾，正好让美国坐收渔翁之利。因为这已经是不言自明的事实：中国正在以大国的形象崛起，美国竭力避免出现"一山容二虎"的情形，所以发动中国周边国家与中国对垒，企图以此削弱中国的发展势头。中国是睿智的，它明白一旦发动战争冲突，那么国内经济和文化建设势必大受影响，城市化和工业化步伐会遭遇一定阻碍。中国正处于自我发展、韬光养晦的关键时刻，国力还没有强大到足以抗衡任何一个发达国家，在这种情况下采取和平的方式明确自己的立场并解决争端，无疑是明智的选择。可见，中国在城市化进程中的外交策略上，比美国城市化时期要冷静客观得多。

第三节　城市化中的种族问题

印第安人在城市化中遭受驱逐和屠杀，成为美国当局至今洗不掉的历史污点之一。从北美殖民时期开始，印第安人的命运就处于悲惨境地，遭受欧洲白人入侵者的肆意杀戮："1703 年剥一张印第安人的头皮或俘获一个红种人（印第安人）赏金 40 镑，1720 年提高到 100 镑。到 1744 年，赏金再次增加。剥一个 12 岁以上印第安男子的头皮可获新币 100 镑，剥一个妇女和儿童的得50镑。在15世纪90年代，美洲印第安人口超过欧洲，占全球总数的20%，而经过一个世纪的屠杀后降到3%。"① 在美国独立战争之后，印第安人的境遇非但没有得到改善，还越来越被妖魔化和边缘化。1830年美国政府实施了《印第安人迁移法案》（*The Indians Removal Act*），其生成背景具有直截了当的政治意图：为了实现西部大开发的领土扩张之梦，国家号召欧洲移民和美国南部移民来西部边疆拓荒；为了避免新移民和土著发生冲突，印第安人被强制性迁入保留地（Indian Reservations）。在这一过程中，大批印第安人死在美国政府的屠刀之下，人数达到100万之多，而那些幸存者则走上背井离乡的迁徙之路。将印第安保留地视为土著人的噩梦，是一点不为过的，因为他们不仅失去了土地和家园，还失去了自由和身份主体。首先，通过连哄带骗和强取豪夺的手段，美国政府成功地将印第安人驱赶到了保留地。从1776年到1887年，印第安人被迫和当局签订了300多个条约，显示了政府赶走印第安人的周密布局，也表明政府不达目的绝不罢休的强权意志。印第安人对这种强盗式掠夺非常不满，曾经发动各种抗议行动，试图保护家园、尊严和人权。然而，美国政府仰仗自身较为雄厚的经济基础和军事武力，根本不为印第安人生灵涂炭的现状所动，而是继续对印第安人实行赶尽杀绝的政策。印第安人终于明白，他们如果再顽强抵抗，那么种族灭绝的日子也就不远了。在这种情况下，印第安人沦为劣等族群，在政治上失去言说的主体性，在经济上落魄不堪，在文化上被剥夺了根基。其次，保留地中的印第安人受到美国当局的监控和规训。印第安保留地制度在19世纪80年代得到广泛推广，当时美国西部大平原上②的多数印第安人

---

① 蒋栋元：《环境变迁中的美洲野牛：美国印第安人的文化图腾》，《贵州社会科学》2013年第8期。

② Great Plains，也可译成"大草原"，薇拉·凯瑟的"草原三部曲"就是 *Great Plains Trilogy*。

都被驱赶到保留地，到 1887 年保留地的总面积达到 1.38 亿英亩。从物理空间上来说，美国当局从印第安人原来的土地上隔离出一块，将印第安人赶进去居住。它们一般处于偏远地带和荒漠地区，贫瘠的土地对农作物生长十分不利，人们所处的环境也非常恶劣。从心理空间上来说，圈养和放养有巨大差异，前者剥夺了人们的自由和民主，很容易造成众人精神上的压抑和痛苦。保留地中的印第安人就被置于这种情形，生活的困苦和郁闷可想而知。从文化空间上来讲，美国军队和联邦官员对印第安人实行圈禁和封闭管理，对印第安人的传统文明进行百般打击和压制。比如，美国印第安事务局曾在 1824 年出台法令，明令禁止印第安语在公众场合使用，也禁止印第安传统生活习俗在 40 岁以下年轻人中流行和传播。总之，印第安保留地大小不等（小的仅 100 英亩左右，大的有一千万英亩上下），但人们所遭受到的精神痛楚和文化压迫是一样的。①

如果说美国政府给予少数族裔不公正待遇，致使它的国内城市化道路不太平坦，那么中国则在改革开放之路上尽量避免出现内忧外患的局面。以新疆维吾尔自治区为例，中国政府对少数民族的团结和保护可见一斑。新疆在西汉时期就设立了"西域都护府"，标志着国家主权在新疆地区的正式确立，它成为祖国领土不可缺少的一部分。鸦片战争之后，新疆受到沙俄的瓜分，陕甘总督左宗棠带兵收复了天山和伊犁等地。1949 年新疆和平解放，1955 年新疆维吾尔自治区成立，都表明新疆这个多宗教、多民族的区域历来是中国领土。对于新疆和平解放颇为不甘心的某些民族分裂分子，有的逃到了国外继续策划阴谋，有的在国内等待时机搞破坏活动。从 20 世纪 90 年代到 21 世纪初，新疆的宗教极端主义、分裂主义与国际恐怖主义一拍即合，组织实施了一系列暴力事件，用爆

---

① 蒋栋元：《环境变迁中的美洲野牛：美国印第安人的文化图腾》，《贵州社会科学》2013 年第 8 期。

炸、暗杀、纵火、投毒、袭击等不法手段，企图在居民中间制造恐慌、分裂民族和国家。尽管如此，在新疆各民族人民、党中央政府的共同努力下，该地区依然呈现出欣欣向荣、长治久安的喜人局面。其一，新疆人民在地方政府的带领下，互相精诚合作、安定团结。无论在经济还是文化建设中，新疆各族人民都本着平等互助的原则，把新疆建构成中国和谐社会大环境中的一个分支，为新时期祖国的西部大开发事业立下汗马功劳。其二，中央政府大局意识强，从整体上促进新疆各民族之间、新疆与全国之间的共同发展。中央大力宣扬"三个离不开"的民族平等原则，即汉族离不开少数民族，少数民族离不开汉族，各少数民族之间也相互离不开。"三个离不开"准则秉承马克思主义理论精髓，旨在鼓励少数民族和汉族人民一起加入城市化和工业化大军当中，齐心协力为祖国的强盛而奋斗，所以它受到广大人民群众的热烈响应和坚决拥护。其三，强化法制意识，是维护各民族团结的有力武器。"各民族共同遵守法律，民族团结才有可能，社会稳定与和谐才有保障。新疆各族人民历来重视维护法律尊严、维护民族团结、维护祖国统一。任何人，任何团体，包括任何宗教，都决不允许违反国家法律，损害人民利益，制造民族分裂，破坏祖国统一。"① 可见，在城市化和现代化建设中，中央政府的大方向是英明的，它让汉族人民和少数民族携手并进、共同发展，丝毫没有歧视和冷落少数族裔的想法和举动。

中国政府在对待藏族同胞的态度上同样可圈可点。在国家城市化的整体规划中，西藏地区的现代化进程又具备独特性。第一，西藏处于现代化的初始阶段，经济快速发展带来意识形态的变革，与藏区传统生活方式和文化习俗形成冲突。第二，西藏与南亚多个国家接壤，地理位置

---

① 何星亮：《认清"三股势力"反动本质　维护新疆民族团结》，《中国民族教育》2009年第8期。

的重要性人所共知，其社会稳定与否直接关系到全中国的安危。第三，宗教在西藏事务中占有举足轻重的地位，逃往国外的达赖喇嘛与国际反华势力勾结在一起，煽动国内一小撮分裂分子挑起事端，比如 2008 年发生在拉萨的"3·14"打砸抢烧事件，就是敌对力量蓄意利用宗教来破坏国家安定的恶性事例。第四，经济发展引起人口流动，既有旅游人士和宗教信徒频繁出入西藏，也有人到此定居，加剧了该地区人员结构的复杂性。针对这样严峻的形势，中国政府依然把民族团结和社会稳定当作重中之重，使得西藏的维稳工作和经济建设齐头并进。首先，政府强化基层组织的作用，增强其覆盖面和实际功效。其次，寺庙管理得到加强，政府将宗教与爱国主义情怀紧密联系，以此巩固当地居民的社会主义价值观。再次，政府领导的工作机制不断完善，他们依靠现代技术和群众力量，在情报收集和具体维稳中成效显著。在政府部门的关心和广大群众的支持下，西藏地区的稳定工作和经济效益得到长足发展："为了实现全面建成小康社会的目标，西藏确立了跨越式发展的发展任务和维护社会稳定、建立长治久安长效机制的维稳任务。完成这两大任务需要党和政府引导，更需要动员、依靠广大人民群众。西藏自治区党委、政府大力实施了一系列的强基惠民的措施，包括安居房建设、农村基础设施建设（水、电、路、气、邮电、广播电视、通信、环保设施'八到农家'）、稳控物价、拓展就业门路、发展社会保障、优先发展教育、发展卫生事业、加强便民警务站建设、开展强基惠民活动、创建模范和谐寺庙等各方面投入大量资金、人力、物力，使人民群众得到看得见、摸得着、感受得到的利益与实惠，也使广大人民群众自觉参与到发展与维稳工作中来。"① 从西藏的维稳工作中，人们可以看出中国政府对

---

① 王延中：《西藏社会稳定新机制建设探索》，《民族研究》2013 年第 6 期。

少数族裔的团结和关爱，展现了国家带领所有民族共同前进的宏伟战略和决心。这样宏大的胆略和气魄，必将推动中国城市化的顺利发展，让全国人民一起进入小康生活与和谐社会。

第四节　城市新市民和农村留守人员的社会保障

美国城市化浪潮对都市新移民和农村留守人员都形成文化冲击。如前文所述，20 世纪初有成千上万的黑人北上移民，成为人所共知的美国城市"新黑人"。然而，黑人抵达城市之后，遭遇形形色色的艰难困苦，开启了他们被异化、被边缘化的城市经历。在经济上，就业机会稀少、薪水相对微薄、住房条件逼仄等，都给予新黑人以挑战和压力，很多人因此而生活得捉襟见肘、潦倒落魄（如《最蓝的眼睛》中的佩科拉家庭）。在政治上，面对新黑人在就业和住房等方面的竞争，白人工薪阶层萌发了仇恨之心，遂爆发激烈而血腥的种族纷争。1917 年的东圣路易斯市种族暴动就是显著一例，令多少黑人丧命其中（如《爵士乐》中的多卡丝父母）。在文化上，即便新黑人在事业上获得成功，也无法被白人主流社会完全认同，"局外人"的感觉在新黑人身上如影随形（如《所罗门之歌》中的奶娃父亲）。因此，新黑人的城市生活并非称心如意，甚至有些还陷入悲惨境地。由此可见美国政府在新黑人和白人居民之间的区别对待，它并没有设置足够的保障体系来确保种族平等和机会均衡。而在城市化进程中的乡村地区，随着大量人群追随城市的脚步而去，人们感觉到的只有萧索、孤独和沉闷。对于这一点，青春期女孩和男孩最容易感知，于是她们萌发了闯荡城市、追寻新生活的愿望。但由于种种现实因素，很多年轻人只能任凭梦想破灭，而终生困守在贫穷落后的美国南方农村（如《心是孤独的猎手》中的米克、《婚礼的成员》中的弗兰淇莫不如此）。在城市化的农村部分，美国政府的作为也很不理想，其社会保障漏洞百出。

在改革开放之后的工业化和城市化过程中，中国城乡两地的社会保障措施日渐完善，避免了美国城市化中的很多失误和悲剧。为了谋求更好的发展机会和生活条件，大批农民前往城市开创事业，这些农民工被称为"新市民"，意思再明显不过：在中国政府的理念中，"农民工"和城市居民在各方面都享有平等权利。在就业问题上，政府努力确保新市民的工种与其教育水平和能力相匹配，遵守所有人同工同酬的原则。同时，政府出台一系列政策为农民工保驾护航，不允许有拖欠农民工工资的现象出现，保证他们及时获得足额薪水。而且，新市民的月薪越来越高，从 2010 年的 1690 元增加到 2015 年的 3072 元，其生活水平有了极大提高。在住房问题上，农民工户口纳入城镇系统，和城市居民享受同等待遇，这就为他们在很多方面创造了良好机遇。成为城镇基本公共服务常住人口之后，新市民不仅可以住上安置房，还可以力所能及地租房和买房，完全享受城市居民的优惠政策。在孩子教育问题上，有了城市户口簿和居住证明，新市民孩子的上学问题基本迎刃而解。中国众多城市都对新市民孩子入学持开放和包容的姿态，它们出台文件免除学生的借读费，还筹措外来务工子女教育专项资金，用来改善办学条件，帮助他们获得良好的受教育机会。在劳动保障建设中，中国政府将养老保险和医疗保险政策进行全面覆盖，新市民完全享受其中。新市民不但纳入了城镇职工基本养老保险和基本医疗保险体制，而且他们的保险关系转移接续等程序也都得到进一步完善。一言以蔽之，新市民已经成为都市的主人，在城市化进程中正在发挥不可缺少的积极作用。

中国农民的安全保障也得到维护和巩固。国家对农村留守人员也颇为关注，制定了许多政策来提升他们的经济状况、丰富他们的文化生活。以土地补贴为例，实际种粮的农民不仅不需要像过去那样缴纳公粮，还可以得到补贴。如 2016 年的土地补贴条令，总共有 2011 亿元补贴资金用作农业支持保护补贴、农机购置补贴、农业技术推广和服务补贴等。这样一来，农村每亩土地会获得 120 元补贴费，农业生产得到很大鼓励和帮助。再以农村保障体系为例，新型农村社会养老保险（简称新农保）制度已经确立，以此确保农村人口年老时的基本生活费用。社会统筹与个人账户结合起来，形成养老待遇，再配备以家庭养老、土地保障、社会救助等形式，为农村老人的晚年设定了某种程度的安全系数。在新型农村合作医疗保险中，2016 年每人只需缴纳 90 元，就可获得相关医疗费用的相关额度报销。在养老保险中，每人每年上交 100 元到 500 元共 5 个档次，多缴多得，累计不少于 15 年，就可在以后得到养老保证。[①] 此外，城市化进程中留守农村的老人和儿童为数众多，那么怎样确立这个弱势群体的生活和心理保障呢？地方政府开始每年摸排农村留守儿童和老人，对他们实施关爱和救助，以免他们陷入物质和精神危机。此外，政府部门还积极呼吁发展当地产业，以解决该地区农民的就业问题，这样就避免青壮年悉数离家外出打工，从而避免老人和小孩相依为命的萧条格局。目前，互联网已经覆盖农村的千家万户，人们可以通过网络了解大千世界，还可以借此和远方的亲人朋友通话、视频，大大丰富了他们的业余生活。而且，农村还组织丰富多彩的集体活动，比如有的村镇就安排演出队、卡拉 OK 室等，增加了村民的娱乐方式，其文化诉求得到一定程度的社会认可。

---

① http：//www.csai.cn/study/1114539.html？_da0.6365655034314841.

多年前的美国城市化运动开展得轰轰烈烈，为当前发展中国家的城市化进程提供了借鉴和思考的空间。古人云："以铜为鉴，可以正衣冠；以人为鉴，可以明得失；以史为鉴，可以知兴替。"美国在城市化和工业化中做出过卓越贡献，也曾犯下过巨大失误甚至罪孽，这些都在相关文学文本中得到生动体现。美国经典小说忠实记录了各个时代的历史变迁和文化更替，所以人们完全可以反其道而行之，从作品中去触摸特定时期的文化和历史脉络。文学能够将宏大叙事具象化，让它们渗透到平民百姓的日常生活中，演绎出一曲曲悲欢离合之歌。从莫里森、麦卡勒斯、凯瑟的长篇小说中，读者和评论家们仿佛得到了美国城市化的全景图，不仅从中了解了这段文化事件的伟大之处，还洞察到其中的负面效应和过失之处。这就为包括中国在内的第三世界国家发展提供了很好的参照，让它们吸收美国城市化的成功之处，避免重蹈美国的一些重大错误的覆辙。唯其如此，中国人才能在小康家园中诗意而和谐地栖居。

第六章　结论

　　本书梳理文学作品中的历史书写和文化内涵，还原作家和作品所处的时代背景，从而解读其中的政治、经济等国家意识形态。在小说中，形而上学思想都分解到了日常生活和具体事件之中，赋予具象的人物关系、场景描写等以主题意蕴。从这个意义上讲，文学比历史书本更加生动形象，在读者中也更加深入人心、影响深远。本书用"以点盖面"的方法，选取托妮·莫里森笔下的北方都市、卡森·麦卡勒斯眼中的南方乡村、薇拉·凯瑟视野下的西部地区，全面系统地挖掘20世纪美国文学的城市化图景，展示这股历史潮流在普通民众身上留下的喜怒哀乐印记，以此审视其成就与过失。当前，包括中国在内的第三世界国家正在经历城市化思潮，而美国城市化正可以为它们提供借鉴和反思，这也是本书所要解决的实际问题之一。

　　莫里森的城市化语境中充斥着"新黑人"的身份认同危机。"黑人移民潮"是发生在19世纪末20世纪初的重大文化事件，也是莫里森系列长篇小说浓墨重彩刻画的宏大背景。莫里森本人就是北方城市的第二代黑人移民，其父母在20世纪早期跟随移民潮离开南方农村的故乡。《最蓝的眼睛》《爵士乐》《所罗门之歌》等，都是莫里森脍炙人口的作品，都将美国城市化中黑人移民潮刻画得栩栩如生。表面上看，《最蓝的眼睛》着眼于美国种族主义语境，表现了佩科拉家庭作为新黑人的不利处境和转型危机。但从深层来看，该小说对种族主义的批判，很大限度上建立在城市化的社会大背景下。以佩科拉为代表的黑人移民，始终处于文化和经济的弱势阶层，她们的生活被迫演绎成一出出悲剧；而以书中三位妓女为代表的所谓"乐观者"形象，也只不过是强颜欢笑、掩人耳目的假象而已，实则控诉了其嬉笑和卖笑背后的城市虚假繁荣和伪善面目。比起佩科拉的直陈式悲剧命运，三个妓女貌似欢天喜地的言行举止，更能揭示"笑中带泪"的社会现状和艺术效果。《爵士乐》中的多卡丝是孤儿，父母在她年少时即死于东圣路易斯市的种族暴动，这成为她日后介入他人婚姻和游戏人生的心理动因。多卡丝最后在三角恋中被枪杀身亡，其缘由既来自 20 世纪 20 年代美国"爵士时代"的城市氛围，更根植于都市化移民带来的种族紧张关系之中。就业和住房的竞争之势使得城市白人和黑人之间的矛盾一触即发，点燃了东圣路易斯等城市的种族冲突之火，引发了惨绝人寰的"私刑"等屠杀行为。《所罗门之歌》这部描摹美国黑人城市化进程的小说，一方面聚焦上层社会，揭露白人"政治大亨"挑动纷争从而坐收渔翁之利的阴谋；另一方面着眼于底层人民，探析黑人贫民窟里单亲家庭举步维艰的生活之旅。城市中的政治寡头们不仅操纵着人们的经济命脉，还是媒体和舆论的主导者。他们通过处心积虑的谋划，导演了一幕幕煽风点火的戏码，致使黑人和白人之间的种族仇恨愈演愈烈，最后变成血腥的暴力和杀戮。而派拉特这样的单亲家庭在黑人中并非少数，他们代表了遭受白人和黑人男性双重压迫下的女性黑人群体，唯有在贫穷和高压中苦度光阴。由于缺少父爱和良好教育，黑人单亲家庭的命运往往周而复始，比如派拉特本人是未婚妈妈，给予女儿丽巴完全自由自在的成长环境，导致丽巴过度放纵而成为人尽可夫、一事无成的单身女子。派拉特和丽巴这两代未婚母亲组成的单亲家庭，又共同抚育了哈格尔这样一个怪诞型人物：她在外祖母和母亲的无限宠溺中长大，养成唯我独尊、挥霍成性的习惯。哈格尔最终因为得不到爱情心碎而死，是对黑人单亲家庭集体命运的注解，表达了美国城市化历程中消费主义和种族主义的危害性。如此一来，身处城市的"新黑人"们，其生活并非如预期的那样令人满意，而是在身份焦虑中反复挣扎。他们在白人主流社会里缺乏文化归属，致使乱伦、婚外恋、众叛亲离等家庭悲剧频频出现，演绎了一幕幕被异化、被疏离的场景。莫里森同时也为处境尴尬的城市"新黑人"指明了出路：他们只有沉浸于黑人传统文化中，只有在象征意义上或现实生活中常回南方一亲土地的芳泽，才能获取自我完善、自我救赎的可能性。

　　"孤独隔绝"是麦卡勒斯作品的标签，部分学者认为这是作家内心世界的敏锐洞察力所致，笔者认为此种解读有失偏颇。其实，麦卡勒斯小说中南方小镇的孤独和绝望氛围，很大限度来自美国现代化、工业化语境中的城市化进程。处于"后移民大潮"时代的小镇青年们，依然争先恐后逃离乡村，《婚礼的成员》就描摹了年轻人一心向往外面广阔世界的场景。可见，城市化大背景下的南方农村经济和生存模式，也会引发错综复杂的问题和危机。在表现以上议题时，本书主要聚焦青春期"假小子"形象的隐喻意义，剖析《心是孤独的猎手》中的米克、《伤心咖啡馆之歌》中的爱密利亚小姐、《婚礼的成员》中的弗兰淇，展示她们"假小子"身份模式的特定含义：她们是被主流社会压制的边缘化弱势群体，同时她们又以自身的固有方式来解构主流社会的金科玉律。

　　19世纪末20世纪初也是美国西部开发的重要时期，到1910年西部城市化率已经达到 47.9%，而美国工业化向纵深发展的最直接反映，就是中西部城市的大规模兴起。对于这段历史上闻名遐迩的"拓荒时代"，普利策文学奖得主薇拉·凯瑟既是亲历者又是书写者。《啊，拓荒者!》的女主人公从瑞典来到美国西部原始荒野，在拓荒过程中她遭受父亲病逝、兄弟反目、至亲死于非命的种种不幸，却顽强地生存下来，坚持她父辈传下来的"开拓边疆"之理想。她历经千难万险建设大西部，最后成为众多拓荒者中的卓越代表。《云雀之歌》更是一部具有浓郁自传色彩的小说，在主人公西娅对音乐事业的执着追求中，人们仿佛看到了凯瑟本人在文学道路上锲而不舍的努力。小说描写了西娅在成长中曾受到多位贵人相助，也曾遭遇撕心裂肺的心灵痛楚，而家庭中既有父母的支持，也有来自兄弟姐妹的敌意和排斥。在诸种爱恨情仇和悲欢离合中，西娅始终把事业放在人生目标的首位，最终不负众望获得成功。《我的安东尼娅》通过吉姆的视角，描写捷克移民安东尼娅与西部环境抗争并融合的过程，揭示了新旧文化冲突下开拓者的乐观主义精神。安东尼娅一家起先居住于不毛之地的大草原，而后进入城镇地区，从而不可避免地遭受消费主义和物质主义思潮的侵袭。安东尼娅在城镇中迷失了方向，遇人不淑并被始乱终弃，后来回归大草原的自然怀抱中，才建立了温馨的家园，获得了坚实的身份根基。凯瑟塑造了形形色色的西部拓荒者形象，歌颂边疆建设者积极进取的信念和风貌，表现出浓郁的地域性特征，从而为美国西部城市化运动写下浓墨重彩的一笔。

"城市化"和"开发西部"也是中国当前的重要国策，若将美国城市化的经验教训进行中国本土化观照，无疑是大有裨益的。以美国中西部为例，生态环境在城市化发展中得以保护，就成为可持续发展的典范。在中国的城市化和工业化中也出现了环境失衡的现象，比如无锡市曾爆发大规模太湖蓝藻，近几年席卷全国的雾霾现象也十分严重。我国政府对此类问题采取了及时而有效的措施，目前都已经得到很好的效果，相信在不久的将来中国的环境状况将越来越良性发展。中国对待少数民族和边境邻国的态度也很值得称道，使得和谐社会的理念深入人心；在南海和钓鱼岛等事件中，中国也保持了有礼有节的姿态，没有形成恶化的双边关系，这有助于国家长治久安的发展。

本书力图在美国城市化研究中取得突破。第一，在论及莫里森作品中的黑人移民历史时，笔者深入挖掘了黑人三次大移民的细节，并对当时城市和农村的种族主义"私刑"制度展开细致探索。第二，在论及麦卡勒斯的城市化主题时，笔者将《伤心咖啡馆之歌》置于"性别操演理论"中考察，还将《金色眼睛的映像》纳入"斯芬克斯因子"框架中审视。第三，以往凯瑟研究多以女性主义和生态批评为切入点，但本书却在城市化视野中纵横驰骋，也是相关研究中的崭新视角。综上，本议题在全球化维度上审视过往历史、指点异国文化，以此为中国的城镇化建设提炼可供借鉴和规避之处。这种本土化的研究策略很务实，其现实意义和社会价值都是不言自明的。

由于撰写该专著过程中时间和精力有限，成果难免存在疏漏和不足之处。第一，本书选取托妮·莫里森的作品来探索20世纪后期美国东北部城市的消费主义意识形态，选取卡森·麦卡勒斯的作品来审视20世纪中期美国南方农村留守人员的精神困境，选取薇拉·凯瑟的作品来反思20世纪早期美国开发大西部进程中的得失。尽管城市化进程中的三个主要点已得到挖掘，但在以后的相关研究中，还可以选取更多的作家、着眼更广阔的地域，使得20世纪美国文学的城市化主题研究更具系统性和整体性。第二，笔者多年来致力于莫里森和麦卡勒斯作品的研究，发表过系列论文，申报过系列科研项目。但对于凯瑟这位美国西部作家，还是首次进行深入剖析，在研究的深度和广度上还有进一步发掘的空间，在研究方法上也还有更丰富的角度可以考量。第三，笔者运用历史解码和文化批评的方式来架构专著，虽然有了跨越历史学和文学的迹象，但跨学科的尝试似乎还可以走得更广、更深，可在文学与社会学、地理学甚至自然科学之间找到更多默契。

参考文献

一 英文文献

[1] Alice Schlegel and Herbert Barry, *Adolescence: An Anthropological Inquiry*, New York: Free Press, 1991.

[2] Alexise Tocqueville & Joseph Epstein, "Chapter XVIII: Future Condition of Three Races in the United States", *Democracy in America* (Volume 1), Publisher: Bantam Classics, 2000.

[3] Allison Pingree, "'Copying the Wrong Pieces': Replication and the Mathematics of Togetherness in *The Member of the Wedding*", *Reflections in a Critical Eye: Essays on Carson McCullers*, Ed. Jan Whitt. Lanham, MD: UP of America, 2007.

[4] Antonio T. Bly, "Crossing the Lake of Fire: Slave Resistance during the Middle Passage, 1720 – 1842", *Journal of Negro History*, Vol. 83, No, 3, 1998.

[5] Andrew Billingsley Giddings, *Climbing Jacob's ladder: the enduring legacy of African – American families*, New York: Simon & Schuster, 1992.

[6] Anne Goodwyn Jones, "The Work of Gender in the Southern Renais-

sance", *Southern Writers and their Worlds*, Eds. Christopher Morris and Steven G. Reinhardt. Arlington: Texas A&M UP, 1996.

[7] Anne Goodwyn Jones, *Tomorrow is Another Day: The Woman Writer in the South, 1859 – 1936*, Baton. Rouge: Louisiana State UP, 1981.

[8] Angelyn Mitchell, "History, Gender, and the South in Morrison's *Jazz*", *Studies in the Literary Imagination*, Vol. 31, No. 2, 1998.

[9] Ann Moseley, "Sanctuary and Transformation: Hugo's The Hunchback of *Notre – Dame* and Cather's *Shadows on the Rock*", *Willa Cather Newsletter & Review*, Vol. 51, No. 1, 2007.

[10] Ann Moseley, "Editing the Scholarly Edition of *The Song of the Lark*: The Legacy of Cather's Journalism in the Social and Literary History of the Novel", *American Literary Realism*, Vol. 41, No. 2, 2009,

[11] Anthony Summers, "The Secret Life of J Edgar Hoover", *The Guardian*, January 1, 2012.

[12] Beatriz Revelles – Benavente, "How Toni Morrison's Facebook Page Re (con) figures Race and Gender", *CLCWeb: Comparative Literature and Culture*, Vol. 16, No. 5, 2014.

[13] Bernice Slote, "Willa Cather and Plain Culture", *Vision and Refuge: Essays on the Literature of the Great Plains*, Ed. Virginia Faulkner & Frederick C. Luebke. Lincoln: University of Nebraska Press, 1982.

[14] Bob Herbert, "The Blight That Is Still With Us", *The New York Times*, 2008.

[15] Catherine Clinton, *Scholastic Encyclopedia of the Civil War*, New York: Scholastic Inc. , 1999.

[16] Cathy Caruth, *Unclaimed Experience: Trauma, Narrative, and Histo-*

ry, Baltimore: Johns Hopkins UP, 1996.

[17] Carolyn Denard, "Blacks, Modernism, and the American South: An Interview with Toni Morrison", *Studies in the Literary Imagination*, Vol. 31, No. 2, 1998.

[18] Carson McCullers, *The Member of the Wedding*, New York: Mariner Books, 2004.

[19] Carson McCullers, *The Ballad of the Sad Café*, London: Penguin, 1963.

[20] Carson McCullers, "The Flowering Dream: Notes on Writing", *The Mortgaged Heart*, Ed. Margarita G. Smith. Boston: Houghton Mifflin, 1971.

[21] Carson McCullers, "The Russian Realists and Southern Literature", *The Mortgaged Heart*, Ed. Margarita G. Smith. Boston: Houghton Mifflin, 1971.

[22] Carson McCullers, *Clock Without Hands*, London: Penguin Modern Classics, 2008.

[23] Carolyn Jones, "Southern Landscape as Psychic Landscape in Morrison's Fiction", *Studies in the Literary Imagination*, Vol. 31, No. 2, 1998.

[24] Catherine Lee, "Initiation, South, and Home in Morrison's *Song of Solomon*", *Studies in the Literary Imagination*, Vol. 31, No. 2, 1998.

[25] Charles A. Beard & Mary R. Beard, *History of the United States*. London: Macmillan, 1921.

[26] Charles Hannon, "The Ballad of the Sad Cafe' and Other Stories of Women's Wartime Labor", *Bodies of Writing, Bodies in Performance*, Eds. Thomas Foster, Carol Siegel, and Ellen E. Berry. New York and

London: New York UP, 1996.

[27] Christopher Metress, "No Justice, No Peace: The Figure of Emmett Till in African American Literature", *MELUS*, Vol. 28, No. 1, 2003.

[28] Cleanth Brooks & Robert Penn Warren, *Understanding Poetry*, Beijing: Foreign Language Teaching and Research Press, 2004.

[29] Constante González Groba, "The Intolerable Burden of Femininity in Carson McCullers' *The Member of the Wedding* and *The Ballad of the Sad Cafe*", *Atlantis*, Vol. 16, No. 1 –2, 1994.

[30] Dan Bilefsky, "For New Life, Blacks in City Head to South", *The New York Times*, June 21, 2011.

[31] Daniel P. Moynihan, "The Negro Family: The Case for National Action, Washington, D. C., Office of Policy Planning and Research", *U. S. Department of Labor*, 1965.

[32] Deborah Gray White, *Freedom on my mind: A history of African Americans*, New York: Bedford/St. Martin's, 2013.

[33] Deborah Barnes, "The Bottom of Heaven: Myth, Metaphor, and Memory in Toni Morrison's Reconstructed South", *Studies in the Literary Imagination*, Vol. 31, No. 2, 1998.

[34] Demaree Peck, "'Possession Granted by A Different Lease': Alexandra Bergson's Imaginative Conquest of Cather's Nebraska", *Modern Fiction Studies*, Vol. 36, No. 1, 1990.

[35] Dora Apel, I*magery of Lynching: Black Men, White Women, and the Mob*, New York: Rutgers University Press, 2004.

[36] Ellen Matlok – Ziemann, "Southern Fairy Tales: Katherine Anne Porter's '*The Princess*' and Carson McCullers's *The Ballad of the Sad*

Café", *Mississippi Quarterly*, Vol. 60, No. 2, 2007.

[37] Elizabeth Shepley Sergeant, *Willa Cather: A Memoir*, New York: Lippincott, 1953.

[38] Elliot M. Rudwick, *Race Riot at East St. Louis: July 2, 1917*, Carbondale: Southern Illinois University Press, 1964.

[39] Erich Schwartzel, "Toni Morrison's 'Home' finds her fumbling", *Pittsburgh Post – Gazette*, June 17, 2012.

[40] Eurnestine Brown, *African American Women: An Ecological Perspective*, Ed. Norma J. Burgess. New York: Falmer Press, 2000.

[41] Eudora Welty, *Conversations with Eudora Welty*, Ed. Peggy Prenshaw. Jackson: UP of Mississippi, 1984.

[42] Floyd James Davis, *Who Is Black?: One Nation's Definition*, Pennsylvania: Penn State Press, 2001.

[43] Flannery O'Connor, *Mystery and Manners*, Ed. Sally and Robert Fitzgerald. New York: Farrar, Straus, & Giroux, 1997.

[44] Frederick Douglass, *Narrative of the Life of Frederick Douglass, An American Slave*, London: Everyman, 1993.

[45] G. Stanley Hall, *Adolescence; its Psychology and its Relations to Physiology, Anthropology, Sociology, Sex, Crime, Religion and Education*, New York: D. Appleton and Company, 1904.

[46] Gerald Caplan and Serge Lebovici, *Adolescence: Psychosocial Perspectives*, New York: Basic Books, 1969.

[47] George Fitzhugh, "Universal Law of Slavery", *The Black America: A Documentary History*, Ed. Leslie H. Fishel, Jr. and Benjamin Quarles, Scott. Illinois: Foresman and Company, 1970.

[48] Grace Wetzel, "Contradictory Subtexts in Willa Cather's *O, Pioneers*! and Thomas Hardy's *Far from the Maddening Crowd*", *Great Plains Quarterly*, Vol. 28, No. 4, 2008.

[49] Harriet Jacobs, *Incidents in the Life of a Slave Girl*, Ed. Jean Fagan Yellin. Cambridge: Harvard UP, 1987.

[50] Herman Beavers, "The Politics of Space: Southerness and Manhood in the Fictions of Toni Morrison", *Studies in the Literary Imagination*, Vol. 31, No. 2, 1998. .

[51] Hiram Price, "The Annual Report of the Commissioner of Indian Affairs", *Documents of United States Indian Policy*, Ed. Francis Paul Prucha. Lincoln: University of Nebraska Press, 1990.

[52] Hollis Chenery & R. Syrquin, *Patterns of Development, 1950 – 1970*, Oxford: Oxford University Press, 1975.

[53] Ira Berlin, *Generations of Captivity: A History of African – American Slaves*, Cambridge, Massechusetts: Belknap Press of Harvard University Press, 2003.

[54] J. Schroeter, "Willa Cather and *The Professor's House*", *Yale Review*, No. 54, 1965.

[55] James C. Olson, *History of Nebraska*, Lincoln: University of Nebraska Press, 1955.

[56] James Woodress, *Willa Cather: A Literary Life*, Omaha: University of Nebraska Press, 1989.

[57] James M. Decker, "Willa Cather and the Politics of Criticism", *Modern Language Review*, April 2003.

[58] James Henry Hammond, "The 'Mudsill' Theory", Senate floor

speech, March 4, 1858. Handler, Jerome. "The Middle Passage and the Material Culture of Captive Africans", *Slavery and Abolition*, Vol. 30, No. 1, 2009.

[59] James L. Machor, "Pastoralism and American Urban Ideal: Hawthorne, Whitman, and the Literary Pattern", *American Literature*, Vol. 54, No. 3, 1982.

[60] Jason L. Riley, "For Blacks, the Pyrrhic Victory of the Obama Era", *Wall Street Journal*, November 4, 2012.

[61] Jerold Heiss, "Effects of African American Family Structure on School Attitudes and Performance", *Social Problems*, Vol. 43, No. 3, 1996.

[62] Joy Cooney, "A Mediating Presence in Cather's *My Antonia*", *The Explicator*, Vol. 69, No. 3, 2011.

[63] Judylyn S. Ryan & Estella Conwill Majozo, "Jazz—On the Site of Memory", *Studies in the Literary Imagination*, Vol. 31, No. 2, 1998.

[64] Joseph R. Millichap, "Carson McCullers' Literary Ballad", *Georgia Review*, Vol. 27, 1973.

[65] Karin Luisa Badt, "Roots of the Body in Toni Morrison: A Mater of 'Ancient Properties'", *African American Review*, Vol. 29, No. 4, 1995.

[66] Kathryn E. Wildgen, "Romance and Myth in *Notre – Dame de Paris*", *French Review*, No. 49, 1976.

[67] Kerry Manders, "On Not Naming *I*: Onomastic Absence in Cather's *My Antonia*", *A Journal for the Study of the Literary Artifacts in Theory, Culture or History*, No. 2, 2009.

[68] Kristen B. Proehl, "Sympathetic Alliances: Tomboys, Sissy Boys, and

Queer Friendship in *The Member of the Wedding* and *To Kill a Mockingbird*", *ANQ: A Quarterly Journal of Short Articles, Notes, and Reviews*, Vol. 26, No. 2, 2013.

[69] Laura Dubek, "Rewriting Male Script: Willa Cather and *The Song of the Lark*", *Women's Studies*, Vol. 23, No. 4, 1994.

[70] Leo Marx, *The Machine in the Garden: Technology and the Pastoral Ideal in America*, New York: Oxford University Press, 2000.

[71] Leah Hager Cohen, "Point of Return: 'Home,' a Novel by Toni Morrison", *The New York Times*, May 17, 2012.

[72] Leslie Fiedler, *Freaks: Myths and Images of the Secret Self*, New York: Simon and Schuster, 1978.

[73] Linda Lizut Helstern, "*My Antonia* and the Making of the Great Race", *Western American Literature*, Vol. 42, No. 3, 2007.

[74] Louise Westling, *Sacred Groves and Ravaged Gardens: The Fiction of Eudora Welty, Carson McCullers and Flannery O'Connor*, Athens: U of Georgia Press, 1985.

[75] Lori J. Kenschaft, "Homoerotics and Human Connections: Reading Carson McCullers 'As a Lesbian'", *Critical Essays on Carson McCullers*, Ed. Beverly Lyon Clark and Melvin J. Friedman. New York: G. K. Hall & Co., 1996.

[76] Lucille Fultz, "Southern Ethos/Black Ethics in Morrison's Fiction", *Studies in the Literary Imagination*, Vol. 31, No. 2, 1998.

[77] M. A. Zimmerman, D. A. Salem & K. I. Maton, "Family Structure and Psychosocial Correlates among Urban African—American Adolescent Males", *Child Development*, Vol. 66, No. 6, 1995.

[78] Mary Paniccia Garden, "Creative Fertility and National Romance in Willa Cather's *O, Pioneers!* and *My Antonia*", *Modern Fiction Studies*, Vol. 45, No. 2, 1999.

[79] Marilee Lindemann, *Willa Cather: Queering America*, New York: Columbia University Press, 1999.

[80] Marcyliena H. Morgan, *Language, Discourse and Power in African American Culture*, Cambridge: Cambridge University Press, 2002.

[81] Marcus Rediker, *The Slave Ship: A Human History*, New York: Viking, 2007.

[82] Maria Lourdes López. Ropero, "'Trust Them to Figure it Out' 'Toni Morrison's Books for Children", *Journal of the Spanish Association of Angio – American Studies*, Vol. 30, No. 2, 2008.

[83] Maurie D. McInnis, *Slaves Waiting for Sale: Abolitionist Art and the American Slave Trade*, Chicago: University of Chicago Press, 2011.

[84] Matthew Wynn Syvils, "Willa Cather's 'River of the Silver Sound': Women as Ecosystem in 'The Song of the Lark'", *Southwestern American Literature*, Vol. 30, No. 1, 2004.

[85] Margaret Walsh, "Carson McCullers' Anti – Fairy Tale: 'The Ballad of the Sad Café'", *Pembroke Magazine*, No. 20, 1988.

[86] Melissa Ryan, "The Enclosure of America: Civilization and Confinement in Willa Cather's *O, Pioneers!*", *American Literature*, Vol. 75, No. 2, 2003.

[87] Mildred R. Bennett, *The World of Willa Cather*, New York: Dodd, Mead, 1951.

[88] Michael Bronski, *Uncovering the Golden Age of Gay Male Pulps*, New

York: St. Martin's Griffin, 2003.

[89] Mike Fischer, "Pastoralism and Its Discontents: Willa Cather and the Burden of Imperialism", *Mosaic*, 23, 1990.

[90] Michael Mitterauer, *A History of Youth*, Trans. Graeme Dunphy. Cambridge, MA: Blackwell, 1992.

[91] Mignon Moore & P. Lindsay Chase – Lansdale, "Sexual Intercourse and Pregnancy among African American Girls in High – Poverty Neighborhoods: The Role of Family and Perceived Community Environment", *Journal of Marriage and Family*, Vol. 63, No. 4, 2001.

[92] Michael Wines, "Tape Shows Nixon Feared Hoover", *The New York Times*, June 5, 1991.

[93] Myron Magnet, "The Great African – American Awakening", *City Journal*, Vol. 18, No. 3, 2008.

[94] N. K. Bonetskaia, "Mikhail Bakhtin's Life and Philosophical Idea", *Russian Studies in Philosophy*, Vol. 43, No. 1, 2004.

[95] Nancy Lesko, *Act Your Age!: A Cultural Construction of Adolescence*, New York: Routledge, 2001.

[96] Nicholas Lemann, *The Promised Land: The Great Black Migr ation and How It Changed America*, New York: Alfred A. Knot, 1991.

[97] Norman Kiell, *The Adolescent through Fiction: A Psychological Approach*, New York: International Universities Press, 1959.

[98] Omise'eke Natasha Tinsley, "Black Atlantic, Queer Atlantic", *GLQ: Journal of Lesbian and Gay Studies*, Vol. 14, No. 2, 2008.

[99] P. Dixon, "Marriage among African Americans: What Does the Research Reveal?", *Journal of African American Studies*, Vol. 13,

No. 1, 2009.

[100] Patrick Chura, "Prolepsis and Anachronism: Emmet Till and the Historicity of To Kill a Mockingbird", *Southern Literary Journal*, Vol. 32, No. 2, 2000.

[101] Patrick Shaw, "Marek Shimerda in *My Antonia*: A Noteworthy Medical Etiology", *ANQ*, Vol. 13, No. 1, 2011.

[102] Pamela Thurschwell, "Dead Boys and Adolescent Girls: Unjoining the Bildungsroman in Carson McCullers's *The Member of the Wedding* and Toni Morrison's *Sula*", *English Studies in Canada*, Vol. 38, No. 3 – 4, 2012.

[103] Peter Kolchin, *American Slavery, 1619 – 1877*, New York: Penguin, 1994.

[104] Rachel Adams, "'A Mixture of Delicious and Freak': The Queer Fiction of Carson McCullers." *American Literature*, Vol. 71, No. 3, 1999.

[105] Rachel Collins, "'Where All the Ground Is Friendly': Subterranean Living and the Ethic of Cultivation in Willa Cather's *My Antonia*", *Interdisciplinary Studies in Literature and Environment*, Vol. 19, No. 1, 2012.

[106] Ramirez Karene, "Narrative Mappings of the Land as Space and Place in Willa Cather's *O, Pioneers!*", *Great Plains Quarterly*, Vol. 30, No. 2, 2010.

[107] Ramesh Mallipeddi, "'A Fixed Melancholy': Migration, Memory, and the Middle Passage", *Eighteenth Century: Theory & Interpretation*, Vol. 55, N. 2o, 2014.

[108] Richard Dillman, "'Motion in the Landscape': The Journey Motif in

Willa Cather's *My Antonia*", *Midwest Quarterly*, Vol. 56, No. 3, 2015.

[109] Richard Glannone, *Music in Willa Cather's Fiction*, Lincoln: Nebraska University Press, 2001.

[110] Robert Bogdan, "The Social Construction of Freaks", *Freakery: Cultural Spectacles of the Extraordinary Body*. Ed. Rosemarie Garland Thomson, New York: New York UP, 1996.

[111] Ron Charles, "Book Review: Toni Morrison's 'Home,' A Restrained but Powerful Novel", *Washington Post*, May 1, 2012.

[112] Robert E. Lee, "Robert E. Lee's Opinion Regarding Slavery", *Letter to President Franklin Pierce*, December 27, 1856.

[113] Robert Stepto, *From behind the Veil: A Study of Afro – American Narrative*, Illinois: U of Illinois Press, 1991.

[114] Ronald Takaki, *A Different Mirror: A History of Multicultural America*, Boston: Little Brown, 1993.

[115] Ronna Privett, "One Passion and Four Walls: Thea Kronborg's Artistic Development", *Midwest Quarterly*, Vol. 54, No. 2, 2013.

[116] Sarah Gleeson – White, "Revisiting the Southern Grotesque: Mikhail Bakhtin and the Case of Carson McCullers", *Southern Literary Journal*, Vol. 33, No. 2, 2001.

[117] Sarah Gleeson – White, "A peculiarly Southern Form of Ugliness: Eudora Welty, Carson McCullers, and Flannery O'Connor", *Southern Literary Journal*, Vol. 36, No. 1, 2003.

[118] Sara Farris, "American Pastoral in the Twentith – century *O, Pioneers!*, *A Thousand Acres*, and *Merry Men*", *Interdisciplinary Studies in Literature & Environment*, Vol. 5, No. 1, 1998.

[119] Sarah Wilson, "Fragmentary and Inconclusive Violence: National History and Literary Form in *The Professor's House*", *American Literature*, Vol. 75, No. 3, 2003.

[120] Sarah Wyman, "Imaging Separation in Tom Feelings '*the Middle Passage*: *White Ships/Black Cargo* and Toni Morrison's *Beloved*", *Comparative American Studies*, Vol. 7, No. 4, 2009.

[121] Sandra Cavender, "McCullers's Cousin Lymon: Quasimodo Southern Style", *ANQ: A Quarterly Journal of Short Articles, Notes, and Reviews*, Vol. 26, No. 2, 2013.

[122] Sidney H. Bremer, "Exploding the Myth of Rural America and Urban Europe: 'My Kinsman, Major Molineux' and 'The Paradise of Bachelors and the Tartarus of Maids'", *Studies in Short Fiction*, Vol. 18, No. 1, 1981.

[123] Susan Sontag, *Illness as Metaphor*, The New York Times, June 1, 1978.

[124] Susan Larson, "Awaiting Toni Morrison", *The Times – Picayune*, April 11, 2007.

[125] Thomas Fahy, "'Some Unheard – of Thing': Freaks, Families, and Coming of Age in *The Member of the Wedding*", *Peering Behind the Curtain: Disability, Illness, and the Extraordinary Body in Contemporary Theater*, Ed. Thomas Fahy and Kimball King, New York: Routledge, 2002.

[126] Thomas D. Hall, "Frontier, Ethnogenesis, and World – Systems: Rethinking the Theories", Ed. Thomas D. Hall, *A World – Systems Reader: New Perspectives on Gender, Urbanism, Cultures, Indigenous Peo-*

ples, and Ecology, Lanham, MD: Rowman & Littlefield, 2000.

[127] Thomas D. Morris, *Southern Slavery and the Law, 1619 – 1860*, Carolina: University of North Carolina Press, 1999.

[128] Thomas Jefferson, "Like a Fire Bell in the Night", *Letter to John Holmes*, New York: Library of Congress, 1820.

[129] Toni Morrison, "Talk of the Town: Comment", *The New Yorker*, October 5, 1998.

[130] Toni Morrison, *A Mercy*, New York: Vintage International, 2008.

[131] U. S. Government Printing Office, "2010 Census of Population and Housing, Population and Housing Unit Counts, CPH – 2 – 5", Washington D. C. : U. S. Census Bureau, 2012.

[132] Virginia Spencer Carr, *Understanding Carson McCullers*, Columbia: U of South Carolina P, 1990.

[133] Virginia Low, "When Illness Is Metaphor", *Literary Review*, Vol. 31, No. 1, 1987.

[134] Warren Motley, "The Unfinished Self: Willa Cather's *O, Pioneers!* and the Psychic Cost of a Woman's Success", *Women's Studies*, Vol. 12, No. 2, 1986.

[135] Willa Cather, "Wonderful Words' in Willa Cather's No – Longer – Secret Letters", *Npr*, April 30, 2013.

[136] Willa Cather, *My Antonia*, Australia: Empire Books, 2011.

[137] Willa Cather, "Willa Cather Talks of Work", Interview by F. H. , *Philadelphia Record*, August 9, 1913.

[138] Willa Cather, "Nebraska: The End of the First Cycle", *Nation*, September 1923.

［139］Willa Cather, "On *Shadows on the Rock*", *On Writing*：*Critical Studies on Writing as an Art*, New York：Knopf, 1949.

［140］Willa Cather, *Willa Cather in Person*：*Interviews*, *Speeches*, *and Letters*, Ed. L. Brent Bohlke. Lincoln：U of Nebraska P. , 1986.

［141］William H. Frey, "The New Great Migration：Black Americans' Return to the South, 1965 to the Present", *The Brookings Institution*, Mar 19, 2008.

［142］William Wattenberg, *The Adolescent Years*, New York：Harcourt, Brace, 1955.

［143］Yvonne Atkinson & Philip Page. "Toni Morrison and the Southern Oral Tradition. " *Studies in the Literary Imagination*, Vol. 31, No. 2, 1998.

二　中文文献

［1］［古希腊］柏拉图：《理想国》，郭斌、张竹明译，商务印书馆 1986 年版。

［2］［美］西里尔·布莱克：《现代化的动力》，景跃进、张静译，浙江人民出版社 1989 年版。

［3］蔡春露：《美国拓荒时代的新女性——评薇拉·凯瑟的〈啊，拓荒者！〉和〈我的安东尼娅〉》，《外国文学研究》1998 年第 2 期。

［4］陈雷：《〈比利·巴德〉中关于两种恶的话语》，《外国文学评论》2014 年第 4 期。

［5］陈妙玲：《对人与土地关系的伦理审视——论〈啊，拓荒者！〉中的生态伦理思想》，《外国文学研究》2010 年第 2 期。

［6］［法］米歇尔·福柯：《规训与惩罚》，刘北成、杨远婴译，生活·读书·新知三联书店 2003 年版。

[7] 郭棲庆、潘志明：《再析〈我弥留之际〉中的本德仑一家》，《外国文学研究》2007 年第 5 期。

[8] 何星亮：《认清"三股势力"反动本质 维护新疆民族团结》，《中国民族教育》2009 年第 8 期。

[9] 蒋栋元：《环境变迁中的美洲野牛：美国印第安人的文化图腾》，《贵州社会科学》2013 年第 8 期。

[10] 荆兴梅：《创伤、疯癫和反主流叙事——〈秀拉〉的历史文化重构》，《南京师范大学文学院学报》2013 年第 3 期。

[11] 荆兴梅：《〈所罗门之歌〉的文化干预策略》，《当代外国文学》2014 年第 1 期。

[12] ［美］弗吉尼亚·卡尔：《孤独的猎手：卡森·麦卡勒斯传》，冯晓明译，上海三联书店 2006 年版。

[13] ［美］薇拉·凯瑟：《薇拉·凯瑟集：早期长篇及短篇小说》（上卷），曹明伦译，生活·读书·新知三联书店 1997 年版。

[14] 梁工：《犹太古典戏剧〈领出去〉初识》，《河南大学学报》2000 年第 3 期。

[15] 林斌：《文本"过度阐释"及其历史语境分析——从〈伤心咖啡馆之歌〉的"反犹倾向"谈起》，《四川外语学院学报》2004 年第 4 期。

[16] 刘建芳：《美国城市化进程中人口流动的特点及影响》，《新疆师范大学学报》2004 年第 3 期。

[17] ［美］卡森·麦卡勒斯：《婚礼的成员》，周玉军译，上海三联书店 2005 年版。

[18] ［美］卡森·麦卡勒斯：《心是孤独的猎手》，陈笑黎译，上海三联书店 2006 年版。

［19］［美］卡森·麦卡勒斯：《金色眼睛的映像》，陈笑黎译，上海三联书店 2007 年版。

［20］［美］卡森·麦卡勒斯：《伤心咖啡馆之歌》，李文俊译，上海三联书店 2012 年版。

［21］［美］托妮·莫里森：《宠儿》，潘岳、雷格译，南海出版公司 2006 年版。

［22］［美］托妮·莫里森：《爵士乐》，潘岳、雷格译，南海出版公司 2006 年版。

［23］［美］托妮·莫里森：《秀拉》，胡允桓译，南海出版公司 2014 年版。

［24］［美］托妮·莫里森：《最蓝的眼睛》，杨向荣译，南海出版公司 2013 年版。

［25］［美］托妮·莫里森：《所罗门之歌》，胡允桓译，南海出版公司 2013 年版。

［26］庞好农：《唯我论的表征与内核：评约翰逊的〈中间通道〉》，《外语教学》2015 年第 1 期。

［27］彭阳辉、隋一诺：《城市化带来的不安——从一个侧面看薇拉·凯瑟和沈从文的作品》，《佳木斯大学社会科学学报》2007 年第 5 期。

［28］［德］朋霍费尔：《伦理学》，胡其鼎译，上海世纪出版集团 2007 年版。

［29］［美］亨利·皮雷纳：《中世纪的城市》，陈国樑译，商务印书馆 2006 年版。

［30］芮渝萍、范谊：《认知发展：成长小说的叙事动力》，《外国文学研究》2007 年第 6 期。

［31］史永红：《〈中途〉的心理创伤和救赎之道》，《贵州社会科学》

2015 年第 1 期。

[32] 孙宏：《〈我的安东尼娅〉中的生态境界》，《外国文学评论》2005 年第 1 期。

[33] 王本立：《1881 至 1914 年的东欧犹太移民潮与英国社会》，《世界历史》2006 年第 6 期。

[34] 王鸿涌：《无锡太湖蓝藻治理的创新与实践》，《水资源管理》2010 年第 23 期。

[35] 王松林：《从激进到保守：卡莱尔工作伦理观探微》，《外语与外语教学》2015 年第 4 期。

[36] 王守仁：《论〈一个失落的女人〉中的双重视角》，《当代外国文学》1994 年第 2 期。

[37] 王玮：《不一样的移民叙事：论奥古斯特·威尔逊的历史系列剧》，《外国文学评论》2015 年第 2 期。

[38] 王维倩：《托尼·莫里森〈爵士乐〉的音乐性》，《当代外国文学》2009 年第 3 期。

[39] 王延中：《西藏社会稳定新机制建设探索》，《民族研究》2013 年第 6 期。

[40] 胥维维：《论司各特·菲茨杰拉德小说对美国现代化的反思》，《内江师范学院学报》2009 年第 11 期。

[41] 薛小惠：《〈啊，拓荒者!〉：一曲生态女性主义的赞歌》，《西安外国语大学学报》2015 年第 4 期。

[42] 许燕：《〈啊，拓荒者!〉："美国化"的灾难与成就》，《国外文学》2011 年第 4 期。

[43] 许燕：《〈压力山大的桥〉：在市场和艺术中分裂》，《湖南师范大学学报》2011 年第 4 期。

［44］颜红菲：《论〈啊，拓荒者！〉的地域化叙事策略》，《外国文学研究》2015 年第 6 期。

［45］严金明：《美国西部开发与土地利用保护的教训暨启示》，《北京大学学报》（哲学社会科学版）2001 年第 2 期。

［46］于娟、杨颖：《〈我的安东尼娅〉间性空间的身份间性研究》，《天津外国语大学学报》2014 年第 5 期。

［47］张国骥：《解读美国城市化的基本思路和经验》，《求索》2003 年第 6 期。

［48］张军：《从〈店员〉看美国第一代犹太移民的生存困境》，《齐鲁学刊》2007 年第 6 期。

［49］周铭：《从男性个人主义到女性环境主义的嬗变——薇拉·凯瑟小说〈啊，拓荒者！〉的生态女性主义解读》，《外国文学》2006 年第 3 期。

致　　谢

三人行必有我师。我在学术之路上走到今天，还能够乐此不疲、兴趣盎然，与学界良师益友的帮助分不开。

首先要感谢上海外国语大学的虞建华教授。虞老师一直以来都笔耕不辍，在成为他的博士生前后漫长的时光里，我都是他文章的忠实读者。我读他笔下关于"迷惘的一代"自我流放的成因，读到了一位资深学者精准的语言、严密的逻辑和宏大的视野。他对于美国20世纪20年代禁酒令和《了不起的盖茨比》的渊源，分析得鞭辟入里。他探寻《五号屠场》与冯内古特历史意识的联姻，以及该小说文本与电影视觉再现之间的异同……2017年伊始，他的两篇大作已经赫然出现在外语类知名期刊上。他用言传身教给我们做了最好的榜样，让我们看到远离浮躁、潜心学术的生命本质。不仅如此，虞老师的悉心指导和鼓励，也成为我们撰写博士论文和毕业后继续埋首学问的重要动力。在跟随虞老师学习期间，他从来不会设置清规戒律、条条框框，而是为学生创造宽松惬意的研究环境，却又能够明察秋毫，时刻关注学生的研究状态和最新进展。他善于把握大方向，不让学生走偏，在日常生活中却总是令人如沐春风。即使到了今天，学生不管遇到什么困难，他依然力所能及地予以帮助，这是让大家无比感动的地方。面对当今社会的消费浪潮和浮华风气，虞老师曾经用"无用之用方为大用"来强调高校英美文学教学和研究的重要性，这已经成为很多人的座右铭，很好地鞭策了包括我在内的一众学人，激励大家在学术上坚定不移地继续前行。

其次要感谢苏州大学外国语学院的朱新福教授。在我进行博士后研究的生涯中，有幸遇到了朱老师并得到他的指导。朱老师在国内外国文学研究中的造诣几乎人尽皆知，其对生态文学的真知灼见令人赞叹不已。朱老师和虞老师一样，都秉承严于律己宽以待人的原则，在治学之路上严格要求自己，而对学生从来都是春风化雨、无微不至。朱老师著作等身，曾经在《外国文学研究》上发表《托尼·莫里森的族裔文化语境》一文，用翔实的文献资料作了论证，在当时是一个热门话题，因为其时作为诺贝尔文学奖得主的莫里森在学界正炙手可热。我那时细读了这篇不可多得的佳作，而且反复品味，从中受益良多。在我继续将莫里森作为博士后研究课题后，朱老师给我很多切实的指导，并在我遇到人生困惑和学术瓶颈之时，及时伸出援助之手来答疑解惑。对于学生们在工作岗位上的境况，朱老师似乎都了如指掌，那是因为他总是密切关注他们的学术成长。即使已经不在身边，朱老师也要积极为学生们的发展创造空间，他的胸襟和气度是令一般人望尘莫及的。谈起朱老师的为人，同门们无不交口称赞，我们都从他身上学到太多为人师表的品德。

再次要感谢我中学时代最好的语文教师虞兆祯老师。自从我跳进学术的海洋里遨游，这是第一次在专著和论文中向虞老师致谢，而在我意念中这件事情已经做了无数次。虞老师是我们初三时的语文老师，那时他五十出头，穿着很简朴，课却上得出神入化。学生的评价是最客观和公正的，他既严厉又亲和，是大家一致公认的最好的语文教师，直到今天仍然为众多学子津津乐道。记得《白杨礼赞》是中学语文课本中的名篇，在老师讲解中欣赏完之后，我们被要求写一篇以景抒情的散文。我是用心去写的，几乎调动了所有的写作才华，交上去后忐忑地等待评分结果。之所以对虞老师的评分特别期待，是因为我们都清楚他是慧眼识珠的，绝不会含糊其词、语焉不详。果不其然，他给了我最高的评价："写得好，长此以往，前程将不可限量！"这些溢美之词现在还贮存在我脑子里，那是多大的鼓励啊。就在差不多五年前，虞老师还给我寄来了他退休后撰写的两本书，我和爱人常常拿起来品鉴，不断地赞叹和感动。我一直视虞兆祯老师为文学启蒙导师，是他最大限度地激发起我们对美的认知，使我们能够感受文学的激情澎湃、无与伦比，使我们在其中感到十分满足和享受。

荆兴梅

2017. 3